SERIE ∞ INFINITA

M

RICK RIORDAN

MAGNUS CHASE

y los DIOSES de ASGARD

LA ESPADA DEL TIEMPO

Traducción de **Ignacio Gómez Calvo**

Montena

Papel certificado por el Forest Stewardship Council®

MIXTO
Papel procedente de
fuentes responsables
FSC® C117695
www.fsc.org

Título original: *Magnus Chase and the Gods of Asgard*

Segunda edición: enero de 2016
Tercera reimpresión: junio de 2018

© 2015, Rick Riordan
Publicado por acuerdo con Nancy Gallt Literary Agency y Sandra Bruna Agencia Literaria, S.L
© 2016, Penguin Random House Grupo Editorial, S. A. U.
Travessera de Gràcia, 47-49. 08021 Barcelona
© 2016, Ignacio Gómez Calvo, por la traducción

Printed in Spain – Impreso en España

ISBN: 978-84-9043-481-9
Depósito legal: B-21.632-2015

Compuesto en Anglofort, S. A.
Impreso en Cayfosa
(Barcelona)

GT 3 4 8 1 9

Penguin
Random House
Grupo Editorial

Para Casandra Clare:
gracias por dejarme usar el fabuloso nombre de Magnus

1

¡Buenos días! Vas a morir

Sí, ya lo sé. Cuando leáis que me morí entre terribles dolores diréis: «¡Hala! ¡Cómo mola, Magnus! ¿Puedo morirme yo también entre terribles dolores?».

No. En serio, no.

No saltéis de ningún tejado. No os metáis corriendo en la carretera ni os prendáis fuego. No es así como funciona. No acabaréis donde yo acabé.

Además, no os conviene pasar por lo que yo he pasado. A menos que tengáis el absurdo deseo de ver a guerreros zombis haciéndose trizas a hachazos, espadas cortando narices de gigantes y elfos siniestros vestidos con ropa elegante, no deberíais ni plantearos encontrar las puertas con cabezas de lobo.

Me llamo Magnus Chase. Tengo dieciséis años. Esta es la historia de cómo mi vida fue de mal en peor después de matarme.

El día empezó con bastante normalidad. Estaba durmiendo en la acera debajo de un puente del jardín público cuando un tipo me despertó de una patada y me dijo:

—Vienen a por ti.

Por cierto, durante los dos últimos años he vivido en la calle.

Algunos pensaréis: «Oh, qué pena». Otros pensaréis: «¡Ja, ja, menudo pringado!». Pero, si me vierais en la calle, el noventa y cinco por ciento de vosotros pasaríais de largo como si fuera invisible. Rezaríais por que no os pidiera dinero. Os preguntaríais si soy mayor de lo que aparento, porque un adolescente no estaría envuelto en un apestoso saco de dormir, durmiendo a la intemperie en Boston en pleno invierno. «¡Alguien debería ayudar a ese pobre chico!»

Luego seguiríais andando.

En fin. No necesito vuestra compasión. Estoy acostumbrado a que se rían de mí. Estoy más que acostumbrado a que hagan como si no existiera. Pasemos a otra cosa.

El vagabundo que me despertó se llamaba Blitz. Como siempre, tenía pinta de haber atravesado un huracán de basura. Su tieso pelo moreno estaba lleno de pedazos de papel y ramitas. Su cara era del color del cuero de una silla de montar y estaba moteada de hielo. Su barba se rizaba en todas las direcciones. Llevaba los bajos de la trinchera cubiertos de nieve y los arrastraba alrededor de los pies —Blitz medía un metro sesenta y cinco—, y tenía los ojos tan dilatados que sus iris eran solo pupila. Su expresión de alarma permanente hacía que pareciera que fuese a gritar en cualquier momento.

Me quité las legañas de los ojos parpadeando. La boca me sabía a hamburguesa del día anterior. En el saco de dormir se estaba calentito, y no tenía ganas de salir.

—¿Quién viene a por mí?

—No estoy seguro. —Blitz se frotó la nariz; se la había roto tantas veces que la tenía en zigzag, como un relámpago—. Están repartiendo hojas con tu nombre y tu foto.

Solté un juramento. Podía ocuparme de los ocasionales policías o guardas del parque. De los inspectores de absentismo escolar, voluntarios de servicios a la comunidad, universitarios borrachos, adictos en busca de alguien pequeño y débil a quien atracar...Todos ellos habrían sido tan llevaderos a primera hora de la mañana como unas tortitas y un zumo de naranja.

Pero, si alguien conocía mi nombre y mi cara, la cosa pintaba mal. Eso significaba que me buscaban a mí en concreto. Tal vez la gente del refugio se hubiera enfadado conmigo por estropearles el equipo de música. (Aquellos villancicos me habían estado volviendo loco.) Tal vez una cámara de seguridad había registrado la última cartera que había robado en el barrio de los teatros. (Eh, necesitaba dinero para pizza.) O tal vez, por inverosímil que parezca, la policía seguía buscándome para interrogarme sobre el asesinato de mi madre...

Tardé unos tres segundos en recoger mis cosas. El saco de dormir bien enrollado y guardado en la mochila con mi cepillo de dientes y una muda de calcetines y ropa interior. Aparte de la ropa que llevaba a la espalda, esas eran todas mis pertenencias. Con la mochila al hombro y la cabeza cubierta con la capucha de la chaqueta, podía mezclarme bastante bien con los transeúntes que circulaban por las calles. Boston estaba lleno de universitarios, y algunos eran todavía más flacuchos y aparentaban menos años que yo.

Me volví hacia Blitz.

—¿Dónde has visto a la gente de los papeles?

—En Beacon Street. Vienen hacia aquí. Un hombre blanco de mediana edad y una chica, probablemente su hija.

Fruncí el ceño.

—No tiene sentido. ¿Quiénes...?

—No lo sé, chico, pero tengo que largarme. —Blitz entornó los ojos y miró la salida del sol, que estaba tiñendo las ventanas de los rascacielos de naranja. Por motivos que nunca había acabado de entender, Blitz odiaba la luz del día. Tal vez fuese el vampiro más bajo y rechoncho del mundo—. Deberías ir a ver a Hearth. Está en Copley Square.

Procuré no enfadarme. La gente de la calle decía en broma que Hearth y Blitz eran mi madre y mi padre, porque siempre parecía tener cerca a uno o al otro.

—Gracias —dije—. No me pasará nada.

Blitz se mordió la uña del pulgar.

—No sé, chico. Hoy es distinto. Tienes que tener muchísimo cuidado.

—¿Por qué?

Él echó un vistazo por encima de mi hombro.

—Ya vienen.

Yo no vi a nadie. Cuando me volví otra vez, Blitz había desaparecido.

No soportaba que hiciera eso. De repente, puf. Ese tío era como un ninja. Un vampiro ninja sin hogar.

Tenía que elegir: ir a Copley Square y quedarme con Hearth o dirigirme a Beacon Street y tratar de localizar a la gente que me estaba buscando.

La descripción de Blitz despertó mi curiosidad. Un hombre blanco de mediana edad y una chica buscándome al amanecer una mañana de un frío de mil demonios. ¿Por qué? ¿Quiénes eran?

Avancé sigilosamente por la orilla del lago. Casi nadie tomaba el sendero inferior por debajo del puente. Podía pegarme a la ladera de la colina y divisar a cualquiera que se acercase por el camino superior sin que me viera.

El suelo estaba cubierto de nieve. El cielo era tan azul que hacía daño a la vista. Parecía que las ramas sin hojas de los árboles se hubieran sumergido en cristal. El viento atravesaba todas mis capas de ropa, pero no me molestaba el frío. Mi madre solía decir en broma que yo era mitad oso polar.

«Maldita sea, Magnus», me regañé.

Después de dos años, mis recuerdos de ella todavía eran un campo de minas. En cuanto tropezaba con uno, mi calma se iba enseguida al garete.

Traté de concentrarme.

El hombre y la chica se acercaban por allí. Al hombre le llegaba el pelo rubio al cuello; no de forma intencionada, sino como si no le diera la gana cortárselo. Su expresión de desconcierto me recordó a la de un profesor suplente: «Sé que me ha dado una bolita de papel, pero no tengo ni idea de por dónde ha venido». Sus zapatos de vestir eran totalmente inadecuados para el invierno de Boston. Sus calcetines eran de distintos tonos marrones. Parecía que se hubiera hecho el nudo de la corbata mientras daba vueltas totalmente a oscuras.

La chica era sin duda su hija. Tenía el pelo igual de tupido y ondulado, aunque de un rubio más claro. Ella iba vestida con mayor acierto, con unas botas de nieve, unos vaqueros y una parka, por cuyo cuello asomaba una camiseta naranja. Su expresión era más decidida, furiosa. Sujetaba un fajo de hojas de papel como si fueran trabajos que le hubieran calificado injustamente.

Si me estaba buscando, no me apetecía que me encontrase. Daba miedo.

No los reconocía ni a ella ni a su padre, pero algo tiró del fondo de mi cráneo, como un imán tratando de extraer un recuerdo muy viejo.

Padre e hija se detuvieron donde se bifurcaba el sendero. Miraron a su alrededor, como si acabaran de darse cuenta de que estaban en medio de un parque desierto a una hora intempestiva y en pleno invierno.

—Increíble —dijo la chica—. Tengo ganas de estrangularlo.

Suponiendo que se refería a mí, me agaché un poco más.

Su padre suspiró.

—Deberíamos evitar matarlo. Es tu tío.

—Pero ¿dos años? —preguntó la chica—. ¿Cómo es posible que no nos haya dicho nada durante dos años, papá?

—No puedo explicar los actos de Randolph. Nunca he podido, Annabeth.

Inspiré tan bruscamente que temí que me oyesen. Aquello me había arrancado una costra del cerebro y había dejado al descubierto recuerdos de cuando tenía seis años.

Annabeth. Eso significaba que el hombre rubio era... ¿el tío Frederick?

Me retrotraje al último día de Acción de Gracias que habíamos celebrado: Annabeth y yo escondidos en la biblioteca de la mansión del tío Randolph, jugando al dominó mientras los adultos se gritaban abajo.

«Tienes suerte de vivir con tu madre. —Annabeth colocó otra ficha de dominó en su edificio en miniatura. Era increíble, con columnas en la parte delantera, como un templo—. Yo me voy a escapar.»

No me cabía duda de que hablaba en serio. Me asombraba su seguridad.

Entonces el tío Frederick apareció en la puerta. Tenía los puños apretados. Su expresión seria desentonaba con el reno sonriente de su jersey. «Nos vamos, Annabeth.»

Annabeth me miró. Sus ojos grises eran un pelín demasiado intensos para una colegiala de primero. «Cuídate, Magnus.»

Haciendo un movimiento rápido con el dedo, derribó su templo de fichas de dominó.

Esa era la última vez que la había visto.

Después, mi madre se había cerrado en banda: «Vamos a mantenernos lejos de tus tíos. Sobre todo de Randolph. No pienso darle lo que quiere. Jamás».

No me explicó lo que quería Randolph ni el asunto por el que ella, Frederick y Randolph habían discutido.

«Tienes que confiar en mí, Magnus. Estar cerca de ellos... es demasiado peligroso.»

Yo confiaba en mi madre. Ni siquiera después de su muerte había mantenido contacto con mis parientes.

Y en ese momento, de repente, me estaban buscando.

Randolph vivía en la ciudad, pero, que yo supiera, Frederick y Annabeth seguían viviendo en Virginia. Y, sin embargo, allí estaban, repartiendo hojas con mi nombre y mi foto. ¿De dónde habían sacado una foto mía?

Me daba tantas vueltas la cabeza que me perdí parte de la conversación.

—... encontrar a Magnus —estaba diciendo el tío Frederick. Consultó su smartphone—. Randolph está en el refugio del South End. Dice que no ha tenido suerte. Deberíamos probar en el centro de acogida para jóvenes que hay al otro lado del parque.

—¿Cómo sabemos que Magnus está vivo? —preguntó Annabeth con tristeza—. Lleva dos años desaparecido... ¡Podría estar congelado en una zanja!

Una parte de mí sintió la tentación de salir de mi escondite y gritar: «¡TACHÁN!».

Aunque hacía diez años que no veía a Annabeth, no me gustaba verla tan agitada. Pero, después de pasar tanto tiempo en las calles, había aprendido por las malas: no debes meterte en un lío hasta que sepas de qué va.

—Randolph está seguro de que Magnus está vivo —dijo el tío Frederick—. Está en alguna parte de Boston. Si su vida corre peligro de verdad...

Se encaminaron a Charles Street; sus voces se vieron arrastradas por el viento.

Yo estaba temblando, pero no de frío. Quería correr detrás de Frederick, interceptarlo y exigirle que me contara lo que pasaba. ¿Cómo sabía Randolph que yo seguía en la ciudad? ¿Por qué me estaban buscando? ¿Por qué mi vida corría más peligro entonces que cualquier otro día?

Pero no los seguí.

Me acordé de lo último que me había dicho mi madre. Yo me había mostrado reacio a usar la escalera de incendios, a abandonarla, pero ella me había agarrado por los brazos y me había obligado a mirarla. «Huye, Magnus. Escóndete. No te fíes de nadie. Te encontraré. Hagas lo que hagas, no le pidas ayuda a Randolph.»

Y entonces, antes de que hubiera salido por la ventana, la puerta de nuestra casa se había hecho astillas. Dos pares de brillantes ojos azules habían surgido de la oscuridad...

Volví al presente y observé como el tío Frederick y Annabeth se marchaban, desviándose al este, hacia el parque de Common.

El tío Randolph... Por algún motivo, se había puesto en contacto con Frederick y Annabeth. Los había hecho ir a Boston. Durante todo ese tiempo, Frederick y Annabeth no habían sabido que mi madre había muerto y que yo había desaparecido. Parecía imposible, pero, si era cierto, ¿por qué se lo diría entonces Randolph?

Sin enfrentarme a él directamente, solo se me ocurría una forma de conseguir respuestas. Su vivienda se encontraba en Back Bay, a un paseo de allí. Según Frederick, Randolph no estaba en casa. Estaba en el South End, buscándome.

Como no había mejor forma de empezar el día que con un pequeño allanamiento de morada, decidí visitar su casa.

2

El hombre del sostén metálico

La mansión familiar era un asco.

Sí, claro, vosotros no pensaríais eso. Veríais la enorme vivienda de piedra caliza rojiza de seis plantas, con gárgolas en las esquinas del tejado, montantes con vidrieras, escalones de mármol en la entrada y todos los demás detalles que proclamaban que allí vivía gente rica, y os preguntaríais por qué vivo en la calle.

Dos palabras: tío Randolph.

Era su casa. Como hijo mayor, la había heredado de mis abuelos, que habían muerto antes de que yo naciera. Yo no sabía gran cosa del culebrón familiar, pero había mucha hostilidad entre los tres hijos: Randolph, Frederick y mi madre. Después del Gran Cisma de Acción de Gracias, no volvimos a visitar la casa solariega. Nuestra casa estaba a menos de un kilómetro de distancia, pero era como si Randolph viviera en Marte.

Mi madre solo lo mencionaba cuando daba la casualidad de que pasábamos en coche por delante. Entonces la señalaba como uno señalaría un acantilado peligroso. «¿La ves? Ahí está. Evítala.»

Cuando empecé a vivir en la calle, a veces pasaba por allí de noche. Por las ventanas veía vitrinas brillantes con espadas y hachas antiguas, espeluznantes cascos con máscaras que me miraban, estatuas perfiladas en las ventanas superiores como fantasmas petrificados.

Había considerado varias veces forzar la entrada para fisgonear, pero nunca había estado tentado de llamar a la puerta. «Tío Randolph, ya sé que odiabas a mi madre y que no me has visto desde hace diez años, ya sé que te preocupas más por tus antigüedades oxidadas que por tu familia, pero ¿puedo vivir en tu espectacular casa y comer tus migajas, por favor?»

No, gracias. Prefiero estar en la calle comiendo falafel del día anterior.

Aun así, supuse que sería bastante sencillo entrar a la fuerza, echar un vistazo y ver si encontraba respuestas relacionadas con lo que estaba pasando. Y de paso, podría coger algunas cosas para empeñarlas.

Lo siento si eso atenta contra tu sentido del bien y el mal.

Un momento. No, no lo siento.

Yo no robo a cualquiera. Elijo a capullos odiosos que tienen demasiado. Si conduces un BMW nuevo y aparcas en la plaza para minusválidos sin la tarjeta de discapacidad, entonces no tengo ningún problema en forzar la ventanilla de tu coche y llevarme algo de dinero suelto de tu posavasos. Si sales de una tienda de lujo con una bolsa con pañuelos de seda y estás tan ocupado hablando por teléfono y apartando a la gente a empujones que no prestas atención, allí estaré yo, dispuesto a robarte la cartera. Si puedes permitirte gastarte cinco mil dólares para sonarte los mocos, puedes permitirte invitarme a cenar.

Soy juez, jurado y ladrón. Y en lo tocante a capullos odiosos, no creía que pudiese encontrar un espécimen mejor que el tío Randolph.

La casa daba a Commonwealth Avenue. Rodeé la vivienda hasta una calle con el poético nombre de Public Alley 429. El aparcamiento de Randolph estaba vacío. Una escalera bajaba a la entrada del sótano. Si había un sistema de seguridad, no lo localicé. La puerta tenía un simple pestillo y ni siquiera tenía cerrojo de seguridad. «Venga ya, Randolph. Por lo menos ponlo más difícil.»

Dos minutos más tarde, estaba dentro.

En la cocina, me serví unas lonchas de pavo, unas galletas saladas y leche del cartón. No había falafel. Maldita fuera. Me apetecía mucho uno, pero encontré una tableta de chocolate y me la guardé en el bolsillo de la chaqueta para más tarde. (El chocolate hay que saborearlo, no comerlo con prisas.) Luego subí a un mausoleo de muebles de caoba, alfombras orientales, óleos, suelos de mármol y arañas de cristal... Era vergonzoso. ¿Quién vive así?

Con seis años, no podía apreciar lo caro que era todo aquello, pero mi impresión general de la mansión era la misma: siniestra, opresiva, espeluznante. Costaba imaginar que mi madre se hubiera criado allí. Era fácil entender por qué se había aficionado tanto a la naturaleza.

Nuestra casa, encima de un restaurante coreano en Allston, era bastante acogedora, pero a mi madre no le gustaba estar entre cuatro paredes. Siempre decía que su verdadero hogar era la reserva natural de Blue Hills. Solíamos ir de excursión y de acampada lloviera o hiciese sol: aire fresco, espacio abierto sin paredes ni techo, con la única compañía de los patos, los gansos y las ardillas.

Aquella mansión de piedra caliza, en comparación, parecía una cárcel. Mientras estaba solo en el vestíbulo, noté un hormigueo en la piel, como si me corretearan escarabajos invisibles por encima.

Subí al segundo piso. La biblioteca olía a cera con perfume de limón y cuero, como yo recordaba. A lo largo de una pared, había una vitrina iluminada llena de cascos vikingos oxidados y hachas corroídas. Mi madre me dijo una vez que Randolph daba clases de historia en Harvard antes de que lo despidieran por una grave deshonra. No entró en detalles, pero estaba claro que ese tío seguía pirado por las reliquias.

«Eres más listo que cualquiera de tus tíos, Magnus —me dijo mi madre en una ocasión—. Con tus notas, podrías entrar sin problemas en Harvard.»

Eso había sido cuando ella todavía estaba viva, yo todavía iba al colegio y podría haber tenido un futuro más allá de buscar mi próxima comida.

En un rincón del despacho de Randolph había una gran losa de piedra como una lápida, con la parte delantera tallada y pintada con complejos dibujos de remolinos rojos. En el centro había un tosco dibujo de una bestia que gruñía; tal vez un león o un lobo.

Me estremecí. Mejor no pensar en lobos.

Me acerqué a la mesa de Randolph. Había esperado encontrar un ordenador o una libreta de notas; cualquier cosa que explicase por qué me estaban buscando. En cambio, sobre la mesa había retazos de pergamino finos y amarillentos, como pieles de cebolla. Parecían mapas dibujados por un colegial del medievo para la clase de sociales: dibujos borrosos del litoral y varios puntos marcados en un alfabeto que no reconocía. Encima de todo, como un sujetapapeles, había un saquito de cuero.

Me quedé sin aliento. Reconocía el saquito. Desaté el cordón y cogí una de las fichas de dominó..., solo que no era una ficha de dominó. Eso era lo que había creído a los seis años, cuando Annabeth y yo jugábamos con ellas. Pero, en lugar de puntos, las piedras tenían pintados símbolos rojos.

La que sostenía en la mano tenía la forma de la rama de un árbol o de una efe deformada:

Se me aceleró el corazón. Me pregunté si había sido buena idea ir allí. Era como si las paredes se estrechasen. En la gran roca del rincón, el dibujo de la bestia parecía gruñirme; su contorno rojo relucía como sangre fresca.

Me acerqué a la ventana. Pensé que me ayudaría mirar fuera. En el centro de la avenida se extendía la alameda de Commonwealth: una franja de zona verde cubierta de nieve. Los árboles sin hojas estaban decorados con luces de Navidad blancas. Al final de la manzana, dentro de una verja de hierro, la estatua de bronce de Leif Erikson se alzaba sobre su pedestal, protegiéndose los ojos con la mano. Leif miraba hacia el paso elevado de Charlesgate como diciendo: «¡Mirad, he descubierto una autopista!».

Mi madre y yo solíamos bromear sobre Leif. Su armadura era algo escasa: una falda corta y un peto que parecía un sostén vikingo.

No tenía ni idea de qué pintaba esa estatua en medio de Boston, pero me imaginaba que no podía ser una casualidad que el tío Randolph se dedicara al estudio de los vikingos. Él había vivido allí toda su vida. Probablemente había mirado a Leif cada día desde su ventana. Tal vez de niño hubiera pensado: «Algún día quiero estudiar a los vikingos. ¡Los hombres que llevan sostenes metálicos molan!».

Desplacé la vista al pedestal de la estatua. Había alguien allí... mirándome.

¿Sabes cuando ves a alguien fuera de contexto y tardas un instante en reconocerlo? A la sombra de Leif Erikson, había un hombre alto y pálido con una cazadora de cuero negra, unos pantalones de motociclista negros y unas botas puntiagudas. Su cabello, corto, de punta, era tan rubio que parecía blanco. El único toque de color que lucía era una bufanda a rayas rojas y blancas que le rodeaba el cuello y le caía por los hombros como un bastón de caramelo derretido.

Si no lo hubiera conocido, podría haber pensado que era un *cosplayer* disfrazado de un personaje de *anime*. Pero sí que lo conocía. Era Hearth, mi colega sintecho y mi «madre» suplente.

Estaba un poco asustado y un poco ofendido. ¿Me había visto en la calle y me había seguido? No necesitaba que ningún acosador mariposón cuidara de mí.

Extendí las manos: «¿Qué haces aquí?».

Hearth hizo un gesto como si estuviera arrancando algo de su mano ahuecada y tirándolo. Después de acompañarlo durante dos años, había aprendido a interpretar la lengua de signos.

Estaba diciendo: «LÁRGATE».

No parecía alarmado, pero era difícil de saber con Hearth. Él nunca mostraba mucha emoción. Cuando estábamos juntos, se dedicaba sobre todo a mirarme fijamente con aquellos ojos gris claro como si estuviera esperando a que yo explotase.

Perdí unos segundos valiosos tratando de averiguar qué quería decir y por qué estaba allí cuando se suponía que estaba en Copley Square.

Él volvió a gesticular: adelantó las manos con dos dedos extendidos y los subió y bajó dos veces. «Deprisa.»

—¿Por qué? —pregunté en voz alta.

—Hola, Magnus —dijo una voz grave detrás de mí.

Estuvo a punto de salírseme el corazón por la boca. En la puerta de la biblioteca había un hombre de torso fuerte y grueso con una barba blanca recortada y el pelo gris en la coronilla. Llevaba un abrigo de cachemir beis encima de un traje de lana oscuro. Sus manos enguantadas sujetaban el mango de un bastón de madera pulida con la punta de hierro. La última vez que lo había visto tenía el pelo castaño, pero conocía esa voz.

—Randolph.

Él inclinó su cabeza un milímetro.

—Qué agradable sorpresa. Me alegro de que estés aquí. —No parecía ni sorprendido ni alegre—. No tenemos mucho tiempo.

La comida y la leche empezaron a revolverse en mi estómago.

—Mu-mucho tiempo... ¿antes de qué?

Frunció el ceño. Arrugó la nariz como si detectara un olor ligeramente desagradable.

—Hoy cumples dieciséis años, ¿verdad? Van a venir a matarte.

3

No aceptes paseos de parientes extraños

Pues me deseaba a mí mismo cumpleaños feliz.

¿Era 13 de enero? Sinceramente, no tenía ni idea. El tiempo vuela cuando duermes debajo de puentes y comes de los contenedores de basura.

Así que tenía oficialmente dieciséis años. Y como regalo, acabé arrinconado por mi tío Rarito, quien me anunció que estaba destinado a ser asesinado.

—¿Quién...? —empecé a preguntar—. ¿Sabes qué? Olvídalo. Me alegro de verte, Randolph. Me largo.

Randolph permaneció en la puerta, bloqueando la salida. Me apuntó con la punta de su bastón. Juro que noté como me presionaba el esternón desde el otro lado de la estancia.

—Tenemos que hablar, Magnus. No quiero que te atrapen, después de lo que le pasó a tu madre...

Un puñetazo en la cara habría sido menos doloroso.

En mi cabeza empezaron a dar vueltas recuerdos de aquella noche como un vertiginoso caleidoscopio: nuestro edificio temblando, un grito procedente del piso de abajo, mi madre —que había estado tensa y paranoica todo el día— arrastrándome hacia la escalera de incendios, diciéndome que huyese. La puerta se hizo astillas y se abrió de golpe. Del pasillo salieron dos bestias, con la piel del color de la nieve sucia y los ojos de un azul brillante. Se me resbalaron los dedos de la barandilla de la escalera de incendios y me caí, y aterricé sobre un montón de bolsas de basura que había tiradas en el callejón. Momentos después, las ventanas de nuestra casa estallaron escupiendo fuego.

Mi madre me había dicho que huyese, y eso hice. Había prometido que me encontraría, pero no lo hizo. Más tarde, en las noticias, me enteré de que habían rescatado su cuerpo del incendio. La policía me estaba buscando. Tenían preguntas que hacerme: indicios de incendio provocado; mi historial de problemas disciplinarios en el colegio; declaraciones de los vecinos, que afirmaban haber oído gritos y un fuerte estallido en nuestra casa justo antes de la explosión; el hecho de que yo hubiera escapado de la escena. En ninguna de esas declaraciones se hacía mención a unos lobos de ojos brillantes.

Desde esa noche había estado escondiéndome, intentando pasar desapercibido, demasiado ocupado sobreviviendo para llorar la muerte de mi madre como era debido, preguntándome si aquellas bestias habían sido una alucinación..., aunque sabía que no era así.

Entonces, después de todo ese tiempo, el tío Randolph quería ayudarme.

Agarré tan fuerte la pequeña ficha de dominó que me corté la palma de la mano.

—No sabes lo que le pasó a mi madre. Nunca te ha importado ninguno de nosotros.

Randolph bajó el bastón. Se apoyó pesadamente en él y se quedó mirando la alfombra. Casi creí que le había ofendido.

—Le supliqué a tu madre —dijo—. Yo quería que te trajera aquí, a vivir donde pudiera protegerte, pero se negó. Cuando murió... —Sacudió la cabeza—. Magnus, no tienes ni idea del tiempo que hace que te busco ni del peligro que corres.

—Estoy bien —le espeté, aunque el corazón me latía con fuerza contra las costillas—. He cuidado bastante bien de mí mismo.

—Puede, pero eso se acabó. —La certeza de la voz de Randolph me provocó un escalofrío—. Ahora tienes dieciséis años, la edad de la madurez. Escapaste de ellos una vez, la noche que murió tu madre. No te dejarán volver a escapar. Esta es nuestra última oportunidad. Déjame ayudarte o no acabarás el día con vida.

La tenue luz invernal se desplazó a través del montante con vidriera y bañó el rostro de Randolph de colores cambiantes, como si fuera un camaleón.

No debería haber ido allí. Tonto, tonto, tonto. Mi madre me había transmitido una y otra vez un mensaje claro: «No acudas a Randolph». Y, sin embargo, allí estaba.

Cuanto más lo escuchaba, más aterrado estaba y más desesperadamente quería oír lo que tenía que decirme.

—No necesito tu ayuda. —Dejé la extraña pieza de dominó en la mesa—. No quiero...

—Sé lo de los lobos.

Eso hizo que me detuviera.

—Sé lo que viste —continuó—. Sé quién envió a esos animales. Al margen de lo que piense la policía, sé cómo murió realmente tu madre.

—¿Cómo...?

—Magnus, tengo que contarte muchas cosas sobre tus padres, sobre tu herencia... Sobre tu padre.

Un alambre helado descendió por mi columna vertebral.

—¿Conociste a mi padre?

No quería darle a Randolph ninguna ventaja. Vivir en la calle me había enseñado lo peligroso que podía ser perder ventaja. Pero me tenía enganchado. Yo necesitaba oír esa información. Y a juzgar por el brillo apreciativo de sus ojos, él lo sabía.

—Sí, Magnus. La identidad de tu padre, el asesinato de tu madre, el motivo por el que rechazó mi ayuda..., todo está relacionado. —Señaló la vitrina de artículos vikingos—. Llevo toda mi vida trabajando con un solo objetivo. He estado tratando de resolver un misterio histórico. Hasta hace poco no podía ver el panorama en conjunto. Ahora ya puedo verlo. Todo ha conducido a este día, tu decimosexto cumpleaños.

Retrocedí hasta la ventana, lo más lejos que pude del tío Randolph.

—Mira, no entiendo el noventa por ciento de lo que dices, pero si puedes hablarme sobre mi padre...

El edificio se sacudió como si a lo lejos hubieran disparado una descarga de cañones; un rumor tan grave que lo noté en los dientes.

—Dentro de poco estarán aquí —advirtió Randolph—. Se nos acaba el tiempo.

—¿Quién estará aquí?

Randolph avanzó cojeando, apoyándose en su bastón. La pierna derecha no parecía responderle.

—Te estoy pidiendo mucho, Magnus. No tienes motivos para fiarte de mí. Pero tienes que venir conmigo ahora mismo. Sé dónde está tu patrimonio. —Señaló los antiguos mapas extendidos sobre la mesa—. Juntos podemos recuperar lo que es tuyo. Es lo único que podría protegerte.

Eché un vistazo por encima del hombro a través de la ventana. En la alameda de Commonwealth, Hearth había desaparecido. Yo debería haber hecho lo mismo. Mirando al tío Randolph, traté de ver algún parecido entre él y mi madre, algo que pudiera impulsarme a confiar en él. No encontré nada. Su imponente cuerpo, sus intensos ojos oscuros, su cara seria y su actitud rígida... Era lo contrario de mi madre.

—Tengo el coche atrás —dijo.

—Tal... tal vez deberíamos esperar a Annabeth y al tío Frederick.

Randolph hizo una mueca.

—Ellos no me creen. Nunca me han creído. Desesperado, como último recurso, los traje a Boston para que me ayudaran a buscarte, pero ahora que estás aquí...

El edificio volvió a temblar. Esta vez el «bum» se sintió más cerca y más fuerte. Yo quería creer que venía de alguna obra en las inmediaciones o de una ceremonia militar o cualquier cosa fácilmente explicable. Pero mi instinto me decía lo contrario. El ruido sonaba como la caída de un pie gigantesco, como el ruido que había sacudido nuestra casa hacía dos años.

—Por favor, Magnus. —Le temblaba la voz—. Yo también perdí a mi familia a manos de esos monstruos. Perdí a mi mujer y a mis hijas.

—¿Tú... tú has tenido familia? Mi madre nunca me dijo nada...

—No, ella no te lo diría. Pero tu madre... Natalie era mi única hermana. La quería. Me dolió perderla. Y no puedo perderte a ti también. Ven conmigo. Tu padre dejó algo que deberías buscar: algo que cambiará los mundos.

Demasiadas preguntas se agolpaban en mi cerebro. No me gustaba el brillo demencial de los ojos de Randolph. No me gustaba la forma en que había dicho «mundos», en plural. Y no creía que me hubiera estado buscando desde que había muerto mi madre. Yo tenía la antena puesta continuamente. Si Randolph hubiera estado preguntando por mí, alguno de mis amigos de la calle me lo habría chivado, como había hecho Blitz esa mañana con Annabeth y Frederick.

Se había producido algún cambio: algo que hizo que Randolph decidiera que merecía la pena buscarme.

—¿Y si huyo? —pregunté—. ¿Intentarás detenerme?

—Si huyes, te encontrarán. Te matarán.

Tenía la garganta como si estuviera llena de bolitas de algodón. No me fiaba de Randolph. Por desgracia, creía que hablaba en serio sobre la gente que trataba de matarme. Su voz sonaba sincera.

—Pues entonces vamos a dar un paseo —dije.

4

En serio, este tío no sabe conducir

¿Has oído hablar de lo mal que conducen los de Boston? Mi tío Randolph es de esos.

El tío pisó el acelerador de su BMW 528i (por supuesto, tenía que ser un BMW) y enfiló Commonwealth Avenue como un rayo, haciendo caso omiso de los semáforos, tocando el claxon a otros coches y zigzagueando caprichosamente de un carril a otro.

—Te has dejado a una peatona —dije—. ¿Quieres volver para atropellarla?

Randolph estaba demasiado distraído para contestar. No paraba de mirar al cielo como si buscase nubarrones. Cruzó la intersección de Exeter pisando el acelerador de su BMW.

—Bueno, ¿adónde vamos? —pregunté.

—Al puente.

Eso lo aclaraba todo. En la zona de Boston había unos veinte puentes.

Palpé el asiento de cuero caliente. Hacía seis meses que no viajaba en coche. La última vez había sido en el Toyota de un trabajador social. Y, antes de eso, en un coche de policía. Ambas veces había usado un nombre falso. Ambas veces había escapado, pero durante los últimos dos años había llegado a equiparar los coches con las celdas. No estaba seguro de que mi suerte hubiera cambiado ese día.

Esperaba que Randolph respondiera a alguna de las acuciantes preguntas que tenía, como por ejemplo: ¿quién es mi padre? ¿Quién asesinó a mi madre? ¿Cómo perdiste a tu mujer y a tus hijas? ¿Estás teniendo alucinaciones en este momento? ¿De veras tienes que llevar esa colonia con aroma a clavo?

Pero él estaba demasiado ocupado haciendo estragos en el tráfico.

Finalmente, por darle conversación, pregunté:

—¿Quién intenta matarme?

Giró a la derecha en Arlington. Rodeamos el jardín público, pasamos por delante de la estatua ecuestre de George Washington, las hileras de farolas de gas y los setos cubiertos de nieve. Estuve tentado de lanzarme del coche, volver corriendo al estanque de los cisnes y esconderme en mi saco de dormir.

—Magnus —dijo Randolph—, he dedicado mi vida a estudiar la exploración nórdica de Norteamérica.

—Vaya, gracias —contesté—. Eso responde a mi pregunta.

De repente, Randolph me recordó a mi madre. Me dedicó el mismo gesto ceñudo de irritación, la misma mirada por encima de las gafas, como diciendo: «Por favor, déjate de sarcasmos, chico». El parecido me provocó dolor en el pecho.

—Está bien —dije—. Te seguiré la corriente. La exploración nórdica. Te refieres a los vikingos.

Randolph hizo una mueca.

—Bueno... «vikingo» significa «invasor». Es más bien una descripción de trabajo. No todos los nórdicos eran vikingos. Pero sí, me refiero a ellos.

—La estatua de Leif Erikson... ¿significa que los vikingos, digo, los nórdicos, descubrieron Boston? Creía que habían sido los peregrinos.

—Podría darte una clase de tres horas solo sobre ese tema.

—Por favor, ahórratela.

—Basta decir que los nórdicos exploraron Norteamérica e incluso construyeron asentamientos en torno al año 1000, casi quinientos años antes que Cristóbal Colón. Los estudiosos están de acuerdo en ese punto.

—Es un alivio. No soporto cuando los estudiosos no se ponen de acuerdo.

—Pero nadie está seguro de cuánta distancia navegaron hacia el sur. ¿Llegaron a lo que es ahora Estados Unidos? La estatua de Leif Erikson... fue el proyecto favorito de un pensador lleno de ilusiones del siglo XIX, un hombre llamado Eben Horsford. Estaba convencido de que Boston era el poblado nórdico perdido de Norumbega, su punto de exploración más alejado. Tenía una corazonada, un presentimiento, pero ninguna prueba real. La mayoría de los historiadores lo tacharon de chiflado.

Me miró de forma significativa.

—A ver si lo adivino... Tú no crees que fuese un chiflado. —Resistí el deseo de añadir: «Dios los cría y ellos se juntan».

—Los mapas de mi mesa —dijo Randolph—. Son la prueba. Mis colegas los consideran falsificaciones, pero no lo son. ¡Me he jugado mi reputación en ello!

«Y por eso te despidieron de Harvard», pensé.

—Los exploradores nórdicos llegaron hasta aquí —continuó—. Buscaban algo... y lo encontraron aquí. Uno de sus barcos se hundió cerca. Durante años pensé que el buque naufragado estaba en la bahía de Massachusetts. Lo sacrifiqué todo para encontrarlo. Me compré un barco y me llevé a mi mujer y a mis hijas de expedición. La última vez... —Se le quebró la voz—. La tormenta apareció de la nada, el fuego...

No parecía tener ganas de contar más, pero capté la idea general: había perdido a su familia en el mar. Realmente se lo había jugado todo con su absurda teoría de que los vikingos habían estado en Boston.

Me sabía mal por él, claro. Además, no quería ser su siguiente víctima.

Paramos en la esquina de Boylston con Charles.

—Creo que me bajaré aquí.

Tiré de la manija. La puerta se había cerrado desde el lado del conductor.

—Escúchame, Magnus. No fue una casualidad que nacieras en

Boston. Tu padre quería que encontraras lo que él perdió hace dos mil años.

Me empezaron a temblar los pies.

—¿Has dicho... dos mil años?

—Más o menos.

Consideré gritar y aporrear la ventanilla. ¿Me ayudaría alguien? Si pudiera salir del coche, tal vez encontrase al tío Frederick y a Annabeth, suponiendo que no estuvieran tan locos como Randolph.

Nos metimos en Charles Street y nos dirigimos al norte entre el jardín público y el parque de Common. Randolph podría haberme llevado a cualquier parte: Cambridge, el North End o un depósito de cadáveres apartado.

Traté de no perder la calma.

—Dos mil años... Eso supera la esperanza de vida media de un padre normal.

La cara de Randolph me recordó las viejas caricaturas en blanco y negro de la Luna con rostro de hombre: pálida y redondeada, llena de marcas y cicatrices, con una sonrisa reservada que no era muy amistosa.

—¿Qué sabes de mitología nórdica, Magnus?

«Esto se pone cada vez mejor», pensé.

—Ejem, no mucho. Mi madre tenía un libro ilustrado que solía leerme cuando era pequeño. ¿Y no han hecho un par de películas sobre Thor?

Randolph movió la cabeza con gesto de indignación.

—Esas películas son terriblemente inexactas. Los auténticos dioses de Asgard (Thor, Loki, Odín y el resto) son mucho más poderosos, mucho más aterradores que cualquier invención de Hollywood.

—Pero... son mitos. No son reales.

Randolph me lanzó una especie de mirada compasiva.

—Los mitos son simplemente historias sobre verdades que hemos olvidado.

—Mira, me acabo de acordar de que tenía una cita más abajo...

—Hace un milenio, los exploradores nórdicos vinieron a esta tierra.

Randolph pasó por delante del bar Cheers, en Beacon Street, donde los turistas bien abrigados se hacían fotos delante del rótulo. Vi una hoja de papel arrugada volando por la acera: tenía escrita la palabra DESAPARECIDO y una vieja foto mía. Uno de los turistas la pisó.

—El capitán de esos exploradores —continuó Randolph— era hijo del dios Skirnir.

—Hijo de un dios. En serio, aquí me va bien en cualquier parte. Puedo ir andando.

—Ese hombre llevaba un objeto muy especial —dijo Randolph—, algo que una vez perteneció a tu padre. Cuando el barco nórdico se hundió en plena tormenta, ese objeto se perdió. Pero tú... tú tienes la capacidad de encontrarlo.

Intenté abrir la puerta otra vez. Seguía cerrada.

¿Sabéis lo peor de todo? Que cuanto más hablaba Randolph, menos me convencía a mí mismo de que estaba loco. Su historia penetró en mi mente: tormentas, lobos, dioses, Asgard. Las palabras encajaron como piezas de un puzle que nunca había tenido el valor de terminar. Estaba empezando a creerle, y me daba un miedo terrible.

Randolph torció de repente en la vía de acceso a Storrow Drive. Aparcó delante de un parquímetro de Cambridge Street. Hacia el norte, más allá de la vía elevada de la estación del Hospital General de Massachusetts, se elevaban las torres de piedra del puente de Longfellow.

—¿Es allí adonde vamos? —pregunté.

Randolph buscó unas monedas en su posavasos.

—Todos estos años ha estado mucho más cerca de lo que yo pensaba. ¡Solo te necesitaba a ti!

—Me siento muy querido.

—Hoy cumples dieciséis años. —Los ojos de Randolph brillaban de emoción—. Es el día perfecto para reclamar tu herencia. Pero también es lo que tus enemigos han estado esperando. Nosotros tenemos que encontrarla primero.

—Pero...

—Confía un poco más en mí, Magnus. Cuando tengamos el arma...

—¿Arma? ¿Ahora resulta que mi herencia es un arma?

—Cuando la tengas en tu poder, estarás mucho más seguro. Puedo explicártelo todo. Puedo ayudarte a prepararte para lo que se avecina.

Abrió la puerta del coche. Antes de que pudiera salir, lo agarré por la muñeca.

Normalmente evito tocar a la gente. El contacto físico me da repelús. Pero necesitaba contar con toda su atención.

—Dame una respuesta —dije—. Una respuesta clara, sin divagar ni darme lecciones de historia. Has dicho que conociste a mi padre. ¿Quién es?

Randolph posó su mano sobre la mía, cosa que me hizo retorcerme. Tenía la palma demasiado áspera y callosa para un profesor de historia.

—Te juro por mi vida que la verdad es esta, Magnus: tu padre es un dios nórdico. Y ahora date prisa. El tiempo límite del aparcamiento es de veinte minutos.

5

Siempre he querido destrozar un puente

—¡No puedes soltar una bomba como esa y largarte! —grité cuando Randolph se alejó.

A pesar del bastón y la pierna anquilosada, se movía muy bien. Parecía un medalla de oro olímpico en cojeo. Siguió adelante y subió a la acera del puente de Longfellow mientras yo trotaba detrás de él, con el viento resonando en mis oídos.

Los trabajadores matutinos estaban llegando de Cambridge. A lo largo del puente, se extendía una caravana de coches que apenas se movían. Cualquiera pensaría que mi tío y yo seríamos los únicos lo bastante tontos para cruzar el puente a temperaturas bajo cero, pero, al tratarse como se trataba de Boston, había media docena de corredores que avanzaban resoplando, como focas esqueléticas con sus bodis de licra. Por la acera de enfrente caminaba una madre con dos niños arrebujados en un cochecito. Sus hijos parecían compartir el entusiasmo que yo sentía.

Mi tío iba todavía casi cinco metros por delante de mí.

—¡Randolph! —grité—. ¡Estoy hablando contigo!

—La fuerza del río —murmuró—. Los residuos de las orillas..., teniendo en cuenta mil años de pautas cambiantes de las mareas...

—¡Eh! —Atrapé la manga de su abrigo de cachemir—. Rebobina hasta la parte del dios nórdico que es mi padre.

Randolph escudriñó los alrededores. Nos habíamos detenido ante una de las torres principales del puente: un cono de granito que se alzaba quince metros por encima de nosotros. A la gente, las torres les recordaban a saleros y pimenteros gigantes, pero yo siempre había pensado que se parecían a los Dalek de *Doctor Who*. (Soy un friki. ¿Qué se le va a hacer? Y sí, hasta los chicos sin hogar ven la tele a veces: en las salas de recreo de los refugios, en los ordenadores de las bibliotecas públicas... Tenemos nuestros medios.)

A treinta metros por debajo de nosotros, el río Charles relucía con un tono gris acerado, su superficie salpicada de manchas de nieve y hielo, como la piel de una enorme pitón.

Randolph se inclinó tanto por encima de la barandilla que me puso nervioso.

—Qué ironía —murmuró—. Tenía que ser precisamente aquí...

—En fin —dije—, volviendo a mi padre...

Randolph me agarró por el hombro.

—Mira allí abajo, Magnus. ¿Qué ves?

Miré con cautela a un lado del puente.

—Agua.

—No, los adornos grabados, justo debajo de nosotros.

Volví a mirar. En mitad del lado del estribo, un saliente de granito asomaba por encima del agua como un palco de teatro acabado en punta.

—Parece una nariz.

—No, es... Bueno, desde este ángulo, sí que parece una especie de nariz, pero es la proa de un barco vikingo. ¿Lo ves? El otro estribo tiene otro. Al poeta Longfellow, que dio nombre al puente, le fascinaban los nórdicos. Escribió poemas sobre sus dioses. Como Eben Horsford, Longfellow creía que los vikingos habían explorado Boston. De ahí los diseños del puente.

—Deberías organizar visitas —dije—. Los fanáticos de Longfellow pagarían una pasta.

—¿No lo ves? —Randolph todavía tenía la mano en mi hombro, cosa que no me tranquilizaba nada—. Muchas personas lo han sabido a lo largo de los siglos. Lo han sentido de forma instintiva, aunque no tuvieran pruebas. Esta zona no solo era objeto de visita para los vikingos. ¡Para ellos era sagrada! Justo debajo de nosotros (cerca de esos barcos decorativos) están los restos de un barco vikingo que contiene un cargamento de valor incalculable.

—Sigo viendo agua. Y sigo queriendo oír cosas sobre mi padre.

—Magnus, los exploradores nórdicos vinieron aquí buscando el eje de los mundos, el tronco del árbol. Y lo encontraron...

Un débil «bum» resonó a través del río. El puente se sacudió. A un kilómetro y medio, en medio de la maraña de chimeneas y chapiteles de Back Bay, una columna de humo negro oleaginoso ascendía con forma de hongo hacia el cielo.

Mantuve el equilibrio apoyándome en la barandilla.

—Ejem, ¿eso no estaba cerca de tu casa?

La expresión de Randolph se endureció. Su barba incipiente emitía destellos plateados a la luz del sol.

—Se nos acaba el tiempo. Estira la mano por encima del agua, Magnus. La espada está allí abajo. Llámala. Concéntrate en ella como si fuera lo más importante del mundo: lo que más deseases.

—¿Una espada? Mira, Randolph, sé que estás teniendo un día duro, pero...

—HAZLO.

La severidad de su voz me hizo estremecerme. Randolph tenía que estar loco, hablando de dioses y espadas y antiguos barcos naufragados. Y, sin embargo, la columna de humo que se alzaba sobre Back Bay era muy real. Las sirenas gemían a lo lejos. En el puente, los conductores asomaban la cabeza por la ventanilla para mirar, haciendo fotos con sus smartphones.

Y, por mucho que quisiera negarlo, las palabras de Randolph tuvieron eco en mí. Por primera vez, me sentía como si mi cuerpo emitiera la frecuencia correcta, como si por fin me hubieran afinado para acompañar la banda sonora cutre de mi vida.

Estiré la mano por encima del río.

No pasó nada.

«Pues claro que no ha pasado nada —me reprendí a mí mismo—. ¿Qué esperabas?»

El puente se sacudió con más violencia. En la acera, un corredor tropezó. Detrás de mí se oyó el crujido de un coche al chocar contra otro por detrás. Sonaron cláxones.

Por encima de los tejados de Back Bay se elevó una segunda columna de humo. Vimos saltar por los aires una nube de ceniza y brasas naranjas, como si un volcán hubiera entrado en erupción y las hubiera arrojado desde el suelo.

—Nos... nos ha ido de un pelo —observé—. Es como si nos estuviera apuntando algo.

Esperaba que Randolph dijera: «Qué va. ¡No seas tonto!».

Parecía que estuviera envejeciendo delante de mis narices. Las arrugas se le oscurecieron. Sus hombros se hundieron. Se apoyó pesadamente en el bastón.

—Otra vez no, por favor —murmuró para sus adentros—. Como la última vez, no.

—¿La última vez?

Entonces me acordé de lo que había dicho sobre la pérdida de su mujer y sus hijas: una tormenta surgida de la nada, fuego...

Randolph me miró fijamente.

—Inténtalo otra vez, Magnus. Por favor.

Alargué la mano hacia el río. Me imaginé que se la tendía a mi madre, tratando de arrancarla del pasado; tratando de salvarla de los lobos y la casa en llamas. Buscaba respuestas que explicasen por qué la había perdido, por qué desde entonces toda mi vida no había sido más que una espiral de desastres.

Justo debajo de mí, la superficie del agua empezó a desprender vapor. El hielo se derritió. La nieve se evaporó y dejó un agujero con forma de mano: mi mano, pero veinte veces más grande.

No sabía lo que estaba haciendo. Había experimentado la misma sensación que cuando mi madre me había enseñado a montar en bicicleta: «No pienses en lo que estás haciendo, Magnus. No dudes o te caerás. No te pares».

Moví la mano de un lado al otro. Treinta metros más abajo, la mano humeante emuló mis movimientos y derritió la superficie del río Charles. De repente me detuve. Noté un punto de calor en la palma de la mano, como si hubiera interceptado un rayo de sol.

Allí abajo había algo: una fuente de calor enterrada en el frío lodo que estaba en el fondo del río. Cerré los dedos y tiré.

En el río se formó una bóveda de agua y se rompió como una burbuja de hielo duro. Un objeto semejante a una tubería de plomo subió disparado y cayó en mi mano.

No se parecía en nada a una espada. La sostuve por un extremo, pero no tenía empuñadura. Si alguna vez había tenido punta o un filo agudo, ya no los tenía. El objeto era del tamaño de una espada, pero estaba tan lleno de marcas y tan corroído, tan incrustado de percebes y reluciente de barro y lodo, que ni siquiera estaba seguro de que fuese de metal. En resumen, era la chatarra más patética, endeble y repugnante que había sacado de un río por arte de magia.

—¡Por fin!

Randolph alzó la vista al cielo. Me dio la impresión de que, de no haber sido por la rodilla mala, se habría arrodillado en el suelo y habría dedicado una oración a los inexistentes dioses nórdicos.

—Sí. —Levanté mi nuevo premio—. Ya me siento más seguro.

—¡Puedes restaurarla! —dijo Randolph—. ¡Inténtalo!

Le di la vuelta a la hoja. Me sorprendía que no se hubiera desintegrado ya en mi mano.

—No sé, Randolph. Este trasto parece imposible de restaurar. Ni siquiera creo que se pueda reciclar.

No me malinterpretéis si parezco poco impresionado o desagradecido. Me alucinaba la forma tan increíble en que había sacado la espada del río. Siempre había querido tener un superpoder. Solo que no esperaba que el mío consistiera en sacar basura del fondo del río. Los voluntarios de los servicios a la comunidad me iban a adorar.

—¡Concéntrate, Magnus! —dijo Randolph—. Rápido, antes de que...

A menos de cinco metros, el centro del puente estalló en llamas. La onda expansiva me empujó contra la barandilla. Noté el lado derecho de la cara como si lo tuviera quemado por el sol. Los transeúntes gritaban. Los coches viraban bruscamente y chocaban unos con otros.

Por alguna estúpida razón, eché a correr hacia la explosión. Era como si no pudiera evitarlo. Randolph me siguió arrastrando los pies y gritando mi nombre, pero su voz parecía lejana, sin importancia.

Las llamas danzaban por encima de los techos de los coches. Las ventanillas se hacían añicos debido al calor y salpicaban la calle de cristales rotos. Los conductores salían con dificultad de los vehículos y huían.

Parecía que hubiera impactado un meteorito en el puente. Había un círculo de asfalto de tres metros de diámetro carbonizado y humeante. En el centro de la zona del impacto se hallaba una figura de tamaño humano: un hombre oscuro con un traje oscuro.

Cuando digo oscuro me refiero a que tenía la piel del tono negro más puro y bonito que había visto en mi vida. La tinta de calamar a medianoche no habría sido tan negra. Su ropa era igual: una chaqueta y unos pantalones bien entallados, una camisa impecable y una corbata; todo de la tela de una estrella de neutrones. Su rostro tenía un atractivo inhumano, como obsidiana tallada. Tenía el cabello largo peinado hacia atrás como una inmaculada marea negra. Sus pupilas brillaban como diminutos círculos de lava.

«Si Satán fuera real, se parecería a ese tío», pensé.

Entonces pensé: «No, Satán sería un pringado al lado de ese tío. Ese tío es como el estilista de Satán».

Aquellos ojos rojos se clavaron en mí.

—Magnus Chase. —Tenía una voz profunda y resonante, y un ligero acento alemán o escandinavo—. Me has traído un regalo.

Entre nosotros había un Toyota Corolla abandonado. El estilista de Satán lo atravesó de lleno derritiendo el centro del chasis como si fuera un soplete que fundiera cera.

Las mitades chisporroteantes del Corolla se desplomaron detrás de él, con las ruedas convertidas en charcos.

—Yo también te voy a hacer un regalo. —El hombre oscuro estiró la mano. De su manga y sus dedos negros salió un humo ensortijado—. Si me das la espada te perdonaré la vida.

6

Abran paso a los patitos o le aporrearán la cabeza

Había visto muchas cosas raras en mi vida.

Una vez vi a un grupo de gente vestida únicamente con bañadores de slip y gorros de Papá Noel corriendo por Boylston en pleno invierno. Conocí a un tío que sabía tocar la armónica con la nariz, la batería con los pies, la guitarra con las manos y el xilófono con el trasero al mismo tiempo. Conocí a una mujer que había adoptado a un carrito de supermercado y le había puesto de nombre Clarence. También estaba el tipo que afirmaba ser de Alfa Centauri y mantenía conversaciones filosóficas con gansos de Canadá.

Así que un modelo satánico bien vestido que podía derretir coches... ¿por qué no? Mi cerebro simplemente se ensanchó para amoldarse a aquella rareza.

El hombre oscuro aguardaba con la mano extendida. El aire desprendía ondas de calor a su alrededor.

Unos treinta metros más adelante se detuvo chirriando un tren de cercanías de la línea roja. La maquinista contempló boquiabierta el caos que se extendía ante ella. Dos corredores trataban de sacar a un hombre de un Prius medio aplastado. La mujer del carrito doble estaba desabrochando los cinturones de seguridad a sus hijos, que gritaban; las ruedas del carrito se habían derretido hasta convertirse en óvalos. Al lado de la mujer había un idiota que, en lugar de ayudar, grababa la escabechina con su smartphone. Le temblaba tanto la mano que dudo de que el vídeo le estuviera quedando muy bien.

Junto a mí, Randolph dijo:

—La espada, Magnus. ¡Úsala!

Me dio la molesta impresión de que mi corpulento y robusto tío estaba escondiéndose detrás de mí.

El hombre oscuro se rió entre dientes.

—Profesor Chase..., admiro su insistencia. Pensé que después de nuestro último enfrentamiento se habría desmoralizado. ¡Pero aquí está, dispuesto a sacrificar a otro miembro de su familia!

—¡Cállate, Surt! —La voz de Randolph sonó aguda—. ¡Magnus tiene la espada! Vuelve al fuego del que has emanado.

Surt no parecía intimidado, aunque a mí, personalmente, la palabra «emanar» me intimidó mucho.

El tipo del fuego me observaba como si tuviera percebes incrustados, como la espada.

—Dámela, muchacho, o te mostraré el poder de Muspel. Incineraré este puente y a todos los que hay en él.

Surt levantó los brazos. Unas llamas se deslizaron entre sus dedos. La calzada empezó a burbujear a sus pies. Se hicieron añicos algunos parabrisas más. La vía del tren chirrió. La maquinista de la línea roja gritaba frenéticamente por el walkie-talkie. El tío del smartphone se desmayó. La madre se desplomó sobre el carrito mientras sus niños seguían gritando dentro. Randolph gruñó y retrocedió tambaleándose.

A mí el calor de Surt no me hizo perder el conocimiento. Pero me cabreó. No sabía quién era ese capullo llameante, pero reconocía a un matón nada más verlo. La primera regla de las calles es «No dejes que te robe tus cosas un matón».

Apunté a Surt con lo que antaño podía haber sido una espada.

—Tranqui, tío. Tengo un trozo de metal corroído y no me da miedo usarlo.

Surt se rió burlonamente.

—No eres un guerrero, y tu padre tampoco lo era.

40

Apreté los dientes. «Vale —pensé—, ha llegado la hora de estropearle el modelito a este tío.»

Pero, antes de que pudiera hacer nada, algo pasó silbando muy cerca de mi oreja y le dio a Surt en la frente.

Si hubiera sido una flecha, Surt habría tenido un problema. Afortunadamente para él, era un proyectil de plástico con un corazón rosa a modo de punta: una baratija del día de San Valentín, supuse. La flecha alcanzó a Surt entre los ojos emitiendo un alegre pitido, cayó a sus pies y se derritió en el acto.

Surt parpadeó. Parecía tan confundido como yo.

Detrás de mí, una voz familiar gritó:

—¡Huye, chico!

Mis colegas Blitz y Hearth se acercaban atacando por el puente. Bueno, he dicho «atacando». Eso da a entender que era una imagen impresionante, pero en realidad no lo era. Por algún motivo, Blitz se había puesto un sombrero de ala ancha y unas gafas de sol con su trinchera negra, de modo que parecía un cura italiano muy bajito y gruñón. Con sus manos enguantadas empuñaba un palo con una señal de tráfico amarillo chillón en la que ponía: ABRAN PASO A LOS PATITOS.

La bufanda a rayas rojas de Hearth ondeaba detrás de él. Colocó otra flecha en su arco de Cupido de plástico rosa y disparó a Surt.

Entonces comprendí de dónde habían sacado sus ridículas armas aquellos pobres chiflados: la juguetería de Charles Street. A veces mendigaba delante de la tienda, y tenían expuestos esos objetos en el escaparate. De algún modo, Blitz y Hearth me habían seguido hasta allí. Con las prisas, habían birlado los primeros objetos letales que habían encontrado. Y, como eran dos chalados sin hogar, no habían elegido muy bien.

¿Estúpido y absurdo? Ya lo creo. Pero me reconfortaba que quisieran cuidar de mí.

—¡Nosotros te cubriremos! —Blitz atacó junto a mí—. ¡Escapa!

Surt no había contado con el ataque de unos vagabundos provistos de armas ligeras. Se quedó inmóvil mientras Blitz le golpeaba en la cabeza con el letrero de ABRAN PASO A LOS PATITOS. La siguiente flecha sonora no dio en el blanco y me alcanzó en el trasero.

—¡Eh! —me quejé.

Como estaba sordo, Hearth no me oyó. Pasó corriendo por mi lado y entró en combate asestando un golpe a Surt en el pecho con su arco de plástico.

El tío Randolph me agarró del brazo. Resollaba mucho.

—Tienes que marcharte, Magnus. ¡YA!

Tal vez debería haber huido, pero me quedé allí paralizado, observando como mis dos únicos amigos atacaban al señor oscuro del fuego con juguetes de plástico barato.

Finalmente, Surt se cansó de jugar. Golpeó del revés a Hearth y lo lanzó por los aires a través de la calzada. Después propinó a Blitz una patada tan fuerte en el pecho que el hombrecillo retrocedió tambaleándose y cayó de culo justo delante de mí.

—Basta. —Surt estiró el brazo. De su palma abierta brotó un fuego en espiral que se alargó hasta que sostuvo una espada curva totalmente hecha de llamas blancas—. Ahora sí que me habéis cabreado. Vais a morir todos.

—¡Por los chanclos de los dioses! —dijo Blitz tartamudeando—. No es un gigante de fuego cualquiera. ¡Es el Negro!

«¿En lugar del Amarillo?», quería preguntar, pero la imagen de la espada llameante reprimió mis ganas de bromear.

Las llamas empezaron a arremolinarse alrededor de Surt. La tormenta de fuego estalló hacia fuera en espiral y derritió los coches hasta convertirlos en montones de chatarra, licuó la calzada e hizo saltar los remaches del puente como corchos de champán.

Me había parecido que antes hacía calor, pero en ese momento Surt sí que estaba haciendo subir la temperatura.

Hearth se desplomó contra la barandilla a unos diez metros de distancia. Los transeúntes inconscientes y los motoristas atrapados tampoco durarían mucho. Aunque no los alcanzasen las llamas, morirían asfixiados o de un golpe de calor. Pero por algún motivo, a mí el calor seguía sin molestarme.

Randolph tropezó y se quedó colgado de mi brazo con todo su peso.

—Yo... yo... Hum... hummm...

—Blitz, saca a mi tío de aquí —dije—. Llévatelo a rastras si no te queda más remedio.

Las gafas de sol de Blitz echaban humo. El ala de su sombrero estaba empezando a quemarse.

—Chico, no puedes luchar contra ese tío. ¡Es Surt, el Negro en persona!

—Ya lo has dicho antes.

—Pero Hearth y yo... ¡tenemos que protegerte!

Me dieron ganas de espetarle: «¡Y lo estáis haciendo muy bien con el letrero de los patitos!». Pero ¿qué podía esperar de un par de vagabundos? No eran precisamente comandos. Solo eran mis amigos. De ningún modo iba a dejar que muriesen defendiéndome. En cuanto al tío Randolph, apenas lo conocía. No me caía muy bien, pero era de la familia. Había dicho que no soportaría perder a otro miembro de la familia. Pues yo tampoco. Esa vez no iba a huir.

—Vamos —le dije a Blitz—. Yo iré a por Hearth.

De algún modo, Blitz consiguió sostener a mi tío. Se fueron dando traspiés uno al lado del otro.

Surt se rió.

—La espada será mía, muchacho. No puedes cambiar el destino. ¡Reduciré tu mundo a cenizas!

Me volví para enfrentarme a él.

—Estás empezando a tocarme las narices. Voy a tener que matarte.

Atravesé el muro de llamas.

7

Estás muy guapo sin nariz

«Vaya, Magnus —estaréis pensando—. Menuda... ¡estupidez!»

Gracias. Tengo mis momentos.

Aunque normalmente no atravieso muros de llamas, tenía la sensación de que no me haría daño. Sé que suena raro, pero de momento no me había desmayado. El calor no me parecía tan insoportable, aunque la calzada se estaba derritiendo bajo mis pies.

Nunca me han molestado las temperaturas extremas. No sé por qué. Hay personas que tienen las articulaciones muy flexibles. Otras pueden mover las orejas. Yo puedo dormir a la intemperie en invierno sin morir congelado o poner la mano encima de una cerilla encendida sin quemarme. Gracias a eso había ganado apuestas en los albergues, pero nunca había considerado mi aguante algo especial..., algo mágico. Desde luego nunca había puesto a prueba sus límites.

Atravesé la cortina de fuego y golpeé a Surt en la cabeza con la espada oxidada. Ya sabéis, siempre intento cumplir mis promesas.

La hoja no pareció hacerle daño, pero el remolino de llamas se interrumpió. Surt me miró fijamente una milésima de segundo, totalmente sorprendido. Acto seguido me dio un puñetazo en la barriga.

Me habían dado puñetazos antes, pero no un peso pesado envuelto en llamas cuyo sobrenombre era el Negro.

Me doblé como una tumbona. Se me nubló la vista y empecé a ver triple. Cuando logré enfocar de nuevo, estaba de rodillas, mirando un charco de leche, pavo y galletas saladas regurgitadas que humeaba en el asfalto.

Surt podría haberme arrancado la cabeza con su espada llameante, pero supongo que no le parecía digno. Se paseó por delante de mí chasqueando la lengua.

—Débil —dijo—. Eres un chico blando. Dame la espada por tu propia voluntad, hijo de Vanir. Te prometo una muerte rápida.

«¿Hijo de Vanir?»

Me sabía un montón de insultos buenos, pero ese no lo había oído nunca.

La espada corroída seguía en mi mano. Notaba mi pulso contra el metal, como si la espada hubiera empezado a latir como un corazón. Un tenue zumbido similar al del motor de un coche resonó por la hoja hasta mis oídos.

«Puedes restaurarla», me había dicho Randolph.

Casi creí que la vieja arma estaba despertando. Surt debía de haberme dado muy fuerte para hacerme alucinar al borde de la muerte. Treinta metros más arriba, vi a una chica con armadura montada en un caballo hecho de niebla que daba vueltas como un buitre sobre la batalla. Iba armada con una lanza de luz pura. Su cota de malla brillaba como un espejo. Llevaba un yelmo cónico de acero encima de una tela verde, como un caballero medieval. Tenía una cara preciosa pero severa. Nuestros ojos coincidieron durante una fracción de segundo.

«Si eres real —pensé—, ayúdame.»

La chica se deshizo en humo.

—La espada —exigió Surt, con el rostro de obsidiana alzándose por encima de mí—. Para mí tiene más valor si me la entregas por voluntad propia, pero si no me queda más remedio, la arrancaré de tus dedos inertes.

A lo lejos aullaban unas sirenas. Me preguntaba por qué todavía no habían aparecido los equipos de urgencias. Entonces me acordé de las otras dos explosiones gigantescas que se habían producido en

Boston. ¿Las había provocado Surt también? ¿O se había llevado a unos amigos aficionados al fuego?

En el borde del puente, Hearth se puso en pie tambaleándose. Unos cuantos peatones inconscientes habían empezado a volver en sí. No veía a Randolph ni a Blitz por ninguna parte. Con suerte, a esas alturas estarían fuera de peligro.

Si conseguía mantener al Hombre Ardiente ocupado, tal vez al resto de los peatones también les diera tiempo a marcharse.

Conseguí levantarme.

Miré la espada y... sí, decididamente estaba alucinando.

En lugar de un trozo de chatarra, sostenía un arma de verdad. La empuñadura, revestida de cuero, tenía un tacto cálido y confortable en mi mano. El pomo, un simple óvalo de acero bruñido, ayudaba a compensar la hoja de siete centímetros, que tenía doble filo y punta redondeada, más adecuada para cortar que para clavar. En el centro de la hoja había una estría ancha decorada con runas vikingas, como las que había visto en el despacho de Randolph. Emitían un brillo plateado más claro, como si hubieran sido grabadas mientras se forjaba la hoja.

Definitivamente la espada estaba vibrando, como una voz humana tratando de dar con el tono adecuado.

Surt retrocedió. Sus ojos de color rojo lava parpadeaban nerviosamente.

—No sabes lo que tienes, muchacho. Y no vivirás para averiguarlo.

Blandió su cimitarra.

Yo no tenía ninguna experiencia con espadas, a menos que contéis las veintiséis veces que vi *La princesa prometida* de crío. Surt me habría partido por la mitad..., pero mi arma tenía otros planes.

¿Habéis sostenido alguna vez una peonza en la punta del dedo? Se nota cómo se mueve impulsada por su propia energía, inclinándose hacia todos lados. La espada hacía algo parecido. Se balanceó e interceptó la hoja en llamas de Surt. Luego describió un arco arrastrando mi brazo consigo y le hizo un tajo a Surt en la pierna derecha.

El Negro gritó. La herida de su muslo empezó a arder y prendió fuego a los pantalones. Su sangre chisporroteaba y brillaba como el torrente de un volcán. Su espada llameante se deshizo.

Antes de que pudiera recuperarse, mi espada saltó hacia arriba y le cortó en la cara. Surt lanzó un aullido y retrocedió tambaleándose al tiempo que se tapaba la nariz con las manos.

A mi izquierda, alguien gritó: la madre de los dos niños.

Hearth estaba tratando de ayudarla a sacar a los dos pequeños del carrito, que entonces echaba humo y estaba a punto de quemarse.

—¡Hearth! —grité, antes de recordar que era un esfuerzo inútil.

Aprovechando que Surt seguía distraído, me acerqué cojeando a Hearth y señalé más adelante.

—¡Vete! ¡Saca a los niños de aquí!

Él me leyó los labios a la perfección, pero no le gustó el mensaje. Negó terminantemente con la cabeza, cogiendo a uno de los niños en brazos.

La madre estaba meciendo a la otra criatura.

—Márchese —le dije—. Mi amigo la ayudará.

La madre no vaciló. Hearth me lanzó una última mirada: «Esto no es buena idea». A continuación la siguió, mientras el niño daba brincos en sus brazos y gritaba:

—¡Ah! ¡Ah! ¡Ah!

Otros inocentes continuaban atascados en el puente: conductores atrapados en sus coches, transeúntes que deambulaban aturdidos, con la ropa echando humo y la piel roja como langostas. Las sirenas se oían ya más cerca, pero no veía cómo iban a poder echar una mano la policía o los auxiliares de las ambulancias si Surt seguía hecho una furia.

—¡Muchacho! —En lugar de gritar, parecía que el Negro estuviera haciendo gárgaras con jarabe.

Se apartó las manos de la cara, y comprendí por qué. Mi espada autodirigida le había arrancado la nariz. Por las mejillas le corría sangre que salpicaba la calzada con gotas chisporroteantes. Se le habían quemado los pantalones y se había quedado con unos boxers rojos con estampado de llamas. Entre eso y la napia recién cortada, parecía una versión diabólica del cerdito Porky.

—Ya te he aguantado bastante —dijo haciendo gárgaras.

—Yo estaba pensando lo mismo de ti. —Levanté la espada—. ¿La quieres? Pues ven a buscarla.

Ahora que echo la vista atrás, aquel fue un comentario bastante estúpido.

Por encima de mí, atisbé de nuevo la extraña aparición grisácea: una chica montada en un caballo que daba vueltas como un buitre, observando.

En lugar de atacar, Surt se inclinó y recogió asfalto de la carretera con las manos. Le dio la forma de una esfera candente de pringue humeante y me lo lanzó como una bola rápida.

Otro juego que no se me da bien: el béisbol. Blandí la espada con la esperanza de desviar el proyectil. No le di. La bala de cañón de asfalto me impactó con fuerza en la barriga y se incrustó en ella: ardiendo, abrasando, destruyendo.

No podía respirar. El dolor era tan intenso que sentía que todas las células de mi cuerpo iban a explotar en una reacción en cadena.

A pesar de todo, me invadió una extraña calma: me estaba muriendo. No iba a salir de esa. Una parte de mí pensó: «Está bien. Que no sea en balde».

Se me nubló la vista. La espada zumbaba y tiraba de mi mano, pero apenas me notaba los brazos.

Surt me observaba con una sonrisa en su cara destrozada.

«Quiere la espada —me dije—. No puede conseguirla. Si me voy a morir, él vendrá conmigo.»

Levanté la mano libre con debilidad. Le hice un gesto comprensible sin necesidad de saber la lengua de signos.

Él rugió y atacó.

Justo cuando llegó hasta mí, mi espada saltó y lo atravesó. Eché mano de mis últimas fuerzas para agarrarlo mientras su impulso nos precipitaba a los dos por encima de la barandilla.

—¡No!

Luchó por soltarse estallando en llamas, dando patadas y claván-dome los dedos, pero yo lo sostuve mientras caíamos en picado hacia el río Charles, con la espada clavada todavía en su estómago y mis órganos quemándose debido al alquitrán derretido que tenía en la barriga. El cielo aparecía y desaparecía. Vislumbré la aparición de humo: la chica montada a caballo se lanzó hacia mí a galope tendido con la mano extendida.

¡ZAS! Caí al agua.

Luego me morí. Fin.

8

Cuidado con el hueco, y con el tío peludo del hacha

En el colegio me encantaba terminar las historias de esa forma.

Es la conclusión perfecta, ¿no? «Billy fue al colegio. Tuvo un buen día. Luego se murió. Fin.»

No te deja colgado. Todo queda bien atado.

Solo que en mi caso no fue así.

Puede que estéis pensando: «Venga ya, Magnus, no te moriste de verdad. Si no, no podrías estar contando esta historia. Solo estuviste a punto de morir. Entonces te rescataron milagrosamente, bla, bla, bla».

No. Me morí de verdad. Al cien por cien: barriga empalada, órganos vitales quemados, cabeza estampada contra un río congelado desde doce metros de altura, todos los huesos del cuerpo rotos, los pulmones llenos de agua helada.

El término médico para referirse a eso es «muerto».

«Caramba, Magnus, ¿qué sentiste?»

Me dolió. Mucho. Gracias por preguntar.

Empecé a soñar, cosa extraña no solo porque estaba muerto, sino porque nunca sueño. La gente siempre ha intentado discutir conmigo por eso. Dicen que todo el mundo sueña y que yo simplemente no recuerdo mis sueños. Pero, creedme, siempre he dormido como los muertos. Hasta que me morí. Entonces soñé como una persona normal.

Estaba de excursión con mi madre por la reserva de Blue Hills. Debía de tener unos diez años. Era un caluroso día de verano y soplaba una brisa fresca entre los pinos. Nos detuvimos en el estanque de Houghton para hacer saltar piedras por encima del agua. Yo conseguí que una botara tres veces. Mi madre, cuatro. Siempre ganaba ella. Ninguno de los dos le daba importancia. Ella se reía y me abrazaba, y a mí me bastaba con eso.

Es difícil describirla. Para comprender realmente a Natalie Chase, tenías que conocerla. Solía bromear diciendo que su alma gemela era Campanilla, de *Peter Pan*. Imaginaos a Campanilla con treinta y tantos años, sin las alas, vestida con camisa de cuadros, vaqueros y unas Doc Martens, y os haréis una imagen bastante aproximada de mi madre. Era una mujer menuda con facciones delicadas, pelo rubio y corto peinado como el de una duendecilla, y unos ojos verde manzana que brillaban con humor. Cuando me leía cuentos, yo solía mirar las pecas de su nariz y trataba de contarlas.

Irradiaba alegría. Es la única forma en que puedo expresarlo. Adoraba la vida. Su entusiasmo era contagioso. Era la persona más amable y fácil de tratar que he conocido en mi vida…, hasta semanas antes de su muerte.

En el sueño, todavía faltaban años para que eso ocurriera. Estábamos sentados uno al lado del otro en el estanque. Ella respiraba hondo y aspiraba el aroma a cálidas hojas de pino.

—Aquí es donde conocí a tu padre —me dijo—. Un día de verano como este.

El comentario me sorprendió. Casi nunca hablaba de mi padre. Yo no lo había conocido ni había visto fotos suyas. Puede parecer extraño, pero mi madre no le concedía mucha importancia a su relación, así que yo tampoco se la daba.

Ella tenía claro que mi padre no nos había abandonado. Simplemente había seguido con su vida. Mi madre no le guardaba rencor. Tenía buenos recuerdos del breve período que habían estado juntos. Cuando su relación se terminó, descubrió que estaba embarazada de mí y se puso muy contenta. Desde entonces habíamos estado los dos solos. No necesitábamos a nadie más.

—¿Lo conociste en el estanque? —pregunté—. ¿Se le daba bien hacer saltar piedras?

Ella se rió.

—Oh, sí. Me daba cien vueltas. El primer día... fue perfecto. Bueno, menos por una cosa. —Me atrajo hacia sí y me besó en la frente—. Todavía no te tenía a ti, bichito.

Vale, sí. Mi madre me llamaba «bichito». Adelante, reíd. A medida que me hacía mayor, empezó a darme vergüenza, pero eso era cuando ella todavía estaba viva. Ahora daría cualquier cosa por volver a oírla llamarme «bichito».

—¿Cómo era mi papá? —pregunté. Resultaba extraño decir «mi papá». ¿Cómo puede ser alguien «tuyo» si no lo conoces?—. ¿Qué le pasó?

Mi madre extendió los brazos al sol.

—Por eso te traigo aquí, Magnus. ¿No lo notas? Está a nuestro alrededor.

Yo no sabía a qué se refería. Normalmente mi madre no hablaba con metáforas. Era todo lo literal y realista que se podía ser.

Me revolvió el pelo.

—Vamos, te echo una carrera hasta la playa.

El sueño cambió. Me vi en la biblioteca de mi tío Randolph. Delante de mí, tumbado de lado a través de la mesa, había un hombre al que no había visto nunca. Estaba deslizando los dedos por encima de la colección de mapas antiguos.

—La muerte fue una elección interesante, Magnus.

El hombre sonrió. Su ropa parecía recién comprada: zapatillas de deporte de un blanco deslumbrante, vaqueros nuevecitos y una camiseta de los Red Sox. Su melena, voluminosa, era una mezcla de pelo rojo, castaño y rubio, despeinado a la moda, como si acabara de salir de la cama. Tenía una cara increíblemente atractiva. Podría haber hecho anuncios de loción para después del afeitado en revistas para hombres, pero sus cicatrices impedían que alcanzara la perfección. El puente de su nariz y sus pómulos estaban salpicados de piel quemada, como marcas de impacto en la superficie de la luna. Sus labios quedaban deslucidos por una hilera de señales alrededor de la boca:

tal vez agujeros de piercings que se habían cerrado. Pero ¿por qué tendría alguien tantos piercings en la boca?

No sabía qué decirle a la alucinación de las cicatrices, pero, como las palabras de mi madre seguían resonando en mi cabeza, pregunté:

—¿Es usted mi padre?

La alucinación arqueó las cejas. Echó la cabeza atrás y se rió.

—¡Oh, me caes bien! Nos vamos a divertir. No, Magnus Chase, no soy tu padre, pero estoy de tu parte. —Deslizó el dedo por debajo del logotipo de los Red Sox que tenía en la camiseta—. Dentro de poco conocerás a mi hijo. Hasta entonces, te aconsejo que no te fíes de las apariencias. No te fíes de las motivaciones de tus compañeros. Ah —se lanzó hacia delante y me agarró por la muñeca—, y saluda al Padre de Todos de mi parte.

Traté de soltarme, pero me aferraba con mano de hierro. El sueño cambió. De repente, estaba volando a través de una fría niebla gris.

—¡Deja de forcejear! —dijo una voz de mujer.

La chica a la que había visto dando vueltas en el cielo me estaba agarrando la muñeca. Surcaba el aire a toda velocidad a lomos de su nebuloso caballo, arrastrándome a su lado como si fuera un saco de ropa sucia. Llevaba aquella lanza brillante sujeta con una correa a la espalda. La cota de malla centelleaba a la luz gris.

Me agarró más fuerte.

—¿Quieres caerte al hueco?

Tenía la sensación de que no se refería al espacio entre un tren y el andén. Al mirar abajo no vi nada; solo un gris interminable. Decidí que no quería caer en él.

Traté de hablar. No podía. Negué débilmente con la cabeza.

—Pues deja de forcejear —me ordenó.

Debajo de su yelmo, se le habían escapado varios mechones de pelo moreno del pañuelo verde. Sus ojos eran del color de la corteza de la secoya.

—No hagas que me arrepienta —dijo.

Perdí la conciencia.

Me desperté jadeando, con todos los músculos en tensión.

Me incorporé y me palpé la barriga, esperando encontrar un agujero ardiente donde antes estaban mis intestinos. Sin embargo, no había asfalto candente allí incrustado. No sentía dolor. La extraña espada había desaparecido. Mi ropa parecía en perfecto estado; ni mojada ni quemada ni rasgada.

De hecho, mi ropa se veía demasiado perfecta. El mismo atuendo que había llevado durante semanas —mis únicos vaqueros, las capas de camisetas, la chaqueta— no olía. Al parecer, habían lavado y secado las prendas y me las habían puesto otra vez mientras estaba inconsciente, una idea que resultaba perturbadora. Incluso tenían un cálido aroma a limón que me recordaba a los viejos tiempos, cuando mi madre me lavaba la ropa. Las zapatillas estaban como nuevas, tan relucientes como cuando las saqué de un contenedor detrás de una tienda de deporte.

Y lo que era todavía más raro, yo estaba limpio. No tenía las manos cubiertas de mugre. Mi piel parecía recién restregada. Me pasé los dedos por el pelo y no hallé enredos ni ramitas ni pedazos de basura.

Me levanté despacio. No tenía ni un rasguño. Boté sobre los talones. Me sentía como si pudiera correr un kilómetro. Aspiré el olor a fuego de chimenea y ventisca inminente. Casi me reí de alivio. ¡Había sobrevivido de algún modo!

Solo que… no era posible.

¿Dónde estaba?

Poco a poco mis sentidos se desarrollaron. Estaba en el patio de entrada de una opulenta residencia urbana, como las que se ven en Beacon Hill: ocho pisos de imponente piedra caliza blanca y mármol gris destacando en el cielo invernal. La puerta principal, de dos hojas, era de madera pesada y oscura tachonada de hierro. En el centro de cada una había un pomo con forma de cabeza de lobo de tamaño natural.

Lobos… Eso solo bastó para hacerme detestar el sitio.

Me volví para buscar una salida a la calle. No había ninguna; solo un muro de piedra caliza blanca de casi cinco metros de alto que rodeaba el patio. ¿Cómo era posible que no hubiera un portón de entrada?

No veía gran cosa por encima del muro, pero era evidente que seguía en Boston. Reconocí algunos edificios de alrededor. A lo lejos se alzaban las torres de Downtown Crossing. Probablemente estaba en Beacon Street, justo al otro lado del parque de Common. Pero ¿cómo había llegado allí?

En una esquina del patio había un alto abedul con la corteza de un blanco inmaculado. Pensé en trepar a él para escalar el muro, pero las ramas más bajas estaban fuera de mi alcance. Entonces caí en la cuenta de que el árbol estaba lleno de hojas, un detalle que no debería haber sido posible en invierno. Y no solo eso: las hojas brillaban como el oro, como si alguien las hubiera pintado de oro de veinticuatro kilates.

Al lado del árbol, había una placa de bronce pegada al muro. No me había fijado en ella antes, considerando que la mitad de los edificios de Boston tenían letreros históricos, pero la miré más detenidamente. La inscripción estaba en dos lenguas, el alfabeto nórdico que había visto antes y mi idioma:

BIENVENIDO AL BOSQUECILLO DE GLASIR.
NO SE ADMITE LA VENTA A DOMICILIO. PROHIBIDO MERODEAR.
PARA REALIZAR ENTREGAS AL HOTEL, USE LA ENTRADA
DE NIFLHEIM.

Vale... Había superado mi cuota diaria de cosas raras. Tenía que largarme de allí. Tenía que trepar el muro, averiguar qué les había pasado a Blitz y a Hearth —y, siendo generoso, también al tío Randolph—, y luego puede que hacer autoestop hasta Guatemala. Ya no tenía nada que hacer en esa ciudad.

Entonces la puerta de dos hojas se abrió hacia dentro con un chirrido. Salió una luz dorada deslumbrante.

En el pórtico apareció un hombre corpulento. Llevaba uniforme de portero: sombrero de copa, guantes blancos y una levita verde oscuro con las letras HV entrelazadas bordadas en la solapa, pero resultaba imposible saber si era un portero de verdad. Su cara, verrugosa, estaba manchada de ceniza. Hacía décadas que no se recortaba la barba. Tenía los ojos inyectados en sangre y una mirada asesina, y llevaba un hacha de doble filo colgada al costado. Su placa de identificación rezaba: HUNDING, SAJONIA, MIEMBRO DESDE 749 E.C.

—Per-dón —dije tartamudeando—. Debo... de haberme equivocado de casa.

El hombre frunció el ceño. Se acercó arrastrando los pies y me olfateó. Olía a trementina y a carne quemada.

—¿Equivocado de casa? No creo. Vienes a registrarte.

—Ejem... ¿Qué?

—Estás muerto, ¿no? —dijo el hombre—. Sígueme. Te acompañaré a recepción.

9

Más te vale tener la llave del minibar

¿Os sorprendería saber que el sitio era más grande por dentro?

El vestíbulo solo podría haber sido el pabellón de caza más grande del mundo: un espacio el doble de grande de lo que parecía por fuera la mansión. Media hectárea del suelo de madera noble estaba cubierta de pieles de animales exóticos: cebras, leones y un reptil de doce metros de largo que no me habría gustado conocer cuando estaba vivo. Contra la pared derecha, el fuego crepitaba en una chimenea del tamaño de un dormitorio. Enfrente, unos cuantos chicos en edad de ir al instituto vestidos con albornoces verdes se hallaban repantigados en mullidos sofás de cuero, riéndose y bebiendo en copas de plata. Sobre la repisa de la chimenea había colgada una cabeza de lobo disecado.

«Qué alegría —pensé estremeciéndome—. Más lobos.»

Unas columnas hechas con troncos de árboles toscamente tallados sostenían el techo, que estaba lleno de lanzas a modo de vigas. Escudos bruñidos relucían en las paredes. Parecía que irradiara luz por todas partes: un cálido fulgor dorado que me hacía daño a la vista como una tarde de verano después de una sesión de cine a oscuras.

En medio del vestíbulo, un tablón de información anunciaba:

ACTIVIDADES DEL DÍA

¡COMBATE INDIVIDUAL A MUERTE! – SALA OSLO, 10 H

¡COMBATE EN GRUPO A MUERTE! – SALA ESTOCOLMO, 11 H

¡ALMUERZO BUFET A MUERTE! – COMEDOR, 12 H

¡COMBATE DE EJÉRCITOS A MUERTE! – PATIO PRINCIPAL, 13 H

¡BIKRAM YOGA A MUERTE! – SALA COPENHAGUE, TRAE TU PROPIA

ESTERILLA, 16 H

Hunding, el portero, dijo algo, pero me daba tantas vueltas la cabeza que no lo oí.

—Disculpe —dije—, ¿qué?

—Equipaje —repitió—. ¿Has traído?

—Ejem... —Alargué la mano para coger la cinta de mi bolsa. Al parecer, mi mochila no había resucitado conmigo—. No.

Hunding gruñó.

—Ya nadie trae equipaje. ¿Es que no han puesto nada en tu pira funeraria?

—¿Mi qué?

—Da igual. —Miró con el ceño fruncido hacia el rincón del fondo de la sala, donde la quilla volcada de un barco hacía las veces de recepción—. Supongo que es imposible aplazarlo. Vamos.

Al parecer el hombre situado detrás de la quilla visitaba al mismo barbero que Hunding. Su barba era tan grande que tenía código postal propio. Su pelo parecía un águila que se hubiera estampado contra un parabrisas. Iba vestido con un traje de raya diplomática verde oscuro. En su placa de identificación ponía: HELGI, GERENTE, GOTLAND ORIENTAL, MIEMBRO DESDE 749 E. C.

—¡Bienvenido! —Helgi alzó la vista de la pantalla de su ordenador—. ¿Viene a registrarse?

—Esto...

—Sepa que la hora de registro es las tres de la tarde —dijo—. Si se muere antes de esa hora, no puedo garantizarle que su habitación esté lista.

—Puedo volver a estar vivo —propuse.

—No, no. —Tecleó en el ordenador—. Ah, aquí está. —Sonrió

58

mostrando tres dientes exactos—. Le hemos asignado una habitación mejor: una suite.

A mi lado, Hunding murmuró entre dientes:

—A todo el mundo le damos una suite. Solo tenemos suites.

—Hunding... —advirtió el gerente.

—Disculpe, señor.

—No querrás que use la vara, ¿verdad?

Hunding hizo una mueca.

—No, señor.

Desplacé la vista de uno al otro, mirando sus placas de identificación.

—Empezaron a trabajar aquí el mismo año —observé—. Setecientos cuarenta y nueve... ¿Qué quiere decir «e.C.»?

—Era común —dijo el gerente—. Lo que ustedes llamarían «a.C.».

—¿Y por qué no dicen «a.C.»?

—Porque a.C., antes de Cristo, vale para los cristianos, pero Thor se mosquea un poco. Todavía se la tiene jurada a Jesús por no presentarse al duelo al que le retó.

—¿Perdón?

—No importa —dijo Helgi—. ¿Cuántas llaves quiere? ¿Tiene suficiente con una?

—Todavía no sé dónde estoy. Si ustedes llevan aquí desde el año setecientos cuarenta y nueve, estamos hablando de más de mil años.

—No me lo recuerdes —masculló Hunding.

—Pero eso es imposible. Y... ¿y ha dicho que estoy muerto? Yo no me siento muerto. Me siento perfectamente.

—Todo se le explicará esta noche en la cena, señor —dijo Helgi—. Es cuando se da la bienvenida oficial a los huéspedes.

—El Valhalla. —La palabra surgió de lo profundo de mi cerebro: un cuento medio olvidado que mi madre me había leído cuando era niño—. ¿La V de las letras HV que lleva en la solapa es de Valhalla?

Los ojos de Helgi dejaban claro que estaba agotando su paciencia.

—Sí, señor. El Hotel Valhalla. Enhorabuena. Ha sido elegido para unirse a los huéspedes de Odín. Estoy deseando escuchar sus valientes hazañas en la cena.

Me flaquearon las piernas. Me apoyé en la mesa para sostenerme. Había estado intentando convencerme de que todo era un error: un extraño hotel temático donde me habían confundido con un huésped. Ahora ya no estaba tan seguro.

—Muerto —mascullé—. ¿Quiere decir que de verdad estoy... que de verdad estoy...?

—Aquí tiene la llave de su habitación. —Me dio una piedra con una runa vikinga grabada, como las de la biblioteca del tío Randolph—. ¿Quiere la llave del minibar?

—Esto...

—Sí, quiere la llave del minibar —contestó Hunding por mí—. Más te vale tener la llave del minibar, chaval. Va a ser una larga estancia.

Me sabía la boca a cobre.

—¿Cuánto tiempo?

—Para siempre —dijo Helgi— o al menos hasta el Ragnarok. Hunding le acompañará a su habitación. Que disfrute de la otra vida. ¡El siguiente!

10

Mi habitación no es una birria

No presté la más mínima atención mientras Hunding me guiaba por el hotel. Me sentía como si me hubieran dado cincuenta vueltas, me hubieran soltado en medio de un circo y me hubieran dicho que me divirtiera.

Cada pasillo que recorríamos parecía más largo que el anterior. La mayoría de los huéspedes del hotel parecían en edad de ir a secundaria, aunque algunos tenían pinta de ser un poco mayores. Había chicos y chicas sentados en pequeños grupos, repantigados delante de chimeneas, charlando en distintos idiomas, tomando aperitivos o jugando a juegos de tablero como el ajedrez y el Scrabble y a algo en lo que se usaban dagas de verdad y un soplete. Al echar un vistazo a las salas laterales, vi mesas de billar, máquinas de pinball, una anticuada máquina recreativa y algo que parecía una doncella de hierro de una cámara de tortura.

Empleadas con camisetas verdes se movían entre los huéspedes, llevando platos de comida y jarras de bebida. Por lo que pude ver, todas las camareras eran guerreras cachas con escudos a la espalda y espadas o hachas en el cinturón, una imagen que no se ve a menudo en el sector servicios.

Una camarera armada hasta los dientes pasó a mi lado con un plato humeante de rollitos de primavera. Me rugieron las tripas.

—¿Cómo puedo tener hambre si estoy muerto? —pregunté a Hunding—. Ninguna de estas personas parece muerta.

Hunding se encogió de hombros.

—Bueno, hay muertos y muertos. Piensa en el Valhalla como... un ascenso. Ahora eres uno de los einherjar.

Pronunció la palabra como «in-GER-iar».

—Einherjar —repetí—. Qué fácil de pronunciar.

—Sí. En singular es einherji. —Lo pronunció «in-GER-ii»—. Somos los elegidos de Odín, soldados de su ejército eterno. La palabra einherjar se traduce normalmente como «guerreros solitarios», pero no refleja todo su significado. Quiere decir más bien... los «guerreros de antaño», los guerreros que lucharon valientemente en su vida anterior y que volverán a luchar valientemente el día del Juicio Final. Al suelo.

—¿El día del Juicio Final al Suelo?

—¡No, al suelo!

Hunding me empujó hacia abajo cuando una lanza pasó volando. Empaló a un chico que estaba sentado en el sofá más próximo y lo mató en el acto. Bebidas, dados y dinero de Monopoly salieron volando por todas partes. Las personas que habían estado jugando con él se levantaron, con aspecto ligeramente molesto, y miraron furiosos en la dirección desde la que había llegado la lanza.

—¡Te he visto, John Mano Roja! —gritó Hunding—. ¡Está prohibido empalar en la sala!

En el salón de billar, alguien se rió y contestó en... ¿sueco? No parecía muy arrepentido.

—En fin. —Hunding siguió andando como si no hubiera pasado nada—. Los ascensores están aquí al lado.

—Un momento —dije—. Ese tío acaba de ser asesinado con una lanza. ¿No va a hacer nada?

—Ah, los lobos lo limpiarán.

El pulso se me aceleró el doble.

—¿Lobos?

Efectivamente, mientras los demás jugadores de Monopoly ordenaban sus piezas, un par de lobos grises entraron en el salón dando saltos, agarraron al muerto por las piernas y se lo llevaron a rastras, con la lanza asomándole por el pecho. El reguero de sangre se evaporó enseguida. El sofá perforado se reparó solo.

Me escondí detrás de la planta más próxima. Me da igual cómo suene. El miedo se apoderó de mí sin más. Aquellos lobos no tenían los ojos azules y brillantes como los animales que habían atacado mi casa, pero aun así me hubiera gustado acabar en un más allá donde las mascotas fueran gerbos.

—¿No hay normas que prohíban matar? —pregunté con un hilo de voz.

Hunding arqueó sus pobladas cejas.

—Solo ha sido un pequeño entretenimiento, muchacho. La víctima estará perfectamente para la cena. —Me sacó de mi escondite—. Vamos.

Antes de que pudiera preguntar por el «pequeño entretenimiento», llegamos a un ascensor. La puerta de la cabina estaba hecha con lanzas. Las paredes estaban cubiertas de escudos de oro superpuestos. El tablero de control tenía tantos botones que iba del suelo al techo. El número más alto era el 540. Hunding pulsó el 19.

—¿Cómo puede tener este sitio quinientos cuarenta pisos? —pregunté—. Sería el edificio más alto del mundo.

—Si existiera en un mundo, lo sería, pero conecta los nueve mundos. Tú has venido por la entrada de Midgard, como la mayoría de los mortales.

—Midgard... —Recordaba vagamente algo sobre la creencia de los vikingos en nueve mundos distintos. Randolph también había usado la palabra «mundos». Pero había pasado mucho tiempo desde que mi madre me había leído aquellos cuentos nórdicos—. ¿Se refiere al mundo de los humanos?

—Sí. —Hunding tomó aire y recitó—: «Quinientos cuarenta pisos tiene el Valhalla; quinientas cuarenta puertas que dan a los nueve mundos». —Sonrió—. Nunca se sabe cuándo o dónde tendremos que ir a la guerra.

—¿Ha pasado muy a menudo?

—Bueno, no ha ocurrido nunca. Pero aun así... podría ocurrir en cualquier momento. ¡Personalmente, lo estoy deseando! Por fin Helgi tendrá que dejar de castigarme.

—¿El gerente? ¿Por qué le castiga?

La expresión de Hunding se avinagró.

—Es una larga historia. Él y yo...

La puerta del ascensor se abrió.

—Olvídalo. —Hunding me dio una palmadita en la espalda—. Te gustará el piso diecinueve. ¡Tienes buenos compañeros!

Los pasillos de los hoteles siempre me habían parecido oscuros, deprimentes y claustrofóbicos. ¿Y el del piso diecinueve? No tanto. El techo abovedado tenía seis metros de alto y estaba lleno de —lo habéis adivinado— más lanzas a modo de vigas. Por lo visto, en el Valhalla tenían un acuerdo con un almacén de lanzas al por mayor. Había antorchas encendidas en candelabros de hierro fijados a la pared, pero no parecía que echaran humo. Arrojaban una cálida luz anaranjada sobre las espadas, los escudos y los tapices expuestos en las paredes. El pasillo era tan ancho que se podría haber jugado un partido de fútbol reglamentario sin problemas. La alfombra rojo sangre tenía dibujadas ramas de árboles que se movían como mecidas por el viento.

Separadas unas de otras por unos quince metros, las puertas de las habitaciones eran de roble toscamente tallado y revestido de hierro. No veía ni pomos ni cerraduras. En el centro de cada puerta había un círculo de hierro del tamaño de un plato con un nombre grabado rodeado de runas vikingas.

En el primero ponía MEDIONACIDO GUNDERSON. Detrás de la puerta oí gritos y un ruido metálico, como si se estuviera librando una pelea con espadas.

En el siguiente ponía MALLORY KEEN. Detrás de esa puerta, silencio.

A continuación, THOMAS JEFFERSON, JR. Un estallido de disparos llegaba del interior, pero parecían más de un videojuego que tiros reales. (Sí, he oído los dos sonidos.)

La cuarta puerta solo estaba marcada con una X. Delante, en un carrito del servicio de habitaciones aparcado en el pasillo, había una cabeza de cerdo en una bandeja de plata. Las orejas y el hocico parecían ligeramente mordisqueados.

A ver, no soy crítico culinario —siendo un sintecho, no me lo podría permitir—, pero no tolero las cabezas de cerdo.

Casi habíamos llegado a la T del final del pasillo cuando un gran pájaro negro dobló la esquina a toda velocidad y pasó silbando tan cerca de mí que estuvo a punto de cortarme la oreja. Observé como el pájaro desaparecía por el pasillo: un cuervo, con una libreta y un bolígrafo entre las garras.

—¿Qué ha sido eso? —pregunté.

—Un cuervo —dijo Hunding; un dato que me resultó muy útil.

Finalmente nos detuvimos ante una puerta con la inscripción MAGNUS CHASE.

Al ver mi nombre escrito en hierro, con runas grabadas, me puse a temblar. Mi última esperanza de que fuera un error, una broma de cumpleaños o una confusión cósmica se evaporó definitivamente. En el hotel me estaban esperando. Habían escrito bien mi nombre y todo.

Magnus significa «grande», que conste. Mi madre me puso ese nombre porque nuestra familia había tenido como antepasados a unos reyes suecos o algo por el estilo hacía un millón de años. Además, decía que yo era lo más grande que le había pasado en la vida. Lo sé. Un, dos, tres: «Ayyyyyy». Era un nombre cargante. La gente solía pronunciarlo Mangus, que rima con Angus. Yo siempre los corregía: «No, es Magnus, que rima con marciagnus». Entonces se me quedaban mirando sin comprender.

El caso es que mi nombre estaba grabado en la puerta. Una vez que entrase, quedaría registrado. Según el gerente, tendría un nuevo hogar hasta el día del Juicio Final.

—Adelante.

Hunding señaló la piedra rúnica que tenía en la mano. El signo parecía una especie de símbolo del infinito o un reloj de arena de lado:

—Es *dagaz* —me explicó Hunding—. No tienes nada que temer. Simboliza los nuevos comienzos, las transformaciones. También abre tu puerta. Solo tú tendrás acceso a ella.

Tragué saliva.

—¿Y si quieren entrar los empleados, por ejemplo?

—Oh, usamos la llave de personal.

Hunding tocó el hacha que llevaba en el cinturón. No sabía si estaba bromeando.

Levanté la piedra rúnica. No quería probarla, pero tampoco quería quedarme en el pasillo hasta que me empalara una lanza fortuita o me hiciera daño un cuervo a la fuga. Instintivamente, toqué la marca de *dagaz* que había en la puerta con la piedra. El círculo de runas emitió un brillo verde. La puerta se abrió.

Entré y se me cayó la mandíbula al suelo.

La suite era mejor que cualquier lugar en el que hubiera vivido, mejor que cualquier lugar que hubiera visitado, incluida la mansión del tío Randolph.

Me dirigí como en trance al centro de la suite, donde había un atrio central abierto al cielo. Mis zapatos se hundieron en la espesa hierba verde. Cuatro grandes robles bordeaban el jardín como columnas. Las ramas inferiores se extendían por la habitación a través del techo, entrelazándose con las vigas. Las ramas superiores crecían a través de la abertura del atrio, formando un dosel como de encaje. La luz del sol me calentaba la cara. Una agradable brisa soplaba a través de la habitación arrastrando un olor a jazmín.

—¿Cómo? —Miré fijamente a Hunding—. Hay cientos de pisos por encima de nosotros, pero se ve el cielo abierto. Y estamos en pleno invierno. ¿Cómo puede hacer sol y calor?

Hunding se encogió de hombros.

—No lo sé: magia. Es tu otra vida, muchacho. Te has ganado algunos privilegios, ¿eh?

Ah, ¿sí? Pues yo no me sentía especialmente digno de privilegios.

Di una vuelta despacio. La suite tenía forma de cruz, con cuatro secciones que partían del atrio central. Cada ala era del tamaño de mi antigua casa. Una era el vestíbulo por el que habíamos entrado.

La siguiente era un dormitorio con una cama de matrimonio extra-grande. A pesar de su tamaño, la habitación era austera y sencilla: un edredón beis y unas almohadas de aspecto mullido en la cama, paredes beis sin cuadros espejos ni otros objetos de decoración. Se podían correr unas pesadas cortinas marrones para separar el espacio.

Me acordé de que cuando era pequeño mi madre intentaba que mi habitación fuera lo más sobria posible. Siempre me había costado dormir en casa a menos que hubiera una oscuridad absoluta y nada me distrajese. Al mirar aquel dormitorio, sentí que alguien se había colado en mi mente y había entendido exactamente lo que necesitaba para estar cómodo.

El ala izquierda era un vestidor y cuarto de baño con baldosas negras y beis, mis colores favoritos. Entre los privilegios había una sauna, un jacuzzi, un vestidor espacioso, una ducha espaciosa y un váter espacioso. (Lo último es broma, pero era un trono de lujo, digno de los muertos venerados.)

La cuarta ala de la suite era una cocina completa y una sala de estar. En un extremo de la sala de estar había un gran sofá de cuero orientado hacia un televisor con pantalla de plasma equipado con seis videoconsolas distintas apiladas en el armario de los juegos. Al otro lado, dos butacas se hallaban enfrente de una chimenea chisporroteante y una pared llena de libros.

Sí, me gusta leer. Soy así de raro. Incluso después de dejar la escuela, me pasaba mucho tiempo en la biblioteca pública de Boston, aprendiendo cosas al azar para pasar el tiempo en un sitio cálido y seguro. Durante dos años había echado de menos mi vieja colección de libros; nunca pensé seriamente que volvería a tener una.

Me acerqué para ver los títulos de las estanterías. Entonces reparé en el retrato con marco de plata que había sobre la repisa de la chimenea.

Una especie de burbuja de helio me subió por el esófago.

—No puede ser...

Cogí la foto. En ella aparecía yo a los ocho años con mi madre en la cima del monte Washington, en New Hampshire. Esa había sido una de las mejores excursiones de mi vida. Le habíamos pedido a un vigilante del parque que nos hiciera la foto. En la imagen, yo estaba sonriendo (cosa que ya no hago mucho), mostrando mis dos incisivos mellados. Mi madre estaba arrodillada a mi lado abrazándome el pecho, con unas arrugas formándose en las comisuras de sus ojos verdes, las pecas oscuras por el sol y el cabello rubio a un lado por el viento.

—Es imposible —murmuré—. Solo había una copia de esta foto. Yo la quemé en el fuego... —Me volví hacia Hunding, quien estaba secándose los ojos—. ¿Está bien?

Él se aclaró la garganta.

—¡Perfectamente! Pues claro, estoy perfectamente. Al hotel le gusta proporcionar a los huéspedes recuerdos, souvenirs de sus antiguas vidas. Fotografías... —Bajo la barba, podría haber estado temblándole el mentón—. Cuando yo me morí no había fotografías. Así que... eres afortunado.

Nadie me había considerado «afortunado» en mucho tiempo. La idea me arrancó de mi estupor. Había estado dos años sin mi madre. Me había muerto, o me habían ascendido, hacía solo unas horas. Aquel botones de Sajonia llevaba allí desde 749 e.C. Me preguntaba cómo habría muerto y qué familia habría dejado. Mil doscientos años más tarde, se le seguían llenando los ojos de lágrimas al pensar en ellos, una forma cruel de pasar la vida de ultratumba.

Hunding se enderezó y se secó la nariz.

—¡Basta! Si tienes preguntas, llama a recepción. Estoy deseando oír tus valientes hazañas esta noche en la cena.

—¿Mis... valientes hazañas?

—Venga, no seas modesto. No habrías sido elegido si no hubieras hecho algo heroico.

—Pero...

—Ha sido un placer conocerlo, señor. Bienvenido al Hotel Valhalla.

Me tendió la palma de la mano. Tardé un segundo en caer en la cuenta de que quería una propina.

—Ah, sí... —Me metí la mano en los bolsillos, aunque no esperaba encontrar nada. Milagrosamente, la tableta de chocolate que había birlado en la casa del tío Randolph seguía allí, indemne al viaje a través del más allá. Se la di a Hunding—. Lo siento, solo tengo esto.

Sus ojos se volvieron del tamaño de dos posavasos.

—¡Dioses de Asgard! ¡Gracias, muchacho! —Olfateó el chocolate y lo levantó como si fuera un cáliz sagrado—. ¡Caramba! Si necesitas algo, avísame. Tu valquiria vendrá a buscarte antes de la cena. ¡Caramba!

—¿Mi valquiria? Un momento. Yo no tengo ninguna valquiria.

Hunding se rió, con los ojos clavados todavía en la tableta de chocolate.

—Sí, si yo tuviera tu valquiria, diría lo mismo. Ya ha dado bastantes problemas.

—¿A qué se refiere?

—¡Hasta la noche, muchacho! —Hunding se dirigió a la puerta—. Tengo cosas que comer... digo, que hacer. ¡Procura no matarte antes de la cena!

11

Encantado de conocerte.
Y ahora te estrujaré la tráquea

Me desplomé en la hierba.

Contemplando el cielo azul a través de las ramas de los árboles, empecé a tener problemas para respirar. Hacía años que no tenía un ataque de asma, pero me acordé de todas las noches que mi madre me había abrazado mientras resollaba, sintiéndome como si tuviera un cinturón apretándome alrededor del pecho. Os estaréis preguntando por qué mi madre me llevaba de acampada y a escalar montañas si tenía asma, pero estar al aire libre siempre me ayudaba.

Tumbado en medio del atrio, aspiré el aire fresco y confié en que mis pulmones se estabilizarían.

Por desgracia, estaba totalmente seguro de que no se trataba de un ataque de asma. Era un ataque de nervios en toda regla. Lo que me alteraba no era solo el hecho de estar muerto, atrapado en un extraño reino vikingo de ultratumba en el que la gente pedía cabezas de cerdo al servicio de habitaciones y se empalaban unos a otros en el salón.

Considerando cómo había sido mi vida hasta entonces, podía aceptar eso. Claro que había acabado en el Valhalla el día de mi decimosexto cumpleaños. Menuda suerte la mía.

Lo que realmente me afectaba era que por primera vez desde la muerte de mi madre estaba en un sitio confortable, solo y a salvo (al menos, de momento). Los albergues no contaban. Los comedores populares y las azoteas y los sacos de dormir debajo de puentes no contaban. Siempre había dormido con un ojo abierto. Nunca podía relajarme. En ese momento podía pensar con libertad.

Y pensar no era buena idea.

Nunca había podido permitirme el lujo de llorar la muerte de mi madre como es debido. Nunca había tenido tiempo de sentarme a compadecerme de mí mismo. En cierto modo, me había resultado tan útil como las técnicas de supervivencia que mi madre me había enseñado: cómo orientarme, cómo acampar, cómo encender fuego.

Todas aquellas excursiones a parques, montañas y lagos... Mientras su viejo Subaru destartalado había estado operativo, habíamos pasado todos los fines de semana fuera de la ciudad, explorando la naturaleza.

—¿De qué huimos? —le pregunté un viernes, pocos meses antes de que falleciera. Estaba molesto. Quería dormir en casa por una vez. No entendía sus prisas por hacer el equipaje y marcharnos.

Ella sonrió, pero parecía más preocupada de lo normal.

—Tenemos que aprovechar al máximo nuestro tiempo, Magnus.

¿Me había estado preparando para sobrevivir por mi cuenta? Como si hubiera sabido lo que le pasaría... Pero no era posible. Por otra parte, tener a un dios nórdico como padre tampoco era posible.

Seguía respirando con dificultad, pero me levanté y me paseé por mi nueva habitación. En la foto de la repisa, el Magnus de ocho años me sonreía con su pelo despeinado y sus dientes mellados. Aquel niño vivía tan despreocupado, sin valorar lo que tenía...

Eché un vistazo a la estantería: allí estaban mis escritores favoritos de fantasía y terror cuando era pequeño (Stephen King, Darren Shan, Neal Shusterman, Micahel Grant, Joe Hill); mis series de cómics favoritas (Scott Pilgrim, Sandman, Watchmen, Saga); además de muchos libros que había querido leer en la biblioteca. (Consejo para los sintecho: las bibliotecas públicas son refugios seguros. Tienen servicios. Y casi nunca echan a los niños que leen mientras no huelan mal ni monten ningún número.)

Cogí el libro de mitos nórdicos ilustrado para niños que mi madre me leía cuando era pequeño. Dentro había ilustraciones simplistas de dioses vikingos felices y sonrientes, arcoíris, flores y chicas guapas de pelo rubio. Y frases como «¡Los dioses moraban en un reino maravilloso y bello!». No ponía nada sobre el Negro Surt que quemaba cochecitos de niño y lanzaba asfalto derretido, ni sobre lobos que asesinaban a madres y hacían explotar casas. Eso me puso furioso.

En la mesita para servir el café había una libreta encuadernada en piel titulada SERVICIOS PARA HUÉSPEDES. La hojeé. El menú del servicio de habitaciones tenía diez páginas. La lista de canales de televisión era casi igual de larga, y el plano del hotel era tan complejo y estaba dividido en tantas subsecciones que no lo entendía. No había ninguna puerta de emergencia señalizada claramente con el rótulo: ¡SAL POR AQUÍ PARA VOLVER A TU ANTIGUA VIDA!

Arrojé la libreta de servicios para huéspedes a la chimenea.

Mientras ardía, un ejemplar nuevo apareció en la mesita para el café. Aquel estúpido hotel mágico ni siquiera me iba a permitir destrozar cosas como era debido.

Furioso, tiré el sofá. No esperaba que llegara tan lejos, pero fue dando volteretas a través de la habitación y se estrelló contra la pared del fondo.

Me quedé mirando el rastro de cojines caídos, el sofá volcado, el yeso agrietado y las marcas de cuero en la pared. ¿Cómo había hecho eso?

El sofá no se reparó solo por arte de magia. Se quedó donde lo había lanzado. Mi ira desapareció. Probablemente había dado trabajo extra a un pobre empleado como Hunding. No me parecía justo.

Me paseé un poco más pensando en el hombre oscuro del puente y en el motivo por el que quería mi espada. Esperaba que Surt hubiera muerto conmigo —de forma más permanente que yo—, pero no era optimista al respecto. Mientras Blitz y Hearth hubieran escapado sanos y salvos... (Ah, sí, y Randolph también, supongo.)

Y la espada... ¿dónde estaba? ¿En el fondo del río? El Valhalla podía resucitarme con una tableta de chocolate en el bolsillo, pero no con una espada en la mano. Menudo lío.

En los cuentos antiguos, el Valhalla era para los héroes que morían en la batalla. Me acordaba de eso. Desde luego yo no me sentía como un héroe. Me habían dado una paliza y me habían lanzado una bala de cañón a la barriga. Al atravesar a Surt con la espada y despeñarnos por el puente, simplemente había fracasado de la manera más productiva posible. ¿Una muerte valerosa? No tanto.

Me quedé paralizado.

Una idea me asaltó con la fuerza de un mazo.

Mi madre... Si alguien había muerto con valentía era ella. Para protegerme de...

Entonces llamaron a la puerta.

La puerta se abrió, y entró una chica: la misma que había sobrevolado la batalla del puente dando vueltas en el cielo y luego me había llevado a través del vacío gris.

Se había quitado el yelmo, la cota de malla y la lanza brillante. El pañuelo verde le rodeaba el cuello, dejando que la larga melena castaña le cayera con soltura sobre los hombros. Su vestido blanco tenía runas vikingas bordadas alrededor del cuello y de los puños. De su cinturón dorado colgaban un juego de llaves anticuadas y un hacha de un solo filo. Parecía la dama de honor en la boda de un luchador de Mortal Kombat.

Echó un vistazo al sofá volcado.

—¿Te molestan los muebles?

—Eres real —observé.

Ella se tocó los brazos.

—Sí, eso parece.

—Mi madre —dije.

—No —contestó ella—. No soy tu madre.

—Quiero decir, ¿está ella en el Valhalla?

La boca de la chica esbozó un silencioso «Oh». Miró por encima de mi hombro como si estuviera considerando su respuesta.

—Lo siento. Natalie Chase no está entre los elegidos.

—Pero ella era la valiente. Se sacrificó por mí.

—Te creo. —La chica examinó su llavero—. Pero, si estuviera aquí, lo sabría. A las valquirias no se nos permite elegir a todo el mundo que muere con valentía. Hay... muchos factores, muchas vidas de ultratumba distintas.

—Entonces ¿dónde está? Quiero ir allí. ¡Yo no soy un héroe!

Ella se precipitó hacia mí y me empujó contra la pared con la facilidad con la que yo había lanzado el sofá. Me presionó la garganta con su antebrazo.

—No digas eso —susurró la chica—. ¡NO DIGAS ESO! Y menos esta noche en la cena.

El aliento le olía a hierbabuena. Sus ojos resultaban de algún modo oscuros y brillantes al mismo tiempo. Me recordaban un fósil que tenía mi madre: un corte transversal de un animal marino parecido a un nautilo llamado amonites. Parecía que brillara, que tuviera luz por dentro, como si hubiera absorbido millones de años de recuerdos mientras yacía bajo tierra. Los ojos de la chica tenían el mismo brillo.

—Tú no lo entiendes —contesté con voz ronca—. Tengo que...

Ella me presionó más fuerte la tráquea.

—¿Qué es lo que crees que no entiendo? ¿Que llores la muerte de tu madre? ¿Que hayas sido juzgado injustamente? ¿Que estés en un sitio donde no quieres estar, obligado a tratar con gente con la que preferirías no tratar?

No sabía cómo responderle, sobre todo porque no podía respirar.

Ella se apartó. Mientras me atragantaba y respiraba con dificultad, se paseó por el vestíbulo, mirando furiosamente nada en particular. El hacha y las llaves se balanceaban en su cinturón.

Me froté el cuello magullado.

«Eres tonto, Magnus —me dije—. Estás en un sitio nuevo: aprende las normas.»

No podía empezar a quejarme y a exigir cosas. Tenía que dejar de lado el asunto de mi madre. Si estaba en alguna parte, ya lo averiguaría más adelante. En ese preciso momento, estar en aquel hotel no se diferenciaba de entrar en un albergue juvenil desconocido, un campamento en un callejón o un comedor popular en el sótano de una iglesia. Cada sitio tenía sus normas. Tenía que aprender la estructura del poder, la jerarquía, las prácticas inadmisibles que harían que me empalasen o me robasen. Tenía que sobrevivir..., aunque ya estuviera muerto.

—Perdona —dije. Me dolía la garganta como si me hubiera tragado un roedor vivo con muchas garras—. Pero ¿por qué te importa si soy un héroe o no?

Ella se dio una palmada en la frente.

—Vaya. ¿Tal vez porque te he traído yo? ¿Tal vez porque mi carrera está en juego? Una metedura de pata más y... —Se interrumpió—. Da igual. Cuando te presente, haz lo que yo diga. Mantén la boca cerrada, asiente con la cabeza y no intentes hacerte el valiente. No hagas que me arrepienta de haberte traído.

—De acuerdo. Pero yo no te he pedido ayuda, que conste.

—¡Por el ojo de Odín! ¡Te estabas muriendo! Tus otras opciones eran Helheim o Ginnungagap o... —Se estremeció—. Digamos que son sitios peores para pasar la otra vida que el Valhalla. Vi lo que hiciste en el puente. Tanto si lo reconoces como si no, actuaste con valentía. Te sacrificaste para salvar a mucha gente.

Sus palabras sonaban a cumplido. Su tono hacía que pareciera que me estaba llamando idiota.

Se acercó resueltamente y me hincó el dedo en el pecho.

—Tienes potencial, Magnus Chase. No demuestres que estoy equivocada o...

Por los altavoces de la pared sonó una bocina tan fuerte que sacudió la foto de la repisa de la chimenea.

—¿Qué es eso? —pregunté—. ¿Un ataque aéreo?

—La cena. —La chica se enderezó. Respiró hondo y me tendió la mano—. Empecemos de cero. Hola, soy Samirah al-Abbas.

Parpadeé.

—No te lo tomes a mal, pero no parece un nombre muy vikingo.

Ella esbozó una sonrisa tensa.

—Puedes llamarme Sam. Todo el mundo me llama así. Seré tu valquiria esta noche. Encantada de conocerte como es debido.

Me estrechó la mano tan fuerte que me crujieron los huesos de los dedos.

—Te acompañaré a la cena. —Forzó una sonrisa—. Si me pones en evidencia, seré la primera en matarte.

12

Por lo menos no me toca perseguir cabras

En el pasillo, mis vecinos estaban empezando a salir. Thomas Jefferson, Jr. parecía más o menos de mi edad. Tenía el pelo corto y rizado, un cuerpo larguirucho y un rifle colgado del hombro. Su chaqueta de lana azul tenía botones de latón y galones en las mangas: un uniforme de la guerra de Secesión de Estados Unidos, supuse. Me saludó con la cabeza y sonrió.

—¿Qué tal?

—Muerto, al parecer —dije.

Él se rió.

—Sí. Te acostumbrarás. Llámame T. J.

—Magnus —dije.

—Vamos. —Sam me arrastró.

Nos cruzamos con una chica que debía de ser Mallory Keen. Tenía el cabello pelirrojo ensortijado, los ojos verdes y un cuchillo de sierra que estaba sacudiendo delante de las narices de un chico de dos metros frente a la puerta marcada con la X.

—¿Otra vez con la cabeza de cerdo? —Mallory Keen hablaba con un ligero acento irlandés—. X, ¿crees que quiero ver una cabeza de cerdo cortada cada vez que salgo por la puerta?

—No podía comer más —contestó X con voz cavernosa—. La cabeza de cerdo no cabe en mi nevera.

Personalmente, yo no me habría enfrentado a ese chico. Tenía la constitución de una cámara de contención de bombas. Si por casualidad tenías una granada sin explotar, estaba seguro de que podías deshacerte de ella simplemente pidiéndole a X que se la tragara. Su piel era del color de la barriga de un tiburón, llena de músculos marcados y cubierta de verrugas. Tenía tantos verdugones en la cara que costaba saber cuál era su nariz.

Pasamos por delante de ellos; X y Mallory estaban demasiado ocupados discutiendo para fijarse en nosotros.

Cuando nos hubimos alejado un poco de ellos, le pregunté a Sam:

—¿Qué le pasa al grandullón gris?

Sam se llevó un dedo a los labios.

—X es mitad trol. Es un poco susceptible a ese tema.

—Mitad trol. ¿De verdad existe eso?

—Por supuesto —dijo ella—. Y se merece estar aquí tanto como tú.

—Eh, no lo dudo. Solo preguntaba.

El tono defensivo de su voz hizo que me preguntase qué pasaba.

Cuando pasamos por delante de la puerta de MEDIONACIDO GUNDERSON, una hoja de hacha partió la madera desde dentro. En la habitación sonaron unas risas amortiguadas.

Sam me hizo pasar al ascensor. Apartó a empujones a varios einherjar que trataban de entrar.

—Coged el siguiente, chicos.

La puerta hecha con lanzas se cerró. Sam introdujo una de sus llaves en una ranura del tablero. Presionó una runa roja, y el ascensor descendió.

—Te llevaré al comedor antes de que se abran las puertas principales. Así podrás familiarizarte con el sitio.

—Ah..., claro. Gracias.

Una música ambiental nórdica empezó a sonar en el techo.

«¡Enhorabuena, Magnus! —pensé—. Bienvenido al paraíso de los guerreros, donde podrás escuchar a Frank Sinatra en noruego PARA SIEMPRE!»

Busqué algo que decir, a ser posible algo que no animase a Sam a estrujarme la tráquea.

—Bueno... en el piso diecinueve todos parecen de mi edad —comenté—. O... de nuestra edad. ¿En el Valhalla solo se aceptan adolescentes?

Samirah negó con la cabeza.

—Los einherjar se agrupan por la edad a la que murieron. Tú estás en el nivel más joven, que va hasta los diecinueve aproximadamente. La mayor parte del tiempo, ni siquiera verás a los de los otros dos niveles: adultos y ancianos. Es mejor así. Los adultos... bueno, no se toman en serio a los jóvenes, aunque los adolescentes lleven aquí cientos de años más.

—Muy típico —dije.

—En cuanto a los guerreros ancianos, no siempre se mezclan bien. Imagínate una residencia de la tercera edad muy violenta.

—Se parece a algunos de los albergues en los que he estado.

—¿Albergues?

—Olvídalo. Así que tú eres una valquiria. ¿Habéis elegido a toda la gente del hotel?

—Sí —respondió ella—. Yo he elegido personalmente a todos los huéspedes del hotel.

—Ja, ja. Ya sabes a qué me refería: tu... hermandad o lo que sea.

—Así es. Las valquirias somos las responsables de elegir a los einherjar. Cada guerrero alojado aquí tuvo una muerte valerosa. Cada uno creía en el honor o tenía una conexión con los dioses nórdicos que lo hacían idóneo para el Valhalla.

Recordé que el tío Randolph me había dicho que la espada había sido herencia de mi padre.

—Una conexión..., ¿como ser hijo de un dios?

Tenía miedo de que Sam se riera de mí, pero asintió seriamente con la cabeza.

—Muchos einherjar son semidioses. Muchos son mortales corrientes. Tú has sido elegido para el Valhalla por tu coraje y honor, no por tu herencia. Al menos, se supone que así debe ser...

No podía determinar si su tono era de tristeza o de resentimiento.

—¿Y tú? —pregunté—. ¿Cómo te convertiste en valquiria? ¿Tuviste una muerte noble?

Ella se rió.

—Todavía no. Sigo entre los vivos.

—¿Y eso?

—Bueno, tengo una doble vida. Esta noche te acompañaré a la cena. Luego tendré que volver corriendo a casa y terminar mis deberes de cálculo.

—No estás bromeando, ¿verdad?

—Nunca bromeo sobre los deberes de cálculo.

Se abrieron las puertas del ascensor. Entramos en un salón del tamaño de un estadio para conciertos.

Me quedé boquiabierto.

—Santo...

—Bienvenido al Salón de Banquetes de los Muertos.

Gradas con largas mesas como asientos de un estadio se curvaban hacia abajo desde la sección más elevada. En el centro de la sala, en lugar de una cancha de baloncesto, se alzaba un árbol más alto que la estatua de la Libertad. Las ramas más bajas debían de tener unos treinta metros de altura. El manto de hojas se extendía sobre todo el salón, rozaba el techo abovedado y sobresalía a través de una enorme abertura situada en lo alto del todo. Por encima, las estrellas brillaban en el cielo nocturno.

Mi primera pregunta tal vez no fue la más importante.

—¿Qué hace una cabra en el árbol?

De hecho, entre las ramas correteaban muchos animales. No sabía qué eran la mayoría, pero por la rama más baja se bamboleaba una cabra peluda muy gorda. Sus ubres hinchadas manaban leche como alcachofas de ducha con fugas. Debajo, en el suelo del comedor, un equipo formado por cuatro robustos guerreros llevaba un gran cubo dorado con unas varas sobre los hombros. Andaban de un lado a otro arrastrando los pies, tratando de permanecer debajo de la cabra para poder recoger los chorros de leche. A juzgar por lo empapados que estaban, no atinaban mucho.

—La cabra es Heidrún —me dijo Sam—. Con su leche se prepara el hidromiel del Valhalla. Está bueno. Ya lo verás.

—¿Y los que persiguen a la cabra?

—Sí, es un trabajo ingrato. Si no te portas bien, podrían destinarte a la tina.

—Ejem... ¿Y no podrían, ya sabes, bajar la cabra aquí?

—Es una cabra de corral. Su hidromiel sabe mejor así.

—Claro —dije—. ¿Y... el resto de los animales? Veo ardillas y zarigüeyas y...

—Petauros del azúcar y osos perezosos —contestó Sam—. Esos son muy monos.

—Vale. Pero ¿cenáis aquí? No puede ser higiénico con todas las cacas de los animales.

—Los animales del árbol Laeradr se portan bien.

—El árbol... Ladrador. Le habéis puesto nombre al árbol.

—Las cosas más importantes tienen nombre. —Me miró frunciendo el ceño—. ¿Quién eras tú?

—Muy graciosa.

—Algunos animales son inmortales y tienen trabajos concretos. Ahora mismo no lo veo, pero allí arriba, en alguna parte, hay un ciervo llamado Eikthrymir. Lo llamamos Ike para abreviar. ¿Ves esa catarata?

Era difícil no verla. De algún lugar en lo alto del árbol, caía agua por unas estrías en la corteza y formaba un poderoso torrente que descendía en cascada de una rama como una rugiente cortina blanca. El agua caía con gran estrépito en un estanque del tamaño de una piscina olímpica entre dos raíces del árbol.

—Las astas del ciervo rocían agua sin parar —dijo Sam—. El agua cae por las ramas a un lago. Desde allí, circula bajo tierra y se vierte en todos los ríos del mundo.

—Entonces... ¿toda el agua viene de las astas de un ciervo? Estoy seguro de que eso no es lo que me enseñaron en clase de ciencias.

—No toda viene de las astas de Ike. También hay nieve derretida, agua de lluvia, contaminantes y trazas de fluoruro y saliva de jotun.

—¿Jotun?

—Ya sabes, gigantes.

No parecía que estuviera bromeando, aunque era difícil saberlo. Su cara estaba rebosante de un humor tenso: sus ojos se movían rápidamente y lucían una mirada alerta, y sus labios se apretaban como si estuviera conteniendo la risa o esperando un ataque. Podía imaginármela haciendo un monólogo cómico, aunque tal vez no con el hacha al costado. Sus facciones también parecían extrañamente familiares: el contorno de la nariz, la curva de la mandíbula, las sutiles mechas rojas y cobrizas de su pelo moreno.

—¿Nos habíamos conocido antes? —pregunté—. Quiero decir... antes de que eligieras mi alma para el Valhalla.

—Lo dudo —contestó ella.

—Pero ¿eres mortal? ¿Vives en Boston?

—En Dorchester. Estoy en segundo curso en la Academia King. Vivo con mis abuelos y paso la mayor parte del tiempo buscando excusas para justificar mis actividades como valquiria. Esta noche, Jid y Bibi creen que estoy dando clases particulares de matemáticas a un grupo de alumnos de primaria. ¿Alguna pregunta más?

Sus ojos transmitían el mensaje contrario: «Se acabó la información personal».

Me preguntaba por qué vivía con sus abuelos. Entonces me acordé de lo que había dicho antes, que entendía lo que era llorar la muerte de una madre.

—No hay más preguntas —decidí—. Me explotaría la cabeza.

—Eso sería un follón —respondió—. Vamos a buscar tu sitio antes de que...

Alrededor del perímetro de la sala, se abrieron cien puertas de golpe. Los ejércitos del Valhalla entraron en tropel.

—La cena está servida —anunció Sam.

13

Phil la Patata se enfrenta a su aciago destino

Nos vimos arrastrados por una ola gigantesca de guerreros hambrientos. Los einherjar entraron a raudales por todas partes, empujando, bromeando y riéndose mientras se dirigían a sus asientos.

—Agárrate —me dijo Sam.

Me cogió de la muñeca y salimos volando por los aires al estilo de Peter Pan.

Lancé un grito.

—¿Qué tal si avisas un poco?

—He dicho «Agárrate».

Pasamos rozando las cabezas de los guerreros. Nadie se fijó mucho en nosotros, excepto un chico al que le di una patada en la cara sin querer. Había otras valquirias volando de un lado a otro: algunas acompañando a guerreros y otras llevando platos de comida y jarras de bebida.

Nos dirigimos a la que era claramente la mesa principal: donde se habría sentado el equipo local si aquello hubiera sido un partido de los Celtics. Una docena de tipos con cara seria estaban ocupando sus asientos delante de unos platos dorados y jarras con incrustaciones de joyas. En el lugar de honor había un trono de madera vacío con un respaldo alto, en el que dos cuervos encaramados se arreglaban las plumas.

Sam nos dejó en la mesa de la izquierda. Otras doce personas se estaban sentando: dos chicas y cuatro chicos con ropa de calle corriente, y seis valquirias vestidas más o menos como Sam.

—¿Otros recién llegados? —pregunté.

Sam asintió con la cabeza, frunciendo el ceño.

—Siete en una noche es mucho.

—¿Eso es bueno o malo?

—Que mueran más héroes significa que pasan más cosas malas en el mundo. Eso significa... —Frunció los labios—. Da igual. Sentémonos.

Antes de que pudiéramos sentarnos, nos cerró el paso una alta valquiria.

—Samirah al-Abbas, ¿qué nos has traído esta noche? ¿Otro medio trol? ¿Tal vez un espía de tu padre?

La chica aparentaba unos dieciocho años. Era lo bastante grande para jugar de ala-pívot y llevaba el pelo, blanco como la nieve, recogido en unas trenzas que le caían por cada hombro. Sobre el vestido verde llevaba una bandolera con martillos de bola, que me parecieron una elección curiosa como arma. Tal vez en el Valhalla hubiera muchos clavos sueltos. Del cuello le colgaba un amuleto dorado con forma de martillo. Sus ojos eran de un azul tan claro y tan frío como un cielo invernal.

—Gunilla —La voz de Sam se tensó—, este es Magnus Chase.

Alargué la mano.

—¿Gorila? Mucho gusto.

Los orificios de la nariz de la chica se ensancharon.

—Es Gunilla, capitana de las valquirias. Y tú, recién llegado...

La sirena de niebla que había oído antes resonó por el salón. Esa vez vi de dónde venía. Cerca del pie del árbol, dos chicos sostenían el cuerno de un animal blanco y negro del tamaño de una canoa mientras otro chico lo tocaba.

Miles de guerreros tomaron asiento. Gorila me lanzó una última mirada asesina, se dio media vuelta y se fue a la mesa central.

—Ten cuidado —me advirtió Sam—. Gunilla es poderosa.

—También un poco imbécil.

La comisura de la boca de Sam se movió.

—Eso, también.

Parecía afectada, con los nudillos blancos en el puño de su hacha. Me preguntaba qué había querido decir Gunilla con «un espía de tu padre», pero como todavía me dolía la tráquea de la última vez que había hecho enfadar a Sam, decidí no preguntar.

Estaba sentado en el extremo de la mesa al lado de Sam, de modo que no tuve ocasión de hablar con otros novatos. Mientras tanto, docenas de valquirias volaban por el salón, repartiendo comida y bebida. Cada vez que la jarra de una valquiria quedaba vacía, se lanzaba sobre la tina dorada que borboteaba en una gran lumbre, llenaba la jarra de sabroso hidromiel y seguía sirviendo. El plato principal provenía de un asador excavado en el suelo en el otro extremo del salón. En un espetón de treinta metros de largo daba vueltas el cuerpo de un animal. No estaba seguro de qué había sido cuando estaba vivo, pero era perfectamente del tamaño de una ballena azul.

Una valquiria pasó volando y depositó un plato de comida y una jarra delante de mí. No sabía de qué eran las tajadas de carne, pero olían de maravilla, rociadas de salsa y acompañadas de patatas y gruesas rebanadas de pan con mantequilla. Hacía tiempo que no comía caliente, pero aun así tenía mis dudas.

—¿Qué animal estoy comiendo?

Sam se limpió la boca con el dorso de la mano.

—Se llama Saehrimnir.

—Vale, en primer lugar, ¿quién le pone nombre a su cena? Yo no quiero saber el nombre de mi cena. Esta patata... ¿se llama Steve?

Ella puso los ojos en blanco.

—No, idiota. Es Phil. El pan es Steve.

La miré fijamente.

—Es broma —dijo—. Saehrimnir es el animal mágico del Valhalla. Cada día lo matan y lo cocinan para la cena. Y cada mañana resucita sano y salvo.

—Debe de ser un rollo para el animal. Pero ¿es como una vaca o un cerdo o...?

—Es lo que tú quieras que sea. Mi ración es de carne de vaca.

Otras partes del animal son de pollo o cerdo. Yo no como cerdo, pero a algunos chicos les encanta.

—¿Y si soy vegetariano? ¿Y si quiero un falafel?

Sam se quedó muy quieta.

—¿Eso era una broma?

—¿Por qué iba a bromear? Me gustan los falafel.

Sus hombros se relajaron.

—Pues si quieres un falafel, solo tienes que pedir el lado izquierdo del animal. Esa parte es de tofu. Te la pueden condimentar para que sepa prácticamente a cualquier cosa.

—¿Tenéis un animal mágico cuyo lado izquierdo está hecho de tofu?

—Esto es el Valhalla, el paraíso para los guerreros al servicio de Odín. Elijas lo que elijas, la comida sabrá perfecta.

Mi estómago se estaba impacientando, así que le metí mano a la comida. El asado tenía la combinación ideal de sabor picante y dulce. El pan era como una nube caliente con costra de mantequilla. Hasta Phil la Patata estaba deliciosa.

Como no era muy aficionado a la leche de cabra, era reacio a probar el hidromiel, pero la bebida de mi jarra parecía más bien sidra espumosa.

Bebí un sorbo. Dulce, pero no demasiado. Fría y suave, con un fondo que no acababa de identificar. ¿Era zarzamora? ¿O miel? ¿O vainilla? Apuré el vaso.

De repente, se aguzaron mis sentidos. No era como el alcohol (y sí, he probado el alcohol, he vomitado, he vuelto a probarlo y he vuelto a vomitar). El hidromiel no me mareó ni me atontó ni me dio náuseas. Se parecía más al café con hielo pero sin el sabor amargo. Me despertó y me infundió una cálida sensación de seguridad, aunque sin ponerme nervioso ni acelerarme el corazón.

—Esto está bueno —reconocí.

Una valquiria se lanzó en picado, me rellenó la jarra y se fue volando.

Miré a Sam, que estaba quitándose unas migas de pan del pañuelo.

—¿Alguna vez sirves mesas?

—Sí, claro. Nos turnamos. Es un honor servir a los einherjar.

Ni siquiera parecía sarcástica.

—¿Cuántas valquirias hay?

—Varios miles.

—¿Y cuántos einherjar?

Sam hinchó los carrillos.

—¿Decenas de miles? Como te he dicho, esto es solo la primera cena. Hay otros dos turnos para los guerreros mayores. El Valhalla tiene quinientas cuarenta puertas. Cada una debe dar cabida a ochocientos guerreros partiendo para la batalla a la vez. Eso significa cuatrocientos treinta y dos mil einherjar.

—Eso es mucho tofu.

Ella se encogió de hombros.

—Personalmente, me parece un número exagerado, pero solo Odín lo sabe a ciencia cierta. Cuando llegue el Ragnarok, necesitaremos un gran ejército.

—El Ragnarok —dije.

—El día del Juicio Final —aclaró Sam—. Cuando los nueve mundos se destruyan en un gran incendio y los ejércitos de los dioses y los gigantes se enfrenten en combate por última vez.

—Ah. Ese Ragnarok.

Eché un vistazo al mar de guerreros adolescentes. Me acordé de mi primer día de clase en el instituto público de Allston, pocos meses antes de que mi madre muriese y mi vida se fuese al garete. En el centro había unos dos mil chicos. Entre clase y clase, los pasillos eran un caos absoluto. La cafetería era como una pecera de pirañas. Pero no era nada comparado con el Valhalla.

Señalé la mesa principal.

—¿Y los tíos finos? Parecen mayores.

—Yo no los llamaría «tíos finos» —dijo Sam—. Son los thanes, los señores del Valhalla. Cada uno ha sido invitado personalmente por Odín a sentarse a su mesa.

—Entonces el trono vacío...

—Es de Odín. Sí. Él... bueno, hace tiempo que no se presenta a cenar, pero sus cuervos lo observan todo y le informan.

Aquellos cuervos me estaban poniendo nervioso con sus ojos negros, pequeños y brillantes. Tenía la sensación de que estaban especialmente interesados en mí.

Sam señaló a la derecha del trono.

—Allí está Erik Hacha Sangrienta. Y aquel es Erik el Rojo.

—Hay muchos Eriks.

—Aquel es Leif Erikson.

—Vaya..., pero no lleva sostén metálico.

—Voy a pasar por alto ese comentario. Allí está Snorre. Y luego está nuestra encantadora amiga Gunilla. Luego Lord Nelson y Davy Crockett.

—Davy..., un momento, ¿en serio?

—En el extremo está Helgi, el gerente del hotel. Probablemente ya lo conozcas.

Helgi parecía estar pasándoselo bien, riéndose con Davy Crockett y echando unos tragos de hidromiel. Detrás de su silla estaba Hunding, el botones, con cara triste, pelando uvas con cuidado y dándoselas a Helgi de una en una.

—¿Qué les pasa al gerente y a Hunding?

Sam puso mala cara.

—Una enemistad heredada de sus antepasados. Cuando se murieron, los dos fueron al Valhalla, pero Odín honró más a Helgi. Puso a Helgi al mando del hotel. La primera orden de Helgi fue que su enemigo Hunding fuera su criado e hiciera tareas domésticas de baja categoría todo el tiempo.

—No parece muy paradisíaco para Hunding.

Sam vaciló.

En voz más baja, dijo:

—Incluso en el Valhalla, hay una jerarquía. No te conviene estar en la parte inferior. Recuerda, cuando empiece la ceremonia...

En la mesa de honor, los thanes empezaron a golpear la mesa con sus jarras al unísono. Por todo el salón, los einherjar se sumaron al bullicio hasta que un latido metálico retumbó en el Salón de los Muertos.

Helgi se levantó y alzó su jarra. El ruido se fue apagando.

—¡Guerreros! —La voz del gerente resonó en el salón. Parecía tan regio que costaba creer que fuese la misma persona que hacía pocas horas me había ofrecido una suite y una llave para el minibar—. ¡Hoy se han unido a nosotros siete nuevos caídos! Eso sería motivo suficiente de celebración, pero también tenemos una sorpresa para vosotros. Gracias a la capitana de las valquirias, Gunilla, hoy, por primera vez, no solo nos enteraremos de las admirables hazañas de los recién llegados, ¡sino que podremos verlas!

A mi lado, Sam emitió un sonido estrangulado.

—No —murmuró—. No, no, no...

—¡Que empiece la presentación de los muertos! —rugió Helgi.

Diez mil guerreros se volvieron hacia mí, expectantes.

14

Cuatro millones de canales
y solo ponen Valquiria Visión

Menos mal que yo iba el último.

Sentí alivio cuando las presentaciones empezaron por los einher-jar sentados en el otro extremo de la mesa..., hasta que vi lo que los otros recién llegados habían hecho para entrar en el Valhalla.

—¡Lars Ahlstrom! —gritó Helgi.

Un chico rubio y corpulento se levantó con su valquiria. Lars estaba tan nervioso que volcó su jarra y se salpicó la entrepierna de hidromiel mágico. Un murmullo de risas recorrió el salón.

Helgi sonrió.

—Como muchos de vosotros sabéis, la capitana Gunilla ha ido introduciendo progresivamente nuevas herramientas a lo largo de los últimos meses. Ha equipado la armadura de sus valquirias con cámaras para que todo el mundo sea responsable de sus actos... ¡y, con suerte, para mantenernos entretenidos!

Los guerreros dieron vítores y golpes con sus jarras, con lo que apagaron el sonido de Sam, que estaba soltando juramentos a mi lado.

Helgi levantó su jarra.

—¡Os presento Valquiria Visión!

Alrededor del tronco del árbol, flotando en el aire, se encendió un círculo de pantallas holográficas gigantescas. Las imágenes se veían de forma entrecortada, aparentemente tomadas con una cámara apoyada en el hombro de una valquiria. Estábamos a gran altura, dando vueltas sobre un ferry que se hundía en un mar gris. La mitad de los botes salvavidas colgaban ladeados de sus cables. Los pasajeros saltaban a bordo, algunos sin chalecos salvavidas. La valquiria se acercó lanzándose en picado. La imagen se enfocó.

Lars Ahlstrom avanzaba con dificultad por la cubierta inclinada con un extintor en las manos. La puerta del salón interior estaba bloqueada por un contenedor metálico. Lars se esforzó por moverlo, pero pesaba demasiado. Dentro del salón había una docena de personas atrapadas, aporreando desesperadamente las ventanas.

Lars les gritó algo en... ¿sueco? ¿Noruego? El significado era claro: ¡ATRÁS!

En cuanto hicieron lo que les dijo, Lars golpeó la ventana con el extintor. Al tercer intento se hizo añicos. A pesar del frío, Lars se quitó el abrigo y lo extendió sobre los cristales rotos.

Se quedó junto a la ventana hasta que los últimos pasajeros salieron sanos y salvos. Corrieron hacia los botes salvavidas. Lars volvió a coger el extintor y empezó a seguirlos, pero el barco dio un violento bandazo. El chico se golpeó la cabeza contra la pared y se deslizó, inconsciente.

Su cuerpo empezó a brillar. El brazo de la valquiria apareció en el encuadre, estirándose hacia él. Una resplandeciente aparición dorada brotó del cuerpo de Lars: su alma, deduje. El Lars Dorado cogió la mano de la valquiria, y las pantallas se oscurecieron.

En la mesa principal, los thanes debatían entre ellos. Yo estaba lo bastante cerca para oír parte de lo que decían. Uno de ellos —¿Lord Nelson?— ponía en duda que un extintor contase como arma.

Me incliné hacia Sam.

—¿Y eso qué importa?

Ella partía su pan en trozos cada vez más pequeños.

—Para entrar en el Valhalla, un guerrero debe morir en combate con un arma en la mano. Es la única forma.

—Entonces ¿cualquiera podría entrar en el Valhalla si cogiera una espada y se muriese? —susurré.

Ella resopló.

—Por supuesto que no. No podemos tolerar que haya chicos que cojan armas y mueran a propósito. No hay nada heroico en el suicidio. El sacrificio, la valentía no tienen que estar planeados. Tienen que venir del corazón, sin reflexión ni recompensa.

—¿Y si los thanes deciden que un novato no debería haber sido elegido? ¿Vuelve a estar vivo? —Traté de no parecer demasiado esperanzado.

Sam no quería mirarme a los ojos.

—Cuando eres un einherji no hay vuelta atrás. Puedes recibir los peores encargos. Puedes pasarlas canutas para ganarte el respeto. Pero te quedas en el Valhalla. Si los thanes dictaminan que el muerto es indigno..., la valquiria es castigada.

—Ah.

De repente entendí por qué todas las valquirias de nuestra mesa parecían un poco tensas.

Los thanes lo sometieron a votación. Acordaron por unanimidad que el extintor se podía considerar un arma y la muerte de Lars se podía contemplar como muerte en combate.

—¿Qué enemigo hay mayor que el mar? —dijo Helgi—. ¡Declaramos a Lars Ahlstrom digno del Valhalla!

Más aplausos. Lars por poco se desmaya. Su valquiria lo sostuvo mientras sonreía y saludaba con la mano a la multitud.

Cuando el ruido se fue apagando, Helgi continuó.

—Lars Ahlstrom, ¿conoces tu linaje?

—Yo... —La voz del recién llegado se quebró—. No conozco a mi padre.

Helgi asintió con la cabeza.

—No es un caso raro. Pediremos consejo a las runas, a menos que el Padre de Todos desee intervenir.

Todo el mundo se volvió hacia el trono desocupado. Los cuervos erizaron sus plumas y graznaron. El trono permaneció vacío.

Helgi no parecía sorprendido, pero encogió los hombros, decepcionado. Señaló al foso del fuego. Una mujer con una túnica con capucha verde dio un paso adelante y salió de un grupo de criados y cocineros. Tenía la cara oculta en las sombras de su capucha, pero, a juzgar por la postura encorvada y las manos retorcidas, debía de ser una anciana.

—¿Quién es la Bruja Malvada? —murmuré a Sam.

—Una vala. Una vidente. Puede lanzar hechizos, adivinar el futuro y... otras cosas.

La vala se acercó a nuestra mesa. Se detuvo delante de Lars Ahlstrom y sacó un saco de cuero de entre los pliegues de su túnica. A continuación, extrajo un puñado de piedras rúnicas como las del despacho del tío Randolph.

—¿Y las runas? —susurré a Sam—. ¿Para qué son?

—Son el antiguo alfabeto vikingo —contestó—, pero cada letra simboliza también algo poderoso: un dios, un tipo de magia, una fuerza de la naturaleza. Son como el código genético del universo. La vala puede interpretar las piedras para ver tu destino. Los mejores hechiceros, como Odín, ni siquiera necesitan usar las piedras. Pueden manipular la realidad con solo pronunciar el nombre de una runa.

Tomé nota mental de que debía evitar a Odín. No necesitaba que mi realidad fuera más manipulada.

Delante de nuestra mesa, la vala murmuró algo. Lanzó las piedras a sus pies, y cayeron al suelo de tierra: algunas boca arriba, otras boca abajo. Una runa en concreto pareció llamar la atención de todo el mundo. Las pantallas holográficas proyectaron su imagen a todos los presentes en el salón.

La marca no me decía nada, pero cientos de guerreros asintieron gritando.

—¡Thor! —chillaron. Entonces empezaron a corear—: ¡THOR, THOR, THOR!

Sam gruñó.

—Como si necesitáramos otro hijo de Thor.

—¿Por qué? ¿Qué les pasa?

—Nada. Son geniales. Gunilla... es hija de Thor.

—Ah.

La capitana de las valquirias estaba sonriendo, cosa que resultaba todavía más siniestra que su ceño fruncido.

Cuando los cánticos se apagaron, la vala levantó sus brazos arrugados.

—¡Lars, hijo de Thor, regocíjate! Las runas dicen que lucharás como un guerrero en el Ragnarok. ¡Y mañana, en tu primer combate, demostrarás tu valor y serás decapitado!

El público prorrumpió en vítores y carcajadas. De repente, Lars se puso muy pálido. Eso hizo que los guerreros se riesen todavía más, como si decapitar a alguien fuese una novatada comparable a tirar a alguien de los calzoncillos. La vala recogió las runas y se retiró mientras la valquiria de Lars le ayudaba a sentarse.

La ceremonia prosiguió. La siguiente era una recién llegada que se llamaba Dede. Había salvado a un montón de niños en la escuela de su pueblo cuando habían tratado de secuestrarlos los soldados de un señor de la guerra. Había coqueteado con uno de los soldados, lo había engañado para que le dejara sostener su rifle de asalto y acto seguido había apuntado con él a los hombres del señor de la guerra. La mataron, pero gracias a su desinteresado acto, a los demás chicos les dio tiempo a escapar. El vídeo era muy violento. A los vikingos les encantó. Dede recibió una ovación en pie.

La vala interpretó las runas. Confirmó que los padres de Dede eran mortales normales y corrientes, pero a nadie pareció importarle. Según la fortuna de Dede, lucharía valientemente en el Ragnarok. Durante la semana siguiente perdería los brazos varias veces en combate. En cien años ascendería a la mesa de los thanes.

—¡Ooooooh! —murmuró la multitud con admiración.

Los otros cuatro recién llegados resultaron igual de impresionantes. Todos habían salvado a gente. Habían sacrificado valerosamente sus vidas. Dos eran mortales. Uno era hijo de Odín, un dato que causó una pequeña conmoción.

Sam se inclinó hacia mí.

—Como te he dicho, hace mucho tiempo que Odín no se deja

ver. Acogemos con entusiasmo cualquier señal de que sigue moviéndose entre los mortales.

La última recién llegada era una hija de Heimdal. Yo no estaba seguro de quién era ese, pero los vikingos parecían impresionados.

La cabeza me daba vueltas debido al exceso de información. Tenía los sentidos aguzados debido al exceso de hidromiel. Ni siquiera me di cuenta de que habíamos llegado al extremo de la mesa hasta que Helgi dijo mi nombre.

—¡Magnus Chase! —bramó—. ¡Levántate e impresiónanos con tu valor!

15

Mi vídeo de tomas falsas se vuelve viral

Mi valor no impresionó a nadie.

Me retorcí en mi asiento mientras el vídeo se reproducía. Los einherjar observaron las pantallas en un silencio de estupefacción. Luego empezaron los murmullos y los gruñidos, interrumpidos por carcajadas de incredulidad.

Valquiria Visión solo mostró fragmentos de lo que había pasado. Me vi a mí mismo en el puente, enfrentándome a Surt mientras el gigante invocaba un tornado en llamas. La cámara me enfocó con el zoom cuando le amenacé con mi trozo de metal corroído. Entonces aparecieron Hearth y Blitz. Blitz golpeó al Negro con su letrero de ABRAN PASO A LOS PATITOS. La flecha de juguete de Hearth me dio en el trasero. Surt me asestó un puñetazo. Surt me propinó una patada. Vomité y me retorcí de angustia.

El vídeo avanzó rápidamente hasta el punto en que yo retrocedía contra la barandilla del puente. Surt me lanzó su llameante bala de cañón hecha de asfalto. Yo blandí mi espada, pero no le di. En el salón de banquetes, miles de guerreros gruñeron: «¡Oooooh!» cuando el trozo de asfalto me impactó en la barriga. Surt arremetió contra mí, y los dos nos despeñamos por el lado del puente, luchando cuerpo a cuerpo al caer.

Justo antes de que cayéramos al agua, la imagen se congeló y el foco se cerró. La espada sobresalía de la barriga de Surt, pero mis manos no la empuñaban. Estaban abrazando el gran cuello de Surt.

Un murmullo incómodo recorrió el salón.

—No —protesté—. No, así no es como...Alguien lo ha manipulado. Parecen unas tomas falsas.

La expresión de Sam se había vuelto de piedra. En la mesa de los thanes, la capitana Gunilla sonreía de satisfacción. «Sus cámaras —comprendí—, su montaje.»

Por algún motivo, Gunilla quería deshonrar a Sam haciéndome quedar como un idiota..., cosa que, vale, tampoco era muy difícil.

Helgi dejó su jarra.

—Samirah al-Abbas, explícate.

Sam se tocó el borde del pañuelo. Me daba la sensación de que quería taparse la cabeza con él y desear que el salón desapareciera. La comprendía perfectamente.

—Magnus Chase murió con valentía —dijo—. Se enfrentó solo contra Surt.

Más murmullos incómodos.

Uno de los thanes se levantó.

—Dices que fue Surt. Un jotun de fuego, sin duda, pero si estás insinuando que fue el mismísimo Señor de Muspelheim...

—Sé lo que vi, Erik Hacha Sangrienta. Este —Sam me señaló como si fuera un espécimen de primera— salvó muchas vidas en ese puente. En el vídeo no aparece todo lo que pasó. Magnus Chase se comportó como un héroe. Se merece estar entre los caídos.

Otro thane se levantó.

—No murió con la espada en la mano.

—Lord Ottar —la voz de Sam sonaba forzada—, los thanes ya han pasado por alto un tecnicismo como ese. Dejando a un lado si Magnus empuñaba la espada en el momento de su muerte o no, murió valerosamente en combate. Ese es el espíritu de la ley de Odín.

Lord Ottar resopló.

—Gracias, Samirah al-Abbas, hija de Loki, por enseñarnos el espíritu de la ley de Odín.

El nivel de tensión en el salón aumentó unos treinta grados. La mano de Sam se desvió a su hacha. Dudaba de que alguien aparte de mí pudiera ver cómo se le crisparon los dedos.

Loki... Yo conocía ese nombre: un gran villano de la mitología nórdica, hijo de gigantes. Era el archienemigo de los dioses. Si Sam era su hija, ¿qué hacía allí? ¿Cómo se había convertido en valquiria?

Dio la casualidad de que mi mirada coincidió con la de Gunilla. Estaba claro que la capitana estaba disfrutando de aquel drama. Apenas podía reprimir la sonrisa. Si era hija de Thor, eso explicaba por qué odiaba a Sam. En los mitos antiguos, Thor y Loki siempre trataban de acabar el uno con el otro.

Los thanes debatieron entre ellos.

Finalmente, Helgi, el gerente, habló.

—Samirah, no vemos ningún heroísmo en la muerte de este chico. Vemos a un enano y un elfo con armas de juguete...

—¿Un enano y un elfo? —pregunté, pero Helgi no me hizo caso.

—... vemos a un jotun de fuego que se cayó de un puente y se llevó al chico con él. Que un hijo de Muspel entre en Midgard es una situación fuera de lo común, pero ya ha ocurrido antes.

—Caracoles —murmuró un thane con patillas pobladas—. Deberíais haber visto al pedazo de jotun de fuego que Santa Anna tenía en El Álamo. Os lo aseguro...

—Sí, gracias, lord Crockett. —Helgi se aclaró la garganta—. Como iba diciendo, vemos muy pocas pruebas de que Magnus Chase sea un elegido digno para el Valhalla.

—Milords... —Sam habló despacio y con cuidado, como si se estuviera dirigiendo a unos niños—, el vídeo no es fiel.

Helgi se rió.

—¿Estás insinuando que no deberíamos fiarnos de nuestros ojos?

—Estoy proponiendo que oigan la historia desde mi punto de vista. La tradición siempre ha sido relatar las hazañas del héroe.

Gunilla se levantó.

—Disculpen, milords, pero Samirah está en lo cierto. Tal vez deberíamos dejar hablar a la hija de Loki.

La multitud silbó.

—¡No! ¡No! —gritaron algunos.

Helgi pidió silencio con la mano.

—Gunilla, haces honor a tu hermandad defendiendo a una compañera, pero Loki siempre ha sido un maestro de las palabras sutiles y melifluas. Personalmente, prefiero fiarme de lo que veo antes que dejarme engañar por una explicación ingeniosa.

Los guerreros aplaudieron.

Gunilla se encogió de hombros como diciendo «¡En fin, lo he intentado!», y se dejó caer otra vez en su silla.

—¡Magnus Chase! —gritó Helgi—. ¿Conoces tu linaje?

Conté hasta cinco. Mi primer impulso fue gritar: «¡No, pero parece que tu padre fue un cretino!».

—No conozco a mi padre —admití—. Pero, mire, con respecto a ese vídeo...

—Tal vez tengas un potencial que no advertimos —dijo Helgi—. Tal vez seas hijo de Odín o de Thor o de otro dios de la guerra noble y tu presencia nos honre. Pediremos consejo a las runas, a menos que el Padre de Todos desee intervenir.

Miró al trono, que seguía vacío. Los cuervos me observaron con unos ojos oscuros y ávidos.

—Muy bien —añadió Helgi—. Que venga la vala y...

Entre las raíces del árbol, donde la cascada caía en el lago oscuro, estalló una enorme burbuja. ¡POP! En la superficie del agua había tres mujeres cubiertas de blanco.

El salón se quedó en silencio, interrumpido solo por el crepitar del fuego de la comida y el sonido de la cascada. Miles de guerreros observaron paralizados de asombro como las tres mujeres se deslizaban por el suelo en dirección a mí.

—¿Sam? —susurré—. ¿Qué pasa, Sam?

Ella dejó caer la mano del hacha.

—Las nornas —dijo—. Las nornas en persona han venido a leer tu destino.

16

Nornas. ¿Por qué tenían que ser nornas?

Ojalá alguien me hubiera avisado de que iba a morirme. En plan: «Eh, mañana te caerás de un puente y te convertirás en un vikingo zombi, así que ve a informarte sobre el Valhalla».

Me sentía muy poco preparado.

Recordaba haber oído hablar de las nornas, las mujeres que controlaban los destinos de los mortales, pero no sabía sus nombres ni su motivación ni el protocolo adecuado para conocerlas. ¿Se suponía que tenía que hacerles una reverencia? ¿Ofrecerles regalos? ¿Huir gritando?

—Esto no pinta bien —murmuró Sam a mi lado—. Las nornas solo aparecen en casos extremos.

Yo no quería ser un caso extremo. Quería ser un caso sencillo: «Eh, bien hecho. Eres un héroe. Toma una galleta».

O mejor todavía: «Uy. Todo ha sido un error. Puedes volver a tu vida normal».

No es que mi vida normal fuese maravillosa, pero era mejor que ser considerado indigno por doce tíos con barba que se llamaban Erik.

A medida que se acercaban las nornas, me di cuenta de lo grandes que eran: como mínimo, cada una medía dos metros setenta y cinco. Bajo las capuchas, sus caras resultaban hermosas pero inquietantes:

totalmente blancas, hasta los ojos. Arrastraban una capa de niebla como la cola de una novia. Se detuvieron a seis metros de mi mesa y levantaron las palmas de las manos. Su piel era como nieve esculpida.

«Magnus Chase.» No sabía qué norna había hablado. La suave e incorpórea voz resonó por el salón, se coló en mi cabeza y convirtió mi cráneo en un congelador. «Heraldo del Lobo.»

La multitud se movió incómoda. Yo había visto la palabra «heraldo» en alguna parte, tal vez en una novela de fantasía, pero no me acordaba de qué significaba. No me gustaba cómo sonaba. Y todavía me gustaba menos cómo sonaba «lobo».

Acababa de decidir que huir gritando era la opción más inteligente. Entonces, en las manos de la norna del medio, se formó una niebla que se solidificó hasta convertirse en media docena de piedras rúnicas. La norna las lanzó al aire. Las runas flotaron por encima de ella y cada una se transformó en un luminoso símbolo blanco del tamaño de una cartulina.

Yo no sabía leer las runas, pero reconocí la del centro. Era el mismo símbolo que había sacado del saquito en el despacho del tío Randolph:

$$\mathsf{F}$$

«Fehu —anunció la fría voz—. La runa de Frey.»

Miles de guerreros se revolvieron en sus asientos, haciendo ruido con sus armaduras.

Frey... ¿Quién era Frey? Tenía la mente como si estuviera cubierta de escarcha. Me costaba pensar.

Las nornas hablaron a la vez, tres voces espectrales recitando al unísono, y sacudieron las hojas del gigantesco árbol:

> Injustamente elegido, injustamente asesinado,
> un héroe que el Valhalla no puede tener encerrado.
> De aquí a nueve días el sol debe ir al este,
> antes de que la Espada del Verano libere a la bestia.

Las brillantes runas se disolvieron. Las tres nornas me hicieron una reverencia. A continuación se deshicieron en la niebla y desaparecieron.

Miré a Sam.

—¿Esto pasa muy a menudo?

Ella se quedó como si le hubieran dado entre los ojos con uno de los martillos de Gunilla.

—No. Elegirte a ti no pudo ser un error. Me dijeron... Me prometieron...

—¿Alguien te dijo que me escogieras?

En lugar de contestar, ella murmuró entre dientes, como si estuviera haciendo cálculos destinados a un cohete que se había desviado de trayectoria.

En la mesa de los thanes, los lords conferenciaban. Por todo el salón, miles de einherjar me observaban. Mi estómago se dobló y se transformó en varias figuras de papiroflexia.

Finalmente, Helgi se situó de cara a mí.

—Magnus Chase, hijo de Frey, tu destino es preocupante. Los señores del Valhalla deben pensar más detenidamente sobre este asunto. De momento, serás bien recibido como un compañero. Ahora eres uno de los einherjar. Eso no se puede cambiar, aunque haya sido un error.

Miró a Sam con el ceño fruncido.

—Samirah al-Abbas, las nornas han declarado tu juicio erróneo. ¿Tienes algo que alegar en tu defensa?

Los ojos de Sam se abrieron mucho, como si acabara de darse cuenta de algo.

—El hijo de Frey... —Miró a su alrededor desesperadamente—. Einherjar, ¿no lo veis? ¡Este es el hijo de Frey! ¡El mismísimo Surt estuvo en ese puente! Eso significa que la espada... —Se volvió hacia la mesa de los thanes—. Gunilla, debes comprender lo que eso significa. ¡Tenemos que encontrar esa espada! ¡Una misión, de inmediato...!

Helgi dio un puñetazo en la mesa.

—¡Basta! Samirah, estás siendo juzgada por un grave error. No te corresponde a ti decirnos lo que debemos hacer. ¡Y desde luego no te corresponde a ti ordenar una misión!

—Yo no he cometido un error —dijo Sam—. ¡Hice lo que me ordenaron...! Yo...

—¿Ordenaron? —Helgi entornó los ojos—. ¿Quién te lo ordenó?

Sam cerró la boca. Pareció que se le bajaran los humos.

Helgi asintió con la cabeza seriamente.

—Ya veo. Capitana Gunilla, antes de que anuncie el castigo de los thanes para esta valquiria, ¿desea hablar?

Gunilla se movió. El brillo de sus ojos había desaparecido. Parecía alguien que se hubiera puesto a la cola del tiovivo e inesperadamente hubiera acabado en una montaña rusa.

—Yo... —Negó con la cabeza—. No, milord. No..., no tengo nada que añadir.

—Muy bien —dijo Helgi—. Samirah al-Abbas, por tu escaso juicio con este einherji, Magnus Chase, y por tus errores pasados, los thanes dictaminan que seas expulsada de la hermandad de las valquirias. Serás despojada de tus poderes y privilegios. ¡Vuelve a Midgard como castigo!

Sam me agarró el brazo.

—Escúchame, Magnus. Tienes que encontrar la espada. Tienes que detenerlos...

Hubo un destello de luz como el flash de una cámara, y Sam desapareció. Su comida a medio terminar y las migas de pan alrededor de su asiento eran las únicas señales de que había existido.

—Así concluye nuestro banquete —anunció Helgi—. ¡Os veré a todos mañana en el campo de batalla! ¡Que durmáis bien y soñéis con una muerte gloriosa!

17

Yo no pedí bíceps

No dormí mucho. Desde luego no soñé con una muerte gloriosa. Ya la había experimentado, y había acabado en el más allá.

Mientras cenaba, mi sofá había vuelto a su sitio y se había reparado. Me senté en él y hojeé mi viejo libro de mitología nórdica para niños, pero no contenía mucha información sobre Frey. En una pequeña ilustración aparecía un tío rubio con túnica brincando por el bosque, una mujer rubia a su lado y un par de gatos jugando a sus pies.

«¡Frey era el dios de la primavera y el verano!», rezaba la leyenda. «Era el dios de la riqueza, la abundancia y la fertilidad. ¡Su hermana gemela, Freya, la diosa del amor, era muy guapa! ¡Y tenía gatos!»

Eché el libro a un lado. Genial. Mi padre era un dios de tercera que brincaba por el bosque. Probablemente lo habían eliminado pronto en la última temporada de *Mira quién baila. Edición asgardiana.*

¿Me decepcionó enterarme? La verdad es que no. Puede que no os lo creáis, pero nunca me había importado mucho la identidad de mi padre. Nunca me había sentido incompleto, como si el hecho de conocer a mi padre fuera a dar sentido a mi vida. Sabía quién era yo. Era el hijo de Natalie. En cuanto a lo de dar sentido a mi vida, había visto demasiadas cosas raras para esperar algo así.

A pesar de todo, había muchos puntos en mi lista de «Cosas que no pillo». El primero: ¿cómo podía un chico sin hogar tener un padre que era el dios de la abundancia y la riqueza? Qué broma más cruel.

Además, ¿por qué me elegiría como objetivo un villano como Surt? Si era el señor de Muspelheim, el Rey Supremo de la Barbacoa, ¿no debería elegir héroes más interesantes, como los hijos de Thor? Por lo menos su padre tenía una serie de películas. Frey no tenía ni gatos propios: tenía que pedírselos prestados a su hermana.

Y la Espada del Verano... suponiendo que fuera la espada que había sacado del río Charles, ¿cómo había acabado allí arriba? ¿Por qué era tan importante? El tío Randolph llevaba años buscándola. Las últimas palabras que me había dirigido Sam también tenían que ver con la búsqueda de la espada. Si había pertenecido a mi padre, y mi padre era un dios inmortal, ¿por qué había dejado que su arma pasara miles de años en el fondo de un río?

Me quedé mirando la chimenea vacía. Las palabras de las nornas seguían resonando en mi cabeza, aunque quería olvidarlas.

«Heraldo del Lobo.» Entonces me acordé de lo que era un heraldo: algo que señalaba la llegada de una fuerza poderosa, como un portero que anunciaba al presidente o el cielo rojo antes de un huracán. Yo no quería ser el heraldo del lobo. Había visto suficientes lobos para toda la eternidad. Quería ser el heraldo del helado, o del falafel.

Injustamente elegido, injustamente asesinado.

Un poco tarde para anunciarlo. Era un puñetero einherji. Mi nombre estaba grabado en la puerta. Tenía la llave del minibar.

Un héroe que el Valhalla no puede tener encerrado.

Ese verso me gustaba más. Tal vez significaba que podía escapar de allí. O quizá significaba que los thanes me volatilizarían con un destello de luz o me usarían para alimentar a su cabra mágica.

De aquí a nueve días el sol debe ir al este,
antes de que la Espada del Verano libere la bestia.

Esos versos eran los que más me fastidiaban. La última vez que miré, el sol se movía del este al oeste. ¿Y quién era la bestia? Apostaba a que se trataba de un lobo, porque siempre era un asqueroso lobo. Si se suponía que la espada liberaba un lobo, la espada debería haber seguido perdida.

Me perseguía el recuerdo de un lobo atado. Me quedé mirando el libro de mitología para niños, medio tentado de volver a cogerlo, pero bastante inquieto estaba ya.

«Escúchame, Magnus —había dicho Sam—. Tienes que encontrar la espada. Tienes que detenerlos.»

Me sabía mal por Samirah al-Abbas. Todavía estaba mosqueado con ella por haberme llevado allí, sobre todo si había sido un error, pero no quería que la echaran de las valquirias porque un vídeo manipulado me hacía quedar como un ceporro. (Vale, más ceporro de lo habitual.)

Decidí que debía dormir. No me encontraba cansado, pero si seguía despierto pensando, se me sobrecalentaría el cerebro.

Probé la cama. Demasiado blanda. Acabé en el atrio, tumbado en la hierba, contemplando las estrellas entre las ramas del árbol.

En algún momento debí de quedarme dormido.

Un sonido brusco me despertó sobresaltado: una rama partiéndose. Alguien soltó un juramento.

Por encima de mí, el cielo se estaba tiñendo de gris con la luz de antes del amanecer. Unas hojas descendían como helicópteros por el aire. Las ramas se balanceaban como si algo pesado acabara de moverse entre ellas.

Me quedé inmóvil, escuchando. Nada. ¿Me había imaginado aquella voz?

En la entrada, un trozo de papel se deslizó por debajo de la puerta.

Me incorporé, aturdido.

Tal vez la dirección del hotel estaba dándome la cuenta y dejándome marchar. Fui tambaleándome hasta la puerta.

Cuando cogí el papel, me temblaba la mano, pero no era una cuenta. Era una nota escrita a mano con una cursiva muy bonita:

Hola, vecino:

Reúnete con nosotros en el salón 19 para desayunar. Al fondo del pasillo a la izquierda. Trae tus armas y tu armadura.

T. J.

T. J.... Thomas Jefferson, Jr., el chico del otro lado del pasillo.

Después del fracaso de la noche anterior, no sabía por qué quería invitarme a desayunar. Tampoco entendía por qué necesitaba armas y una armadura. Quizá los bollos vikingos contraatacaban.

Estaba tentado de bloquear la puerta con una barricada y esconderme en mi habitación. Tal vez todo el mundo me dejase en paz. Tal vez cuando todos los guerreros estuvieran ocupados con su Bikram Yoga a muerte, podría escabullirme y encontrar una salida a Boston.

Por otra parte, quería respuestas. No podía quitarme de la cabeza la idea de que si los muertos valientes iban a parar a ese sitio, mi madre podía estar allí en alguna parte. O alguien podía saber adónde había ido después de morir. Por lo menos ese tal T. J. parecía amistoso. Podía pasar un rato con él y ver lo que podía contarme.

Fui al cuarto de baño.

Tenía miedo de que el váter fuese una máquina mortal vikinga con hojas de hacha y una ballesta que se activara al tirar de la cadena, pero funcionaba como uno normal. Desde luego no daba más miedo que los servicios públicos del parque de Common.

El armario del baño estaba surtido de mis artículos de tocador habituales... o al menos de los artículos de tocador que solían gustarme cuando tenía una casa.

Y la ducha... Traté de recordar la última vez que me había dado una ducha caliente sin prisas. Cierto, había llegado al Valhalla limpio como por arte de magia, pero, después de la mala noche que había pasado, estaba listo para un buen lavado a la antigua usanza.

Me quité las camisetas que llevaba y por poco lancé un grito.

¿Qué le pasaba a mi pecho? ¿Por qué tenían esa pinta mis brazos? ¿Qué eran esas extrañas partes abultadas?

Normalmente evitaba mirar mi reflejo. No era alguien a quien quisiera ver a diario. Pero esa vez me miré en el espejo.

Tenía el pelo igual, un poco menos sucio y enmarañado, pero todavía me llegaba a la mandíbula en una cortina de pelo rubio oscuro, con la raya en medio.

«Te pareces a Kurt Cobain —solía decirme mi madre en broma—. Me encantaba Kurt Cobain, si no fuera porque murió.»

«Pues ¿sabes qué, mamá? —pensé—. ¡Ahora también tengo eso en común con él!»

Tenía los ojos grises, más parecidos a los de mi prima Annabeth que a los de mi madre. Había en ellos un angustioso vacío que daba miedo, pero eso era normal. Esa mirada me había resultado útil en las calles.

Sin embargo, apenas reconocía la parte superior de mi cuerpo. Desde que había padecido asma de pequeño, siempre había sido algo flacucho. A pesar de todas las excursiones y acampadas, tenía el pecho hundido, las costillas marcadas y una piel tan pálida que se podía seguir el mapa de carreteras de mis venas azules.

Y en ese momento... esas extrañas zonas abultadas parecían sospechosamente músculos.

No me malinterpretéis: no era tan espectacular como convertirse en el Capitán América. Seguía siendo delgado y pálido, pero mis brazos tenían definición. Mi pecho no parecía que se fuera a hundir con la siguiente corriente de viento fuerte. Mi piel era más tersa, menos translúcida. Todos los sarpullidos y marcas y mordiscos de la vida en la calle habían desaparecido. Incluso la cicatriz que me había hecho en la palma izquierda al cortarme con un cuchillo de caza a los diez años se había esfumado.

Me acordé de lo fuerte que me había sentido cuando había llegado al Valhalla y cómo había lanzado el sofá a través de la habitación la noche anterior. No me había parado a pensar en ello.

¿Cómo había llamado Hunding al Valhalla..., un ascenso?

Cerré el puño.

No estoy seguro de lo que me pasó. Supongo que cuando me percaté de que ni siquiera mi cuerpo era ya mío, la ira, el miedo y la incertidumbre de las últimas veinticuatro horas alcanzaron un punto crítico. Me habían arrebatado la vida. Me habían amenazado, humillado y ascendido a la fuerza. Yo no había pedido una suite. Yo no había pedido bíceps.

Golpeé la pared.

Mi puño atravesó la baldosa, el muro seco y un taco de cinco por diez centímetros. Saqué la mano. Moví los dedos. No parecía que hubiera nada roto.

Observé el agujero del tamaño de un puño que había hecho encima del toallero.

—Sí —refunfuñé—. El servicio de limpieza me adora.

La ducha me ayudó a calmarme. Después, envuelto en un esponjoso albornoz con las iniciales HV bordadas, me acerqué al armario para buscar ropa. Dentro había tres tejanos azules, tres camisetas de manga corta verdes (todas con la etiqueta PROPIEDAD DEL HOTEL VALHALLA), ropa interior, calcetines, unas buenas zapatillas para correr y una espada envainada. Apoyado en la tabla de planchar, había un escudo circular verde con la runa dorada de Frey pintada en medio.

Vale. Supongo que ya sabía lo que iba a ponerme.

Me pasé diez minutos tratando de averiguar cómo colocar la vaina de la espada en mi cinturón. Yo era zurdo. ¿Significaba eso que la espada iba a la derecha? ¿Eran distintas las espadas de los zurdos de las de los diestros?

Intenté sacar la hoja de la espada y por poco me arranqué los pantalones. Sí, iba a ser un crack en el campo de batalla.

Practiqué el manejo de la espada. Me preguntaba si empezaría a vibrar y a guiar mi mano, como la espada del puente cuando me había enfrentado a Surt. Pero no fue así. Esa hoja parecía un trozo de metal corriente sin control de velocidad. Conseguí envainarla sin perder ningún dedo. Me eché el escudo a la espalda, como lo llevaban los guerreros en la cena la noche anterior. Se me clavó la correa en el cuello y tuve arcadas.

Volví a mirarme en el espejo.

—Señor —murmuré—, parece usted un pedazo de cretino.

Mi reflejo no me llevó la contraria.

Salí a buscar el desayuno y matarlo con mi espada.

18

Supercombate con huevos

—Aquí está. —T. J. se levantó y me cogió la mano—. Siéntate.
Acompáñanos. ¡Anoche causaste una gran impresión!

Iba vestido igual que el día anterior: con una chaqueta militar de
lana azul por encima de una camiseta verde del hotel, unos vaqueros
y botas de piel.

Con él estaban sentados el medio trol X, el pelirrojo Mallory
Keen y un chico que supuse que era Medionacido Gunderson, quien
parecía Robinson Crusoe con esteroides. Su camisa era un mosaico
de pieles de animal. Sus pantalones de pellejo estaban hechos jirones.
Su barba era agreste hasta para un vikingo y estaba decorada con
buena parte de una tortilla de queso.

Mis cuatro vecinos me hicieron sitio en la mesa, cosa que me
hizo sentir bastante bien.

Comparado con el salón de banquetes, el salón diecinueve era
realmente íntimo. Había una docena de mesas esparcidas por la sala,
la mayoría sin ocupar. En un rincón, una hoguera crepitaba delante
de un sofá destartalado. En la otra pared había una mesa de bufet
repleta de toda clase de comida de desayuno imaginable (y unas
cuantas que jamás había imaginado).

T. J. y compañía se habían apoltronado delante de un gran ventanal
con vistas a un vasto campo de hielo y nieve arremolinada. No tenía

sentido, considerando que en mi atrio al fondo del pasillo era verano, pero ya había descubierto que la geografía del hotel era muy rara.

—Es Niflheim —explicó T. J.—, el reino del hielo. La vista cambia cada día y recorre los nueve mundos.

—Los nueve mundos... —Me quedé mirando mis huevos revueltos, preguntándome de qué sistema solar habían salido—. No hago más que oír hablar de los nueve mundos. Cuesta creer que existan.

Mallory Keen sopló el azúcar glasé de su donut.

—Créetelo, novato. Yo he visitado seis hasta ahora.

—Yo, cinco. —Medionacido sonrió, mostrándome el resto de su tortilla de queso—. Claro que Midgard no cuenta. Es el mundo de los humanos. He estado en Alfheim, Nidavellir, Jotunheim...

—Disney World —dijo X.

Mallory suspiró. Con su melena pelirroja, sus ojos verdes y el azúcar glasé alrededor de la boca, me recordaba a un Joker con los colores trastocados.

—Por última vez, zoquete, Disneylandia no es uno de los nueve.

—Entonces ¿por qué se llama World, o sea, «mundo»? —X asintió con la cabeza, satisfecho, dando por ganada la discusión, y volvió a centrarse en su comida sorbiendo la carne del caparazón de un gran crustáceo.

T. J. apartó su plato vacío.

—No sé si te será de ayuda, Magnus, pero los nueve mundos no son en realidad planetas separados. Son más bien... dimensiones distintas, distintas capas de realidad, todas conectadas por el Árbol de los Mundos.

—Gracias —dije—. Eso es todavía más lioso.

Él se rió.

—Sí, supongo.

—¿El Árbol de los Mundos es el del salón de banquetes?

—No —contestó Mallory—. El Árbol de los Mundos es mucho más grande. Ya lo verás, tarde o temprano.

Eso no presagiaba nada bueno. Traté de concentrarme en mi comida, pero resultaba difícil con X justo al lado destrozando un viscoso cangrejo mutante.

Señalé la chaqueta de T. J.

—¿Es un uniforme de la guerra de Secesión?

—Serví en el regimiento Cincuenta y Cuatro de Massachusetts, amigo mío. Soy de Boston, como tú. Llegué aquí un poco antes.

Hice los cálculos.

—¿Moriste en una batalla hace ciento cincuenta años?

T. J. sonrió.

—El asalto al Fuerte Wagner, en Carolina del Sur. Mi padre fue Tyr, dios del valor, la ley y el duelo judicial. Mi madre era una esclava fugitiva.

Traté de encajar esa información en mi nueva visión del mundo: un adolescente de la década de 1860, hijo de una antigua esclava y un dios nórdico, que estaba desayunando conmigo en un hotel extradimensional.

X eructó, un hecho que ayudó a poner las cosas en perspectiva.

—¡Dioses de Asgard! —se quejó Mallory—. ¡Qué olor!

—Perdón —gruñó X.

—¿De verdad te llamas X? —pregunté.

—No. Mi nombre real es... —El medio trol dijo algo que empezaba por K y seguía a lo largo de treinta segundos.

Medionacido se limpió las manos en su camisa de pieles.

—¿Lo ves? Nadie puede pronunciarlo. Por eso lo llamamos X.

—X —convino X.

—Es otra de las adquisiciones de Sam al-Abbas —dijo T. J.—. X se tropezó con una pelea de perros, una de esas peleas ilegales en... ¿Dónde, Chicago?

—Chi-ca-go —afirmó X.

—Vio lo que pasaba y se volvió loco. Empezó a destrozar el local, zurró a los apostadores y soltó a los animales.

—Los perros deberían pelear por ellos mismos —dijo X—. No por los humanos avariciosos. Deberían ser salvajes y libres. No deberían estar encerrados en jaulas.

Yo no quería discutir con el grandullón, pero no estaba seguro de si me gustaba la idea de que hubiera perros salvajes peleando por ellos mismos. Me recordaban demasiado a los lobos, unos animales de los que me negaba a ser heraldo.

—El caso es que se convirtió en una batalla campal —continuó T. J.—: X contra un montón de gánsters con armas automáticas. Al final lo mataron, pero X acabó con muchos de esos malnacidos y liberó a muchos perros. Eso fue hará... ¿un mes?

X gruñó y siguió chupando su marisco.

T. J. abrió las manos.

—Samirah lo consideró digno y lo trajo aquí. Recibió algunas críticas por esa decisión.

Mallory resopló.

—Eso es quedarse corto. Un trol en el Valhalla. ¿Quién podía oponerse?

—Medio trol —le corrigió X—. Es mi mejor parte, Mallory Keen.

—Ella no estaba insinuando nada, X —dijo T. J.—. Pero los prejuicios tardan en desaparecer. Cuando yo llegué aquí en mil ochocientos sesenta y tres, tampoco me recibieron precisamente con los brazos abiertos.

Mallory puso los ojos en blanco.

—Entonces los cautivaste con tu personalidad deslumbrante. Os lo juro, estáis dando muy mala fama al piso diecinueve. Y ahora tenemos a Magnus.

Medionacido se inclinó hacia mí.

—No hagas caso a Mallory. Cuando te haces a la idea de que es una persona horrible, es un encanto.

—Cállate, Medionacido.

El grandullón se rió entre dientes.

—Está de mal humor porque se murió intentando desactivar un coche bomba con la cara.

A Mallory se le pusieron las orejas rojas como un tomate.

—Yo no... No fue... ¡Argh!

—Magnus, no te preocupes por el lío de anoche —continuó Medionacido—. La gente se olvidará dentro de unas décadas. Créeme, he visto de todo. Yo morí durante la invasión vikinga de Anglia

Oriental y luché bajo la bandera de Ivar el Deshuesado. ¡Recibí veinte flechas en el pecho protegiendo a mi thane!

—Qué dolor —dije.

Medionacido se encogió de hombros.

—Llevo aquí... unos mil doscientos años.

Lo miré fijamente. A pesar de su corpulencia y su barba, Medionacido aparentaba unos dieciocho, como mucho.

—¿Cómo lo soportas sin volverte loco? ¿Y por qué te llaman Medionacido?

Su sonrisa desapareció.

—La segunda pregunta primero. Cuando nací, era tan grande, tan fuerte y tan feo, que mi madre dijo que parecía que fuera medio nacido, medio tallado en roca. Se me quedó el nombre.

—Y sigues siendo feo —murmuró Mallory.

—En cuanto a lo de evitar volverte loco aquí... Algunos pierden los papeles, Magnus. Esperar el Ragnarok es duro. El truco consiste en mantenerte ocupado. Aquí hay mucho que hacer. Yo he aprendido un montón de idiomas. Me he doctorado en literatura germánica y he aprendido a hacer punto.

T. J. asintió con la cabeza.

—Por eso te he invitado a desayunar, Magnus.

—¿Para aprender a hacer punto?

—¡Para mantenerte activo! Pasar demasiado tiempo solo en tu habitación puede ser peligroso. Si te aíslas, empiezas a debilitarte. Algunos veteranos... —Se aclaró la garganta—. Da igual. ¡Estás aquí! Sigue presentándote todas las mañanas hasta el día del Juicio Final y no te pasará nada.

Miré por la ventana la nieve que se arremolinaba. Recordé que Sam me había advertido que tenía que encontrar la espada y que las nornas habían recitado que al cabo de nueve días pasaría algo malo.

—Has dicho que has visitado los otros mundos. Eso significa que puedes salir del hotel.

Los miembros del grupo cruzaron miradas de inquietud.

—Sí —contestó Medionacido—. Pero nuestro deber principal es esperar el Ragnarok. Entrenar, entrenar, entrenar.

—Yo me entrené en Disney World —dijo X.

Tal vez lo dijo en broma. Parecía que el medio trol tuviera dos expresiones faciales: cemento húmedo y cemento seco.

—De vez en cuando envían a los einherjar a los nueve mundos de misión —añadió T. J.

—A localizar monstruos —terció Mallory—. A matar a gigantes que entran en Midgard. A detener a brujas y criaturas. Y, por supuesto, a enfrentarnos a rufianes...

—¿Criaturas? ¿Rufianes? —pregunté.

—El caso es que solo salimos del Valhalla bajo órdenes de Odín o de los thanes —aclaró Medionacido.

—Pero, hipotéticamente —dije—, ¿yo podría volver a la Tierra, Midgard, como se llame...?

—Hipotéticamente, sí —contestó T. J.—. Oye, sé que lo de las nornas debe de estar volviéndote tarumba, pero no sabemos lo que significa la profecía. Dales a los thanes algo de tiempo para que decidan qué hacer. No puedes irte corriendo y cometer una estupidez.

—Los dioses no lo quieran —agregó Mallory—. Nosotros nunca cometemos estupideces. Como aquella escapada a altas horas de la noche a la pizzería. Eso nunca pasó.

—Cállate, mujer —gruñó Medionacido.

—¿Mujer? —Mallory alargó la mano para coger el cuchillo de su cinturón—. Cuidado con lo que dices, hámster sueco gigante.

—Un momento —dije—. ¿Sabéis cómo escapar de...?

T. J. tosió sonoramente.

—Perdona, no te he oído. Seguro que no preguntabas por nada que vaya en contra de las reglas. En primer lugar, si volvieras a Midgard tan pronto, ¿cómo se lo explicarías a los que te conocían, Magnus? Todo el mundo cree que estás muerto. Normalmente, cuando volvemos, esperamos a que todo el mundo haya muerto. En general es más fácil. Además, se necesita tiempo, a veces años, para que tu fuerza como einherji se desarrolle plenamente.

Traté de imaginarme esperando años allí. No tenía muchos amigos ni parientes con los que volver. Aun así, no quería quedarme allí atrapado —aprendiendo nuevos idiomas, tricotando jerséis— una eternidad. Después de ver a mi prima Annabeth, tenía ganas de retomar el contacto con ella antes de que muriese. Y, si Samirah estaba en lo cierto y mi madre no estaba en el Valhalla, quería encontrarla, dondequiera que estuviese.

—Pero ¿es posible salir sin permiso? —insistí—. ¿Tal vez no para siempre, solo un poco?

T. J. se movió incómodo.

—El Valhalla tiene puertas que dan a todos los mundos. El hotel está diseñado de esa forma. La mayoría de las salidas están vigiladas, pero... bueno, hay muchas formas de ir a Boston, porque Boston es el centro de Midgard.

Miré alrededor de la mesa. Nadie se estaba riendo.

—¿De verdad?

—Claro —dijo T. J.—. Está justo en el tronco del Árbol de los Mundos, el lugar más fácil desde el que acceder a los otros mundos. ¿Por qué crees que Boston se llama «el centro del universo»?

—¿Por optimismo?

—No. Los mortales siempre han sido conscientes de que había algo en ese lugar, aunque no supieran exactamente qué. Los vikingos buscaron el centro del mundo durante años. Sabían que la entrada a Asgard estaba en el oeste. Por ese motivo siguieron explorando Norteamérica. Cuando se encontraron con los nativos americanos...

—Nosotros los llamábamos *skraelings* —dijo Medionacido—. Guerreros crueles. Me caían bien.

—... los nativos tenían toda clase de historias sobre lo poderoso que era el mundo espiritual en esa zona. Más tarde, cuando los puritanos se instalaron... ¿Te suena la visión que John Winthrop tuvo de una «ciudad sobre una colina»? Pues no era solo una metáfora. Tuvo una visión de Asgard, un atisbo de otros mundos. ¿Y los juicios de las brujas de Salem? Histeria provocada por la magia que se filtró en Midgard. Edgar Allan Poe nació en Boston. No es una casualidad que su poema más famoso tratase de un cuervo, uno de los animales sagrados de Odín.

—Basta. —Mallory me lanzó una mirada de indignación—. T. J. tarda una eternidad en contestar una pregunta que se puede responder con sí o no. La respuesta es sí, Magnus. Es posible salir, con o sin permiso.

X rompió una pinza de cangrejo.

—No serías inmortal.

—Sí —afirmó T. J.—. Ese es el segundo gran problema. En el Valhalla no puedes morirte... de forma permanente. No paras de resucitar. Forma parte del entrenamiento.

Me acordé del chico que había sido empalado en el vestíbulo y arrastrado por los lobos. Hunding había dicho que estaría perfectamente para la cena.

—Pero ¿fuera del Valhalla?

—En los nueve mundos —dijo T. J.— sigues siendo un einherji. Eres más rápido, más fuerte y más duro que cualquier mortal normal y corriente. Pero si te mueres allí, te quedas muerto. Tu alma podría ir a Helheim. O simplemente podrías deshacerte en el vacío primordial: el Ginnungagap. Es difícil saberlo. No vale la pena arriesgarse.

—A menos... —Medionacido se quitó un poco de huevo de la barba—. A menos que realmente encuentre la espada de Frey y las leyendas sean ciertas...

—Hoy es el primer día de Magnus —protestó T. J.—. No entremos en eso. Ya ha flipado bastante.

—Puedo flipar más —dije—. ¿Qué leyendas exactamente?

En la sala resonó un cuerno. Los einherjar de las otras mesas empezaron a levantarse y a recoger sus platos.

Medionacido se frotó las manos con entusiasmo.

—La conversación tendrá que esperar. ¡Es la hora de la batalla!

—La hora de la batalla —convino X.

T. J. hizo una mueca.

—Magnus, deberíamos avisarte sobre tu primer día de iniciación. No te desanimes si...

—Chisss —lo interrumpió Mallory—. ¡No estropees la sorpresa! —Me dedicó una sonrisa con azúcar glasé—. ¡Estoy deseando ver cómo acaba desmembrado el chico nuevo!

19

No me llames *beantown*.* Nunca

Les dije a mis nuevos amigos que era alérgico al desmembramiento. Ellos se limitaron a reírse y me llevaron hasta la arena de combate. Por ese motivo no me gusta hacer amigos.

El campo de batalla era tan enorme que me costó procesar lo que estaba viendo.

En los buenos tiempos en que vivía en la calle, solía dormir en las azoteas en verano. Desde allí podía ver todo el paisaje urbano de Boston, de Fenway Park a Bunker Hill. El campo de batalla del Valhalla era todavía más grande. Ofrecía casi ocho kilómetros cuadrados de sitios interesantes donde morir, todo encerrado dentro del hotel como un patio interior.

Por los cuatro lados se alzaban los muros del edificio: precipicios de mármol blanco con balcones con barandillas de oro, algunos con estandartes colgados, otros decorados con escudos y otros equipados con catapultas. Parecía que las plantas superiores se disolvieran con el fulgor brumoso del cielo, blanco como una luz fluorescente.

En el centro del campo se alzaban unas cuantas colinas escarpadas. El paisaje estaba salpicado de zonas de bosque. El margen exterior estaba compuesto en su mayor parte por prados ondulados, con

* Sobrenombre de los habitantes de Boston. *(N. del T.)*

un río ancho como el Charles serpenteando a través de ellos. Varios pueblos se hallaban desperdigados por la orilla, tal vez para los que preferían la guerra en un entorno urbano.

De los cientos de puertas repartidas en las paredes alrededor del campo, estaban saliendo batallones de guerreros, con sus armas y armaduras reflejando la intensa luz. Algunos einherjar llevaban armaduras de placas completas como caballeros medievales. Otros llevaban cotas de malla, pantalones y botas de combate. Unos cuantos lucían uniformes de camuflaje y rifles AK-47. Un chico llevaba puesto solo un bañador de slip. Se había pintado de azul e iba armado únicamente con un bate de béisbol. En su pecho se podían leer las palabras ATÁCAME, COLEGA.

—Me siento desnudo —dije.

X hizo crujir sus nudillos.

—Las armaduras no dan la victoria. Ni las armas.

Para él era fácil de decir. Era más grande que algunas naciones soberanas.

Medionacido Gunderson también había adoptado el enfoque minimalista. Se lo había quitado todo menos las mallas, aunque lucía un par de hachas de doble filo con un aspecto terrible. Habría parecido enorme al lado de cualquiera. Pero al lado de X, parecía un niño pequeño..., con barba, abdominales y hachas.

T. J. fijó la bayoneta a su rifle.

—Si quieres algo más que el equipo básico, tendrás que agenciártelo o cambiarlo por algo, Magnus. En los arsenales del hotel aceptan oro rojo o comercian con un sistema de trueque.

—¿Así es como conseguiste tu rifle?

—No, esta es el arma con la que morí. Casi nunca la disparo. Las balas no afectan mucho a los einherjar. ¿Ves a esos chicos de los rifles de asalto? Los llevan solo para aparentar. En el campo de batalla son los menos peligrosos. Esta bayoneta, en cambio, es de acero de hueso, un regalo de mi padre. El acero de hueso funciona a la perfección.

—Acero de hueso.

—Sí. Ya lo aprenderás.

La mano con la que sostenía la espada ya me estaba sudando. El escudo me parecía muy endeble.

—Entonces ¿contra qué grupos vamos a luchar?

Medionacido me dio una palmada en la espalda.

—¡Contra todos! Los vikingos luchan en pequeños grupos, amigo mío. Somos tus hermanos de escudo.

—Y tu hermana de escudo —intervino Mallory—. Aunque algunos de los nuestros sean idiotas de escudo.

Medionacido no le hizo caso.

—No te separes de nosotros, Magnus, y... bueno, no te irá bien. Morirás rápido. Pero no te separes de nosotros de todas formas. ¡Entraremos en combate y mataremos al mayor número posible.

—¿Ese es tu plan?

Medionacido ladeó la cabeza.

—¿Por qué iba a tener un plan?

—Oh, a veces tenemos un plan —dijo T. J.—. Los miércoles hacemos guerra de asedio. Es más complicado. Los jueves sacan a los dragones.

Mallory desenvainó su espada y su daga de sierra.

—Hoy hay batalla campal. Me encantan los martes.

Los cuernos sonaron en mil balcones distintos. Los einherjar entraron en combate.

Hasta esa mañana no había entendido el significado de la expresión «baño de sangre». A los pocos minutos, estábamos resbalando literalmente en líquido rojo.

Acabábamos de entrar en el campo de batalla cuando un hacha salió volando de la nada y me golpeó en el escudo; la hoja atravesó la madera por encima de mi brazo.

Mallory gritó y lanzó su cuchillo, que se clavó en el pecho de quien había arrojado el hacha. El agresor cayó de rodillas riéndose:

—¡Muy buena!

Acto seguido se desplomó, muerto.

Medionacido se abrió paso entre los enemigos; sus hachas daban vueltas y cortaban cabezas y extremidades hasta que pareció que hubiera estado jugando al paintball solo con pintura roja. Era asqueroso.

Y horripilante. ¿Y lo más inquietante de todo? Que los einherjar se lo tomaban como un juego. Mataban con regocijo. Morían como si alguien acabara de cargarse a su avatar de *Call of Duty*. Nunca me había gustado ese juego.

—Ah, qué rollo... —murmuró un chico mientras observaba las cuatro flechas de su pecho.

Otro gritó: «¡Ya te pillaré mañana, Trixie!» antes de caer de lado, con una lanza atravesándole la barriga.

T. J. cantaba el «Himno de la batalla de la República» mientras apuñalaba y paraba golpes con su bayoneta.

X se abría paso a la fuerza a través de un grupo tras otro. Una docena de flechas le sobresalían de la espalda como las púas de un puercoespín, pero no parecía que le molestasen. Cada vez que su puño asestaba un golpe, un einherji se volvía bidimensional.

En cuanto a mí, avanzaba poco a poco presa del pánico más absoluto, con el escudo levantado y la espada a rastras. Me habían dicho que la muerte allí no era permanente, pero me costaba mucho creerlo. Un montón de guerreros con objetos afilados y puntiagudos intentaban matarme. Y yo no quería que me matasen.

Conseguí parar un espadazo. Desvié una flecha con mi escudo. Tenía vía libre para acuchillar a una chica que tenía la guardia baja, pero no pude armarme de valor.

Fue un error. Su hacha se me clavó en el muslo. El dolor me ardió hasta el cuello.

Mallory liquidó a la chica.

—¡Vamos, Chase, no te pares! Dentro de un rato te acostumbrarás al dolor.

—Genial. —Hice una mueca—. Lo estoy deseando.

T. J. atravesó el visor de un caballero medieval con su bayoneta.

—¡Subamos esa colina!

Señaló una loma cercana en el linde del bosque.

—¿Por qué? —grité.

—¡Porque es una colina!

—Le encanta subir colinas —gruñó Mallory—. Es cosa de la guerra de Secesión.

Nos abrimos paso a través de la refriega hacia la loma. Aún me dolía el muslo, pero la hemorragia se había detenido. ¿Era normal?

T. J. levantó su rifle. Gritó: «¡A la carga!», justo cuando una jabalina lo atravesaba por detrás.

—¡T. J.! —grité.

Él me llamó la atención, logró esbozar una débil sonrisa y acto seguido cayó de bruces al barro.

—¡Por el amor de Frigg! —maldijo Mallory—. Vamos, novato.

Me agarró del brazo y me arrastró. Por encima de mi cabeza volaron unas cuantas jabalinas más.

—¿Hacéis esto todos los días? —pregunté.

—No. Como te he dicho, los jueves toca dragones.

—Pero...

—Oye, Beantown, el objetivo de esto es acostumbrarse a los horrores de la batalla. ¿Esto te parece malo? Pues espera cuando tengamos que luchar de verdad en el Ragnarok.

—¿Por qué me llamas Beantown? T. J. también es de Boston. ¿Por qué a él no lo llamas Beantown?

—Porque T. J. es un poco menos pesado que tú.

Llegamos al linde del bosque. X y Medionacido nos cubrían las espaldas, retrasando a la horda que nos perseguía. Todos los grupos dispersados a la vista habían dejado de luchar entre ellos e iban detrás de nosotros. Algunos me señalaban con el dedo. Otros gritaban mi nombre, y no de forma amistosa.

—Sí, te han visto. —Mallory suspiró—. Cuando dije que quería verte destripado, no me refería a que quisiera estar a tu lado. En fin.

Estuve a punto de preguntar por qué todo el mundo iba a por mí, pero lo entendía. Yo era un novato. Era de esperar que los demás einherjar se unieran contra mí y contra los otros recién llegados. Probablemente Lars Ahlstrom ya hubiera sido decapitado. Dede podía estar corriendo por ahí con los brazos cortados. Los einherjar veteranos convertirían el entrenamiento en la experiencia más dolorosa y aterradora posible para ver cómo nos desenvolvíamos. Eso me mosqueaba.

Escalamos la colina, zigzagueando de árbol en árbol para ponernos a cubierto. Medionacido se lanzó contra un grupo de veinte chicos que nos seguían. Acabó con todos. Se acercó riéndose, con un brillo demencial en los ojos. Sangraba por una docena de heridas. Una daga le sobresalía del pecho, justo encima del corazón.

—¿Cómo es que todavía no está muerto? —pregunté.

—Es un berserker. —Mallory miró atrás; su expresión era una mezcla de irritación y otra cosa... ¿admiración?—. Ese idiota seguirá luchando hasta que lo hagan pedazos en sentido literal.

Algo hizo clic en mi cabeza. A Mallory le gustaba Medionacido. Uno no llama «idiota» a alguien tantas veces a menos que le haga tilín. En otras circunstancias, podría haberle tomado el pelo, pero mientras estaba distraída se oyó un sonido húmedo. Una flecha le asomaba del cuello.

Me miró con el ceño fruncido como diciendo: «Ha sido todo culpa tuya».

Se desplomó. Me arrodillé a su lado, posándole la mano en el cuello. Noté como se le escapaba la vida. Noté la arteria cortada, los latidos del corazón cada vez más débiles, todos los daños que había que reparar. Me dio la impresión de que mis dedos se calentaban. Si hubiera tenido un poco más de tiempo...

—¡Cuidado! —gritó X.

Levanté el escudo. Una espada lo golpeó ruidosamente. Empujé hacia atrás y lancé al atacante colina abajo. Me dolían los brazos. Tenía la cabeza a punto de estallar, pero conseguí levantarme.

Medionacido estaba a unos doce metros de distancia, rodeado de un grupo de guerreros que le daban estocadas con lanzas y lo acribillaban a flechazos. De algún modo seguía luchando, pero ni siquiera él podría aguantar mucho más.

X le arrebató a un chico el AK-47 de las manos y le atizó en la cabeza con él.

—Vete, Magnus Beantown —dijo el medio trol—. ¡Sube la cima hasta la planta diecinueve!

—Mi apodo no va a ser Beantown —murmuré—. Me niego.

Subí la colina con dificultad hasta que llegué a la cumbre. Apoyé la espalda contra un gran roble mientras X dejaba fuera de combate a los vikingos a golpes, reveses y cabezazos.

Una flecha me acertó en el hombro y me inmovilizó contra el árbol. El dolor casi me hizo perder el conocimiento, pero arranqué el astil y me liberé. La hemorragia se detuvo en el acto. Noté que la herida se cerraba como si alguien la hubiera llenado de cera caliente.

Una sombra pasó por encima de mí: algo grande y negro precipitándose por el cielo. Tardé una milésima de segundo en darme cuenta de que era un canto rodado, probablemente lanzado desde una catapulta en un balcón. Tardé otra milésima de segundo en darme cuenta de dónde caería.

Demasiado tarde. Antes de que pudiera avisar a X, el medio trol y otra docena de einherjar desaparecieron bajo un trozo de piedra caliza de veinte toneladas que tenía escrito en un lado CON CARIÑO, DE LA PLANTA 63.

Cien guerreros observaban la roca. Hojas y ramitas partidas revoloteaban a su alrededor. Entonces todos los einherjar se volvieron hacia mí.

Otra flecha me dio en el pecho. Grité, más de rabia que de dolor, y me la saqué.

—Vaya —comentó un vikingo—. Sana rápido.

—Prueba con una lanza —propuso alguien—. Prueba con dos lanzas.

Hablaban como si no valiera la pena dirigirse a mí, como si fuera un animal arrinconado con el que pudieran experimentar.

Veinte o treinta einherjar levantaron sus armas. La ira de mi interior estalló. Grité y expulsé una oleada de energía como la onda expansiva de una bomba. Los arcos se partieron. Las espadas se cayeron de las manos de sus dueños. Las lanzas, las pistolas y las hachas salieron volando contra los árboles.

Con la rapidez con la que había brotado, la oleada de energía se apagó. A mi alrededor, cientos de einherjar se habían quedado desarmados.

El chico pintado de azul estaba en la primera fila, con el bate de béisbol a sus pies. Me miraba fijamente, conmocionado.

—¿Qué ha pasado?

El guerrero que había a su lado tenía un parche y una armadura de cuero rojo decorada con florituras de plata. Se agachó con cautela y recogió su hacha caída.

—*Alf seidr* —dijo el del parche—. Bien hecho, hijo de Frey. Hacía siglos que no veía una treta como esa. Pero el acero de hueso es mejor.

Se me cruzaron los ojos cuando la hoja de su hacha se acercó dando vueltas a mi cara. Entonces todo se oscureció.

20

Ven al lado oscuro.
Tenemos galletas rellenas

—Otra vez muerto, ¿eh? —dijo una voz familiar.

Abrí los ojos. Estaba en un pabellón, rodeado de columnas de piedra gris. Fuera no había nada más que el cielo vacío. El aire estaba enrarecido. Un viento frío soplaba con fuerza sobre el suelo de mármol, avivaba el fuego de la chimenea central y hacía que las llamas se fueran consumiendo en los braseros situados a cada lado del alto estrado. Tres escalones subían hasta un trono doble: un canapé de madera blanca tallada con intrincadas formas de animales, pájaros y ramas de árboles. El asiento propiamente dicho estaba forrado de armiño. Tumbado en él, comiendo galletas rellenas de un envoltorio plateado, se hallaba el hombre de la camiseta de los Red Sox.

—Bienvenido a Hlidskjalf. —Sonrió, con sus labios llenos de cicatrices como los lados de una cremallera—. El trono de Odín.

—Usted no es Odín —contesté, por eliminación—. Usted es Loki.

El hombre de los Sox se rió entre dientes.

—A tu agudo intelecto no se le escapa nada.

—En primer lugar, ¿qué hacemos aquí? Y en segundo, ¿por qué se llama Lee Carl el trono de Odín?

—Hlidskjalf. La hache se pronuncia como si fueras a escupir.

—Pensándolo bien, me da igual.

—Pues no debería. Aquí es donde empezó todo. Esa es la respuesta a tu segunda pregunta: qué hacemos aquí. —Dio una palmadita en el asiento a su lado—. Acompáñame. Cómete una galleta.

—Ejem, no, gracias.

—Tú te lo pierdes. —Rompió el borde de la galleta y se la metió en la boca—. Este glaseado morado... no sé qué sabor se supone que es, pero está buenísimo.

El pulso me golpeaba en el cuello, cosa extraña, ya que estaba soñando, y probablemente también muerto.

Los ojos de Loki me perturbaban. Tenían el mismo brillo intenso que los de Sam, pero ella mantenía las llamas bajo control. La mirada de Loki se movía nerviosamente como el fuego de la hoguera, azotado por el viento, buscando cualquier cosa a la que pudiera prender fuego.

—Frey estuvo sentado una vez aquí. —Acarició la piel de armiño—. ¿Conoces la historia?

—No, pero... ¿no es ilegal que alguien que no sea Odín se siente ahí?

—Ah, sí. Bueno, Odín y Frigg, el rey y la reina. Pueden sentarse aquí y ver cualquier parte de los nueve mundos. Solo tienen que concentrarse para encontrar lo que están buscando. Pero si otra persona se sienta aquí... —Chasqueó la lengua—. La magia del trono puede ser una maldición terrible. Desde luego yo no me arriesgaría a que cayera sobre mí si esto no fuera una ilusión. Pero tu padre sí se arriesgó. Fue su único momento de rebeldía. —Loki dio otro mordisco—. Siempre lo he admirado por eso.

—¿Y...?

—Y, en lugar de ver lo que estaba buscando, vio lo que más deseaba. Eso le arruinó la vida. Por ese motivo perdió su espada. Él... —Loki hizo una mueca—. Disculpa.

Giró la cabeza, y sus facciones se crisparon como si estuviera a punto de estornudar. A continuación dejó escapar un grito de dolor agudo. Cuando volvió a situarse de cara a mí, de las cicatrices que le atravesaban el puente de la nariz le salían volutas de humo.

—Perdona —dijo—. De vez en cuando el veneno me salpica los ojos.

—El veneno. —Recordé un fragmento de un mito—. Usted mató a alguien. Los dioses lo capturaron y lo ataron. Había algo sobre un veneno. ¿Dónde está usted ahora en realidad?

Me dedicó aquella sonrisa retorcida.

—Donde estoy siempre. Los dioses me hicieron..., ejem, encerrar debidamente. Pero eso no importa. Todavía puedo enviar fragmentos de mi esencia de vez en cuando, como ahora, para hablar con mis mejores amigos.

—Que lleve una camiseta de los Sox no quiere decir que seamos amigos.

—¡Me siento ofendido! —Le brillaban los ojos—. Mi hija Samirah vio algo en ti. Podríamos ayudarnos mutuamente.

—¿Le mandó usted que me llevara al Valhalla?

—Ah, no. Eso no fue idea mía. Hay muchos interesados en ti, Magnus Chase. Y algunos no son tan encantadores ni tan atentos como yo.

—¿Por qué no es igual de encantador y atento con su hija? La han expulsado de las valquirias por elegirme.

Su sonrisa desapareció.

—Así son los dioses. A mí también me desterraron, ¿y cuántas veces les salvé el pellejo? No te preocupes por Samirah. Es fuerte. No le pasará nada. Me preocupas más tú.

El viento frío sopló tan fuerte a través del pabellón que me empujó varios centímetros por encima del suelo de piedra encerado.

Loki estrujó el envoltorio de su galleta.

—Te despertarás dentro de poco. Un consejo, antes de que te vayas.

—Supongo que no me puedo negar.

—La Espada del Verano —dijo Loki—. Cuando tu padre se sentó en este trono, lo que vio lo condenó. Entregó la espada, que pasó a su vasallo y mensajero, Skirnir.

Por un momento, volví al puente de Longfellow, con la espada zumbando en mi mano como si quisiera hablar.

—El tío Randolph mencionó a Skirnir —contesté—. Su descendiente estaba en aquel barco hundido.

Loki imitó un aplauso entusiasta.

—Y allí permaneció la espada durante mil años, esperando a que alguien la reclamara: alguien con el derecho a empuñarla.

—Yo.

—Ah, pero tú no eres el único que puede utilizar la espada. Sabemos lo que pasará en el Ragnarok. Los nórdicos nos han contado nuestro destino. Frey, el pobre Frey, morirá a manos de Surt por culpa de las decisiones que tomó. El señor de los gigantes de fuego lo liquidará con su espada perdida.

Noté una punzada de dolor entre los ojos, justo donde me había dado el hacha del einherji que me había matado.

—Por eso Surt quiere la espada. Para prepararse para el Ragnarok.

—No solo por eso. Utilizará la espada para poner en marcha una serie de acontecimientos que precipitarán el día del Juicio Final. Dentro de ocho días liberará a mi hijo, el Lobo, a menos que tú lo impidas.

—¿Su hijo...? —Mis brazos se estaban disipando. Se me nubló la vista. Demasiadas preguntas se agolpaban en mi cabeza—. Espere... ¿No está destinado usted también a luchar contra los dioses en el Ragnarok?

—Sí, pero fue decisión de los dioses, no mía. Lo que pasa con el destino, Magnus Chase, es que, aunque no podamos cambiar el panorama general, nuestras decisiones pueden alterar los detalles. Así es como nos rebelamos contra el destino, como dejamos nuestra huella. ¿Qué decidirás?

Su imagen parpadeó. Por un momento, lo vi estirado sobre una losa de piedra, con las muñecas y los tobillos atados con cuerdas viscosas, y el cuerpo retorciéndose de dolor. A continuación lo vi en una cama de hospital, y también a una doctora inclinada hacia él, con la mano posada suavemente sobre su frente. La mujer parecía una versión mayor de Sam: rizos de pelo moreno escapándose de un pañuelo morado, la boca tensa de preocupación.

Loki apareció otra vez en el trono, quitándose las migas de galleta de la camiseta de los Red Sox.

—No te diré lo que tienes que hacer, Magnus. Esa es la diferencia entre los otros dioses y yo. Solo te haré la siguiente pregunta: cuando tengas ocasión de sentarte en el trono de Odín (y ese día se avecina), ¿buscarás el deseo de tu corazón, sabiendo que puede condenarte, como le pasó a tu padre? Piénsalo, hijo de Frey. Tal vez volvamos a hablar, si sobrevives a los próximos ocho días.

Mi sueño cambió. Loki desapareció. Los braseros explotaron y rociaron el estrado de brasas calientes, y el trono de Odín estalló en llamas. Las nubes se convirtieron en bancos ondulados de cenizas volcánicas. Encima del trono en llamas, dos brillantes ojos rojos aparecieron entre el humo.

«TÚ. —La voz de Surt me envolvió como el fogonazo de un lanzallamas—. NO HAS HECHO MÁS QUE RETRASARME. TE MERECES UNA MUERTE MÁS DOLOROSA Y PERMANENTE.»

Traté de hablar. El calor me absorbió el oxígeno de los pulmones. Los labios se me agrietaron y se me llenaron de ampollas.

Surt se rió. «EL LOBO CREE QUE TODAVÍA PUEDES SER ÚTIL. YO, NO. CUANDO VOLVAMOS A VERNOS, ARDERÁS, HIJO DE FREY. TÚ Y TUS AMIGOS SERÉIS MI LEÑA. VOSOTROS PROVOCARÉIS EL INCENDIO QUE QUEME LOS NUEVE MUNDOS.»

El humo se volvió más denso. No podía ver ni respirar.

Abrí los ojos súbitamente. Me incorporé de golpe, respirando con dificultad. Estaba en la cama de mi habitación del hotel. Surt se había esfumado. Me toqué la cara, pero no estaba quemada. No tenía ningún hacha incrustada. Todas mis heridas del campo de batalla habían desaparecido.

Aun así, el cuerpo entero me hormigueaba de alarma. Me sentía como si me hubiera quedado dormido sobre una vía de ferrocarril y un tren de alta velocidad acabara de pasar por encima de mí.

El sueño se estaba borrando. Me esforcé por retener los detalles: el trono de Odín; Loki y las galletas rellenas; «mi hijo, el Lobo»; Surt prometiendo quemar los nueve mundos. Tratar de encontrarle sentido era todavía más doloroso que recibir un hachazo en la cara.

Llamaron a la puerta.

Pensando que podía tratarse de uno de mis vecinos, salté de la cama y corrí a contestar. Abrí la puerta y me encontré cara a cara con la valquiria Gunilla, y fue entonces cuando me di cuenta de que solo llevaba puesta la ropa interior.

Su cara se puso de color magenta. Se le tensaron los músculos de la mandíbula.

—Ah.

—Capitana Gorila —dije—, qué honor.

Ella reaccionó rápido y me lanzó una mirada asesina, como si quisiera activar su visión de rayos paralizadores.

—Magnus Chase..., ejem..., has resucitado a una velocidad increíble.

Por su tono, deduje que no esperaba encontrarme allí. Pero entonces ¿por qué había llamado?

—No he cronometrado mi resurrección —dije—. ¿Ha sido rápida?

—Mucho. —Miró más allá de mí, tal vez buscando algo—. Faltan unas pocas horas para la cena. Podría enseñarte el hotel, ya que tu valquiria ha sido despedida.

—Querrás decir ya que tú has hecho que la despidan.

Gunilla levantó las palmas de las manos.

—Yo no controlo a las nornas. Ellas deciden nuestro destino.

—Muy oportuno. —Me acordé de lo que había dicho Loki: «Nuestras decisiones pueden alterar los detalles. Así es como nos rebelamos contra el destino»—. ¿Qué hay de mí? ¿Habéis decidido..., digo, las nornas han decidido... mi destino?

Gunilla frunció el entrecejo. Su postura era rígida e incómoda. Algo la molestaba; tal vez incluso la asustara.

—Los thanes están debatiendo tu situación ahora mismo. —Desenganchó el llavero de su cinturón—. Ven a dar un paseo conmigo. Podemos hablar. Cuando te entienda mejor, podré hablar con los thanes en tu nombre. A menos, claro está, que quieras arriesgarte sin mi ayuda. Podrías tener suerte. Los thanes podrían condenarte a hacer de botones durante siglos. O a fregar platos en la cocina.

Lo que menos me interesaba era dedicar tiempo a estar con Gunilla. Por otra parte, un recorrido por el hotel podría ayudarme a localizar algunos elementos importantes, como las salidas. Además, después del sueño que acababa de tener, no quería estar solo.

Aparte de eso, me imaginaba cuántos platos sucios habría que fregar después de tres turnos de cena en el salón de banquetes.

—Iré contigo —dije—. Pero antes debería vestirme.

21

Gunilla se chamusca, y no tiene gracia. Vale, un poco, sí

El principal descubrimiento que hice es que el Valhalla necesitaba un GPS. Incluso Gunilla se perdía en aquellos pasillos interminables, salones de banquetes, jardines y salas.

En un momento dado, estábamos en el ascensor del servicio cuando Gunilla dijo:

—Aquí está la zona de restaurantes.

Se abrieron las puertas, una barrera de llamas nos engulló a los dos.

El corazón se me subió a la garganta. Pensé que Surt me había encontrado. Gunilla gritó y retrocedió con torpeza. Empecé a pulsar botones al azar hasta que las puertas se cerraron. A continuación hice todo lo posible por apagar el dobladillo del vestido de Gunilla.

—¿Estás bien?

El pulso todavía me iba muy rápido. Gunilla tenía la piel de los brazos cubierta de manchas rojas humeantes.

—La piel se me curará —dijo Gunilla—. El orgullo puede que no. Eso... eso era el Muspelheim, no la zona de restaurantes.

Me preguntaba si Surt había maquinado de alguna forma nuestro pequeño desvío o si las puertas de los ascensores del Valhalla solían dar al mundo del fuego. No estaba seguro de qué posibilidad resultaba más perturbadora.

La tensión de la voz de Gunilla me indicó lo mucho que estaba sufriendo. Recordé el momento en que me había inclinado hacia Mallory Keen cuando se había caído en la batalla: la forma en que había percibido el peligro y la sensación de que podría haberlo arreglado si hubiera tenido más tiempo.

Me arrodillé al lado de la valquiria.

—¿Puedo?

—¿Qué vas a...?

Le toqué el antebrazo.

Mis dedos empezaron a echar humo a medida que reducían el calor de su piel. La rojez desapareció. Hasta la punta chamuscada de su nariz se curó.

Gunilla me miró fijamente, como si me hubieran salido cuernos.

—¿Cómo has...? Tú tampoco te has quemado. ¿Cómo?

—No lo sé. —La cabeza me daba vueltas del agotamiento—. ¿Buena suerte? ¿Vida sana?

Traté de levantarme y me desplomé al instante.

—Arriba, hijo de Frey.

Gunilla me agarró el brazo.

Las puertas del ascensor volvieron a abrirse. Esa vez sí que estábamos en la zona de restaurantes. Los olores a pollo al limón y pizza llegaron por el aire.

—Sigamos andando —dijo Gunilla—. Te ayudará a despejarte la cabeza.

Fuimos objeto de algunas miradas extrañas al atravesar el comedor dando traspiés, yo apoyado en la capitana de las valquirias y Gunilla con el vestido todavía humeante y hecho jirones.

Enfilamos un pasillo lleno de salas de conferencias. En una de ellas, un chico con una armadura de piel con tachuelas estaba ofreciendo una presentación con PowerPoint a una docena de guerreros, explicando la debilidad de los trols de montaña.

Unas puertas más al fondo, unas valquirias con relucientes gorros de fiesta charlaban mientras comían tarta y helado. La vela de cumpleaños tenía la forma del número 500.

—Creo que ya estoy bien —le dije a Gunilla—. Gracias.

Di unos pasos sin su ayuda, tambaleándome, pero conseguí mantenerme derecho.

—Tu capacidad de curación es extraordinaria —contestó Gunilla—. Frey es el dios de la abundancia y la fertilidad, el crecimiento y la vitalidad; supongo que eso lo explica. Aun así, no he visto a ningún einherji que pueda curarse tan rápido, y mucho menos curar a los demás.

—Vete a saber —dije—. Normalmente tengo problemas hasta para abrir una tirita.

—¿Y tu inmunidad al fuego?

Me concentré en los dibujos de la alfombra, manteniendo un pie delante del otro. Ya podía andar, pero, después de curar a Gunilla, me sentía como si acabara de padecer una neumonía grave.

—No creo que sea inmunidad al fuego —respondí—. Me he quemado antes. Simplemente... tengo mucho aguante a las temperaturas extremas. Frío. Calor. Lo mismo me pasó en el puente de Longfellow cuando me metí entre las llamas... —Se me entrecortó la voz. Me acordé de que Gunilla había manipulado el vídeo y me había hecho quedar como un tonto—. Pero eso ya lo sabes.

Gunilla no pareció reparar en el sarcasmo. Acarició distraídamente uno de los martillos de su bandolera como si fuera un gatito.

—Puede... Al principio de la creación, solo existían dos mundos: Muspelheim y Niflheim, fuego y hielo. La vida surgió entre esos dos extremos. Frey es el dios de los climas templados y la época de cultivo. Él representa el terreno neutral. Tal vez por eso puedes resistir el calor y el frío. —Negó con la cabeza—. No sé, Magnus Chase. Hace mucho que no coincido con un hijo de Frey.

—¿Por qué? ¿No nos dejan entrar en el Valhalla?

—Oh, contamos con algunos hijos de Frey de los viejos tiempos. Los reyes de Suecia eran descendientes suyos, por ejemplo. Pero hace siglos que no vemos a uno nuevo en el Valhalla. En primer lugar, Frey es un Vanir.

—¿Eso es malo? Surt me llamó «hijo de Vanir».

—No fue Surt.

Pensé en el sueño: aquellos ojos brillantes entre el humo.

—Sí que fue Surt.

Parecía que Gunilla quisiera discutir, pero desistió.

—En cualquier caso, los dioses se dividen en dos tribus. Los Aesir son en su mayoría dioses de la guerra: Odín, Thor, Tyr y el resto. Los Vanir se parecen más a los dioses de la naturaleza: Frey, Freya, su padre Njord. Estoy simplificando mucho, pero hace tiempo las dos tribus se enfrentaron en una guerra. Estuvieron a punto de destruir los nueve mundos. Finalmente, resolvieron sus diferencias. Se casaron entre sí. Se aliaron contra los gigantes. Aun así, pertenecen a clanes distintos. Algunos Vanir tienen palacios en Asgard, la sede de los dioses Aesir, pero los Vanir también tienen su propio mundo, Vanaheim. Cuando un hijo de los Vanir muere valientemente, no suele ir al Valhalla. Es más frecuente que vaya al más allá Vanir, supervisado por la diosa Freya.

Tardé un minuto en digerir todo aquello. Clanes de dioses. Guerras. En fin. Pero la última parte, «el más allá Vanir»...

—¿Me estás diciendo que hay otro sitio como el Valhalla, pero para los hijos de los Vanir, y que yo no estoy allí? ¿Y si es a donde fue mi madre? ¿Y si se suponía que yo...?

Gunilla me cogió del brazo. Sus ojos azules lucían una mirada intensa de ira.

—Eso es, Magnus. Piensa en lo que te ha hecho Samirah al-Abbas. No digo que todos los hijos de los Vanir vayan al Fólkvangr...

—¿Los metéis en un Volkswagen?

—Fólkvangr. Es el nombre del salón de los muertos de Freya.

—Ah.

—Lo que quiero decir es que podrías haber ido allí. Habría sido más lógico. La mitad de los muertos honorables van con Odín. La otra mitad van con Freya. Fue parte del acuerdo que puso fin a la guerra de los dioses hace eones. Entonces ¿por qué te trajo Samirah aquí? «Injustamente elegido, injustamente asesinado.» Ella es la hija de Loki, el padre del mal. No es de fiar.

No sabía qué contestar. No hacía mucho que conocía a Samirah, pero me parecía bastante maja. Claro que también me lo parecía su padre, Loki...

—Puede que no te lo creas —dijo Gunilla—, pero te voy a conceder el beneficio de la duda. Creo que puede que seas ajeno a los planes de Samirah.

—¿Qué planes?

Ella se rió amargamente.

—Los planes para precipitar el día del Juicio Final, por supuesto. Para provocar la guerra antes de que estemos preparados. Es lo que quiere Loki.

Tuve la tentación de protestar diciendo que Loki me había contado lo contrario. Parecía que a él le interesara más impedir que Surt consiguiese la espada de mi padre, pero decidí que no sería aconsejable revelarle a Gunilla que había estado charlando con el padre del mal.

—Si tanto odias a Sam —dije—, ¿por qué la dejaste ser valquiria?

—No fue decisión mía. Yo superviso a las valquirias, pero las elige Odín. Samirah al-Abbas fue la última valquiria que escogió, hace dos años, en... extrañas circunstancias. El Padre de Todos no ha aparecido en el Valhalla desde entonces.

—¿Crees que lo mató Sam?

Lo dije en broma, pero Gunilla pareció considerarlo en serio.

—Creo que Samirah no debería haber sido elegida como valquiria. Creo que está trabajando para su padre como espía y saboteadora. Conseguir que la expulsen del Valhalla ha sido lo mejor que he hecho en mi vida.

—Vaya.

—Tú no la conoces, Magnus. Aquí antes hubo otro hijo de Loki. Él... él no era lo que parecía. Él... —Se interrumpió, como si alguien acabara de pisotearle el corazón—. Da igual. El caso es que juré que no me dejaría engañar otra vez. Pienso retrasar el Ragnarok lo máximo posible.

El tono de miedo había vuelto a aflorar a su voz. No parecía la hija de un dios de la guerra.

—¿Por qué quieres retrasarlo? —pregunté—. ¿No os estáis entrenando todos para el Ragnarok? Es como vuestra gran fiesta de graduación.

—Tú no lo entiendes —dijo ella—. Ven. Hay algo que tengo que enseñarte. Cruzaremos la tienda de regalos.

Cuando dijo «tienda de regalos», me imaginé un cuartito con pretensiones en el que vendían souvenirs baratos del Valhalla. En cambio, eran unos grandes almacenes de cinco plantas combinados con una feria comercial en un centro de convenciones. Pasamos por un supermercado, una boutique de ropa con la última moda vikinga y un IKEA (por supuesto).

Casi toda la planta de la sala de muestras era un laberinto de puestos, quioscos y talleres. Unos tipos barbudos con delantales de cuero ofrecían muestras gratuitas de puntas de flecha delante de sus forjas. Había comerciantes especializados en escudos, lanzas, ballestas, cascos y copas (montones y montones de copas). En varios de los puestos más grandes tenían a la venta barcos de tamaño natural.

Toqué el casco de un buque de guerra de casi veinte metros.

—No creo que esto quepa en mi bañera.

—En el Valhalla tenemos varios lagos y ríos —dijo Gunilla—. En la planta doce también se puede hacer rafting en aguas rápidas. Todo einherjar debe saber luchar tanto en mar como en tierra.

Señalé un corral para hacer prácticas de equitación.

—¿Y eso? ¿Se puede montar a caballo por los pasillos?

—Por supuesto —contestó Gunilla—. Aceptamos animales. Pero fíjate en una cosa, Magnus: no hay armas. Y hay pocas armaduras.

—Estás de coña, ¿verdad? En este sitio hay miles de armas en venta.

—No las suficientes para el Ragnarok —apuntó Gunilla.

Me llevó por el pasillo de baratijas nórdicas hasta una gran puerta de hierro cuyo letrero rezaba SOLO PERSONAL AUTORIZADO.

Introdujo una llave en la cerradura.

—No le enseño esto a mucha gente. Es demasiado perturbador.

—No será otra barrera de fuego, ¿verdad?

—Peor.

Detrás de la puerta había una escalera. Luego otra. Luego otra. Cuando llegamos a lo alto, había perdido la cuenta de cuántos tra-

mos de escalera habíamos subido. Mis piernas fortalecidas de einherji parecían espaguetis recocidos.

Por fin salimos a un estrecho balcón.

—Esta —dijo Gunilla— es mi vista favorita.

Fui incapaz de contestar. Estaba demasiado ocupado tratando de
no morirme de vértigo.

El balcón rodeaba la abertura que había en el techo del Salón de
los Muertos. Las ramas más altas del árbol Laeradr se extendían hacia
arriba, formando una bóveda verde del tamaño de una bola gigantesca. Dentro, mucho más abajo, los empleados del hotel corrían
alrededor de las mesas como termitas, preparándolo todo para la
cena.

Desde el borde exterior del balcón, la línea del tejado del Valhalla
bajaba en pendiente: un entramado de escudos de oro que desprendía un resplandor rojo al sol de la tarde. Me sentía como si estuviera
en la superficie de un planeta metálico.

—¿Por qué no le enseñas esto a la gente? —pregunté—. Es...
intimidante, sí, pero también bonito.

—Por aquí.

Gunilla tiró de mí hasta un lugar donde pude mirar entre dos
secciones de tejado.

Parecía que fueran a explotarme los globos oculares. Recordé una
clase que mi profesor de ciencias de sexto había dado sobre el tamaño
del universo. Había explicado lo inmensa que era la Tierra y luego
había dicho que no era nada comparada con el sistema solar, que a su
vez no era nada comparado con la galaxia, etcétera, hasta que me sentí tan importante como una manchita en el sobaco de una pulga.

Alrededor del Valhalla, reluciendo hasta el horizonte, se extendía
una ciudad de palacios tan grandes e imponentes como el hotel.

—Asgard —dijo Gunilla—. El reino de los dioses.

Vi tejados construidos por completo con lingotes de plata, puertas de bronce forjado lo bastante grandes para que un bombardero
B-1 pasara volando por ellas, sólidas torres de piedra que hendían las
nubes. Las calles estaban empedradas con oro. Cada jardín era tan
grande como el puerto de Boston. Y las afueras de la ciudad estaban

rodeadas de unas murallas que hacían que la Gran Muralla China pareciera un parque para bebés.

En el límite de mi visión, la avenida más ancha de la ciudad cruzaba una puerta en la muralla. En el lado opuesto, la calzada se deshacía en una luz multicolor: una vía de fuego prismático.

—El Bifrost —dijo Gunilla—. El puente del arcoíris que lleva de Asgard a Midgard.

Había oído hablar del puente Bifrost. En mi libro de mitos para niños, era un arco de siete colores pastel con alegres conejos danzando alrededor de su base. Ese puente no tenía conejos alegres. Era aterrador. Era un arcoíris de la misma forma que una explosión nuclear era un hongo.

—Solo pueden cruzarlo los dioses —me explicó Gunilla—. Cualquier otro ardería nada más pisarlo.

—Pero... ¿estamos en Asgard?

—Claro. El Valhalla es uno de los salones de Odín. Por eso, dentro del hotel, los einherjar son inmortales.

—Entonces ¿podéis bajar a ver a los dioses, vender galletas de exploradora de puerta en puerta o lo que sea?

Gunilla hizo una mueca con el labio.

—Ni siquiera contemplando Asgard tienes sentido del respeto.

—La verdad es que no.

—Sin el permiso expreso de Odín, no se nos permite visitar la ciudad de los dioses, al menos hasta el día del Ragnarok, cuando defenderemos las puertas.

—Pero podéis volar.

—Está prohibido ir allí. Si lo intentara, caería abatida del cielo. No lo estás entendiendo, Magnus. Vuelve a mirar la ciudad. ¿Qué ves?

Escudriñé el barrio, tratando de ver más allá de la arquitectura, temible y colosal. En una ventana, unas lujosas cortinas colgaban hechas jirones. En las calles había braseros de fuego vacíos y fríos. Las estatuas de un jardín estaban totalmente cubiertas de espinos. Las calles se hallaban desiertas. No había lumbre encendida en ninguna de las ventanas.

—¿Dónde está todo el mundo? —pregunté.

—Exacto. Me temo que si fuera allí, no vendería muchas galletas de exploradora.

—¿Quieres decir que los dioses se han ido?

Gunilla se volvió hacia mí; su ristra de martillos emitía destellos anaranjados a la luz del atardecer.

—Puede que algunos estén durmiendo. Otros están vagando por los nueve mundos. Algunos todavía aparecen de vez en cuando. La verdad es que no sabemos lo que pasa. Llevo quinientos años en el Valhalla, y nunca he visto a los dioses tan callados, tan inactivos. Los últimos dos años...

Arrancó una hoja de una rama baja de Laeradr.

—Hace dos años se produjo un cambio. Las valquirias y los thanes lo notamos. Las barreras entre los nueve mundos empezaron a debilitarse. Gigantes de fuego y gigantes de hielo hacían incursiones en Midgard más a menudo. Los monstruos de Helheim irrumpieron en el mundo de los vivos. Los dioses se volvieron distantes y callados. Eso fue en la época en que Samirah se hizo valquiria: la última vez que vimos a Odín. También fue cuando murió tu madre.

Un cuervo daba vueltas en lo alto. Otros dos se unieron a él. Me acordé de mi madre y de que solía decir en broma que las aves de presa nos acechaban cuando íbamos de excursión. «Se creen que estamos muertos. ¡Rápido, ponte a bailar!»

En ese momento no sentía la tentación de bailar. Quería pedirle prestados los martillos a Gunilla y hacer desaparecer a los pájaros del cielo a martillazos.

—¿Crees que hay una relación entre esas cosas? —pregunté.

—Lo único que sé es que estamos mal preparados para el Ragnarok. Y de repente llegas tú. Las nornas nos advierten de cosas terribles y te llaman el heraldo del Lobo. Eso no es bueno, Magnus. Puede que Samirah al-Abbas llevara años vigilándote, esperando el momento propicio para introducirte en el Valhalla.

—¿Introducirme?

—Esos dos amigos tuyos del puente, los que te habían estado custodiando desde que te quedaste en la calle, tal vez trabajaban para ella.

—¿Te refieres a Blitz y Hearth? Son personas sin techo.

—¿De verdad? ¿No te parece extraño que te cuidaran con tanto esmero?

Tenía ganas de mandarla a Helheim, pero Blitz y Hearth siempre me habían parecido un poco... raros. Por otra parte, cuando vives en la calle, la definición de normalidad se difumina un poco.

Gunilla me cogió del brazo.

—Magnus, yo al principio no me lo creí, pero si el del puente era Surt, si de verdad encontraste la Espada del Verano... entonces las fuerzas del mal te están utilizando. Si Samirah al-Abbas quiere que recuperes la espada, eso es exactamente lo que no debes hacer. Quédate en el Valhalla. Deja que los thanes se encarguen de la profecía. Jura que lo harás, y hablaré con los thanes en tu nombre. Los convenceré de que eres de fiar.

—¿Ahora es cuando me dices lo que me pasará si no lo hago?

—Solo esto: mañana por la mañana, los thanes anunciarán su decisión con respecto a tu destino. Si no podemos fiarnos de ti, tendremos que tomar precauciones. Necesitamos saber de parte de quién estás.

Miré las desiertas calles doradas. Me acordé de que Sam al-Abbas me había arrastrado a través de aquel frío vacío, poniendo su carrera en peligro porque pensaba que yo era valiente. «Tienes potencial, Magnus Chase. No demuestres que estoy equivocada.» Y luego la habían volatilizado en el salón de banquetes por culpa del vídeo manipulado por Gunilla.

Aparté el brazo.

—Has dicho que Frey representa el terreno neutral entre el fuego y el hielo. Tal vez no se trate de escoger bando. Tal vez yo no quiera elegir un extremo.

La expresión de Gunilla se cerró como una contraventana.

—Puedo ser una enemiga poderosa, Magnus Chase. Te lo advertiré una vez: si sigues los planes de Loki, si tratas de precipitar el Ragnarok, acabaré contigo.

Intenté mirarla a los ojos y obviar la sensación de que los pulmones se me desinflaban en el pecho.

—Lo tendré en cuenta.

Debajo de nosotros, el cuerno de la cena resonó por el salón de banquetes.

—La visita ha terminado —anunció Gunilla—. A partir de este punto, ya no te seguiré guiando, Magnus Chase.

Saltó por un lado del balcón y descendió volando entre las ramas, dejando que me las apañara para encontrar el camino de vuelta. Sin GPS.

22

Mis amigos caen de un árbol

Por suerte, un berserker amistoso me encontró deambulando por el balneario de la planta ciento doce. Acababan de hacerle la pedicura («¡Que mates a gente no quiere decir que tus pies también deban hacerlo!») y me acompañó encantado a los ascensores.

Cuando llegué al salón de banquetes, la cena ya había empezado. Me dirigí a X —que no pasaba desapercibido ni siquiera entre el enorme gentío— y me uní a mis compañeros de la planta diecinueve.

Intercambiamos anécdotas sobre la batalla de la mañana.

—¡He oído que utilizaste el *alf seidr*! —dijo Medionacido—. ¡Impresionante!

Casi me había olvidado de la ola de energía que había hecho caer las armas de todos.

—Sí, ejem..., ¿qué es exactamente el *alf seidr*?

—Magia de elfo —explicó Mallory—. Brujería sutil de Vanir indigna de un auténtico guerrero. —Me dio un puñetazo en el brazo—. Ahora me caes mejor.

Traté de sonreír, aunque no estaba seguro de cómo había conseguido obrar magia de elfo. Que yo supiera, no era un elfo. Pensé en mi resistencia a las temperaturas extremas y en cómo había curado a Gunilla en el ascensor. ¿Era eso también *alf seidr*? Quizá era consecuencia de ser hijo de Frey, aunque no entendía qué relación tenían los poderes.

T. J. me elogió por subir la cima de la colina. X me elogió por aguantar con vida más de cinco minutos.

Era agradable sentirse parte de un grupo, pero no atendí mucho a la conversación. Todavía me zumbaba la cabeza después de la excursión con Gunilla y el sueño de Loki en el trono de Odín.

En la mesa principal, Gunilla murmuraba a Helgi de vez en cuando, y el gerente miraba en dirección a mí con el ceño fruncido. Yo no hacía más que temer que me llamara y me pusiera a pelar uvas con Hunding, pero supongo que estaba contemplando un castigo mejor.

«Mañana por la mañana tendremos que tomar precauciones», me había advertido Gunilla.

Al final de la cena, dieron la bienvenida al Valhalla a un par de novatos. Como era de esperar, sus vídeos eran heroicos. No apareció ninguna norna. Ninguna valquiria fue expulsada como castigo. Ningún trasero recibió disparos de flechas sonoras.

Mientras los grupos salían en fila del salón de banquetes, T. J. me dio una palmadita en el hombro.

—Descansa. ¡Mañana te espera otra muerte gloriosa!

—Yupi —dije.

En la habitación no podía dormir. Me pasé horas paseándome de un lado a otro como un animal enjaulado. No quería esperar a la mañana para oír la sentencia de los thanes. Ya había visto lo acertado de sus juicios cuando habían expulsado a Sam.

Pero ¿qué opciones tenía? ¿Ir a hurtadillas por el hotel abriendo puertas al azar, con la esperanza de encontrar una que me llevara de vuelta a Boston? Aunque lo hubiera conseguido, no tenía ninguna garantía de que me dejasen volver a mi lujosa vida de chico sin hogar. Gunilla o Surt o algún otro nórdico desagradable podía volver y averiguar mi paradero.

«Necesitamos saber de parte de quién estás», había dicho Gunilla.

Yo estaba de mi parte. No quería acabar obsesionado con el día del Juicio Final vikingo, pero algo me decía que ya era demasiado tarde. Mi madre había muerto hacía dos años, aproximadamente en la misma época en que se habían desencadenado otras desgracias en los nueve mundos. Con suerte, había una conexión. Si quería que se hiciese justicia a mi madre —si quería averiguar lo que le había pasado—, no podía volver a esconderme debajo de un puente.

Tampoco podía seguir pasando el rato en el Valhalla, dando clases de sueco y viendo presentaciones en PowerPoint sobre trols asesinos.

Alrededor de las cinco de la mañana, renuncié finalmente a dormir. Fui al cuarto de baño a lavarme la cara. En el toallero había toallas limpias colgadas. El agujero de la pared había sido reparado. Me pregunté si se había reparado por arte de magia o si un pobre pringado había tenido que arreglarlo como castigo de los thanes. Tal vez al día siguiente me tocase a mí enyesar muros.

Me dirigí al atrio y me quedé mirando las estrellas a través de los árboles. Me preguntaba qué cielo estaba mirando; qué mundo, qué constelaciones.

Las ramas crujieron. Algo oscuro con forma humana se cayó del árbol. Aterrizó a mis pies con un crujido desagradable.

—¡AY! —se quejó—. ¡Maldita gravedad!

Mi viejo colega Blitz estaba tumbado boca arriba, gimiendo y meciéndose el brazo izquierdo.

Otra persona descendió con suavidad a la hierba: Hearth, vestido con su ropa de cuero negro habitual y su bufanda a rayas rojas como un bastón de caramelo.

«Hola», dijo con gestos.

Los miré fijamente.

—¿Qué estáis...? ¿Cómo habéis...?

Empecé a sonreír. En mi vida me había alegrado tanto de ver a alguien.

—¡El brazo! —gritó Blitz—. ¡Me lo he roto!

—Vale. —Me arrodillé, tratando de concentrarme—. Yo podría curártelo.

—¿Podrías?

—Un momento... ¿Has cambiado de imagen?

—¿Te refieres a mi vestuario?

145

—Pues sí. —Nunca había visto a Blitz con tan buen aspecto.

Su caótico pelo estaba limpio y peinado hacia atrás. Llevaba la barba recortada. Sus cejas unidas de Cromañón estaban depiladas. Lo único que no había experimentado una corrección estética era su nariz, en zigzag.

En cuanto a la ropa, parecía que hubiera robado en varias boutiques de lujo de Newbury Street. Las botas eran de piel de caimán. El traje de lana negro estaba hecho a medida, se ajustaba a su robusto cuerpo de un metro sesenta y cinco, y le quedaba estupendamente con su tono de piel oscuro. Debajo de la chaqueta, llevaba un chaleco de cachemira gris oscuro con una cadena de reloj de oro, una camisa de etiqueta turquesa y una corbata de cordón. Parecía un vaquero afroamericano bajito y acicalado que trabajase como asesino a sueldo.

Hearth dio una palmada para llamarme la atención.

«Brazo. ¿Arreglar?», dijo con señas.

—Claro. Perdona.

Posé la mano en el antebrazo de Blitz con suavidad y noté la fractura bajo la piel. Me concentré mentalmente en su curación. «Clic.» Blitz gritó cuando el hueso se colocó otra vez en su sitio.

—Prueba ahora —dije.

Blitz movió el brazo. Su expresión pasó del dolor a la sorpresa.

—¡Ha funcionado de verdad!

Hearth se quedó todavía más sorprendido.

«¿Magia? ¿Cómo?», preguntó con señas.

—Eso mismo me he estado preguntando yo —dije—. Chicos, no os lo toméis a mal, porque me alegro mucho de veros, pero ¿qué hacéis cayendo de mis árboles?

—Chico —dijo Blitz—, hemos estado buscándote por el Árbol de los Mundos las últimas veinticuatro horas. Anoche creímos que te habíamos encontrado, pero...

—Es posible que me encontrarais —contesté—. Justo antes de que amaneciera, oí a alguien moviéndose entre las ramas.

Blitz se volvió hacia Hearth.

—¡Te dije que era esa la habitación!

Hearth puso los ojos en blanco y gesticuló demasiado rápido para que le entendiera.

—Venga ya —soltó Blitz—. Da igual si fue idea tuya o mía. ¡Lo importante es que estamos aquí, y Magnus está vivo! Bueno, técnicamente está muerto. Pero está vivo. ¡Eso significa que a lo mejor el jefe no nos mata!

—¿El jefe? —pregunté.

A Blitz le entró un tic en el ojo.

—Sí. Tenemos algo que confesarte.

—En realidad no sois sintecho —dije—. Hace dos noches, uno de los thanes os vio en vídeo y...

«¿Vídeo?», preguntó Hearth con gestos.

—Sí. Valquiria Visión. El caso es que ese thane dijo que erais un enano y un elfo. Supongo —señalé a Blitz— que tú eres el enano.

—Lo típico —se quejó Blitz—. Deduces que soy el enano porque soy bajo.

—Entonces ¿no eres el enano?

Suspiró.

—No. Soy el enano.

—Y tú...

Miré a Hearth, pero no me sentía con valor para decirlo. Había pasado dos años con ese tío. Me había dado cursos de lenguaje de signos. Habíamos comido juntos burritos sacados de los cubos de la basura. ¿Qué clase de elfo hace eso?

«E-L-F-O. —Hearth dijo las letras por separado con gestos—. En nórdico antiguo se deletrea A-L-F.»

—Pero... no parecéis tan distintos de los humanos.

—En realidad, los humanos no parecen tan distintos de los enanos y los elfos.

—No puedo creer que estemos teniendo esta conversación, pero no eres tan bajo. O sea, para un enano. Podrías pasar por un humano bajo normal y corriente.

—Eso he estado haciendo durante dos años —dijo Blitz—. Los enanos tienen distintos tamaños, como los humanos. Da la casualidad de que yo soy un svartalf.

—¿Asfaltar?

—¡Grrr! Límpiate los oídos, chico. Svartalf. Significa «elfo oscuro». Soy de Svartalfheim.

—Ejem, creía que habías dicho que eres un enano.

—Los elfos oscuros no son realmente elfos, chico. Es un nombre inapropiado. Somos un subgrupo de enanos.

—Vaya, eso aclara las cosas.

Hearth esbozó una débil sonrisa, cosa que para él era el equivalente a estar revolcándose por el suelo de la risa.

«Asfaltar», dijo con gestos.

Blitz lo ignoró a propósito.

—Los svartalf solemos ser más altos que los enanos medios de Nidavellir. Pero ahora mismo eso no importa. Hearthstone y yo hemos venido a ayudarte.

—¿Hearthstone?

Hearth asintió con la cabeza.

«Es mi nombre completo. Él es B-L-I-T-Z-E-N.»

—No tenemos mucho tiempo, chico. Hemos estado vigilándote los dos últimos años, tratando de mantenerte a salvo.

—Para vuestro jefe.

—Eso es.

—¿Y quién es vuestro jefe?

—Eso es… información clasificada. Pero es uno de los buenos. Es el líder de nuestra organización, dedicada a retrasar el Ragnarok lo máximo posible. Y tú, amigo mío, has sido nuestra misión más importante.

—A ver si lo adivino. No trabajaréis para Loki, ¿verdad?

Blitzen puso cara de indignado. Hearth soltó uno de los juramentos por señas que me había enseñado.

—Eso ha estado fuera de lugar, chico. —Blitzen parecía sinceramente ofendido—. Me he disfrazado como una persona sintecho cada día durante dos años por ti. Mandé mi higiene personal a Helheim. ¿Sabes cuánto tiempo tenía que estar en el baño de espuma cada mañana para quitarme el olor?

—Perdona. Entonces… ¿trabajabais para Samirah, la valquiria?

Hearthstone soltó otro juramento por signos.

«¿La que se te llevó? No. Ella nos puso las cosas difíciles.»

En realidad, los signos literales fueron más bien: «ELLA. LLEVÓ. TÚ. PUSO. DIFÍCIL. NOSOTROS». Pero me había vuelto bastante bueno interpretando señas.

—Se suponía que no tenías que morir, chico —continuó Blitzen—. Nuestro trabajo consistía en protegerte. Pero ahora... En fin, eres un einherji. Quizá todavía podamos conseguirlo. Tenemos que sacarte de aquí. Tenemos que encontrar esa espada.

—Vamos, pues —dije.

—Venga ya, no protestes —repuso Blitzen—. Ya sé que estás en el paraíso de los guerreros y que todo es muy nuevo y emocionante...

—Blitz, he dicho que sí.

El enano parpadeó.

—Tenía un discurso preparado.

—No hace falta. Me fío de vosotros.

¿Y sabéis lo más raro de todo? Que decía la verdad.

Tal vez Blitzen y Hearthstone fuesen unos asediadores profesionales que habían estado vigilándome para una organización de alto secreto contra el Ragnarok. Tal vez su idea de protegerme consistía en atacar al señor de los gigantes de fuego con juguetes de plástico baratos. Tal vez no fuesen de la misma especie que yo.

Pero no me habían abandonado mientras había estado en la calle. Eran mis mejores amigos. Sí, así de chunga era mi vida.

—Bueno, pues. —Blitzen se quitó la hierba del chaleco de cachemira—. Trepemos otra vez por el Árbol de los Mundos antes de que...

En algún lugar por encima de nosotros, un ladrido explosivo reverberó por la habitación. Sonaba como un Boston terrier rabioso de tres mil kilos atragantándose con un hueso de mamut.

Hearthstone puso los ojos como platos. El sonido fue tan fuerte que probablemente había percibido las vibraciones a través de los zapatos.

—¡Dioses todopoderosos! —Blitzen me agarró el brazo. Con la ayuda de Hearthstone, me apartó del atrio—. Por favor, chico, dime que sabes dónde hay otra salida, porque no vamos a usar el árbol.

Otro ladrido sacudió la sala. Unas ramas rotas cayeron al suelo.

—¿Qué.. qué hay allí arriba? —pregunté, mientras me flaqueaban las piernas. Pensé en la profecía de las nornas y en que me habían llamado heraldo del mal—. ¿Es... el Lobo?

—Oh, es mucho peor —respondió Blitzen—. Es la Ardilla.

23

Me reciclo

Cuando alguien dice: «Es la Ardilla» no haces preguntas. Corres. Los ladridos bastaron para ponerme los pelos de punta.

Al salir cogí la espada que me había proporcionado el hotel. Aunque, considerando que llevaba puesto el pijama de seda verde del Valhalla, dudaba que la necesitase. Si tenía que luchar contra alguien, se moriría de risa antes de que desenvainara el arma.

Cuando salimos al pasillo, Mallory ya estaba allí, legañosa y vestida a toda prisa.

—¿Qué ha sido ese ruido? —Me miró con el entrecejo fruncido—. ¿Por qué hay un enano y un elfo en tu habitación?

—¡ARDILLA! —gritó Blitzen, cerrando la puerta de golpe.

Hearth dijo lo mismo con lenguaje de signos: un gesto que guardaba un parecido inquietante con unas mandíbulas desgarrando carne.

T. J. se quedó como si le hubieran dado un guantazo.

—¿Qué has hecho, Magnus?

—Tengo que irme del hotel. Ya. Por favor, no nos detengáis.

Mallory soltó un juramento en algo que quizá fuese gaélico. Nuestro pequeño grupo de la planta diecinueve era como las Naciones Unidas de los Tacos.

—No te detendremos —dijo ella—. Nos va a tocar hacer la colada durante una década, pero te ayudaremos.

La miré fijamente.

—¿Por qué? Hace menos de un día que me conoces.

—Suficiente para saber que eres un idiota —gruñó ella.

—Lo que quiere decir —intervino T. J.— es que los compañeros de planta siempre se protegen unos a otros. Os cubriremos mientras escapáis.

La puerta de mi habitación se sacudió. Unas grietas se extendieron como una telaraña desde la placa con mi nombre. De la pared del pasillo se cayó una lanza de adorno.

—¡X! —gritó T. J.—. ¡Ayuda!

La puerta del medio trol se arrancó de los goznes. X salió al pasillo pesadamente, como si hubiera estado justo al otro lado, esperando la llamada.

—¿Sí?

T. J. señaló con el dedo.

—La puerta de Magnus. La Ardilla.

—Vale.

X se acercó resueltamente y empujó la puerta con la espada. La puerta volvió a vibrar, pero X se mantuvo firme. Desde el interior resonaban unos ladridos airados.

Medionacido Gunderson salió de su habitación dando traspiés ataviado únicamente con unos boxers con caritas sonrientes y unas hachas de doble filo en las manos.

—¿Qué pasa? —Lanzó una mirada asesina a Blitz y a Hearth—. ¿Mato al enano y al elfo?

—¡No! —gritó Blitzen—. ¡No mates al enano y al elfo!

—Están conmigo —dije—. Ya nos íbamos.

—La Ardilla —aclaró T. J.

Las cejas peludas de Medionacido alcanzaron la órbita.

—¿La Ardilla, ardilla?

—La Ardilla, ardilla —convino Mallory—. Y estoy rodeada de idiotas, idiotas.

Un cuervo surcó el pasillo volando. Se posó en el aplique más próximo y me graznó con tono acusador.

—Genial —dijo Mallory—. Los cuervos han detectado la intrusión de tus amigos. Eso significa que las valquirias no tardarán en alcanzaros.

Media docena de aullidos procedentes de la hilera de ascensores hendieron el aire.

—Y esos deben de ser los lobos de Odín —añadió Medionacido—. Muy amistosos siempre que no entres por la fuerza ni salgas del hotel sin permiso, en cuyo caso te hacen pedazos.

Un sollozo impropio de un hombre empezó a formarse en mi garganta. Podía aceptar que me matara una ardilla, o un ejército de valquirias, o incluso otro hachazo en la cabeza, pero no lobos. Las piernas amenazaron con fallarme.

—Blitz y Hearth —me temblaba la voz—, ¿hay alguna alarma que no hayáis hecho disparar?

«No es justo —contestó Hearth por señas—. Hemos evitado las tres minas.»

—¿Tres minas? —No estaba seguro de haberle entendido bien.

Medionacido Gunderson levantó su hacha.

—Yo retrasaré a los lobos. ¡Buena suerte, Magnus!

Echó a correr por el pasillo gritando: «¡MUERTE!» mientras las caritas sonrientes formaban ondas en sus boxers.

Mallory se puso roja; no supe si de vergüenza o de alegría.

—Yo me quedaré con X por si la ardilla atraviesa la puerta —dijo—. T. J., llévalos al departamento de reciclaje.

—Vale.

«¿Reciclaje?», preguntó Blitz.

Mallory desenvainó su espada.

—Magnus, no puedo decir que haya sido un placer. Te daría una patada en el *nári*. Venga, largaos.

La puerta de mi habitación volvió a sacudirse. Cayó yeso del techo.

—La ardilla es fuerte —gruñó X—. Deprisa.

T. J. fijó su bayoneta.

—Vamos.

Nos llevó por el pasillo, con su chaqueta azul de la Unión encima del pijama. Me dio la sensación de que había dormido con esa chaqueta. Detrás de nosotros, los lobos aullaban y Medionacido Gunderson rugía en nórdico antiguo.

A medida que corríamos, varios einherjar abrieron las puertas de sus habitaciones para ver lo que pasaba. Cuando vieron a T. J. con la bayoneta, volvieron dentro.

Izquierda, derecha, derecha, izquierda... Perdí la cuenta de los giros. Otro cuervo pasó como un rayo, graznando furiosamente. Traté de aplastarlo.

—No lo hagas —me advirtió T. J.—. Son sagrados para Odín.

Estábamos atravesando un cruce del pasillo con forma de T cuando una voz gritó:

—¡MAGNUS!

Cometí el error de mirar.

A nuestra izquierda, a quince metros de distancia, se hallaba Gunilla, pertrechada con una armadura completa y un martillo en cada mano.

—Si das un paso más —gruñó—, acabaré contigo.

T. J. me miró.

—Vosotros tres, seguid. Cuando giréis a la derecha, veréis una rampa con un letrero en el que pone «Reciclaje». Tiraos dentro.

—Pero...

—No hay tiempo. —T. J. sonrió—. Ve a matar confederados por mí, o monstruos, o lo que sea.

Apuntó con el rifle a la valquiria, gritó: «¡Regimiento Cincuenta y Cuatro de Massachusetts!» y atacó.

Hearth me agarró del brazo y tiró de mí. Blitz encontró la rampa de reciclaje y la abrió de un tirón.

—¡VAMOS, VAMOS!

Hearthstone se lanzó de cabeza.

—Ahora tú, chico —dijo el enano.

Vacilé. El olor que salía de la rampa me recordó la época en la que rebuscaba en la basura. De repente, las comodidades del hotel Valhalla no parecían tan malas.

Entonces volvieron a oírse aullidos de lobo, esta vez más cerca, y me reciclé.

24

Teníais una misión

Resulta que el Valhalla había estado enviando el material de reciclaje al estadio de Fenway Park; eso explicaría los problemas que estaban teniendo los Red Sox con su alineación ofensiva.

Hearthstone estaba poniéndose en pie cuando caí encima de él y lo derribé al suelo. Antes de que pudiera desenredarme, Blitzen me dio fuerte en el pecho. Lo aparté de un empujón y me alejé rodando por si alguien más decidía caer del cielo.

Me levanté con dificultad.

—¿Qué hacemos en Fenway Park?

—No me preguntes. —Blitzen resopló. Parecía que su elegante traje de lana hubiera pasado por el tubo digestivo de un caracol—. Las puertas de entrada y salida del Valhalla tienen fama de estar torcidas. Por lo menos estamos en Midgard.

Hileras de gradas se elevaban vacías y silenciosas, inquietantemente parecidas al Salón de Banquetes de los Muertos antes de que entrasen los einherjar. El campo estaba cubierto de un mosaico de lonas heladas que crujían bajo mis pies.

Debían de ser las seis de la mañana. El cielo estaba empezando a teñirse de gris hacia el este. Mi aliento formaba vaho en el aire.

—¿De qué estábamos huyendo? —pregunté—. ¿Qué clase de ardilla mutante...?

—Ratatosk —contestó Blitz—. La pesadilla del Árbol de los Mundos. Cualquiera que se atreva a trepar por las ramas de Yggdrasil tarde o temprano tiene que enfrentarse a ese monstruo. Considérate afortunado por haber escapado.

Hearthstone señaló al amanecer.

«Sol. Malo para Blitzen», dijo con señas.

Blitz entornó los ojos.

—Tienes razón. Después de lo que pasó en el puente, ya no soporto la exposición directa.

—¿A qué te refieres? —Le miré la cara más detenidamente—. ¿Te estás volviendo gris?

Blitzen apartó la vista, pero no había duda. Sus mejillas se habían aclarado hasta adquirir el color del barro mojado.

—Puede que te hayas fijado en que no salía mucho contigo durante el día, chico.

—Yo..., sí. Era como si Hearth hiciera el turno de día, y tú, el de noche.

—Exacto. Los enanos somos criaturas subterráneas. La luz del sol es mortal para nosotros. Eso sí, no tan mortal como para los trols. Puedo soportarla un poco, pero si estoy fuera mucho tiempo empiezo a... petrificarme.

Me acordé del combate en el puente de Longfellow, donde Blitzen llevaba sombrero de ala ancha, abrigo, guantes y gafas de sol: una extraña combinación, sobre todo por el letrero de ABRAN PASO A LOS PATITOS.

—Si te tapas, ¿no te pasa nada?

—Ayuda. Ropa gruesa, protector solar, etcétera. Pero ahora mismo —señaló su ropa— no estoy preparado. Se me cayó la mochila con provisiones en alguna parte del Árbol de los Mundos.

«Después de lo del puente, las piernas se le volvieron de piedra, —dijo Hearthstone por señas—. No puede andar hasta la noche.»

Se me hizo un nudo en la garganta. La tentativa de Blitz y Hearth de protegerme en el puente de Longfellow había sido bastante ridícula, pero lo habían intentado. Al exponerse a salir de día, Blitzen había arriesgado su vida.

A pesar de las muchas preguntas que tenía, a pesar de lo desastrosa que era mi vida (¿muerte?) en ese momento, saber que Blitzen corría peligro otra vez por mi culpa cambió mis prioridades.

—Busquemos un sitio oscuro —dije.

La opción más fácil era el Monstruo Verde: la famosa pared de cuatro pisos que bloqueaba los *home runs* en el jardín izquierdo. Yo había estado detrás de ella en una visita escolar: ¿en primero, quizá? Me acordaba de que había puertas de servicio debajo del marcador.

Encontré una abierta, y entramos rápidamente.

No había gran cosa que ver: solo andamios metálicos, pilas de tarjetas verdes con números colgadas de la pared y las costillas de hormigón del estadio tatuadas con grafitis a lo largo de cien años. Sin embargo, el sitio cumplía un requisito importante: era oscuro.

Blitzen se sentó en un montón de colchonetas y se quitó las botas. Salieron bellotas de dentro. Los calcetines eran de cachemira verde, a juego con el chaleco.

Los calcetines me sorprendieron tanto como cualquiera de las cosas que me había encontrado en el Valhalla.

—¿A qué viene ese atuendo, Blitz? Estás muy... elegante.

Sacó pecho.

—Gracias, Magnus. No ha sido fácil vestirme de vagabundo los dos últimos años. Sin ánimo de ofender, por supuesto.

—Por supuesto.

—Así es como visto normalmente. Me tomo mi aspecto muy en serio. Reconozco que estoy un poco obsesionado con los trapos.

Hearth emitió un sonido a medio camino entre un estornudo y un resoplido.

«¿Un poco?», dijo por señas.

—Cállate —masculló Blitz—. ¿Quién te compró esa bufanda, eh? —Se volvió hacia mí en busca de apoyo—. Le dije a Hearth que necesitaba un toque de color. La ropa negra. El pelo rubio platino. La bufanda a rayas rojas destaca, ¿no te parece?

—Ejem..., claro —dije—. Mientras no tenga que llevarla yo. Ni los calcetines de cachemira.

157

—No seas tonto. La tela estampada te quedaría fatal. —Blitz se miró la bota con expresión ceñuda—. ¿De qué estábamos hablando?

—¿Qué tal si me contáis por qué me habéis estado vigilando los dos últimos años?

«Te lo hemos dicho —declaró Hearth con gestos—. El jefe.»

—Loki, no —dije—. ¿Odín, entonces?

Blitz se rió.

—No. El capo es todavía más listo que Odín. Le gusta trabajar en la sombra, permanecer anónimo. Nos encargó que te vigilásemos y..., ejem... —se aclaró la garganta—, que te mantuviéramos con vida.

—Ah.

—Sí. —Blitzen sacudió la otra bota para sacar las bellotas—. Teníamos una misión. Fracasamos. «Mantenedlo con vida», dijo el capo. «Vigiladlo. Protegedlo si hace falta, pero no interfiráis en sus decisiones. Él es importante para el plan.»

—El plan.

—El capo sabe cosas. El futuro, por ejemplo. Hace todo lo que puede para orientar los acontecimientos en la dirección adecuada, para impedir que los nueve mundos se suman en el caos y exploten.

—Parece un buen plan.

—Nos dijo que eras hijo de Frey. No entró en detalles, pero fue muy insistente: eras importante y había que protegerte. Cuando te moriste... En fin, me alegro mucho de que te hayamos encontrado en el Valhalla. Puede que no todo esté perdido. Ahora tenemos que informar al capo y recibir nuevas órdenes.

«Y confiar en que no nos mate», añadió Hearthstone.

—Eso, también. —Blitzen no parecía optimista—. El caso es que hasta que hablemos con el jefe, no puedo entrar en detalles, Magnus.

—Aunque yo sea importante para el plan.

«Por eso mismo no podemos», contestó Hearth.

—¿Y lo que pasó después de que me cayera del puente? ¿Podéis contarme eso?

Blitz se quitó una hoja de la barba.

—Pues que Surt desapareció en el agua contigo.

—Era Surt.

—Oh, sí. Y debo decir que lo hiciste muy bien. Un mortal cargándose al señor de los gigantes de fuego. Aunque te moriste al hacerlo, fue impresionante.

—Entonces... ¿lo maté?

«No hubo esa suerte», dijo Hearth.

—Sí —convino Blitz—. Pero a los gigantes de fuego no les sienta bien el agua helada. Me imagino que el impacto lo mandó a Muspelheim. Y lo de cortarle la nariz... fue genial. Tardará un tiempo en recuperar las fuerzas para viajar entre mundos.

«Unos días», aventuró Hearth.

—Puede que más —repuso Blitz.

Yo desplazaba la vista de uno al otro, dos no humanos hablando de la mecánica de los viajes entre mundos como quien debate sobre lo que tarda en arreglarse un carburador.

—Es evidente que vosotros escapasteis —dije—. ¿Y Randolph?

Hearthstone arrugó la nariz.

«Tu tío. Un pesado, pero vivo.»

—Salvaste vidas, chico —explicó Blitzen—. Hubo muchas lesiones, muchos daños, pero no murió ningún mortal... Ejem, menos tú. La última vez que Surt visitó Midgard las cosas no fueron tan bien.

«El gran incendio de Chicago», apuntó Hearth por señas.

—Sí —dijo Blitz—. El caso es que las explosiones de Boston se convirtieron en noticia nacional. Los humanos siguen investigando. Se especula que los daños los provocaron impactos de meteoritos.

Recordé que yo mismo había pensado eso al principio. Y luego me había preguntado si Surt estaba detrás de todo.

—¡Pero montones de personas vieron a Surt en el puente! Como mínimo un hombre lo grabó en vídeo.

Blitz se encogió de hombros.

—Te sorprendería lo que los mortales no ven. No solo los humanos. Los enanos y los elfos, también. Además, los gigantes son expertos en glamour.

—¿Glamour? Supongo que no te referirás a la moda.

—No. A los gigantes se les da fatal la moda. Me refiero al glamour de las ilusiones. Los gigantes son mágicos por naturaleza. Pueden manipular tus sentidos sin hacer ningún esfuerzo. Una vez un gigante hizo creer a Hearthstone que yo era un jabalí, y Hearth estuvo a punto de matarme.

«¡Basta ya de lo del jabalí!», suplicó Hearthstone.

—Bueno, el caso es que te caíste al río y te moriste —concluyó Blitz—. Los servicios de urgencias recuperaron tu cuerpo, pero...

—Mi cuerpo...

Hearthstone sacó un recorte de periódico del bolsillo de su chaqueta y me lo dio.

Leí mi propia esquela. Aparecía mi foto escolar de quinto: el pelo hasta los ojos, mi sonrisa incómoda de «¿Qué pinto yo aquí?», la camiseta andrajosa de los Dropkick Murphys. No ponía gran cosa. Nada sobre mi desaparición durante dos años, mi vida como vagabundo, la muerte de mi madre. Solo «Ha fallecido prematuramente. Deja a dos tíos y una prima. Se celebrará una ceremonia íntima».

—Pero mi cuerpo está aquí —dije, tocándome el pecho—. Tengo cuerpo.

—Un cuerpo nuevo y mejorado —convino Blitz, apretándome el bíceps con admiración—. Recuperaron tu antiguo cuerpo. Hearth y yo también registramos el río. No había ni rastro de Surt. Y lo que era peor, no había ni rastro de la espada. Como no haya vuelto al fondo del río...

—¿Es posible que la haya encontrado Randolph? —pregunté.

Hearthstone negó con la cabeza.

«Lo vigilamos. No la tiene.»

—Entonces la espada la tiene Surt —aventuré.

Blitz se estremeció.

—No demos eso por sentado. Todavía cabe la posibilidad de que esté con tu antiguo cuerpo.

—¿Por qué?

Blitz señaló a Hearth.

—Pregúntale a él. Es el experto en magia.

«Es difícil de explicar por señas —dijo Hearth—. Una espada mágica no se separa de ti. Tú la reclamaste.»

—Pero... yo no la reclamé.

«Tú la invocaste —aclaró Hearth—. La sujetaste primero, antes que Surt. Espero que eso signifique que Surt no ha podido conseguirla. No sé por qué la espada no fue al Valhalla.»

—Yo no estaba sujetando la espada cuando me caí al río —respondí—. Se me resbaló de la mano.

—Ah. —Blitz asintió con la cabeza—. Ese podría ser el motivo. Aun así, tradicionalmente la espada se enterraba en la tumba o se quemaba en la pira funeraria. Así que hay bastantes posibilidades de que se materialice al lado de tu cadáver. Tenemos que mirar en tu ataúd.

Se me puso la piel de gallina.

—¿Quieres que vaya a mi propio funeral?

«No —contestó Hearth por señas—. Iremos antes.»

—Según tu esquela —dijo Blitz—, tu cuerpo estará hoy en la funeraria en horario de visita. La ceremonia no es hasta mañana. Si vas ahora, el sitio debería estar vacío. El edificio todavía no está abierto, y fuera no habrá precisamente una cola de gente para despedirse de ti.

—Muchas gracias.

Blitzen se puso las botas.

—Yo iré a hablar con el jefe. Por el camino, pasaré por Svartalfheim y me aprovisionaré de material contra la luz del sol.

—¿Vas a pasar por el mundo de los elfos oscuros?

—Sí. No es tan difícil como parece. Tengo mucha experiencia, y Boston está en el centro de Yggdrasil. Moverse entre mundos aquí es fácil. Una vez Hearth y yo nos bajamos de una acera en Kendall Square y caímos en Niflheim por casualidad.

«Qué frío», agregó Hearth por señas.

—Mientras yo esté fuera —dijo Blitz—, Hearthstone te llevará a la funeraria. Me reuniré con vosotros..., ¿dónde?

«En la parada de tranvía más cerca de Arlington», propuso Hearth por signos.

—Bien. —Blitzen se levantó—. Consigue esa espada, chico, y ten cuidado. Fuera del Valhalla, puedes morir como cualquier persona. Lo último que queremos tener que explicarle a nuestro jefe es que hay dos cadáveres de Magnus Chase.

25

El director de la funeraria me viste de forma rara

Una ventaja de no tener hogar era que sabía dónde encontrar ropa nueva. Hearth y yo asaltamos un contenedor de ropa para la beneficencia en Charlesgate para que no tuviera que andar por la ciudad en pijama. Pronto estaba radiante con unos vaqueros descoloridos, una cazadora y una camiseta de manga corta llena de agujeros. Me parecía a Kurt Cobain más que nunca, aunque dudo de que Cobain llevara alguna vez una camiseta en la que ponía THE WIGGLES. ¡GIRA PREESCOLAR ROCKANROLERA! Lo más inquietante de todo era que hicieran camisetas como esa de mi talla.

Levanté la espada del hotel.

—¿Y esto, Hearth? No creo que a la poli le haga gracia que me pasee con una espada de casi un metro.

«Glamour, —dijo Hearth por señas—. Sujétatela al cinturón.»

En cuanto lo hice, el arma se encogió y se fundió hasta convertirse en una sencilla cadena, un accesorio todavía menos moderno que la camiseta de los Wiggles.

—Genial —dije—. Ahora la humillación es total.

«Sigue siendo una espada —observó Hearth—. A los mortales no se les da bien ver las cosas. Entre el hielo y el fuego está la niebla, el G–i–n–n–u–n–g–a–g–a–p. Oculta las apariencias. Es difícil de explicar por señas.»

—Vale.

Recordé lo que me había contado Gunilla sobre los mundos formados entre el hielo y el fuego, y que Frey representaba la zona templada intermedia. Sin embargo, al parecer, los hijos de Frey no heredaban un entendimiento innato de qué puñetas significaba eso.

Volví a leer mi esquela buscando la dirección de la funeraria.

—Vamos a presentar nuestros respetos a mi cadáver.

El paseo fue largo y frío. A mí no me molestaba el frío, pero Hearth tiritaba con su cazadora de piel. Tenía los labios agrietados y pelados. Le moqueaba la nariz. Todos los libros y películas de fantasía que había devorado en el colegio me habían hecho creer que los elfos eran criaturas nobles de una belleza sobrenatural. Hearthstone se parecía más a un universitario anémico que no había probado bocado desde hacía semanas.

Aun así, empecé a reparar en detalles no humanos de él. Tenía las pupilas extrañamente brillantes, como las de un gato. Bajo su piel translúcida, sus venas eran más verdes que azules. Y, a pesar de su aspecto desaliñado, no apestaba como una persona sin hogar normal: olor corporal, alcohol, mugre rancia. Olía más bien a agujas de pino y humo de leña. ¿Cómo no me había dado cuenta antes?

Quería preguntarle por los elfos, pero andar y hablar en lenguaje de signos no eran compatibles. Y Hearth tampoco podía leer muy bien los labios en movimiento. En realidad, eso me gustaba. No podías ser multitarea mientras hablabas con él. El diálogo requería concentrarse al cien por cien. Si todas las conversaciones fueran así, la gente no diría tantas chorradas.

Estábamos pasando por Copley Square cuando me metió en el portal de un bloque de oficinas.

«Gómez —advirtió con gestos—. Espera.»

Gómez era un policía de calle que nos conocía de vista. No sabía mi nombre real, pero si había visto una foto mía reciente en las noticias, me costaría explicar por qué no estaba muerto. Además, Gómez no era de lo más amistoso.

Le di unos golpecitos a Hearth en el hombro para llamarle la atención.

—¿Cómo son las cosas... allí de donde tú vienes?

Hearth adoptó una expresión de recelo.

«Alfheim no es tan distinto. Solo más luminoso. No hay noche.»

—No hay noche... ¿nunca?

«No hay noche. La primera vez que vi una puesta de sol...»

Vaciló y acto seguido extendió las dos manos por delante de su pecho como si le estuviera dando un infarto: el signo para decir «asustado».

Traté de imaginarme viviendo en un mundo en el que siempre era de día y de repente ver desaparecer el sol en el horizonte en medio de una estela de luz color sangre.

—Debió de ser muy raro —concluí—. Pero ¿no tenéis los elfos cosas que a los humanos les darían miedo? ¿Como... el *alf seidr*?

Una luz se encendió en los ojos de Hearth.

«¿De qué conoces esa expresión?»

—Esto... ayer, en el campo de batalla, alguien dijo que yo lo había hecho. —Le hablé de la oleada que había desarmado a todos nuestros adversarios—. Y cuando curé el brazo de Blitz, o atravesé la barrera de llamas del puente de Longfellow... Me preguntaba si todo era la misma clase de magia.

Me pareció que Hearth tardaba más de lo habitual en asimilar las palabras.

«No estoy seguro. —Sus gestos eran más leves, más cautelosos—. El *alf seidr* puede ser muchas cosas: normalmente magia pacífica. Curar. Crecer. Detener la violencia. No se puede aprender. No es como la magia de las runas. O se tiene el *alf seidr* en la sangre o no se tiene. Tú eres hijo de Frey. Puede que tengas algunas de sus habilidades.»

—¿Frey es un elfo?

Hearth negó con la cabeza. «Frey es el señor de Alfheim, nuestro dios protector. Los Vanir están unidos a los elfos. Los Vanir eran la fuente de todo el *alf seidr*.»

—Hablas en pasado. ¿Los elfos ya no hablan con los árboles y con los pájaros y todo eso?

Hearth gruñó, irritado. Echó un vistazo a la vuelta de la esquina para ver al policía del barrio.

«Alfheim no es así —dijo por señas—. Desde hace siglos. Casi nadie nace con *alf seidr*. Nadie practica la magia. La mayoría de los elfos creen que Midgard es un mito. Que los humanos viven en castillos y llevan armaduras y leotardos.»

—Hace mil años, quizá.

Hearth asintió con la cabeza.

«Por aquel entonces nuestros mundos interactuaban más. Ahora los dos mundos han cambiado. Los elfos pasan la mayor parte del tiempo mirando pantallas, viendo vídeos graciosos de duendecillos cuando deberían estar trabajando.»

No estaba seguro de haber interpretado las señas correctamente —¿vídeos de duendecillos?—, pero Alfheim guardaba un parecido deprimente con Midgard.

—Así que sabes tanto de magia como yo —dije.

«No sé cómo eran las cosas antiguamente, pero estoy intentando aprender. He renunciado a todo para intentarlo.»

—¿A qué te refieres?

Se asomó otra vez a la esquina.

«Gómez ya no está. Vamos.»

No estaba seguro de si no había oído mi pregunta o si simplemente había decidido pasarla por alto.

La funeraria estaba entre Washington y Charles, en una hilera de residencias urbanas de Bay Village que parecía perdida entre los rascacielos de hormigón y cristal más nuevos. Un letrero en el toldo rezaba SERVICIOS FUNERARIOS TWINING & HIJOS.

En una pantalla junto a la puerta había una lista con los próximos velatorios. En el primero ponía: MAGNUS CHASE. La fecha era la de ese día, a partir de las diez de la mañana. La puerta estaba cerrada. Las luces estaban apagadas.

—Llego pronto a mi propio funeral —dije—. Lo típico.

Me temblaban las manos. La idea de verme a mí mismo muerto resultaba más inquietante que el propio hecho de morir.

—Bueno, ¿forzamos la entrada?

«Voy a probar una cosa», dijo Hearth por señas.

Sacó un saquito de cuero de su cazadora. El contenido emitió un ruido familiar.

—Piedras rúnicas —aventuré—. ¿Sabes usarlas?

Él se encogió de hombros como diciendo: «Estamos a punto de descubrirlo». Sacó una piedra y dio unos golpecitos al pomo de la puerta con ella. La cerradura hizo clic. La puerta se abrió.

—Estupendo. ¿Funciona con cualquier puerta?

Hearth guardó el saquito. Yo no acabé de descifrar su expresión: una mezcla de tristeza y precaución.

«Estoy aprendiendo —dijo con gestos—. Solo lo había intentado una vez, cuando conocí a Blitz...»

—¿Cómo es que los dos...?

Hearth me interrumpió con un gesto de la mano.

«Blitz me salvó la vida. Es una larga historia. Entra. Yo montaré guardia aquí. Cadáveres humanos...» Se estremeció y sacudió la cabeza.

Menudo apoyo élfico.

En el interior, la funeraria olía a ramos de flores podridas. La raída alfombra roja y los paneles de madera oscura hacían que el local entero pareciera un ataúd gigante. Avancé sigilosamente por el pasillo y me asomé a la primera habitación.

El espacio era parecido a una capilla: tres ventanas de vidrio de colores en la pared del fondo y filas de sillas plegables mirando a un ataúd abierto en un estrado. No lo soportaba. No me habían educado en ninguna religión. Me consideraba ateo.

De modo que mi castigo fue descubrir que era hijo de una deidad nórdica, ir al más allá vikingo y tener un velatorio en una capilla hortera. Si había un Dios Todopoderoso allí arriba, un jefe del universo, debía de estar tronchándose de mí en ese momento.

En la entrada de la sala había un retrato mío de tamaño póster, decorado con una corona de papel crepé negra. Habían elegido la misma foto ridícula de quinto del anuario de mi escuela de primaria. A su lado, encima de una mesita, había un libro de visitas.

Estuve tentado de coger el bolígrafo y escribir la primera entrada: «¡Gracias por venir a mi funeral! Magnus».

Total, ¿quién asistiría? ¿El tío Randolph? Posiblemente también Frederick y Annabeth, si seguían en la ciudad. ¿Mis antiguos compañeros de clase de hacía dos años? Sí, claro. Si en la funeraria ofrecieran aperitivos, puede que se presentasen algunos de mis colegas sin techo, pero los únicos que me importaban de verdad eran Blitzen y Hearthstone.

Me di cuenta de que estaba aplazando el momento. No estaba seguro de cuánto tiempo había estado en la entrada de la capilla. Me obligué a recorrer el pasillo.

Cuando vi mi cara en el ataúd, estuve a punto de vomitar.

No porque fuera feo, sino porque... ¿Sabéis lo raro que es oír tu voz en una grabación? ¿Y lo molesto que puede ser verte en una foto en la que crees que no has salido bien? Vale, pues imaginaos ver vuestro cuerpo tumbado delante de vuestras narices. Era muy real, y al mismo tiempo no era yo.

Tenía el pelo pegado con laca a los lados de la cabeza. Mi cara estaba embadurnada de maquillaje, probablemente para tapar cortes y rasguños. Tenía la boca petrificada en una extraña sonrisilla que jamás habría esbozado en la vida real. Iba vestido con un traje azul de aspecto barato y una corbata azul. Odiaba el azul. Mis manos estaban enlazadas encima de la barriga, tapando el lugar por el que me habían atravesado con un trozo de asfalto derretido.

—No, no, no. —Me agarré a los lados del ataúd.

Lo inapropiado de la situación hizo que me sintiera como si me estuvieran ardiendo otra vez las entrañas.

Siempre había tenido una imagen clara de lo que pasaría con mi cuerpo después de mi muerte, y no era esa. Mi madre y yo teníamos un pacto, cosa que parece inquietante, pero en realidad no lo era. Ella me hizo prometerle que cuando muriese haría que la incinerasen. Esparciría sus cenizas por la reserva natural de Blue Hills. Si yo me moría antes, ella prometió que haría lo mismo por mí. A ninguno de los dos nos gustaba la idea de que nos embalsamaran y nos convirtiesen en una pieza expuesta y conservada por medios químicos, y luego nos enterraran en una caja. Nosotros queríamos estar a la luz del sol y el aire fresco y disolvernos.

No había podido cumplir la promesa que le había hecho a mi madre. Y yo estaba recibiendo exactamente la clase de funeral que no quería.

Me empezaron a llorar los ojos.

—Lo siento, mamá.

Quería volcar el ataúd. Quería prender fuego a ese sitio, pero tenía una misión que cumplir. «La espada.»

Si se encontraba en el ataúd, no estaba a la vista. Contuve el aliento y deslicé la mano por el forro interior como si estuviera buscando monedas. Nada.

Pensando que la espada podía estar oculta con algún hechizo, alargué el brazo por encima del ataúd, tratando de percibir la presencia de la espada como había hecho en el puente de Longfellow. No había calor. No había vibración.

La única opción que me quedaba era inspeccionar debajo del cadáver.

Miré a Magnus 1.0.

—Perdona, tío.

Traté de convencerme de que el cadáver era un objeto inanimado como un espantapájaros. No una persona real. Desde luego, yo, no.

Lo puse de lado. Pesaba más de lo que habría dicho.

No había nada debajo, salvo imperdibles para mantener la chaqueta en su sitio. Una etiqueta en el forro blanco rezaba 50% SATÉN, 50% POLIÉSTER, PRODUCTO DE TAIWÁN.

Volví a poner el cuerpo en su sitio. El pelo del Magnus muerto se había quedado todo despeinado. El lado izquierdo se abría como un ave del paraíso. Las manos se habían separado de tal forma que parecía que estuviera haciendo un corte de mangas a todos los presentes.

—Mucho mejor —decidí—. Por lo menos ahora se parece a mí.

Detrás de mí, una voz entrecortada dijo:

—¿Magnus?

Por poco se me sale el corazón de la camiseta de los Wiggles.

En la puerta se encontraba mi prima Annabeth.

26

Mira, ya sé que estás muerto, pero llámame si eso

Aunque no la hubiera visto en el parque dos días antes, de cerca la habría reconocido. Su pelo rubio ondulado no había cambiado desde la infancia. Sus ojos grises tenían la misma mirada de determinación, como si hubiera elegido un objetivo a lo lejos y fuera a acercarse para acabar con él. Iba mejor vestida que yo —parka North Face naranja, vaqueros negros, botas de invierno con cordones—, pero si alguien nos hubiera visto juntos, nos habría tomado por hermanos.

Me miró fijamente y acto seguido miró el ataúd. Poco a poco su expresión pasó de la sorpresa al cálculo frío.

—Lo sabía —dijo—. Sabía que no estabas muerto.

Me agarró y me dio un abrazo. Puede que ya lo haya dicho, pero no soy muy aficionado al contacto físico. Sin embargo, después de todo lo que había pasado, un abrazo de Annabeth bastó para que me viniera abajo.

—Sí... Ejem... —Se me entrecortó la voz. Me separé lo más delicadamente posible y contuve las lágrimas parpadeando—. Me alegro mucho de verte.

Ella miró el cadáver arrugando la nariz.

—¿Voy a tener que preguntártelo? Creía que te habías muerto, capullo.

No pude por menos de sonreír. Hacía diez años que no me llamaba «capullo». Llevábamos retraso.

—Es difícil de explicar.

—Me lo imaginaba. ¿El cadáver es falso? ¿Intentas convencer a todo el mundo de que has muerto?

—Bueno..., no exactamente, pero es preferible que la gente crea que he muerto. Porque... —«Porque estoy muerto —pensé—. ¡Porque he ido al Valhalla y he vuelto con un enano y un elfo!» ¿Cómo podía decir eso?

Miré a la puerta de la capilla.

—Un momento... ¿Te has cruzado con un el... un chico al entrar? Se suponía que mi amigo estaba montando guardia.

—No. Ahí fuera no había nadie. La puerta principal estaba abierta.

Aquello me desestabilizó.

—Tengo que ir a ver...

—Un momento. No hasta que me des respuestas.

—Yo... Sinceramente, no sé por dónde empezar. Estoy en una situación peligrosa. No quiero mezclarte en esto.

—Demasiado tarde. —Se cruzó de brazos—. Y sé mucho sobre situaciones peligrosas.

La creía. Allí estaba yo, un superguerrero resucitado del Valhalla, y Annabeth seguía intimidándome. La forma en que se comportaba, su confianza férrea; se notaba que había pasado por episodios difíciles, del mismo modo que se notaba qué chicos eran los más peligrosos en los refugios. No podía rechazarla sin más. Pero tampoco quería arrastrarla al lío en el que estaba metido.

—Randolph estuvo a punto de morir en el puente —dije—. No quiero que a ti te pase nada.

Ella se rió sin gracia.

—Randolph... Te juro que voy a meterle ese bastón... Da igual. No quiso explicarme por qué te llevó al puente. No paraba de decir que estabas en peligro porque era tu cumpleaños. Decía que él quería ayudar. Algo sobre la historia de nuestra familia...

—Me contó lo de mi padre.

Los ojos de Annabeth se oscurecieron.

—No conociste a tu padre.

—Sí, pero por lo visto... —Sacudí la cabeza—. Mira, sé que parecerá absurdo. Es solo que... hay una relación entre lo que pasó en el puente y lo que le pasó a mi madre hace dos años y... y quién es mi padre.

La expresión de Annabeth se transformó. Parecía que hubiera abierto una ventana esperando ver una piscina y se hubiera encontrado el océano Pacífico.

—Magnus... Oh, dioses.

«Dioses —advertí—. En plural.»

Se paseó por delante del ataúd con las manos juntas, como si estuviera rezando.

—Debería habérmelo imaginado. Randolph no paraba de divagar sobre lo especial que era nuestra familia y lo mucho que llamábamos la atención. Pero no tenía ni idea de que tú... —Se quedó paralizada y a continuación me cogió por los hombros—. Siento no haberme dado cuenta antes. Podría haberte ayudado.

—Ejem, no estoy seguro...

—Mi padre volverá a California esta noche después del funeral —continuó—. Yo no sabía si coger el tren a Nueva York, pero las clases pueden esperar. Ahora lo entiendo. Puedo ayudarte. Conozco un sitio donde estarás a salvo.

Me aparté.

No estaba seguro de lo que Annabeth sabía ni de lo que creía que sabía. Tal vez se había enredado en los nueve mundos de alguna forma. Tal vez hablaba de algo totalmente distinto. Pero, cuando pensé en contarle la verdad, sentí un hormigueo de alarma en cada nervio de mi cuerpo.

Le agradecía la ayuda que me había ofrecido. Sabía que era una oferta sincera. Aun así..., aquellas palabras: «Conozco un sitio donde estarás a salvo». Nada activaba más rápido el instinto de huida de un chico sin hogar que oír eso.

Estaba pensando en cómo explicarle eso cuando Hearthstone entró torpemente por la puerta de la capilla. Tenía el ojo izquierdo tan hinchado que no podía abrirlo. Gesticulaba tan frenéticamente que me costaba interpretar las señas: «DEPRISA. PELIGRO».

Annabeth se volvió siguiendo mi mirada.

—¿Quién...?

—Es amigo mío —dije—. Me tengo que marchar. Escucha, Annabeth... —Le cogí las manos—. Tengo que hacer esto solo. Es algo personal... es...

—¿Una misión?

—Iba a decir un grano en el... Sí, «misión» me vale. Si de verdad quieres ayudarme, por favor, haz como si no me hubieras visto. Cuando haya terminado, te buscaré. Te lo explicaré todo, te lo prometo. Ahora tengo que irme.

Ella respiró entrecortadamente.

—Podría ayudarte, Magnus, pero... —Se metió la mano en el bolsillo del abrigo y sacó un trozo de papel doblado—. Hace poco he aprendido que a veces tengo que distanciarme y dejar que los demás cumplan sus misiones en la vida, incluso los que más me importan. Por lo menos toma esto.

Desdoblé el papel. Era uno de los carteles de SE BUSCA que ella y el tío Frederick habían estado repartiendo.

—El segundo número es mi teléfono. Llámame. Avísame cuando estés bien o si cambias de opinión y...

—Te llamaré. —Le di un beso en la mejilla—. Eres la mejor.

Ella suspiró.

—Tú sigues siendo un capullo.

—Lo sé. Gracias. Adiós.

Corrí hacia Hearthstone, que estaba dando brincos de impaciencia.

—¿Qué ha pasado? —pregunté—. ¿Dónde estabas?

Él ya había echado a correr. Salí de la funeraria detrás de él hacia el norte por Arlington Street. Incluso acelerando con mis piernas de einherji fortalecidas, apenas le seguía el ritmo. Los elfos, descubrí, podían correr muy rápido cuando querían.

Llegamos a la escalera de la parada de tranvía cuando Blitzen se acercaba. Reconocí el sombrero de ala ancha y el abrigo que llevaba en el puente de Longfellow. Había incorporado a su atuendo unas gafas de sol más grandes, un pasamontañas y una bufanda. En una mano llevaba un bolso de lona negra. Supuse que había optado por una imagen de hombre invisible aficionado a los bolos.

—¡Alto, alto, alto! —Blitz agarró a Hearth para evitar que cayera al tráfico—. ¿Qué te ha pasado en el ojo? ¿Habéis encontrado la espada?

—No hay espada —respondí con voz entrecortada—. El ojo de Hearth... No sé..., algo relacionado con peligro.

Hearth dio unas palmadas para llamarnos la atención.

«Me dejaron sin sentido —dijo por señas—. Una chica ha saltado del segundo piso de la funeraria. Ha caído encima de mí. Me he despertado en un callejón.»

—¿Una chica en la funeraria? —Fruncí el ceño—. ¿No te referirás a Annabeth? Es mi prima.

Hearth negó con la cabeza.

«Ella, no. Otra chica. Era...» Sus manos se quedaron inmóviles cuando se fijó en el bolso de Blitz.

Dio un paso atrás, moviendo la cabeza con gesto de incredulidad.

«¿Es él? ¿Lo has traído?» Deletreó É-L, de modo que supe que no había entendido mal.

Blitz levantó el bolso. Su cara, protegida contra la luz del sol, era imposible de descifrar, pero su voz sonó fuerte.

—Sí. Órdenes del capo. Lo primero es lo primero. Magnus, ¿estaba tu prima en la funeraria?

—No hay peligro. —Resistí el impulso de preguntar qué hacía «él» en el bolso de bolos—. Annabeth no dirá nada.

—Pero... ¿había otra chica?

—Yo no la he visto. Supongo que me ha oído entrar y ha subido. El enano se volvió hacia Hearth.

—¿Y después ha saltado de la ventana del segundo piso, te ha dejado inconsciente y ha escapado?

Hearth asintió con la cabeza.

«Tenía que estar buscando la espada.»

—¿Crees que la ha encontrado? —preguntó Blitz.

Hearth negó con la cabeza.

—¿Cómo puedes estar seguro? —pregunté.

«Porque está ahí mismo.»

Hearth señaló al otro lado de Boylston Street. Medio kilómetro más abajo, en Arlington Street, una chica con un chaquetón marrón y un pañuelo verde en la cabeza andaba a toda velocidad. Reconocí aquel pañuelo.

El ojo hinchado de Hearth había sido cortesía de Samirah al-Abbas, mi ex valquiria.

27

¡Juguemos al platillo volador
con armas blancas!

En la parte norte del parque, Sam cruzó Beacon Street en dirección al puente peatonal que atravesaba Storrow Drive.

—¿Adónde va? —pregunté.

—Al río, obviamente —dijo Blitz—. Ha registrado tu cuerpo en la funeraria...

—¿Podemos expresarlo de otra forma, por favor?

—Como no ha encontrado la espada, ahora va a registrar el río.

Sam subió la rampa en espiral del puente. Miró atrás en dirección a nosotros, y tuvimos que escondernos detrás de un montón de nieve sucia. Durante la temporada de turismo veraniego, habría sido más fácil seguirla sin llamar la atención. Pero en ese momento casi todas las aceras estaban vacías.

Blitzen se ajustó las gafas oscuras.

—No me gusta. En el mejor de los casos, la han enviado las valquirias, pero...

—No —lo interrumpí—. La han expulsado de las valquirias.

Les conté la historia mientras permanecíamos agachados detrás del montón de nieve.

Hearth se quedó horrorizado. El ojo hinchado se le había puesto del color de la rana Gustavo.

«¿Hija de Loki? —dijo con gestos—. Está trabajando para su padre.»

—No lo sé —contesté—. No acabo de creérmelo.

«¿Porque te salvó?»

No estaba seguro. Tal vez no quería creer que jugaba para el Equipo del Mal. Tal vez las palabras de Loki se habían introducido poco a poco en mi cabeza: «¡Estoy de tu parte!».

Señalé el ojo de Hearth e hice el signo de la letra P para pedirle permiso. Le toqué el párpado. Una chispa de calor atravesó la punta de mi dedo. El cardenal desapareció.

Blitz soltó una risita.

—Cada vez se te da mejor, Magnus.

Hearthstone me cogió la mano. Observó las puntas de mis dedos como si buscara magia residual.

—En fin. —Aparté la mano, un poco avergonzado. Lo último que quería ser era Magnus Chase, ATS vikingo—. Estamos perdiendo a Sam. Vamos.

Sam iba río abajo por el sendero para correr que había en la explanada del río Charles. Cruzamos el puente peatonal. Por debajo de nosotros, los coches avanzaban poco a poco con los parachoques pegados, haciendo sonar el claxon sin parar. A juzgar por todos los vehículos de construcción y las luces intermitentes que había en el puente de Longfellow, probablemente yo fuese el responsable del tráfico. Mi enfrentamiento con Surt había bloqueado el tramo por completo.

Perdí de vista a Sam cuando subimos la rampa en espiral hasta la explanada. Pasamos por delante de la zona de recreo. Supuse que la veríamos en el sendero, pero había desaparecido.

—Genial —dije.

Blitz fue cojeando hasta la sombra de un puesto de comida cerrado. Parecía que le costara llevar el bolso de bolos.

—¿Te encuentras bien? —pregunté.

—Tengo las piernas un poco petrificadas. Pero no hay por qué preocuparse.

—A mí me parece que sí.

Hearth empezó a pasearse de un lado a otro.

«Ojalá tuviera un arco. Podría haberle disparado.»

Blitzen negó con la cabeza.

—Sigue con la magia, amigo mío.

Hearth hizo unos gestos bruscos de irritación.

«No puedo leerte los labios. Bastantes problemas tengo ya con la barba. Con el pasamontañas es imposible.»

Blitz dejó el bolso de bolos y empezó a hacer señas mientras hablaba.

—A Hearth se le dan muy bien las runas. Sabe más de magia rúnica que cualquier mortal vivo.

—¿Con «mortal» te refieres a humano? —pregunté.

Blitz resopló.

—Los humanos no son la única especie mortal, chico. Me refiero a humanos, enanos o elfos. No se puede contar a los gigantes; son raros. Ni a los dioses, claro. Ni a los adivinos que viven en el Valhalla. Nunca he sabido qué eran. ¡Pero, de las tres especies mortales, Hearthstone es el mejor mago! Bueno, también es el único, que yo sepa. Es la primera persona en siglos que dedica su vida a la magia.

«Me estoy ruborizando», dijo Hearthstone con gestos, aunque saltaba a la vista que no era verdad.

—Lo que quiero decir es que tienes mucho talento —añadió Blitz—. ¡Y aun así quieres ser arquero!

«¡Los elfos somos grandes arqueros!», protestó Hearth.

—¡Hace miles de años! —Blitzen simuló dos cortes con la mano derecha entre los dedos pulgar e índice de la mano izquierda, el signo de «enfadado»—. Hearth es un romántico. Añora los viejos tiempos. Es la clase de elfo que va a ferias medievales.

Hearth gruñó.

«Fui una vez.»

—Chicos —dije—, tenemos que encontrar a Sam.

«No hace falta, dijo Hearth. Registrará el río. Deja que pierda el tiempo. Nosotros ya hemos mirado.»

—¿Y si resulta que no hemos buscado bien? —preguntó Blitz—. ¿Y si ella ha descubierto otra forma de encontrarla?

—No está en el río —dije.

Blitz y Hearth me miraron fijamente.

—¿Estás seguro? —preguntó Blitz.

—Yo... Sí. No me preguntéis cómo, pero ahora que estoy más cerca del agua... —Me quedé mirando el río Charles, con sus líneas grises y onduladas cubiertas de hielo—. Me siento como cuando estaba delante de mi ataúd. Hay un vacío... como cuando agitas una lata y sabes que no hay nada dentro. Simplemente lo sé: la espada está lejos.

—Agitar una lata... —repitió Blitzen, pensativo—. Vale. Supongo que no puedes indicarnos dónde están las latas que deberíamos agitar.

—Eso estaría bien —intervino Samirah al-Abbas.

Salió a toda velocidad de detrás del puesto de comida, me dio una patada en el pecho y me lanzó contra un árbol. Los pulmones me implosionaron como bolsas de papel. Cuando volví a ver con claridad, Blitzen estaba desplomado contra el muro. El saco de piedras rúnicas de Hearth se había desparramado por el suelo, y Sam estaba blandiendo su hacha contra él.

«¡Basta!», quería gritar, pero me salió un resuello.

Hearth esquivó el hacha y trató de derribarla. Sam le hizo una llave de judo y lo volteó por encima de su rodilla. Hearth cayó boca arriba.

Blitzen trató de levantarse. Tenía el sombrero ladeado. Se le habían caído las gafas, y la piel de alrededor de los ojos se le estaba tiñendo de gris a causa de la luz del día.

Sam se volvió para golpearlo con el hacha. Una oleada de ira recorrió todo mi ser. Alargué la mano para coger la cadena del cinturón. Inmediatamente, volvió a convertirse en una espada. Tiré de la hoja y la lancé dando vueltas como un disco volador. La espada chocó ruidosamente contra el hacha de Sam, le arrancó el arma de la mano y estuvo a punto de decapitarla.

Me miró con incredulidad.

—Pero ¿qué Helheim...?

—¡Has empezado tú!

Hearth le agarró el tobillo. Sam lo apartó de una patada.

—¡Y deja de darle patadas a mi elfo! —grité.

Sam se echó hacia atrás el pañuelo que llevaba en la cabeza y dejó que el cabello moreno le cayera sobre los hombros. Luego se agachó y adoptó una postura de lucha, dispuesta a enfrentarse a todos nosotros.

—Te juro, Magnus, que si tuviera plenos poderes te arrancaría el alma por todas las molestias que me has causado.

—Eso está bien —dije—. O podrías decirnos qué haces aquí. A lo mejor podemos ayudarnos mutuamente.

Blitzen recogió sus gafas de sol.

—¿Ayudarla? ¿Por qué íbamos a ayudarla? ¡Ha dejado sin sentido a Hearth en la funeraria! ¡Y yo tengo los ojos como piedras de cuarzo!

—Tal vez si no me hubierais estado siguiendo... —dijo Sam.

—¡Bah! —Blitzen se ajustó otra vez el sombrero—. ¡Nadie te estaba siguiendo, valquiria! Estamos buscando lo mismo: ¡la espada!

Tumbado aún en el suelo, Hearth dijo con señas:

«Que alguien la mate, por favor.»

—¿Qué está haciendo? —preguntó Sam—. ¿Me está haciendo gestos élficos obscenos?

—Es la LSE —dije—. La Lengua de Signos Estadounidense.

—La Lengua de Signos Élfica —me corrigió Blitz.

—En fin —levanté las palmas de las manos—, ¿podemos acordar una tregua? Siempre podemos seguir matándonos más tarde.

Sam se paseó de un lado a otro murmurando entre dientes. Recogió su hacha y mi espada.

«Bien hecho, Magnus —me dije—. Ahora tiene todas las armas.» Me lanzó la espada.

—No debería haberte elegido para el Valhalla.

Blitzen resopló.

—Por lo menos en eso estamos de acuerdo. Si no te hubieras entrometido en el puente...

—¿Entrometido? —exclamó Sam—. ¡Magnus ya estaba muerto cuando lo elegí! ¡Tú y el elfo no estabais haciendo nada útil con vuestras flechas de juguete!

Blitz se irguió, cosa que no le hizo parecer mucho más alto.

—Para que te enteres, mi amigo es un gran especialista en runas.

—Ah, ¿sí? —dijo Samirah—. Pues yo no lo vi usar la magia contra Surt en el puente.

Hearthstone puso cara de ofendido.

«Lo habría hecho, pero me despisté.»

—Exacto —convino Blitz—. Y por lo que a mí respecta, tengo muchas habilidades, valquiria.

—¿Por ejemplo?

—Por ejemplo, podría arreglar tu escandaloso conjunto. Nadie lleva un chaquetón marrón con un pañuelo verde para la cabeza.

—Me está dando consejos de moda un enano con gafas de sol y pasamontañas.

—¡Tengo problemas con la luz!

—Basta, chicos, por favor —intervine—. Gracias.

Ayudé a Hearthstone a levantarse. El elfo miró a Sam con el ceño fruncido y empezó a recoger sus piedras rúnicas.

—Está bien —dije—. ¿Por qué buscas la espada, Sam?

—¡Porque es la única oportunidad que tengo! Porque... —Se le quebró la voz. Toda su ira pareció abandonarla—. Porque aprecié tu estúpido valor. Te premié con el Valhalla. Y me ha costado caro. Lo he perdido todo. Si encuentro la espada, tal vez los thanes me readmitan. Si puedo convencerlos de que... de que no soy...

—¿La hija de Loki? —concluyó Blitzen, pero su voz había perdido parte del tono de crispación.

Sam bajó el hacha.

—No puedo hacer nada para cambiarlo. Pero no pienso trabajar para mi padre. Soy fiel a Odín.

Hearthstone me miró con escepticismo, como diciendo: «¿Tú te lo tragas?».

—Yo me fío de ella.

Blitz gruñó.

—¿Es otra intuición tuya, como la de agitar latas?

—Puede —contesté—. Mira, solo queremos encontrar la espada, ¿no? Queremos mantenerla fuera del alcance de Surt.

—Suponiendo que Surt no la tenga ya —apuntó Sam—. Suponiendo que podamos averiguar qué pasa. Suponiendo que la profecía de las nornas no sea tan grave como parece...

—Solo hay una forma de saberlo. —Blitz levantó el bolso de bolos.

Sam se apartó.

—¿Qué hay ahí dentro?

Hearth formó una garra con la mano y se dio dos golpecitos en el hombro: el signo de «jefe».

—Respuestas —contestó Blitz—, tanto si las queremos como si no. Consultemos al capo.

28

Díselo a la cara, porque es lo único que tiene

Blitz nos llevó por la explanada del río Charles, donde había un muelle que se extendía hasta una laguna helada. Al pie del embarcadero se alzaba un poste con rayas rojas inclinado.

—Aquí es donde dan los paseos en góndola en verano —dije—. No creo que encontremos ninguna ahora.

—Solo necesitamos agua. —Blitz se sentó en el muelle y abrió la cremallera del bolso.

—Oh, dioses. —Sam miró dentro—. ¿Eso es pelo humano?

—Pelo, sí —respondió Blitz—. Humano, no.

—¿Quieres decir...? —Sam se llevó la mano a la barriga—. Me estás vacilando. ¿Trabajas para él? ¿Lo has traído aquí?

—Ha insistido. —Blitz bajó los laterales de la bolsa y dejó al descubierto... sí, una cabeza cortada. ¿Y lo más chungo de todo? Que después de dos días en el Valhalla, ni siquiera me sorprendí.

La cara del hombre decapitado estaba arrugada como una manzana de hace un mes. Tenía mechones de pelo rojizo pegados al cuero cabelludo. Sus ojos, cerrados, estaban hundidos y oscuros. Su mandíbula con barba sobresalía como la de un bulldog y mostraba una hilera de dientes inferiores torcidos.

Blitz metió la cabeza en el agua bruscamente, con la bolsa incluida.

—A las autoridades del río no les va a gustar eso, colega —dije.

La cabeza se balanceó en la superficie de la laguna. El agua empezó a burbujear y a arremolinarse a su alrededor. La cara del hombre se infló, las arrugas se atenuaron y la piel se tiñó de rosa. Abrió los ojos.

Sam y Hearth se arrodillaron. Sam me dio un codazo para que hincara una rodilla.

—Lord Mimir —dijo Sam—, nos honra con su presencia.

La cabeza abrió la boca y escupió agua. También le salió por los agujeros de la nariz, las orejas y los conductos lacrimales. Me recordaba un siluro pescado en el fondo de un lago.

—Jo, tío, no soporto... —La cabeza expulsó más agua. Sus ojos pasaron de un blanco tiza al azul—. No soporto viajar en ese bolso.

Blitzen hizo una reverencia.

—Lo siento, capo. Era eso o la pecera. Y la pecera se rompe fácilmente.

La cabeza emitió un borboteo. Echó un vistazo a las caras del muelle hasta que me encontró.

—Hijo de Frey, he venido de muy lejos para hablar contigo. Espero que me lo agradezcas.

—Usted es el misterioso jefe secreto —dije—. Hearth y Blitz han estado vigilándome durante dos años... ¿porque obedecían órdenes de una cabeza cortada?

—Un poco de respeto, muchacho. —La voz de Mimir me recordaba la de los estibadores del Union Hall, cuyos pulmones estaban llenos en parte de nicotina y en parte de agua de mar.

Hearth me miró con el ceño fruncido.

«Te lo he dicho: C-A-P-O. "Capo" significa cabeza. ¿Por qué te sorprendes?»

—Soy Mimir —dijo la cabeza—. Hubo un tiempo en que fui poderoso entre los Aesir. Luego llegó la guerra contra los Vanir. Ahora opero por mi cuenta.

Tenía la cara tan fea que era difícil saber si me estaba lanzando una mirada desagradable.

—¿Le cortó la cabeza Frey? —pregunté—. ¿Por eso está enfadado conmigo?

Mimir resopló.

—No estoy enfadado. Cuando esté enfadado lo sabrás.

Me preguntaba qué quería decir. Tal vez haría gluglú de forma más amenazante.

—Aunque tu padre es uno de los responsables de que perdiera la cabeza —dijo Mimir—. Verás, como consecuencia de la tregua para poner fin a la guerra, las dos tribus de dioses intercambiaron rehenes. Tu padre, Frey, y su padre, Njord, fueron a vivir a Asgard. El dios Honir y yo... fuimos enviados a vivir a Vanaheim.

—Deduzco que la cosa no fue bien.

De las orejas de Mimir brotó más agua.

—¡Tu padre me hizo quedar mal! Él era un gran general entre los Vanir: todo dorado y resplandeciente y guapo. Él y Njord fueron muy respetados en Asgard. En cuanto a Honir y a mí, los Vanir no quedaron tan impresionados.

—No me diga.

—Bueno, Honir nunca fue muy, cómo se dice, carismático. Los Vanir le pedían su opinión sobre asuntos importantes, y él farfullaba: «Sí, como queráis. Todo está bien». Yo trataba de arrimar el hombro. Les dije a los Vanir que debían dedicarse a los casinos.

—¿Los casinos?

—Sí, había montones de jubilados que venían a Vanaheim. Dinero fácil. Y los Vanir tenían todos esos dragones. Les dije que hicieran pistas de carreras en el cielo con dragones. Se habrían forrado.

Miré a Blitz y a Hearth. Parecían resignados, como si ya hubieran oído esa historia muchas veces.

—Bueno, el caso es que a los Vanir no les gustaban mis valiosos consejos —dijo Mimir—. Se sentían estafados en el intercambio de rehenes. Como forma de protesta, me cortaron la cabeza y se la enviaron a Odín.

—Qué horror, cuando podrían haber tenido casinos.

Sam tosió fuerte.

—Por supuesto, gran Mimir, ahora tanto los Aesir como los Vanir le honran. Magnus no pretendía ofenderle. No es tan tonto.

Me lanzó una mirada asesina en plan: «Sí que eres tan tonto».

El agua empezó a burbujear más deprisa alrededor de la cabeza de Mimir. Goteaba de sus poros y chorreaba de sus ojos.

—Olvídalo, hijo de Frey. No te guardo rencor. Además, cuando Odín recibió mi cabeza cortada, no se vengó. El Padre de Todos fue listo. Sabía que los Vanir y los Aesir tenían que unirse contra nuestro enemigo común, las tríadas.

—Ejem... —Blitz se ajustó el sombrero—. Creo que se refiere a los gigantes, jefe.

—Eso. Esos tíos. El caso es que Odín me llevó a una cueva escondida en Jotunheim donde hay un manantial mágico que riega las raíces de Yggdrasil. Metió mi cabeza en la fuente. El agua me devolvió la vida y me empapé de todos los conocimientos del Árbol de los Mundos. Mi sabiduría se multiplicó por mil.

—Pero... sigue siendo una cabeza cortada.

Mimir asintió de lado.

—No está tan mal. Opero en los nueve mundos: préstamos, seguridad, máquinas de pachinko...

—¿Pachinko?

—El pachinko está arrasando. Además, siempre estoy colaborando para retrasar el Ragnarok. El Ragnarok sería perjudicial para los negocios.

—Claro. —Decidí sentarme porque parecía que aquello iba a durar un rato. Cuando lo hice, Sam y Hearth siguieron mi ejemplo. Gallinas.

—Además, Odín me visita para pedirme consejo de vez en cuando —dijo Mimir—. Soy su *consigliere*. Protejo la fuente del conocimiento. A veces dejo que los viajeros beban de sus aguas, aunque ese tipo de información siempre tiene un precio.

La palabra «precio» se posó sobre el muelle como un grueso manto. Blitzen estaba sentado tan quieto que temí que se hubiera convertido en piedra. Hearthstone examinaba las vetas de las tablas. Empecé a entender cómo se habían mezclado mis amigos con Mimir. Habían bebido de sus aguas (qué asco) y habían pagado el precio vigilándome durante los dos últimos años. Me preguntaba si lo que habían descubierto había merecido la pena.

—Bueno, gran Mimir, ya veo que está bien relacionado —dije—.
¿Qué quiere de mí?

Mimir escupió un pececillo.

—No hace falta que te lo diga, muchacho. Ya lo sabes.

Quería protestar, pero cuanto más escuchaba a Mimir, más me
sentía como si estuviera respirando oxígeno puro. No sé por qué. El
capo no era precisamente impresionante. Y, sin embargo, estando cerca
de él, mi mente parecía funcionar mejor, entretejiendo los raros episodios que había experimentado durante los últimos días hasta convertirlos en una imagen de una extraña cohesión.

Me acordé de una ilustración de mi viejo libro de mitos nórdicos para niños: una leyenda tan aterradora incluso en su versión
infantil suavizada que la había enterrado en mi memoria durante
años.

—El Lobo —dije—. Surt quiere que libere al lobo Fenrir.

Esperaba que alguien me contradijera. Hearth agachó la cabeza.
Sam cerró los ojos como si estuviera rezando.

—Fenrir —repitió Blitzen—. Es un nombre que esperaba no
volver a oír nunca.

Mimir siguió llorando agua helada. Sus labios se fruncieron en
una débil sonrisa.

—Eso es, hijo de Frey. Y ahora, dime, ¿qué quieres saber del lobo
Fenrir?

Me aboté la cazadora. El viento que llegaba del río me parecía
frío hasta a mí.

—Corríjame si me equivoco. Me encantaría equivocarme. Hace
mucho tiempo, Loki tuvo una aventura con una giganta. Tuvieron
tres hijos monstruosos.

—Yo no fui una de ellos —murmuró Sam—. He oído toda clase de chistes.

Hearthstone hizo una mueca, como si hubiera estado dándole
vueltas a eso mismo.

—Uno fue una serpiente enorme —dije.

—Jormungandr —apuntó Sam—. La Serpiente del Mundo, que
Odín lanzó al mar.

—La segunda fue Hel —continué—. Se convirtió en una especie de diosa de los muertos deshonrosos.

—Y el tercero fue el lobo Fenrir —intervino Blitzen.

Tenía un tono amargo lleno de dolor.

—Parece que lo conozcas, Blitz —dije.

—Todos los enanos conocen a Fenrir. Fue la primera vez que los Aesir vinieron a pedirnos ayuda. Fenrir se volvió tan salvaje que habría devorado a los dioses. Trataron de atarlo, pero rompía todas las cadenas.

—Me acuerdo —dije—. Al final, los enanos hicieron una cuerda lo bastante fuerte para sujetarlo.

—Desde entonces, los hijos de Fenrir han sido enemigos de los enanos —señaló Blitzen. Alzó la vista, y mi cara se reflejó en sus gafas de sol oscuras—. No eres el único que ha perdido familiares a manos de los lobos, chico.

Sentí el extraño deseo de abrazarlo. De repente ya no me sabía mal que hubiera pasado tanto tiempo vigilándome. Éramos hermanos en algo más que la indigencia. Aun así, resistí el impulso. Cada vez que siento la tentación de abrazar a un enano, suele ser señal de que tengo que avanzar.

—En el Ragnarok, el día del Juicio Final —dije—, se supone que una de las primeras cosas que pasarán es que Fenrir se liberará.

Sam asintió con la cabeza.

—Las antiguas leyendas no dicen cómo ocurrirá.

—Una forma sería desatarlo —dijo Blitz—. La cuerda Gleipnir es irrompible, pero...

«La espada de Frey tiene la hoja más afilada de los nueve mundos», dijo Hearth por señas.

—Surt quiere liberar al Lobo con la espada de mi padre. —Miré a Mimir—. ¿Cómo vamos de momento?

—No está mal —farfulló la cabeza—. Eso nos lleva a cuál es vuestra misión.

—Detener a Surt —dije—. Encontrar la espada antes que él..., suponiendo que no la tenga ya.

—No la tiene —aseguró Mimir—. Creedme, un hecho así haría

tambalearse los nueve mundos. Yo saborearía el miedo en las aguas de Yggdrasil.

—Puaj —exclamé.

—No tenéis ni idea —dijo Mimir—. Pero debéis daros prisa.

—La profecía de las nornas. En nueve días, bla, bla, bla.

Salió agua burbujeando de las orejas de Mimir.

—Estoy seguro de que no dijeron: «Bla, bla, bla». Sin embargo, estás en lo cierto. La isla donde los dioses encarcelaron a Fenrir solo es accesible la primera luna llena de cada año. Eso es dentro de siete días.

—¿Quién crea esas reglas? —pregunté.

—Yo creé esa regla —replicó Mimir—. Así que cállate. Encontrad la espada. Llegad a la isla antes que Surt.

Sam levantó la mano.

—Ejem, lord Mimir, entiendo lo de encontrar la espada. Pero ¿por qué llevarla a la isla? ¿No es precisamente donde Surt quiere que esté la espada?

—Verá, señorita Al-Abbas, ese es el motivo por el que yo soy el jefe, y usted, no. Sí, Surt podría usarla para liberar al Lobo, pero encontrará una forma de liberar a Fenrir con o sin ella. He dicho que puedo ver el futuro, ¿verdad? La única persona que podría detener a Surt es Magnus Chase, suponiendo que encuentre la espada y aprenda a empuñarla como es debido.

Había estado callado durante casi un minuto entero, de modo que supuse que podía levantar la mano.

—Lord Don Burbujas...

—Mimir.

—Si la espada es tan importante, ¿por qué pasó miles de años abandonada en el fondo del río Charles?

Mimir suspiró y expulsó espuma.

—Mis secuaces habituales no hacen tantas preguntas.

Blitz tosió.

—En realidad, sí que las hacemos, jefe. Lo que pasa es que usted no nos hace caso.

—En respuesta a tu pregunta, Magnus Chase, la espada de Frey solo puede ser hallada por un descendiente de Frey al alcanzar la madurez. Otros lo han intentado, han fracasado y han muerto. Ahora mismo, tú eres el único descendiente vivo de Frey.

—¿El único... del mundo?

—De los nueve mundos. Frey ya no sale mucho. Tu madre debía de ser espectacular para llamarle la atención. En fin, mucha gente de los nueve mundos (dioses, gigantes, corredores de apuestas, de todo) ha estado esperando a que cumplas los dieciséis. Algunos querían que murieras para que no pudieras encontrar la espada. Otros querían que lo consiguieras.

Noté un hormigueo en la base del cuello. La idea de un montón de dioses mirando por sus telescopios asgardianos, observando cómo crecía, me dio repelús. Mi madre debía de haberlo sabido desde el principio. Había hecho todo lo posible por mantenerme a salvo y enseñarme técnicas de supervivencia. La noche que los lobos atacaron nuestra casa, había entregado su vida para salvarme.

Miré a los ojos llorosos del capo.

—¿Y usted? —pregunté—. ¿Qué quiere?

—Eres una apuesta arriesgada, Magnus. Muchos posibles destinos se cruzan en tu vida. Podrías causar un gran revés a las fuerzas del mal y retrasar el Ragnarok durante generaciones. O, si fracasas, podrías precipitar el día del Juicio Final.

Tragué saliva.

—¿Precipitarlo, cuánto?

—¿Qué te parece la semana que viene?

—Oh.

—Yo decidí aceptar la apuesta —dijo Mimir—. Cuando los hijos de Fenrir mataron a tu madre, envié a Blitz y a Hearth para que te protegieran. Probablemente no eres consciente de la cantidad de veces que te han salvado la vida.

Hearth levantó siete dedos.

Me estremecí, pero sobre todo al oír mencionar a los dos hijos de Fenrir, los lobos de ojos azules...

—Para conseguirlo, vas a necesitar este equipo —dijo Mimir—. Hearthstone ha dedicado su vida a la magia rúnica. Sin él, fracasarías. También necesitarás a un enano competente como Blitzen, que entiende de artesanía enana. Puede que tengas que reforzar las ataduras del Lobo o sustituirlas.

Blitz se movió.

—Esto, jefe..., mis dotes artesanales son..., ya sabe...

—No me vengas con esas —soltó Mimir—. No hay enano más valiente. No hay enano que haya viajado más lejos por los nueve mundos ni que desee más mantener encadenado a Fenrir. Además, estás a mi servicio, así que harás lo que yo te diga.

—Ah. —Blitzen asintió con la cabeza—. Dicho así...

—¿Y yo, lord Mimir? —preguntó Sam—. ¿Cuál es mi papel en su plan?

Mimir frunció el ceño. El agua burbujeó alrededor de su barba en un tono verde más oscuro.

—Usted no formaba parte del plan. Una nube se cierne sobre su destino, señorita Al-Abbas. No me esperaba que fuera a llevar a Magnus al Valhalla. Eso no debía suceder.

Sam apartó la vista, apretando los labios de rabia.

—Sam tiene un papel que desempeñar —dije—. Estoy seguro.

—No me hagas la pelota, Magnus. Te elegí porque... —Se interrumpió—. Tenía que pasar.

Me acordé de lo que había dicho en el salón de banquetes: «Me dijeron... Me prometieron». ¿Quién? Decidí no preguntárselo delante del capo.

Mimir la observó.

—Espero que esté en lo cierto, señorita Al-Abbas. Cuando Magnus sacó la espada del río, no sabía controlarla muy bien. Tal vez ahora que es un einherji tenga la fuerza necesaria, en cuyo caso habrá evitado usted la catástrofe. O puede que haya dado al traste con su destino.

—Lo conseguiremos —insistí—. Solo tengo dos preguntas: ¿dónde está la espada y dónde está la isla?

Mimir asintió, cosa que le hizo parecer un corcho de pesca enorme.

—Bueno, ese es el problema. Para averiguar esa información, tendría que rasgar los velos que separan los mundos, untar a mucha gente y ver los dominios de los demás dioses.

—¿Y no podríamos beber de su agua mágica?

—Podríais —convino él—. Pero os costaría un precio. ¿Estáis dispuestos tú y Samirah al-Abbas a comprometeros a servirme?

La cara de Hearth se quedó helada de aprensión. Por la tensión de los hombros de Blitz, deduje que estaba haciendo grandes esfuerzos por no levantarse de un salto y gritar: «¡No lo hagáis!».

—¿No podría hacer una excepción? —pregunté al capo—. ¿Considerando las ganas que tiene de que se haga el trabajo?

—No puedo, muchacho. No estoy siendo avaricioso. Es simplemente que uno consigue lo que paga. Cuando algo sale barato, no vale mucho. Eso es válido sobre todo para los conocimientos. Puedes pagar un atajo, conseguir la información ahora mismo, o tendrás que averiguarla tú mismo por las malas.

Sam se cruzó de brazos.

—Le pido disculpas, lord Mimir. Aunque me han echado de las valquirias, sigo considerándome al servicio de Odín. No puedo aceptar a otro amo. Magnus puede decidir por sí mismo, pero...

—Ya lo averiguaremos por nuestra cuenta —convine.

Mimir emitió un tenue sonido de chapoteo. Casi parecía impresionado.

—Interesante elección. Buena suerte, entonces. Si tenéis éxito, tendréis una cuenta en todos mis salones de pachinko. Si fracasáis, os veré la semana que viene para el día del Juicio Final.

La cabeza del dios empezó a dar vueltas y desapareció en el agua helada de la laguna.

—Ha tirado de la cadena —dije.

Hearth se puso todavía más pálido de lo habitual.

«Y ahora, ¿qué?»

Me hizo ruido el estómago. No había comido desde la noche anterior, y al parecer mi organismo se había malacostumbrado después de un par de opíparos bufetes vikingos.

—Ahora estoy pensando en la comida —contesté.

29

Un águila nos birla el falafel

Volvimos por el parque sin hablar mucho. El aire olía a la nieve que se aproximaba. Se levantó un viento que aullaba como los lobos, o tal vez simplemente yo tenía a los lobos en el cerebro.

Blitz avanzaba cojeando, serpenteando de sombra en sombra lo mejor que podía. La bufanda a rayas de colores de Hearth no combinaba con su expresión seria. Quería hacerle más preguntas sobre magia rúnica ya que sabía que era el mejor (y el único) mortal que la practicaba. Tal vez hubiera una runa que podía hacer explotar a los lobos, a ser posible a una distancia prudencial. Pero Hearth llevaba las manos en los bolsillos: el equivalente en la lengua de signos a «No quiero hablar».

Estábamos pasando por mi antiguo refugio debajo del puente peatonal cuando Sam masculló:

—Mimir. Debería haberme imaginado que estaba metido en esto.

La miré.

—Hace unos minutos bien que decías: «Lord Mimir, nos honra con su presencia; no somos dignos».

—¡Pues claro que le he mostrado respeto cuando lo tenía delante! Es uno de los dioses más antiguos que existen, pero es imprevisible. Nunca ha estado claro de parte de quién está.

Blitzen se lanzó de un salto a la sombra de un sauce llorón y espantó a varios patos.

—El capo está de parte de todo aquel que no quiera morir. ¿No es suficiente?

Sam se rió.

—Supongo que vosotros dos trabajáis para él por voluntad propia. ¿No bebisteis de su fuente y pagasteis el precio?

Ni Blitz ni Hearth contestaron.

—Lo que yo pensaba —dijo Sam—. Yo no formo parte del plan de Mimir porque nunca lo seguiría a ciegas ni bebería de su zumo mágico.

—No sabe a zumo —protestó Blitz—. Más bien a cerveza de raíz con una pizca de clavo.

Sam se volvió hacia mí.

—Te lo aseguro, no tiene sentido. Lo de encontrar la Espada del Verano lo entiendo. Pero ¿llevarla al sitio donde Surt quiere utilizarla? Es una imprudencia.

—Sí, pero si tengo la espada...

—Magnus, la espada está destinada a caer en manos de Surt tarde o temprano. Cuando llegue el Ragnarok, tu padre morirá porque entregó su espada. Surt lo matará con ella. Al menos eso es lo que dicen la mayoría de los mitos.

Me agobié solo de pensarlo. ¿Cómo podía alguien, incluso un dios, no volverse loco sabiendo con siglos de antelación cómo iba a morir exactamente?

—¿Por qué odia tanto Surt a Frey? —pregunté—. ¿No podía elegir a un dios de la guerra grande y fuerte?

Blitzen frunció el ceño.

—Surt quiere muerte y destrucción, chico. Quiere que el fuego arda sin control por los nueve mundos. Un dios de la guerra no puede evitar eso. Frey, sí. Es el dios de la época de cultivo; el dios de la salud y la nueva vida. Mantiene los extremos bajo control, tanto el fuego como el hielo. No hay cosa que Surt odie más que ser controlado. Frey es su enemigo natural.

«Y por extensión —pensé—, Surt me odia a mí.»

—Si Frey sabía cuál sería su destino —dije—, ¿por qué entregó su espada?

Blitz gruñó.

—Por amor. ¿Por qué si no?

—¿Amor?

—Uf —dijo Sam—. Odio esa historia. ¿Adónde nos vas a llevar a comer, Magnus?

Una parte de mí quería oír la historia. Otra parte se acordó de la conversación con Loki: «¿Buscarás el deseo de tu corazón, sabiendo que puede condenarte como condenó a tu padre?».

Muchas leyendas nórdicas parecían contener el mismo mensaje: saber cosas no siempre vale la pena. Por desgracia para mí, siempre había sido curioso.

—Está... un poco más adelante —dije—. Vamos.

La zona de los restaurantes del Transportation Building no era el Valhalla, pero si eras un sintecho en Boston, se le acercaba bastante. El patio interior era cálido, se hallaba abierto al público y nunca estaba lleno. Estaba vigilado sin demasiado entusiasmo por guardias de una compañía de seguridad privada. Mientras tuvieras un vaso de bebida o un plato de comida a medio terminar, podías sentarte en las mesas un buen rato sin que nadie te obligara a moverte.

Al entrar, Blitzen y Hearthstone se encaminaron hacia los cubos de la basura para buscar restos de comida, pero los detuve.

—No, chicos —dije—. Hoy vamos a comer comida de verdad. Yo invito.

Hearth arqueó una ceja.

«¿Tienes dinero?», preguntó por señas.

—Tiene a ese amigo suyo —recordó Blitzen—. El del falafel.

Sam se paró en seco.

—¿Qué?

Miró a su alrededor, como si acabara de caer en la cuenta de dónde estábamos.

—No pasa nada —le aseguré—. Conozco a un tío que trabaja en El Falafel de Fadlan. Ya me darás las gracias después. La comida está increíble...

—No... Yo... Oh, dioses... —Se tapó a toda prisa el pelo con el pañuelo—. Creo que esperaré fuera... No puedo...

—Tonterías. —Blitz entrelazó su brazo con el de ella—. ¡Si vamos acompañados de una chica guapa puede que nos sirvan más comida!

Estaba claro que Sam quería escapar, pero dejó que Hearth y Blitz la llevaran a la zona de los restaurantes. Supongo que debería haberme fijado más en lo incómoda que parecía, pero cuando estoy a menos de cincuenta metros de El Falafel de Fadlan, solo tengo ojos para la comida.

Durante los dos últimos años, había entablado amistad con el encargado, Abdel. Creo que me veía como su proyecto de servicio a la comunidad. En el restaurante siempre sobraba comida: pan de pita ligeramente caducado, shawarma del día anterior, kibbeh que había estado demasiado tiempo bajo las lámparas de calor. Abdel no podía vender esas cosas legalmente, pero seguían estando buenísimas. En lugar de tirarlas, Abdel me las daba. Cada vez que pasaba por allí, podía contar con un sándwich de falafel o algo igual de delicioso. A cambio, yo me aseguraba de que los otros compañeros sin techo del patio interior guardaran las formas y limpiasen lo que habían ensuciado para que los clientes de pago de Abdel no se espantasen.

En Boston no podías recorrer una manzana sin tropezar con un símbolo de la libertad —el sendero de la Libertad, la iglesia de Old North, el monumento de Bunker Hill, etcétera—, pero para mí, la libertad sabía a El Falafel de Fadlan. Esa comida me había permitido seguir con vida y conservar la independencia desde que había muerto mi madre.

No quería incordiar a Abdel con demasiadas personas, de modo que envié a Blitz y a Hearth a reservar una mesa mientras yo acompañaba a Sam a por la comida. Durante todo el trayecto ella se dedicó a arrastrar los pies, apartar la mirada y toquetearse el pañuelo como si quisiera esfumarse dentro de él.

—¿Qué te pasa? —pregunté.

—A lo mejor no está —murmuró—. A lo mejor puedes decir que soy tu profesora particular.

Yo no sabía de qué hablaba. Me acerqué a la barra mientras Sam se quedaba atrás, haciendo todo lo posible por esconderse detrás de un ficus en un tiesto.

—¿Está Abdel? —pregunté al empleado de la barra.

Empezó a decir algo, pero entonces Amir, el hijo de Abdel, salió de la parte de atrás sonriendo y secándose las manos en su delantal.

—¿Cómo te va, Jimmy?

Me relajé. Si Abdel no estaba, Amir era lo más parecido a él. Tenía dieciocho o diecinueve años, era esbelto y guapo, con el pelo moreno engominado, un tatuaje árabe en el bíceps y una sonrisa tan radiante que podría haber vendido carretadas de blanqueador dental. Como el resto de los empleados del establecimiento, me conocía como «Jimmy».

—Bien —dije—. ¿Qué tal tu padre?

—Hoy está en el local de Somerville. ¿Quieres algo de comer?

—Eres el mejor, tío.

Amir se rió.

—No es nada. —Echó un vistazo por encima de mi hombro y tuvo que mirar dos veces—. ¡Pero si es Samirah! ¿Qué haces aquí?

Ella avanzó arrastrando los pies.

—Hola, Amir. Estoy... dando clases particulares a Ma... Jimmy. Estoy dando clases particulares a Jimmy.

—Ah, ¿sí? —Amir se apoyó en la barra, una postura que hizo que los músculos de sus brazos se flexionaran. El chico trabajaba a tiempo completo en los varios locales de su padre y, sin embargo, conseguía que su camiseta blanca no tuviera ni una mancha de grasa—. ¿No tienes clase?

—Ejem, sí, pero me dan créditos por hacer de profesora particular de Jimmy y... sus compañeros de clase. —Señaló a Blitz y a Hearth, que estaban discutiendo frenéticamente en lengua de signos, trazando círculos en el aire—. Geometría —añadió—. Son unos negados para la geometría.

—Unos negados —convine—. Pero la comida nos ayuda a estudiar.

Los ojos de Amir se arrugaron.

—Puedes estar tranquila. Me alegro de que estés bien, Jimmy. ¿Te acuerdas del accidente del puente? En el periódico apareció una foto del chico que murió. Se parecía mucho a ti. Tenía otro nombre, pero estábamos preocupados.

Yo había estado tan centrado en el falafel que me había olvidado de que podían haber establecido esa conexión.

—Ah, sí, lo vi. Estoy bien. Estudiando geometría. Con mi profe particular.

—¡Vale! —Amir sonrió a Sam. La tensión se podría haber cortado con un cuchillo—. Bueno, Samirah, saluda a Jid y Bibi de mi parte. Id a sentaros. Enseguida os llevo la comida.

Sam murmuró algo que podría haber sido «Muchas gracias» o «Mátame ya». Acto seguido nos reunimos con Blitz y Hearth a la mesa.

—¿Y eso? —le pregunté—. ¿Cómo conoces a Amir?

Ella se bajó un poco el pañuelo sobre la frente.

—No te sientes demasiado cerca de mí. Procura aparentar que hablamos de geometría.

—Triángulos —dije—. Cuadriláteros. Además, ¿por qué te da vergüenza? Amir es genial. Si conoces a la familia Fadlam, para mí eres como una estrella del rock.

—Es mi primo —espetó ella—. Primo segundo. O algo así.

Miré a Hearth. Tenía el ceño fruncido y la vista en el suelo. Blitz se había quitado el pasamontañas y las gafas, supongo que porque la luz interior no le molestaba tanto, y estaba dando vueltas a un tenedor de plástico sobre la mesa con gesto hosco. Por lo visto, me había perdido una buena discusión entre él y Hearth.

—Vale —dije—. ¿Y por qué estás tan nerviosa?

—¿Quieres dejarlo?

Levanté las manos.

—Está bien. Empecemos otra vez. Hola a todos. Me llamo Magnus, y soy un einherji. Si no vamos a estudiar geometría, ¿podríamos hablar de cómo vamos a encontrar la Espada del Verano?

Nadie contestó.

Pasó una paloma picando migas.

Volví la vista al restaurante de falafel. Por algún motivo, Amir había bajado la persiana metálica. Nunca le había visto cerrar el local durante la hora de la comida. Me pregunté si Sam lo había ofendido de alguna manera y el chico me había dejado sin mi ración de falafel.

Si era el caso, me iba a poner hecho una furia.

—¿Qué ha pasado con nuestra comida? —me pregunté.

A mis pies, una vocecilla dijo con voz ronca:

—Yo puedo ayudaros con todas esas preguntas.

Bajé la vista. Había tenido una semana tan penosa que ni me inmuté cuando me di cuenta de quién había hablado.

—Chicos —dije—, esta paloma quiere ayudarnos.

La paloma se subió a la mesa. Hearth por poco se cayó de la silla. Blitz agarró un tenedor.

—El servicio a veces es un poco lento —explicó la paloma—. Pero puedo hacer que vuestra comanda vaya más deprisa. También puedo deciros dónde podéis encontrar la espada.

Sam alargó la mano para coger su hacha.

—No es una paloma.

El pájaro la observó con un ojo naranja pequeño y brillante.

—Puede que no. Pero, si me matas, te quedarás sin comida. Tampoco encontrarás la espada ni volverás a ver a tu prometido.

A Samirah se le pusieron los ojos como si fueran a salir disparados a través del patio.

—¿Qué está diciendo? —pregunté—. ¿Qué prometido?

El pájaro arrulló.

—Si queréis que el restaurante vuelva a abrir...

—Vale, eso es una declaración de guerra. —Consideré abalanzarme sobre el pájaro, pero dudaba de que pudiera atraparlo incluso con mis reflejos de einherji—. ¿Qué has hecho? ¿Qué le ha pasado a Amir?

—¡Nada, aún! —contestó la paloma—. Os traeré el festín. Solo quiero ser el primero en elegir la comida.

—Ajá —dije—. Y, suponiendo que te creyera, ¿qué quieres a cambio de información sobre la espada?

—Un favor. Es negociable. A ver, ¿el restaurante se queda cerrado para siempre o hacemos un trato?

Blitzen negó con la cabeza.

—No lo hagas, Magnus.

«Las palomas no son de fiar», dijo Hearth con gestos.

Sam me miró a los ojos. Su expresión era suplicante, casi frenética. O le gustaba el falafel más que a mí o le preocupaba otra cosa.

—Bien —dije—. Tráenos la comida.

La persiana metálica del restaurante se levantó inmediatamente. El cajero permanecía como una estatua, con el teléfono al oído. Acto seguido se descongeló, echó un vistazo por encima del hombro y gritó una comanda al cocinero como si no hubiera pasado nada. La paloma alzó el vuelo, se dirigió a toda velocidad al restaurante y desapareció detrás de la barra. El cajero no pareció percatarse.

Al cabo de un momento, un pájaro mucho más grande salió disparado de la cocina: un águila de cabeza blanca con una bandeja en las garras. El ave se posó en medio de nuestra mesa.

—¿Ahora eres un águila? —pregunté.

—Sí —respondió con la misma voz ronca—. Me gusta variar. Aquí tenéis vuestra comida.

Era todo lo que yo podría haber pedido: humeantes porciones de kibbeh rellenas de carne picada sazonada; un montón de kebabs de cordero con salsa de yogur y menta; cuatro trozos de pan de pita recién hecho rellenos de nuggets fritos de deliciosa pasta de garbanzos, rociados de salsa tahini y aderezados con pepinillos.

—Oh, Helheim, sí. —Alargué la mano hacia la bandeja, pero el águila me dio un picotazo en la mano.

—Quieto —me reprendió—. Yo elijo primero.

¿Habéis visto alguna vez a un águila comiendo falafel?

Esa horripilante imagen todavía me persigue en mis pesadillas.

Antes de que yo pudiera parpadear, el águila atacó y se lo zampó todo menos un trozo de pepinillo.

—¡Eh! —grité.

Sam se puso en pie levantando el hacha.

—Es un gigante. ¡Tiene que serlo!

—Teníamos un trato. —El águila eructó—. Bueno, en cuanto a la espada...

Solté un rugido gutural: el grito de un hombre al que han privado del kibbeh que le corresponde legítimamente. Desenvainé la espada y aticé al águila con la cara de la hoja.

No fue la decisión más racional del mundo, pero tenía hambre. Estaba enfadado. No soportaba que se aprovecharan de mí, y las águilas de cabeza blanca no me gustaban especialmente.

La hoja golpeó al pájaro en el lomo y se quedó allí como si tuviera pegamento de contacto. Traté de despegarla, pero no se movía. Mis manos estaban fundidas a la empuñadura de la espada.

—Está bien —dijo el águila graznando—, podemos hacerlo a tu manera.

Echó a volar por la zona de los restaurantes a cien kilómetros por hora arrastrándome detrás de ella.

30

Una manzana al día te llevará a la tumba

Añadid a mi lista de las actividades que menos me gustan hacer surf sobre un águila.

Aquel estúpido pájaro no debería haber podido alzar el vuelo con un Magnus más o menos desarrollado detrás, pero lo hizo.

Detrás de mí, Blitz y Sam gritaban comentarios útiles como «¡Eh! ¡Para!» mientras el águila me arrastraba por las mesas, las sillas y las plantas en tiestos, y luego me estampaba contra las puertas de doble cristal y me elevaba por encima de Charles Street.

Un tipo que estaba comiendo en un piso de la décima planta al otro lado de la calle escupió sus Cheetos cuando pasé a toda velocidad. Dejé una bonita pisada en su ventana.

—¡Suéltame! —le grité al águila.

El pájaro cacareó mientras me arrastraba por una azotea.

—¿Estás seguro? ¡Cuidado!

Me retorcí y evité por los pelos darme de bruces contra un aparato de aire acondicionado industrial. Arrasé una chimenea de ladrillo utilizando el pecho como ariete. A continuación el águila se lanzó en picado al otro lado del edificio.

—¡Bueno! —dijo el águila—. ¿Quieres negociar ese favorcito?

—¿Con una paloma mutante que roba falafel? —grité—. ¡No, gracias!

—Como quieras. —El águila viró bruscamente y me estrelló contra una salida de incendios. Noté que se me partían las costillas, como si unos frascos de ácido se rompieran dentro de mi pecho. Mi estómago vacío trató sin éxito de vomitar.

Nos elevamos por encima de una de las iglesias de Boylstron Street y dimos vueltas alrededor del chapitel. Pensé vagamente en Paul Revere, quien había ordenado avisar de la llegada de los soldados británicos colgando un farol de la iglesia de Old North si iban por tierra y dos si iban por mar.

«Y si veis a un tío arrastrado por un águila gigante, no sé cuántos faroles hay que encender.»

Traté de curarme las costillas a fuerza de voluntad, pero no podía concentrarme. El dolor era demasiado intenso. No paraba de chocar contra muros y atravesar ventanas a patadas.

—Lo único que quiero es un favor a cambio de otro —dijo el águila—. Te diré cómo conseguir la espada, pero tendrás que traerme algo de paso. Nada más. Solo una manzana. Una manzana.

—¿Dónde está la trampa?

—La trampa consiste en que si no estás de acuerdo... ¡Oh, mira! ¡Pinchos antipalomas!

Delante de nosotros había un hotel con el borde del tejado erizado de metal, como una alambrada de espino de la Primera Guerra Mundial en miniatura. Los pinchos eran para disuadir a las aves que se posaban allí, pero a mí también me harían trizas el bajo vientre.

Me pudo el miedo. No me gustan los objetos puntiagudos. Todavía tenía la barriga sensible de mi reciente muerte a causa del asfalto derretido.

—¡Está bien! —grité—. ¡Nada de pinchos!

—Repite: «A fe mía, acepto tus condiciones».

—¡Ni siquiera sé qué significa eso!

—¡Repítelo!

—¡A fe mía, acepto tus condiciones! ¡Manzanas, sí! ¡Pinchos, no!

El águila ascendió y pasó rozando el tejado. Las punteras de mis zapatos hicieron ruido contra las púas. Rodeamos Copley Square y aterrizamos en el tejado de la Biblioteca Pública de Boston.

La espada se desprendió del lomo del águila. Mis manos se despegaron, cosa que fue estupenda, solo que entonces no tenía nada a lo que agarrarme. El tejado se inclinaba de forma precaria. Veintinco metros por debajo de mí aguardaba una muerte con sabor a calzada.

Me agaché para evitar caerme. Envainé con cuidado la espada, que volvió a transformarse en una cadena.

—Ay —solté.

Me dolían las costillas. Tenía los brazos medio desencajados. Notaba el pecho como si me hubieran tatuado permanentemente el dibujo de un muro de ladrillo.

A mi izquierda, el águila se posó en un pararrayos, enseñoreándose sobre los grifos decorativos que había alrededor de su base.

Nunca había pensado que las águilas fueran expresivas, pero sin duda esa tenía cara de suficiencia.

—¡Me alegro de que hayas entrado en razón! —dijo—. Aunque, sinceramente, he disfrutado de nuestro pequeño vuelo por la ciudad. Es mejor que hablemos a solas.

—Me estoy poniendo rojo —masculló—. No, un momento. Es la sangre que tengo por toda la cara.

—Esta es la información que necesitas —continuó el águila—. Cuando tu espada se cayó al río, la corriente la llevó río abajo. La diosa Ran la reclamó. Muchas cosas valiosas acaban en su red.

—¿Ran?

El águila chasqueó el pico.

—La diosa del mar. Tiene una red. A ver si te espabilas.

—¿Dónde puedo encontrarla? Y, por favor, no digas que en el mar.

—Podría estar en cualquier parte, así que tendréis que llamarle la atención. Para conseguirlo, conozco a un tipo, Harald. Tiene una barca en el muelle de los pescadores y organiza excursiones a alta mar. Dile que te envía Chico Grande.

—¿Chico Grande?

—Es uno de mis muchos nombres. Harald sabrá a qué te refieres. Convéncelo para que te lleve a pescar a la bahía de Massachusetts. Si armas suficiente jaleo allí, llamarás la atención de Ran. Así podrás negociar. Pídele la espada y una de las manzanas de Idún.

—Edén.

—¿Es que vas a repetir cada nombre que digo? Es I-D-Ú-N. Reparte las manzanas de la inmortalidad que mantienen a los dioses jóvenes y activos. Seguro que Ran tiene alguna, porque cuando la veas te darás cuenta de que no se acuerda de comerse sus manzanas. Cuando tengas la manzana, tráemela. Dámela y quedarás libre de tu juramento.

—Dos preguntas. Primero: ¿estás pirado?

—No.

—Segunda pregunta: ¿cómo voy a armar suficiente jaleo pescando para llamar la atención de la diosa del mar?

—Eso depende de lo que pesques. Dile a Harald que necesitas el cebo especial. Lo entenderá. Si protesta, dile que Chico Grande insiste.

—No tengo ni idea de qué quiere decir eso —confesé—. Suponiendo que vea a Ran, ¿cómo voy a negociar con ella?

—Eso son tres preguntas. Y además, es problema tuyo.

—Una última pregunta.

—Ya van cuatro.

—¿Qué me impide conseguir la espada y no traerte la manzana?

—Bueno, lo has jurado por tu fe —dijo el águila—. Tu fe es tu palabra, tu honor, tu alma. Es un juramento que hay cumplir, sobre todo para un einherji. A menos que quieras arder por combustión espontánea y verte atrapado para siempre en la gélida oscuridad de Helheim...

Me mordí el labio.

—Supongo que cumpliré la promesa.

—¡Magnífico! —El águila se puso a aletear—. Por ahí vienen tus amigos; eso significa que tengo que marcharme. Te veré cuando tengas mi producto fresco.

El águila se alejó elevándose y desapareció detrás de los muros de cristal de la torre Hancock, dejando que me las apañara para bajar del tejado.

En Copley Square, Blitzen, Hearthstone y Sam habían llegado corriendo al césped helado. Sam me vio primero. Se paró en seco y señaló con el dedo.

Hice un gesto con la mano.

No podía ver su expresión, pero ella extendió los brazos como diciendo: «¿Qué narices haces ahí arriba?».

Me levanté con cierta dificultad. Gracias al seguro médico Sani-Valhalla, mis heridas ya habían empezado a curarse, pero todavía me sentía dolorido y agarrotado. Me dirigí con cuidado al borde del tejado y me asomé por encima. Magnus 1.0 jamás se lo habría planteado, pero proyecté una serie de saltos de tres metros —hasta el alféizar de aquella ventana, el asta de aquella bandera, lo alto de aquella farola y luego los escalones de la entrada— y pensé: «Sí, no hay problema».

En cuestión de segundos, había llegado sano y salvo al suelo. Mis amigos se reunieron conmigo en la acera.

—¿Qué ha sido eso? —preguntó Blitzen—. ¿Era un gigante?

—No lo sé —contesté—. Se llama Chico Grande y le gustan las manzanas.

Les conté la historia.

Hearthstone se dio un manotazo en la frente.

«¿Lo has jurado por tu fe?», dijo por señas.

—Bueno, era eso o acabar hecho trizas con los pinchos para las palomas, así que sí, lo he jurado.

Sam se quedó mirando al cielo, tal vez con la esperanza de ver a un águila a la que pudiera darle un hachazo.

—Esto va a acabar mal. Los tratos con gigantes siempre acaban mal.

—Por lo menos Magnus ha descubierto dónde está la espada —dijo Blitzen—. Además, Ran es una diosa. Estará de nuestra parte, ¿no?

Sam resopló.

—Supongo que no has oído las mismas historias sobre ella que yo, pero en este momento no tenemos muchas opciones. Vamos a buscar a Harald.

31

A lo grande o a casa

Nunca me habían dado miedo las barcas hasta que vi la de Harald.

En la proa tenía pintado EXCURSIONES A ALTA MAR Y EXPERIEN-CIAS SUICIDAS, mucha palabrería para un bote de seis metros de largo. La cubierta era un revoltijo de cuerdas, cubos y cajas de material de pesca. Los costados estaban decorados con redes y boyas como adornos de Navidad. El casco había sido verde, pero se había vuelto del color de un chicle de menta muy masticado.

Cerca, en el muelle, estaba sentado el propio Harald, con un mono amarillo salpicado y una camiseta tan roñosa que mi camiseta de los Wiggles parecía de alta costura. Era un tipo con una constitución de luchador de sumo, con los brazos gruesos como los asadores giratorios de carne de El Falafel del Fadlan. (Sí, seguía pensando en comida.)

Lo más raro era su pelo. Sus cabellos greñudos, su barba, hasta sus antebrazos velludos desprendían un brillo azul blancuzco, como si lo hubiera sorprendido la noche y hubiera quedado cubierto de escarcha.

A medida que nos acercábamos, alzó la vista de la cuerda que estaba enrollando.

—Vamos a ver, un enano, un elfo y dos humanos entran en mi muelle... Parece el principio de un chiste.

—Espero que no lo sea —dije—. Queremos alquilar tu barca para ir de pesca. Necesitaremos un cebo especial.

Harald resopló.

—¿Los cuatro en una de mis expediciones? Va a ser que no.

—Nos envía Chico Grande.

Harald frunció el ceño, lo que hizo que le cayera sobre las mejillas una ligera nieve.

—Conque Chico Grande, ¿eh? ¿Qué quiere él de gente como vosotros?

Sam dio un paso adelante.

—No es asunto tuyo. —Sacó una moneda grande del bolsillo de su abrigo y se la lanzó a Harald—. Una de oro rojo ahora; cinco más cuando terminemos. ¿Nos alquilarás el bote o no?

Me incliné hacia ella.

—¿Qué es el oro rojo?

—La moneda de Asgard y el Valhalla —dijo ella—. Comúnmente aceptada en los otros reinos.

Harald olió la moneda. Su superficie de oro emitía un brillo tan cálido que parecía estar ardiendo.

—¿Tienes sangre de gigante, muchacha? Lo veo en tus ojos.

—Eso tampoco es asunto tuyo.

—Bah. El pago es suficiente, pero mi barca es pequeña. Dos pasajeros como máximo. Os llevaré a ti y al chico humano, pero el enano y el elfo..., olvidadlo.

Blitzen hizo crujir los nudillos dentro de los guantes de piel.

—Mira, muñeco de nieve...

—¡GRRR! Nunca vuelvas a llamar muñeco de nieve a un gigante de hielo. Lo odiamos. Además, parece que tú ya estás medio petrificado, enano. No necesito otra ancla. En cuanto a los elfos, son criaturas del aire y la luz. Resultan inútiles a bordo de un barco. Solo dos pasajeros. Ese es el trato. Tomadlo o dejadlo.

Miré a mis amigos.

—¿Puedo hablar con vosotros en privado, por favor, chicos?

Los llevé por el muelle, fuera del alcance del oído de Harald.

—¿Ese tío es un gigante de hielo?

«Pelo cubierto de hielo. Feo. Grande. Sí», dijo Hearthstone por señas.

—Pero... a ver, es grande, pero no gigantesco.

La expresión de Sam me hizo sospechar que no era la profesora particular de geometría más paciente del mundo.

—Magnus, los gigantes no son necesariamente enormes. Algunos sí. Otros pueden crecer hasta volverse enormes si les apetece. Pero tienen todavía más variedad que los humanos. Muchos parecen personas normales y corrientes. Otros pueden transformarse en águilas, palomas o prácticamente cualquier cosa.

—Pero ¿qué hace un gigante de hielo en los muelles de Boston? ¿Podemos fiarnos de él?

—Primera respuesta —dijo Blitzen—, hay gigantes de hielo por todas partes, sobre todo en el norte de Midgard. En cuanto a lo de fiarnos de él, de ninguna manera. Podría llevaros a los dos directos a Jotunheim y meteros en una mazmorra o usaros como cebo. Tenéis que insistir en que Hearth y yo vayamos con vosotros.

Hearth dio unos golpecitos a Blitz en el hombro.

«El gigante tiene razón —dijo con gestos—. Te lo dije: demasiada luz. Te estás convirtiendo en piedra. Eres demasiado cabezota para reconocerlo.»

—Estoy bien.

Hearth echó un vistazo al muelle. Vio un cubo metálico, lo recogió y golpeó a Blitz en la cabeza con él. Blitz no reaccionó, pero el cubo se arrugó y adquirió la forma de su cráneo.

—Está bien —reconoció Blitz—, puede que me esté petrificando un poco, pero...

—Resguárdate de la luz un rato —le dije—. No me pasará nada. ¿Puedes buscarle una buena guarida subterránea o algo por el estilo, Hearth?

Hearth asintió con la cabeza.

«Intentaremos averiguar más sobre Fenrir y sus cadenas. Os veremos por la noche. ¿Quedamos en la biblioteca?»

—Me parece bien —convine—. Vamos a pescar, Sam.

Volvimos con Harald, que estaba haciendo un bonito nudo con su cuerda.

—De acuerdo, dos pasajeros —le dije—. Necesitamos pescar lo más lejos posible en la bahía de Massachusetts y necesitamos el cebo especial.

Harald me dedicó una sonrisa torcida. Sus dientes podrían haber estado hechos con la misma cuerda marrón rizada que estaba enrollando.

—Por supuesto, pequeño humano. —Señaló una puerta corredera en un lado del almacén—. Elegid vuestro cebo..., si podéis cargar con él.

Cuando Sam y yo abrimos la puerta, estuve a punto de desmayarme del hedor.

Sam tuvo arcadas.

—Por el ojo de Odín, he olido campos de batalla menos apestosos.

Dentro del trastero, colgadas de ganchos de carnicero, había una impresionante colección de reses muertas y podridas. La más pequeña era una gamba de un metro y medio de largo. La más grande, la cabeza cortada de un toro del tamaño de un Fiat.

Me tapé la nariz con la manga de la cazadora. No sirvió de nada. Me sentía como si alguien hubiera llenado una granada de huevos podridos, metal oxidado y cebolla cruda, y me la hubiera metido en las fosas nasales.

—Hace daño respirar —dije—. ¿Cuál de estos apetitosos bocados crees que es el cebo especial?

Sam señaló la cabeza de toro.

—¿A lo grande o a casa?

—Le dijo al chico sin hogar. —Me obligué a examinar la cabeza de toro: los cuernos negros curvados, la lengua rosada colgando como un colchón de aire peludo, el humeante pelaje blanco y los brillantes cráteres de baba de sus orificios nasales—. ¿Cómo es posible que un toro crezca tanto?

—Probablemente sea de Jotunheim —dijo Sam—. Su ganado se hace muy grande.

—No me digas. ¿Tienes alguna idea de lo que se supone que tenemos que pescar?

—Hay muchos monstruos marinos en las profundidades. Mientras no sea... —Una sombra le oscureció el rostro—. Da igual. Probablemente solo sea un monstruo marino.

—Solo un monstruo marino —repetí—. Es un alivio.

Estuve tentado de coger la gamba gigante y salir de allí, pero tenía la sensación de que necesitaríamos un cebo más grande si queríamos armar suficiente jaleo para llamar la atención de la diosa del mar.

—Que sea la cabeza de toro —decidí.

Sam levantó su hacha.

—No estoy segura de que quepa en la barca de Harald, pero...

Golpeó con el hacha la cadena del gancho, que se partió emitiendo un ruido seco. La cabeza de toro cayó al suelo como una piñata grande y asquerosa. El hacha volvió volando a la mano de Sam.

Agarramos juntos el gancho de carnicero y sacamos a rastras la cabeza de toro del trastero. Incluso con ayuda, no debería haber podido moverla, pero mi fuerza de einherji me permitió hacerlo.

«Morir de forma dolorosa. Ir al Valhalla. Conseguir la capacidad de arrastrar cabezas cortadas descomunales y rancias por un muelle. Bravo.»

Cuando llegamos al bote, tiré de la cadena con todas mis fuerzas. La cabeza de toro cayó del embarcadero y se estrelló contra la cubierta. El *Harald* estuvo a punto de volcarse, pero de algún modo se mantuvo a flote. La cabeza de toro ocupaba la mitad posterior de la embarcación. Su lengua colgaba por encima de popa. Tenía el ojo izquierdo en blanco, de modo que parecía mareado.

Harald se levantó de su cubo de cebo. Si le sorprendió o le molestó que hubiera lanzado una cabeza de toro de doscientos veinte kilos a su barca, no se le notó.

—Un cebo ambicioso.

Harald miró a través del puerto. El cielo se estaba oscureciendo. Una ligera aguanieve pinchaba la superficie del agua.

—Vamos a ponernos en marcha. Bonita tarde para pescar.

32

Mis años jugando
al Bassmasters 2000 dan sus frutos

Era una tarde terrible para pescar.

El mar estaba revuelto, y también mi estómago, de modo que vomité por el costado varias veces. El frío no me molestaba, pero el aguanieve me picaba en la cara. Tenía las piernas como si fueran muelles a causa del balanceo de la cubierta. Harald, el gigante de hielo, permanecía al timón cantando en un idioma gutural que deduje que era jotunés.

A Sam no parecía molestarle el mar encrespado. Se apoyó contra la barandilla de proa y contempló el agua gris, con su pañuelo ondeando alrededor del cuello como branquias.

—¿Qué pasa con tu pañuelo, por cierto? —pregunté—. A veces te tapas la cabeza, y otras, no.

Ella posó los dedos en actitud protectora sobre la seda verde.

—Es un hiyab. Lo llevo cuando quiero o lo considero oportuno. Como cuando acompaño a mi abuela a la mezquita los viernes o...

—¿O cuando ves a Amir?

Ella murmuró entre dientes.

—Creía que ibas a dejarlo.

—La paloma ha dicho que Amir es tu prometido. ¿Cuántos años tienes? ¿Dieciséis?

—Magnus...

—Solo digo que, si es uno de esos matrimonios concertados, es un rollo. Eres una valquiria. Deberías poder...

—Cállate, Magnus. Por favor.

La barca chocó contra una ola y nos salpicó de perdigones de agua salada.

Samirah se agarró a la barandilla.

—Mis padres están chapados a la antigua. Se criaron en Bagdad, pero huyeron a Estados Unidos cuando Saddam Hussein estaba en el poder.

—¿Y...?

—Conocen a los Fadlan desde siempre. Son buena gente. Parientes lejanos. Triunfadores, amables...

—Lo sé. Abdel es genial. Amir parece legal. Pero un matrimonio concertado cuando no quieres al chico...

—¡Uf! No lo entiendes. Estoy enamorada de Amir desde que tenía doce años.

La barca crujió al descender entre las olas. Harald seguía cantando su versión jotunesa de «Ninety-Nine Bottles of Beer».

—Ah —dije.

—Tampoco es que sea asunto tuyo —replicó Samirah.

—Sí. No.

—Pero a veces cuando una familia busca un buen partido sí que se interesa por la opinión de la chica.

—Vale.

—No me di cuenta hasta que fui más mayor... Cuando mi madre murió, mis abuelos me acogieron, pero mi madre no estaba casada cuando me tuvo. Eso sigue siendo muy importante para la generación de mis abuelos.

—Sí. —Decidí no añadir: «Además del hecho de que tu padre es Loki, el padre del mal».

Sam pareció leerme el pensamiento.

—Mi madre era médico. Conoció a Loki en la sala de urgencias. Él estaba... No sé... Había consumido demasiado poder tratando de aparecer en Midgard en forma física. Se quedó atrapado, dividido entre mundos. Su manifestación en Boston sufría mucho dolor, era débil y estaba indefenso.

—¿Lo curó ella?

Sam se quitó una gotita de agua de mar de la muñeca.

—En cierto modo. Se portó bien con él. Se quedó a su lado. Loki puede ser muy encantador cuando quiere.

—Lo sé. —Parpadeé—. Quiero decir..., por las leyendas. ¿Lo has conocido en persona?

Ella me lanzó una mirada asesina.

—No me gusta mi padre. Puede ser carismático, pero también es un mentiroso, un ladrón, un asesino. Me ha visitado varias veces. Me negué a hablar con él, y eso lo saca de quicio. Le gusta que se fijen en él. No es precisamente discreto. Está loco.

—Ya lo pillo —dije—. Loki. Loco.

Ella puso los ojos en blanco.

—En fin, mi madre me crió prácticamente sola. Era testaruda e inconformista. Cuando se murió... En el barrio yo era una manzana podrida, una niña bastarda. Mis abuelos tuvieron suerte, mucha suerte, de que los Fadlan aceptaran que me casara con Amir. Yo no voy a aportar nada al matrimonio. No soy rica ni respetable ni...

—Venga ya —dije—. Eres lista. Eres dura. Eres una valquiria leal a Frigg. No puedo creer que esté buscando motivos para defender tu matrimonio concertado...

Su pelo moreno se agitó en torno a ella y recogió unos copos de hielo.

—Ser una valquiria es un problema —confesó—. Mi familia... es un poco distinta. Tenemos una larguísima relación con los dioses nórdicos.

—¿Cómo?

Ella descartó la pregunta con un gesto, como diciendo: «Es demasiado largo de explicar».

—Aun así, si alguien se enterara de mi otra vida —continuó—, no creo que al señor Fadlan le pareciera bien que su hijo mayor se casara con una chica que recoge almas para dioses paganos en sus ratos libres.

—Ah. Dicho así...

—Justifico mis ausencias lo mejor que puedo.

—Clases particulares de matemáticas.

—Y un poco de glamour de valquiria. Pero se supone que una buena chica musulmana no debe salir sola con chicos extraños.

—Chicos extraños. Gracias.

De repente visualicé a Sam sentada en clase de lengua cuando le empezaba a sonar el móvil. En la pantalla aparecía el mensaje LLAMADA ENTRANTE: ODÍN. La chica se iba corriendo a los servicios, se ponía su traje de Supervalquiria y salía volando por la ventana más próxima.

—Cuando te echaron del Valhalla... Perdona por sacar el tema, pero ¿no pensaste: «Eh, a lo mejor es algo bueno. Ahora podré llevar una vida normal»?

—No. Ese es el problema. Quiero las dos cosas. Quiero casarme con Amir cuando llegue el momento. Pero también he querido volar toda mi vida.

—¿Volar en avión o volar zumbando en un caballo mágico?

—Las dos cosas. Cuando tenía seis años empecé a dibujar aviones. Quería ser piloto. ¿Cuántas pilotos árabe-estadounidenses conoces?

—Tú serías la primera —reconocí.

—Me gusta esa idea. Hazme cualquier pregunta sobre aviones. Puedo contestártela.

—Entonces ¿cuando te convertiste en valquiria...?

—Fue un subidón total. Un sueño hecho realidad, poder despegar en cualquier momento. Además, sentía que estaba haciendo algo bueno. Podía encontrar a gente honorable y valiente que moría protegiendo a otros, y podía llevarlos al Valhalla. No sabes cuánto lo echo de menos.

Podía percibir el dolor en su voz. «Gente honorable y valiente...» Me estaba incluyendo en ese grupo. Después de todos los líos en los que se había metido por mi culpa, quería decirle que todo iría bien. Encontraríamos una forma de que pudiera llevar las dos vidas.

Pero ni siquiera podía prometerle que sobreviviría a esa travesía en barca.

—¡Deberíais cebar vuestros anzuelos, mortales! ¡Nos estamos acercando al sitio donde está la pesca de calidad!

Sam negó con la cabeza.

—No. ¡Ve más lejos!

Harald frunció el ceño.

—¡No es seguro! Más lejos...

—¿Quieres el oro o no?

Harald murmuró algo probablemente inapropiado en jotunés. Aceleró.

Miré a Sam.

—¿Cómo sabes que tenemos que ir más lejos?

—Lo percibo —contestó—. Una de las ventajas de la sangre de mi padre, supongo. Normalmente noto dónde acechan los monstruos más grandes.

—Qué alegría.

Escudriñé la penumbra. Pensé en el Ginnungagap, la niebla primordial entre el hielo y el fuego. Parecía que estuviéramos navegando derechos hacia ella. En cualquier momento el mar podría esfumarse, y nos sumiríamos en el vacío. Esperaba equivocarme. Probablemente a los abuelos de Sam les fastidiase que ella no estuviera en casa para la hora de cenar.

La barca se sacudió. El mar se oscureció.

—Ya está —dijo Sam—. ¿Lo has notado? Hemos pasado de las aguas de Midgard a las de Jotunheim.

Señalé a babor. A unos cientos de metros de distancia, una aguja de granito sobresalía de la niebla.

—Pero eso es el faro de Graves. Estamos cerca del puerto.

Sam cogió una de las cañas de pescar del gigante, que parecía más adecuada para el salto de pértiga de pesos pesados.

—Los mundos se solapan, Magnus, sobre todo cerca de Boston. Ve a por el cebo.

Harald redujo la potencia del motor cuando me vio ir a popa.

—Es demasiado peligroso pescar aquí —advirtió—. Además, dudo que puedas lanzar ese cebo.

—Cállate, Harald. —Agarré la cadena y arrastré la cabeza de toro hacia delante, y estuve a punto de tirar al capitán por la borda con uno de los cuernos.

Cuando volví con Sam, examinamos el gancho de carnicero, que estaba profundamente incrustado en el cráneo del toro.

—Debería servir como anzuelo —decidió Sam—. Enganchemos la cadena.

Dedicamos varios minutos a sujetar la cadena al sedal: un fino cable de acero trenzado que hacía que el carrete pesara unos ciento treinta kilos.

Sam y yo lanzamos juntos la cabeza de toro desde la parte delantera de la barca. El cebo se hundió despacio en espuma helada; el ojo muerto del toro me miraba fijamente mientras se sumergía, como diciendo: «¡No mola, tío!».

Harald se acercó pesadamente con una silla grande. Clavó las cuatro patas en unos agujeros de fijación que había en la cubierta. A continuación sujetó la silla con cables de acero.

—Yo de vosotros me espabilaría, humanos —dijo.

Con sus correas de cuero, la silla me recordaba demasiado una silla eléctrica, pero Sam sostuvo la caña de pescar mientras yo me ponía las correas.

—¿Por qué estoy yo en la silla? —pregunté.

—Tú has hecho la promesa —me recordó—. Lo has jurado por tu fe.

—La fe es un rollo. —Saqué unos guantes de piel que solo me venían cuatro tallas grandes del equipo del gigante y me los puse.

Sam me dio la caña y luego encontró otros guantes para ella.

Me vino a la memoria un recuerdo inconexo de cuando tenía diez años y vi *Tiburón* con mi madre porque ella insistió. Me avisó de que daba mucho miedo, pero me pasé toda la película aburrido de lo lento que avanzaba o riéndome del chapucero tiburón de goma.

—Que pesque un tiburón de goma, por favor —murmuré.

Harald apagó el motor. De repente, todo se sumió en un extraño silencio. El viento cesó. El aguanieve que caía contra la cubierta sonaba como arena contra un cristal. Las olas se calmaron como si el mar estuviera conteniendo el aliento.

Sam se quedó junto a la barandilla, soltando cable a medida que la cabeza de toro se hundía en las profundidades. Finalmente, el sedal se destensó.

—¿Hemos tocado fondo? —pregunté.

Sam se mordió el labio.

—No sé. Creo...

El sedal se tensó de golpe con el sonido de un martillo contra la hoja de una sierra. Sam lo soltó para evitar salir catapultada. Por poco se me escapó la caña de las manos, con los dedos incluidos, pero de algún modo la agarré.

La silla hizo ruido. Se me clavaron las correas de cuero en la clavícula. La barca entera se inclinó hacia delante contra las olas mientras las cuadernas crujían y los remaches saltaban.

—¡Por la sangre de Ymir! —gritó Harald—. ¡El bote se está haciendo pedazos!

—¡Suelta más sedal! —Sam cogió un cubo. Vertió agua en el cable, que empezó a echar humo mientras salía a toda velocidad de la proa.

Apreté los dientes. Tenía los músculos de los brazos como masa de pan caliente. Justo cuando estaba seguro de que no podría aguantar más, la presa dejó de tirar. El sedal vibró de la tensión y salpicó de puntitos el agua gris a unos cien metros a estribor.

—¿Qué pasa? —pregunté—. ¿Está descansando?

Harald soltó un juramento.

—Esto no me gusta. Los monstruos marinos no se comportan así. Hasta las presas más grandes...

—Sácalo del agua —dijo Sam—. ¡Ahora!

Empecé a darle vueltas a la manivela. Era como echar un pulso contra Terminator. La caña se dobló. El cable crujió. Sam tiró del sedal, separándolo de la barandilla, pero ni siquiera con su ayuda conseguía progresar.

Se me entumecieron los hombros. Me dieron espasmos en la región lumbar. A pesar del frío, estaba empapado en sudor y temblaba de agotamiento. Me sentía como si estuviera sacando del mar un acorazado hundido.

De vez en cuando, Sam gritaba comentarios alentadores del tipo «¡No, idiota! ¡Tira!».

Finalmente, delante de la barca, el mar se oscureció en un óvalo de quince metros de diámetro. Las olas chapoteaban y burbujeaban.

En la timonera, Harald debía de tener mejor vista de lo que estaba subiendo a la superficie. De repente gritó con una voz muy poco propia de un gigante:

—¡Cortad el sedal!

—No —repuso Sam—. Es demasiado tarde.

Harald cogió un cuchillo. Lo lanzó al cable, pero Sam desvió la hoja con su hacha.

—¡Déjalo ya, gigante! —gritó.

—¡Pero no podéis sacar esa cosa! —dijo Harald gimiendo—. Es la...

—¡Sí, ya lo sé!

Se me empezó a resbalar la caña de las manos.

—¡Ayuda!

Sam se lanzó y agarró la caña de pescar. Se apretujó en la silla a mi lado para ayudarme, pero yo estaba demasiado cansado y aterrado para sentirme incómodo.

—Puede que muramos todos, pero esto sin duda llamará la atención de Ran —murmuró.

—¿Por qué? —pregunté—. ¿Qué es esa cosa?

Nuestra presa salió a la superficie y abrió los ojos.

—Te presento a mi hermano mayor —dijo Sam—, la Serpiente del Mundo.

33

El hermano de Sam se despierta malhumorado

Cuando digo que la serpiente abrió los ojos, me refiero a que encendió unos faros verdes del tamaño de trampolines. Sus iris brillaban tan intensamente que tuve la certeza de que todo lo que viera el resto de mi vida estaría teñido del color de la gelatina de lima.

Por suerte, no parecía que el resto de mi vida fuera a ser muy largo.

La frente rugosa y el hocico afilado del monstruo hacían que pareciera más una anguila que una serpiente. Su piel relucía en un tapiz de camuflaje verde, marrón y amarillo. (Aquí estoy ahora, describiéndola tranquilamente. En cambio, en ese momento lo único que podía pensar era: «¡OSTRAS! ¡QUÉ SERPIENTE MÁS ENORME!».)

La criatura abrió la boca y siseó; el hedor a cabeza de toro rancia y veneno era tan fuerte que la ropa me empezó a echar humo. Puede que no usara elixir bucal, pero saltaba a la vista que la Serpiente del Mundo no se olvidaba del hilo dental. Sus dientes brillaban en hileras de triángulos blancos perfectos. Sus fauces rosadas eran lo bastante grandes para tragarse la barca de Harald y una docena de embarcaciones de sus amigos.

El gancho estaba incrustado en el fondo de su boca, justo donde estaría la campanilla en una boca humana. No parecía que a la serpiente le hiciera mucha gracia.

Se sacudió de un lado al otro y arrastró el sedal de acero a través de sus dientes. La caña de pescar se agitó de lado. La barca se balanceó de babor a estribor, con las cuadernas crujiendo y saltando, pero de algún modo permanecimos a flote. El sedal no se rompió.

—¿Sam? —dije con una vocecilla—. ¿Por qué no nos ha matado aún?

Ella estaba tan pegada a mí que podía notar cómo temblaba.

—Creo que nos está estudiando; tal vez incluso esté intentando hablar con nosotros.

—¿Qué está diciendo?

Sam tragó saliva.

—¿Lo que yo creo? ¿«Cómo os atrevéis»?

La serpiente siseó y escupió pegotes de veneno que chisporrotearon sobre la cubierta.

Detrás de nosotros, Harald dijo gimoteando:

—¡Soltad la caña, insensatos! ¡Vais a conseguir que nos mate a todos!

Traté de sostenerle la mirada a la serpiente.

—Hola, señor Jormungandr. ¿Puedo llamarle señor J.? Mire, sentimos molestarle. No es nada personal. Solo estamos utilizándolo para llamar la atención de alguien.

Al señor J. eso no le gustó. Su cabeza salió disparada del agua, se elevó por encima de nosotros y acto seguido volvió a caer con gran estrépito a la altura de proa, donde provocó un cerco de olas de doce metros de alto.

Sam y yo estábamos en plena zona de salpicadura. Almorcé agua salada. Mis pulmones descubrieron que en realidad no podían respirar líquidos. Mis ojos recibieron una buena limpieza a presión. Pero, por increíble que parezca, la barca no se volcó. Cuando el balanceo disminuyó, descubrí que seguía vivo, sosteniendo la caña de pescar con el sedal todavía sujeto a la boca de la Serpiente del Mundo. El monstruo me miraba fijamente, como pensando: «¿Por qué no estás muerto?».

Con el rabillo del ojo, vi que el tsunami azotaba el faro de Graves y bañaba el suelo hasta su base. Me pregunté si acababa de inundar Boston.

Me acordé de por qué llamaban a Jormungandr la Serpiente del Mundo. Supuestamente, su cuerpo era tan largo que podía rodear la Tierra, extendiéndose a través del lecho del mar como un monstruoso cable de telecomunicaciones. La mayor parte del tiempo tenía la cola en la boca —Eh, yo llevé chupete hasta casi los dos años, así que quién soy yo para juzgar a nadie—, pero al parecer había decidido que nuestra cabeza de toro merecía el cambio.

El caso era que, si la Serpiente del Mundo estaba sacudiéndose, el mundo entero podía estar sacudiéndose con ella.

—Bueno —dije a nadie en concreto—, y ahora, ¿qué?

—Magnus —me llamó Sam con tono estrangulado—, no te espantes, pero mira por el lado de estribor.

No me imaginaba qué podía provocar más espanto que el señor J. hasta que vi a la mujer del torbellino.

Comparada con la serpiente, era diminuta: solo medía unos tres metros de estatura. De cintura para arriba, llevaba una cota de malla de plata incrustada de percebes. Antaño podía haber sido hermosa, pero su piel anacarada estaba arrugada, sus ojos color verde alga tenían un tono lechoso por el efecto de las cataratas, y su cabello rubio ondulado estaba lleno de canas como roya en un campo de trigo.

De cintura para abajo, las cosas se enrarecían. A su alrededor, como la falda de una bailarina, una tromba marina se arremolinaba dentro de una red de pesca plateada de cien metros de diámetro. Atrapado en su tela se hallaba un caleidoscopio de témpanos de hielo, peces muertos, bolsas de basura de plástico, neumáticos de coche, carritos de supermercado y otros restos diversos. Cuando la mujer se dirigió a nosotros flotando, el borde de su red golpeó nuestro casco y rozó el pescuezo de la Serpiente del Mundo.

Entonces habló con un profundo barítono.

—¿Quién osa interrumpir mi búsqueda?

Harald, el gigante de hielo, gritó. Y resultó ser todo un campeón del grito. Se dirigió atropelladamente a proa y lanzó un puñado de monedas de oro por el costado. A continuación volvió junto a Sam.

—¡Rápido, muchacha, el pago que me debes! ¡Dáselo a Ran!

Sam frunció el ceño, pero arrojó otras cinco monedas por la borda.

En lugar de hundirse, las monedas de oro rojo se arremolinaron en la red de Ran y se unieron al tiovivo flotante de restos.

—¡Oh, gran Ran! —dijo Harald gimiendo—. ¡Por favor, no me mate! ¡Tenga, tome mi ancla! ¡Tome a estos humanos! ¡Incluso puede quedarse con mi fiambrera!

—¡Silencio! —La diosa espantó al gigante de hielo, quien se esforzó por encogerse, arrastrarse y retirarse al mismo tiempo.

—Estaré abajo —dijo entre sollozos—. Rezando.

Ran me observó como si estuviera decidiendo si era lo bastante grande para cortarme en filetes.

—¡Libera a Jormungandr, mortal! ¡Lo último que necesito hoy es una inundación mundial!

La Serpiente del Mundo asintió siseando.

Ran se volvió contra ella.

—Y tú, cállate, morena enorme. Con tanto retorcerte, estás revolviendo el cieno. No veo nada ahí abajo. ¿Cuántas veces te he dicho que no muerdas ninguna cabeza de toro rancia? ¡Las cabezas de toro rancias no son autóctonas de estas aguas!

La Serpiente del Mundo gruñó, irritada, y tiró del cable de acero que tenía en la boca.

—Oh, gran Ran —dije—, soy Magnus Chase. Esta es Sam al-Abbas. Hemos venido para negociar con usted. También me preguntaba... ¿por qué no puede cortar el sedal usted misma?

Ran soltó una retahíla de juramentos nórdicos que chorrearon literalmente por los aires. Una vez que estaba más cerca, podía ver objetos más raros dando vueltas en su red: caras fantasmales con barba, que jadeaban aterradas mientras trataban de llegar a la superficie; manos que arañaban las cuerdas.

—Einherji inútil —me espetó la diosa—, sabes perfectamente lo que has hecho.

—Ah, ¿sí? —dije.

—¡Eres un vástago de Vanir! ¿Un hijo de Njord? —Ran olfateó el aire—. No, tu olor es más suave. Tal vez un nieto.

Los ojos de Sam se abrieron mucho.

—¡Eso es! Magnus, eres hijo de Frey, el hijo de Njord: dios de los barcos, los marineros y los pescadores. Por eso no se ha volcado la barca. ¡Por eso has podido pescar a la serpiente! —Miró a Ran—. Claro que eso ya lo sabíamos.

Ran gruñó.

—Cuando sacas a la superficie a la Serpiente del Mundo, no solo queda sujeta a tu sedal. ¡Está unida a ti por el destino! ¡Tú debes decidir ahora, y rápido, si la sueltas y la devuelves a su sueño o si la despiertas del todo y destruye tu mundo!

Algo se partió en mi nuca como un muelle oxidado: probablemente el poco valor que me quedaba. Miré a la Serpiente del Mundo. Por primera vez, reparé en que sus ojos brillantes estaban cubiertos de una fina capa translúcida: un segundo par de párpados.

—¿Quiere decir que solo está parcialmente despierta?

—Si estuviera totalmente despierta —dijo la diosa—, todo el litoral oriental ya estaría sumergido.

—Ah.

Tuve que resistir el impulso de tirar la caña de pescar, desatar las correas de seguridad y echar a correr por la cubierta gritando como un pequeño Harald.

—La liberaré —aseguré—. Pero antes, gran Ran, tiene que prometerme que negociará con nosotros de buena fe. Queremos hacer un trato.

—¿Un trato con vosotros? —La falda de Ran se arremolinó más rápido. El hielo y el plástico crujieron. Los carritos de la compra se estrellaron unos contra otros—. ¡Tú deberías ser mío por derecho, Magnus Chase! Moriste ahogado. Las almas ahogadas son de mi propiedad.

—En realidad —intervino Sam—, murió en combate, así que pertenece a Odín.

—¡Tecnicismos! —soltó Ran.

Las caras de la red de Ran abrían la boca y jadeaban, suplicando ayuda. Sam me había dicho: «Hay sitios peores que el Valhalla donde pasar la otra vida». Al imaginarme enredado en aquella red plateada, di gracias a mi valquiria.

—De acuerdo, entonces —dije—. Supongo que puedo dejar que el señor J. se despierte del todo. De todas formas, no tenía planes para esta noche.

—¡No! —susurró Ran—. ¿Tienes idea de lo difícil que es buscar en el fondo del mar cuando Jormungandr se agita? ¡Suéltala!

—¿Y su promesa de negociar de buena fe? —pregunté.

—Sí. Está bien. Hoy no estoy de humor para el Ragnarok.

—Repita: «A fe mía...».

—¡Soy una diosa! ¡Sé que no debo jurar por mi fe!

Miré a Sam, quien se encogió de hombros. Me dio su hacha, y corté el sedal.

Jormungandr se hundió bajo las olas, mirándome furioso a través de una burbujeante nube verde de veneno a medida que descendía, como si dijera: «LA PRÓXIMA VEZ, PEQUEÑO MORTAL».

El ritmo de la falda giratoria de Ran disminuyó a la velocidad de una tormenta tropical.

—Muy bien, einherji. He prometido negociar de buena fe. ¿Qué quieres?

—La Espada del Verano —dije—. La tenía cuando caí al río Charles.

Los ojos de Ran brillaron.

—Ah, sí. Podría darte la espada. Pero a cambio querría algo valioso. Estoy pensando en... tu alma.

34

Mi espada casi acaba en eBay

—Yo estoy pensando que no —respondí.

Ran emitió un ruido sordo, como una ballena con acidez.

—Tú (el nieto de ese entrometido, Njord) vienes a pedirme que negocie, molestas a la Serpiente del Mundo, interrumpes mi búsqueda, ¿y ni siquiera aceptas una oferta razonable? La Espada del Verano es el mejor objeto que ha caído en mis redes desde hace siglos. ¡Tu alma es un precio muy bajo por ella!

—Señora Ran —Sam recogió su hacha y se deslizó de la silla de pescar—, Magnus ya ha sido reconocido por Odín. Es un einherji. Eso no se puede cambiar.

—Además —intervine—, a usted no le conviene mi alma. Es muy pequeña. No la uso mucho. Dudo que siga funcionando.

La falda acuosa de la diosa se arremolinó. Las almas atrapadas intentaron arañar la superficie del agua. Las bolsas de basura estallaron como el plástico con burbujas. El olor a pescado casi me hizo sentir nostalgia de la cabeza de toro.

—¿Qué me ofreces, entonces? —preguntó Ran—. ¿Qué podría valer tanto como esa espada?

«Buena pregunta», pensé.

Me quedé mirando las redes de la diosa, y una idea empezó a cobrar forma en mi mente.

—Ha dicho que estaba buscando —recordé—. ¿Buscando qué?

La expresión de la diosa se suavizó. Sus ojos brillaron con un tono verde más ávido.

—Muchas cosas. Monedas. Almas. Objetos de valor perdidos de toda clase. Justo antes de que despertaras a la serpiente, le había echado el ojo a un tapacubos de radios de un Chevy Malibu que bien puede valer cuarenta dólares. Tirado en el fondo del puerto. Pero ahora... —levantó las manos— ha desaparecido.

—Recoge cosas. —Me corregí—: Tesoros maravillosos, quiero decir.

Sam me miró con los ojos entornados, preguntándose claramente si había perdido la chaveta, pero yo estaba empezando a entender lo que movía a Ran, lo que más le interesaba.

La diosa extendió los dedos hacia el horizonte.

—¿Habéis oído hablar de la isla de basura del Pacífico?

—Sí, señora Ran —respondió Sam—. Es un montón de basura flotante del tamaño de Texas. Me parece terrible.

—Es increíble —dijo la diosa—. ¡La primera vez que la vi, me quedé pasmada! Mi colección quedó en evidencia. Durante siglos, he podido reclamar todas las embarcaciones naufragadas en los mares del nordeste. Cualquier cosa que se pierde en las profundidades acaba siendo mía. Pero, cuando vi las maravillas de la isla de basura, me di cuenta de lo insignificantes que han sido mis esfuerzos. Desde entonces, he pasado todo el tiempo hurgando en el fondo del mar, buscando cosas que añadir a mi red. ¡No habría encontrado tu espada si no hubiera sido tan rápida!

Asentí compasivamente con la cabeza. Ya podía instalar a esa diosa nórdica en mi visión del mundo. Ran era una vagabunda. Podía tratar con una vagabunda.

Miré la basura flotante por encima de la borda. Una cucharilla de plata se mantenía en equilibrio sobre una isla de espuma de poliestireno. Una rueda de bicicleta pasó dando vueltas e hizo trizas la cabeza espectral de un alma perdida.

—Señora Ran —dije—, su esposo, Aegir, es el señor del mar, ¿verdad? Usted comparte un palacio dorado con él en el fondo del mar.

La diosa frunció el ceño.

—¿Adónde quieres ir a parar?

—Bueno, ¿qué opina su marido de su colección?

—Aegir, ¡el gran agitador de tempestades! —soltó Ran—. Ahora lo único que le interesa es preparar su hidromiel. Siempre ha sido cervecero, pero últimamente es algo exagerado. Se pasa todo el tiempo en la tienda de lúpulos o de ruta cervecera con sus amigotes. Y no me hagas hablar de la camisa a cuadros, los pantalones pitillo remangados, las gafas y la forma en que se recorta la barba. Siempre está hablando de cervecería artesanal. ¡Tiene un caldero de más de un kilómetro de ancho!

—Claro —respondí—. Debe de ser un fastidio. No valora lo importantes que son sus tesoros.

—Tiene su propio estilo de vida —explicó Ran—. ¡Y yo tengo el mío!

Sam puso cara de perplejidad, pero a mí todo aquello me parecía de lo más lógico. Conocía a una vagabunda en Charlestown cuyo marido le había dejado una mansión de seis millones de dólares en Beacon Hill, pero al quedarse sola en casa había empezado a sentirse asfixiada, aislada e infeliz. De modo que vivía en las calles, empujando su carrito de la compra, recogiendo objetos de decoración de plástico para el jardín y latas de aluminio. Eso la hacía sentirse realizada.

Ran frunció el ceño.

—¿De qué estábamos hablando?

—De la Espada del Verano —aclaré—. Y qué podría ofrecerle a cambio.

—¡Sí!

—Lo que le ofrezco —dije— es dejar que se quede con su colección.

Las cuerdas de la red se cubrieron de escarcha. La voz de Ran adquirió un tono de peligro.

—¿Estás amenazándome con quitarme mis cosas?

—Oh, no. Nunca haría algo así. Entiendo lo valiosos...

—Porque ¿ves este girasol de plástico que da vueltas? ¡Ya no los fabrican! Vale perfectamente diez dólares.

—Desde luego. Pero si no me da la Espada del Verano, Surt y sus gigantes de fuego vendrán a buscarla. Y ellos no le mostrarán el mismo respeto.

Ran resopló.

—Los hijos de Muspel no pueden hacerme nada. Mi reino es letal para ellos.

—Pero Surt tiene muchos aliados —terció Sam, que había captado la idea—. Ellos la molestarían, la acosarían, le quitarían sus... tesoros. Harán cualquier cosa para recuperar esa espada. Cuando la tengan, provocarán el Ragnarok. Y entonces no habrá nada que buscar. Los mares hervirán. Su colección se destruirá.

—¡No! —gritó la diosa.

—Sí —dije—. Pero si nos da la espada, Surt no tendrá ningún motivo para molestarla. Nosotros la guardaremos en un lugar seguro.

Ran miró sus redes con el entrecejo fruncido, observando la reluciente basura.

—¿Cómo va a estar la espada más segura con vosotros que conmigo, hijo de Frey? No puedes devolvérsela a tu padre. Frey renunció a su derecho a usar el arma cuando se la regaló a Skirnir.

Por millonésima vez, me dieron ganas de buscar a mi padre, el brincador dios del verano, y darle un guantazo. ¿Por qué había entregado el arma? ¿Por amor? ¿No se suponía que los dioses eran más listos? Claro que Ran recogía tapacubos y a Aegir le iba la cerveza artesanal...

—La empuñaré yo mismo —dije—. O la devolveré al Valhalla para que esté a buen recaudo.

—En otras palabras, no lo sabes. —La diosa miró a Sam arqueando sus cejas con algas marinas—. Y tú, hija de Loki, ¿por qué te has puesto de parte de los dioses de Asgard? Tu padre ya no es amigo suyo.

—Yo no soy mi padre —repuso Sam—. Soy una... era una valquiria.

—Ah, sí. La chica que soñaba con volar. Pero los thanes del Valhalla te expulsaron. ¿Por qué sigues queriendo ganarte su aceptación? No los necesitas para volar. Sabes perfectamente que con la sangre de tu padre...

—Denos la espada, señora Ran. —La voz de Sam se endureció—. Es la única forma de retrasar el Ragnarok.

La diosa sonrió con acritud.

—Incluso hablas como Loki. Él era muy persuasivo: tan pronto te halagaba como te amenazaba. ¡Una vez incluso me convenció para que le prestara mi red! Eso dio lugar a toda clase de problemas. Loki descubrió los secretos para tejer redes. Los dioses se enteraron, y luego los humanos. Pronto todo el mundo tenía redes. ¡Mi objeto característico! No volveré a dejarme convencer tan fácilmente. Me quedaré con la espada y me arriesgaré con Surt.

Me quité las correas de la silla de pescar. Me dirigí a la punta de la proa y miré fijamente a la diosa. Normalmente no estafaba a vagabundas, pero tenía que conseguir que Ran me tomase en serio. Levanté la cadena de mi cinturón. Los eslabones plateados brillaron a la luz cada vez más tenue.

—Esta cadena también es una espada —dije—. Una auténtica espada del Valhalla. ¿Cuántas como esta tiene en su red?

Ran empezó a alargar el brazo hacia la cadena, pero se detuvo.

—Sí... Veo la espada a través del glamour. Pero ¿por qué iba a cambiar...?

—Una espada nueva por una vieja —propuse—. Esta es más brillante, y solo ha sido usada una vez en combate. Podría conseguir veinte pavos por ella sin problemas. En cambio, la Espada del Verano no tiene valor de reventa.

—Hum, cierto, pero...

—La otra opción es que yo coja la Espada del Verano —proseguí—. Me pertenece.

Ran gruñó. Las uñas de sus dedos se convirtieron en puntas serradas como dientes de tiburón.

—¿Osas amenazarme, mortal?

—Solo digo la verdad —contesté tratando de no perder la calma—. Puedo percibir la espada dentro de sus redes. —Una trola como un piano—. La saqué una vez de las profundidades del mar. Puedo volver a hacerlo. La espada es el arma más afilada de los nueve mundos. ¿De veras quiere que corte su red, esparza todas sus cosas y libere a todas esas almas atrapadas? Si escapasen, ¿cree que lucharían por usted o contra usted?

Su mirada vaciló.

—No te atreverías.

—Cámbieme una espada por otra —dije—. E incluya una manzana de Idún por las molestias.

Ran siseó.

—¡No habías dicho nada de una manzana!

—Es una petición razonable —dije—. Sé que tiene una manzana de la inmortalidad de sobra dando vueltas por ahí dentro. Luego nos iremos en paz. Impediremos el Ragnarok y dejaremos que vuelva usted a buscar tesoros. Si no —me encogí de hombros—, descubrirá lo que el hijo de Frey puede hacer con la espada de su padre.

Estaba convencido de que la diosa se reiría en mi cara, volcaría la barca y añadiría nuestras almas ahogadas a su colección, pero la miré fijamente como si no tuviera nada que perder.

Después de contar hasta veinte, lo suficiente para que una gota de sudor me cayera por el pescuezo y se congelara en el cuello de mi chaqueta, Ran gruñó:

—Muy bien.

Hizo un movimiento rápido con la mano. La Espada del Verano salió volando del agua y cayó en mi mano. Inmediatamente empezó a zumbar y a agitar cada molécula de mi cuerpo.

Lancé la cadena por la borda.

—Ahora, la manzana.

Una fruta salió disparada de la red. Le habría dado a Sam entre los ojos de no ser por sus rápidos reflejos. La manzana no parecía gran cosa —una simple manzana golden arrugada—, pero Sam la sostuvo con cautela, como si fuera radioactiva. Se la metió en el bolsillo de su abrigo.

—Y ahora marchaos, como habéis prometido —pidió Ran—. Pero te diré una cosa, hijo de Frey: tu injusta negociación te costará cara. Te has convertido en enemigo de Ran. Mi marido, Aegir, señor de las olas, se enterará de esto, si consigo sacarlo de la tienda de lúpulos. Por tu bien, espero que no pienses hacer más viajes por mar.

La próxima vez, tu parentesco con Njord no te salvará. Si vuelves a surcar mis aguas, arrastraré personalmente tu alma al fondo del mar.

—Vaya —contesté—, estoy deseándolo.

Ran empezó a dar vueltas. Su silueta se convirtió en una brumosa nube embudo, y sus redes la envolvieron como espaguetis retorcidos. Se sumió en las profundidades y desapareció.

Sam se estremeció.

—Ha sido interesante.

Detrás de nosotros, crujió una escalera de mano. La cabeza de Harald asomó de debajo.

—¿Interesante? —pregunté—. ¿Has dicho que ha sido interesante?

Harald salió y nos lanzó una mirada asesina, apretando los puños y con su barba azul helada goteando.

—Una cosa es pescar a la Serpiente del Mundo. Pero ¿ponerse a malas con Ran? ¡Si lo hubiera sabido no os habría traído a bordo, por mucho que haya dicho Chico Grande! ¡Tengo que ganarme la vida con el mar! Debería haberos tirado por la borda.

—Doblaré el precio —dijo Sam—. Diez monedas de oro rojo por llevarnos de vuelta al muelle.

Harald parpadeó.

—Está bien. —Se dirigió a la timonera.

Examiné la Espada del Verano. Una vez que la tenía, no sabía qué hacer con ella. El acero brillaba con luz propia, y a lo largo de la cara de la hoja ardían runas plateadas. La espada irradiaba calor, caldeaba el aire a mi alrededor, derretía la escarcha de las barandillas y me embargaba la misma sensación de poder sereno que experimentaba cuando curaba a alguien. No era como empuñar un arma, sino más bien como dejar abierta una puerta a otra época, en la que andaba con mi madre por la reserva de Blue Hills, con la luz del sol en la cara.

Sam estiró el brazo. Todavía llevaba aquellos enormes guantes de piel y me enjugó una lágrima de la mejilla.

No me había dado cuenta de que estaba llorando.

—Lo siento —dije con voz ronca.

Sam me observó preocupada.

—¿De verdad podrías haberle quitado la espada a Ran invocándola?

—No lo sé.

—En ese caso, estás loco. Pero estoy impresionada.

Bajé la espada. Seguía zumbando, como si tratara de decirme algo.

—¿A qué se refería Ran? —pregunté—. Ha dicho que no tenías por qué ser una valquiria para volar. Algo sobre la sangre de tu padre.

La expresión de Sam se cerró más rápido que las redes de Ran.

—No es importante.

—¿Estás segura?

Ella se colgó el hacha del cinturón. Miró a todas partes menos a mis ojos.

—Tan segura como de que tú podrías invocar la espada.

Los motores fueraborda rugieron. La embarcación empezó a girar.

—Estaré en el timón con Harald —dijo Sam, aparentemente impaciente por poner distancia entre nosotros—. Me aseguraré de que nos lleva a Boston y no a Jotunheim.

35

No harás caca en la cabeza del Arte

Después de darme la manzana de la inmortalidad ligeramente arrugada, Sam me dejó en el puerto. No es que quisiera dejarme, dijo, pero sus abuelos iban a matarla, y no quería darles motivos llegando más tarde. Quedamos en vernos a la mañana siguiente en la biblioteca pública.

Me dirigí a Copley Square. Me daba un poco de corte ir por las calles con una brillante espada ancha, así que mantuve una conversación con mi arma. (Algo la mar de normal.)

—¿Podrías utilizar el glamour y convertirte en algo más pequeño? —le pregunté—. A ser posible no una cadena, que ya no estamos en los noventa.

La espada no contestó (qué sorpresa), pero me imaginé que zumbaba a un ritmo más interrogativo, como si dijera: «¿Como qué, entonces?».

—No sé. Algo inocuo que quepa en el bolsillo. ¿Un bolígrafo, por ejemplo?

La espada palpitó, como si se estuviera riendo. Me la imaginé diciendo: «Una espada bolígrafo. Es la estupidez más grande que he oído en mi vida».

—¿Se te ocurre una idea mejor? —le pregunté.

La espada se encogió en mi mano y se transformó en una piedra rúnica colgada de una cadena de oro. La pequeña piedra blanca estaba adornada con un símbolo negro:

—La runa de Frey —dije—. No soy muy aficionado a las joyas, pero vale.

Me abroché la cadena alrededor del cuello. Descubrí que la piedra se sujetaba magnéticamente al enganche, de modo que podía quitarla de la cadena con facilidad. En cuanto lo hice, se convirtió en espada. Si quería que recobrara la forma de colgante, solo tenía que imaginármelo. La espada se transformaba en una piedra, y podía volver a sujetarla al collar.

—Mola —reconocí.

Tal vez la espada hubiera oído realmente mi petición. Tal vez yo mismo hubiera obrado el glamour de algún modo. O tal vez estuviera teniendo alucinaciones y llevara una espada enorme colgada del cuello.

Dudaba que alguien mirase dos veces mi nuevo medallón.

Verían el ᚠ y supondrían que significaba ᚠracaso.

Cuando llegué a Copley Square estaba totalmente a oscuras. No había rastro de Blitz ni de Hearthstone, cosa que me inquietó. La biblioteca había cerrado. Me pregunté si Chico Grande esperaba que me reuniera con él en el tejado, pero no pensaba trepar por las paredes de la biblioteca.

Había sido un día largo. Con fuerza de superguerrero einherji o no, estaba agotado y hambriento Si Chico Grande quería la manzana, tendría que ir a buscarla. Si no, me la comería yo mismo.

Me senté en los escalones de la entrada de la biblioteca; la piedra se bamboleaba debajo de mí como si todavía estuviera en la barca de Harald. A cada lado, había una estatua de bronce de una mujer recostada en un trono de mármol. Recordé que una simbolizaba el Arte, y la otra, la Ciencia, pero las dos me parecían listas para un Descanso. Estaban apoyadas en los brazos de sus tronos, con la cabeza cubierta con un rebozo metálico, mirando en dirección a mí como diciendo: «Una semana dura, ¿eh?».

Era la primera vez que estaba solo y que no corría un peligro inminente desde...¿la visita a la funeraria? ¿Estar mirando tu cadáver contaba como estar solo?

Ya debía de haberse celebrado mi funeral. Me imaginé mi ataúd siendo introducido en una tumba helada; al tío Randolph apoyado en el bastón, frunciendo el ceño con resentimiento; al tío Frederick con cara de desconcierto y dolor, vestido con su ropa mal combinada; y a Annabeth... No podía imaginarme lo que estaba sintiendo.

Había ido corriendo a Boston para buscarme. Se había enterado de que había muerto. Luego se había enterado de que no había muerto, pero aun así había asistido a mi funeral y no le había dicho a nadie que me había visto.

Creía que cumpliría su promesa, pero nuestro encuentro me había puesto nervioso. Algunas cosas que había dicho me habían dejado intranquilo: «Puedo ayudarte. Conozco un sitio donde estarás a salvo».

Saqué el papel arrugado del bolsillo de mi abrigo. SE BUSCA. MAGNUS CHASE, 16 AÑOS. LLAME, POR FAVOR. Miré el número de teléfono de Annabeth y me lo aprendí de memoria. Le debía una explicación, pero todavía no. Ya había conseguido que dejaran a Hearthstone sin sentido, que Blitzen quedara medio petrificado y que Sam fuera expulsada de las valquirias. No podía arriesgarme a arrastrar a alguien más a mis líos.

Según las nornas, el lobo Fenrir sería liberado en siete días a menos que yo lo impidiera. Daría comienzo el Ragnarok. Surt quemaría los nueve mundos. Nunca encontraría a mi madre ni conseguiría que se hiciera justicia por su asesinato.

A pesar de todo, cada vez que pensaba en enfrentarme a un lobo —enfrentarme al Lobo, el mismísimo Fenrir—, me daban ganas de hacerme un ovillo en mi viejo saco de dormir, taparme los oídos con los dedos y canturrear: «La, la, la, esto no está pasando».

Una sombra se lanzó en picado por encima de mi cabeza. Chico Grande, el águila, cayó sobre la estatua de bronce situada a mi izquierda y decoró rápidamente su cabeza con una capa de excrementos de águila.

—Colega —dije—, acabas de hacer caca en el Arte.

—¿De verdad? —Chico Grande levantó las plumas de la cola—. Ah, vaya. Me imagino que ya está acostumbrada. ¡Veo que has sobrevivido a la expedición de pesca!

—¿Sorprendido? —pregunté.

—Pues sí, la verdad. ¿Tienes mi manzana?

La saqué del bolsillo y se la lancé. Chico Grande la atrapó con su garra izquierda y empezó a comérsela.

—¡Ah, así me gusta!

Últimamente había visto cosas raras, pero un águila comiéndose una manzana encima de la cabeza llena de cacas del Arte estaba sin duda entre las veinte primeras.

—Bueno, ¿me vas a decir ahora quién eres? —pregunté.

Chico Grande eructó.

—Supongo que te lo has ganado. Lo confieso: en realidad no soy un águila.

—Me dejas de piedra, te lo aseguro.

Él arrancó otro trozo de manzana.

—Además, dudo que hagas muchos amigos entre los dioses cuando se enteren de quién te ha ayudado.

—Genial —contesté—. Ya estoy en la lista de enemigos de Ran y de Aegir.

—Bah, esos dos no son dioses de verdad. No son ni Aesir ni Vanir. Creo que tienen más de gigantes, aunque la línea que separa a los gigantes de los dioses nunca ha estado clara. Nuestros clanes se han casado entre ellos muchas veces a lo largo de los años.

—«Nuestros clanes.» ¿Qué quiere decir eso?

El águila creció. Unas sombras se plegaron a su alrededor y aumentaron su tamaño como una bola de nieve ganando masa. Su figura se transformó en un anciano enorme repantigado en el regazo del Arte. Llevaba unas botas con las suelas de hierro, pantalones de cuero y una túnica de plumas de águila que probablemente infringía la Ley de Especies en Peligro de Extinción. Tenía el pelo gris y la cara curtida por la edad. En un antebrazo llevaba un brazal de oro con incrustaciones de cornalinas: el tipo de brazalete que llevaban los thanes en el Valhalla.

—¿Eres un lord? —pregunté.

—Un rey, de hecho. —Chico Grande dio otro mordisco a la manzana. Inmediatamente, se le oscureció el cabello y parte de sus arrugas desaparecieron—. ¡Utgard-Loki a tu servicio!

Cerré los dedos en torno al colgante de mi espada.

—¿El auténtico Loki?

El rey gigante hizo una mueca.

—No tienes ni idea de la cantidad de veces que me hacen esa pregunta. «¿Es usted el "famoso" Loki?» —Marcó la palabra «famoso» con comillas imaginarias—. ¡Uf! Me llamaba Loki antes de que él apareciera. ¡Es un nombre popular entre los gigantes! En cualquier caso, no, Magnus Chase, no estoy emparentado con el famoso Loki. Soy Utgard-Loki, que quiere decir Loki de las Tierras Lejanas, rey de los gigantes de las montañas. He estado observándote durante años.

—Me pasa mucho.

—Bueno, eres mucho más interesante que los lerdos de los hijos de Thor que suelen desafiarme. ¡Serás un enemigo estupendo!

La presión en mis canales auditivos aumentó.

—¿Ahora somos enemigos?

—Oh, no hace falta que desenvaines tu espada aún. Aunque es un bonito colgante. Algún día nos encontraremos en bandos opuestos. Es inevitable. Pero, de momento, me conformo con observar. Espero que aprendas a usar la espada sin matarte. Eso sería divertido. Surt, ese viejo saco de humo, merece ser humillado.

—Bueno, siempre es un placer entretenerte.

El gigante se metió el resto de la manzana en la boca y se la tragó entera. Pasó a aparentar unos veinticinco años, con el pelo negro como el carbón y ninguna arruga en su atractivo rostro angular.

—Hablando de Surt —dijo—, el señor del fuego no te dejará quedarte esa espada. Tienes... probablemente hasta mañana para que se dé cuenta de que la has encontrado.

Me llevé la mano al colgante. Notaba los brazos como sacos de arena mojados.

—He empalado a Surt, le he cortado la nariz y lo he tirado a un río helado. ¿Es que eso no lo ha retrasado?

—¡Oh, sí que lo ha retrasado! Ahora mismo no es más que una bola de fuego rabiosa sin nariz, hecha una furia en Muspelheim. Tendrá que conservar todo su poder para volver a manifestarse el día de la luna llena.

—Cuando intente liberar al Lobo. —Tal vez no debería haber estado charlando de ese asunto con un enemigo autoproclamado, pero algo me decía que Utgard-Loki ya lo sabía.

El gigante asintió con la cabeza.

—Surt tiene más ganas que nadie de que empiece el Ragnarok. Sabe que podrá arrasar los nueve mundos con las llamas, y eso es lo que ha estado esperando desde el principio de los tiempos. ¡A mí me gusta cómo son las cosas! Me lo estoy pasando bien. Pero los gigantes de fuego... Ah, no hay forma de razonar con ellos. Todo se reduce a quemar, quemar, quemar. En fin, lo bueno es que Surt no podrá matarte en persona hasta la luna llena. Está demasiado débil. La mala noticia es que tiene muchos secuaces.

—Odio a los secuaces.

—Surt no es el único que va detrás de ti. Tus antiguos compañeros del Valhalla han estado buscándote. No les hizo gracia que te marchases sin permiso.

Pensé en la capitana Gunilla y en su bandolera de martillos. Me imaginé uno dando vueltas hacia mi cara.

—Perfecto.

—Yo de ti, Magnus, me marcharía de Midgard al amanecer. Eso despistaría a tus perseguidores, al menos temporalmente.

—Que me vaya de la Tierra. Así de simple.

—Sabía que aprendías rápido. —Utgard-Loki se deslizó del regazo de la estatua. De pie, medía unos tres metros y medio—. Volveremos a vernos, Magnus Chase. Algún día necesitarás un favor que solo Utgard-Loki pueda concederte. Pero, por ahora..., tus amigos quieren hablar contigo. ¡Adiós!

Unas sombras formaron un embudo a su alrededor. Utgard-Loki desapareció. En su lugar aparecieron Blitzen y Hearthstone.

Hearth se apartó de mí de un salto como un gato asustado.

Blitzen soltó su bolso de viaje.

—¡Por el cuerno de Heimdal, chico! ¿De dónde has salido?

—¿Que de dónde he...? Llevo aquí casi una hora. Estaba hablando con un gigante.

Hearth se dirigió a mí muy despacio. Me dio con el dedo en el pecho para ver si era real.

«Llevamos horas aquí —dijo con señas—. Esperándote. Nosotros hemos hablado con un gigante. Y tú acabas de aparecer.»

Una sensación de malestar me subió por el pecho.

—Tal vez deberíamos intercambiar impresiones.

Les conté lo que había pasado desde que nos habíamos separado: lo de la barca de Harald, el señor J. y Ran la Vagabunda (que sería un nombre alucinante para un dúo de raperos), y mi conversación con Utgard-Loki.

—Ah. Mal asunto. —Blitzen se acarició la barba. Había prescindido del equipo de protección solar y llevaba un traje de tres piezas color berenjena con una camisa de etiqueta malva y un clavel verde en el ojal—. El gigante nos ha contado las mismas cosas, pero... no nos ha dicho su nombre.

Hearth dijo por señas: «Sorpresa» abriendo los dedos flexionados a cada lado de la cara, un gesto que en ese contexto interpreté como «¡Ostras!».

«Utgard-Loki. —Deletreó el nombre—. El hechicero más poderoso de Jotunheim. Puede crear cualquier ilusión.»

—Hemos tenido suerte —dijo Blitz—. Utgard-Loki podría habernos engañado para que viéramos o hiciéramos cualquier cosa. Podría habernos hecho saltar de un tejado, matarnos entre nosotros sin querer o comer un *steak tartare*. De hecho —entornó los ojos—, todavía podríamos estar en plena ilusión. Cualquiera de nosotros podría ser un gigante.

Blitzen le dio un puñetazo a Hearthstone en el brazo.

«¡AY!», dijo Hearth por signos. Le pisó los dedos de los pies al enano.

—O puede que no —decidió Blitzen—. Aun así, es muy mal asunto. Magnus, le has dado una manzana de la inmortalidad a un rey de los gigantes.

—¿Y... qué significa eso exactamente?

Blitz se puso a toquetear su clavel.

—Para ser sincero, no estoy seguro. Nunca he entendido cómo funcionan esas manzanas. Me imagino que hará más fuerte y más joven a Utgard-Loki. Y que no te quepa duda: cuando llegue el Ragnarok, no estará de nuestra parte.

«Ojalá hubiera sabido que era Utgard-Loki —dijo Hearthstone con gestos—. Podría haberle preguntado sobre magia.»

—Bah —repuso Blitz—. Ya sabes mucho. Además, no puedes confiar en que un gigante te dé respuestas directas. Ahora mismo los dos necesitáis dormir. Los elfos podemos quedarnos despiertos mucho tiempo sin la luz del sol. Y parece que Magnus esté a punto de caerse.

Blitz tenía razón. Estaba empezando a ver doble a Blitzen y a Hearthstone, y me parecía que no tenía ninguna relación con las ilusiones.

Acampamos en el portal de la biblioteca, como en los viejos tiempos, solo que con mejores provisiones. Blitz sacó tres sacos de dormir de su bolsa, junto con una muda limpia para mí y unos sándwiches que me comí demasiado rápido para saborearlos. Hearth se desplomó en su saco de dormir y se puso a roncar en el acto.

—Descansa —me dijo Blitz—. Yo vigilaré. Mañana visitaremos a mi familia.

—¿El mundo de los enanos? —Mis pensamientos se estaban volviendo confusos—. ¿Tu hogar?

—Mi hogar. —Blitzen parecía inquieto—. Por lo que Hearth y yo hemos investigado hoy, parece que necesitaremos más información sobre la cuerda con la que está atado Fenrir. Solo podemos conseguirla en Nidavellir. —Se fijó en la cadena que llevaba alrededor del cuello—. ¿Puedo verla? ¿La espada?

Me quité el colgante y dejé la espada entre nosotros; su luz hacía que la cara de Blitz reluciese como una veta de cobre en la oscuridad.

—Impresionante —murmuró—. Acero de hueso... o algo aún más exótico.

—Acero de hueso... T. J. lo mencionó en el Valhalla.

Blitz no tocó la hoja, pero pasó la mano por encima reverentemente.

—Para hacer acero, se funde hierro con carbono. La mayoría de los espaderos utilizan carbón, pero también se pueden usar huesos: los huesos de enemigos, monstruos o antepasados.

—Ah... —Me quedé mirando la hoja, preguntándome si mis tatarabuelos podían estar ahí, en alguna parte.

—Fundido correctamente —explicó Blitz—, el acero de hueso puede matar a criaturas sobrenaturales, incluso gigantes y dioses. Por supuesto, hay que templar la hoja en sangre para endurecerla, a ser posible en la sangre de la especie de la criatura con la que quieras que la espada tenga un efecto más mortal.

Los sándwiches se me estaban indigestando.

—¿Esta hoja fue hecha de esa forma?

—No lo sé —reconoció Blitz—. La espada de Frey es obra de Vanir, y eso es un misterio para mí. Podría estar más cerca de la magia élfica de Hearth.

Se me cayó el alma a los pies. Tenía entendido que a los enanos se les daba bien hacer armas. En el fondo, había esperado que Blitzen pudiera contarme algo sobre los secretos de la espada.

Miré a Hearth, que seguía roncando plácidamente.

—Dijiste que Hearth sabía mucho de magia. No lo estoy criticando. Es solo que nunca lo he visto lanzar un... bueno, menos abrir una puerta. ¿Qué más puede hacer?

Blitz posó la mano en actitud protectora a los pies de Hearth.

—La magia lo consume. La dosifica. Además, su familia...

Respiró hondo.

—A los elfos modernos no les gusta la magia. Los familiares de Hearthstone le han hecho avergonzarse mucho. Todavía le da apuro hacer magia delante de otros. Hearthstone no fue el hijo que sus padres querían, entre la magia y la... ya sabes... —Blitz se dio unos golpecitos en los lóbulos de las orejas.

Me dieron ganas de soltar una grosería sobre los padres de Hearth-stone en idioma de signos.

—Él no tiene la culpa de ser sordo.

—Elfos. —Blitz se encogió de hombros—. Son poco tolerantes con lo que no es perfecto: la música, el arte, las apariencias. Sus propios hijos.

Quería protestar diciendo lo injusto que era eso. Entonces pensé en los humanos y decidí que no éramos mucho mejores.

—Duerme, chico —me apremió Blitz—. Mañana será un día importante. Para mantener atado al lobo Fenrir, vamos a necesitar la ayuda de cierto enano... y nos va a costar cara. Necesitaremos que hayas recuperado todas tus fuerzas cuando saltemos a Nidavellir.

—Saltar... —repetí—. ¿A qué te refieres con «saltar»?

Él me lanzó una mirada de preocupación, como si yo pudiera tener otro funeral dentro de muy poco.

—Por la mañana tendrás que intentar trepar por el Árbol de los Mundos.

36

¡Pato!

Llamadme loco.

Esperaba que el Árbol de los Mundos fuera un árbol, no una hilera de patos de bronce.

—¡Mirad! —exclamó Blitzen—. ¡El nexo del universo!

Hearthstone se arrodilló con aire reverente.

Miré a Sam, que se había reunido con nosotros después de escapar valientemente de la clase de física de primera hora. No se estaba riendo.

—Bueno... —dije—, os informo de que es la estatua del cuento *Abran paso a los patitos*.

—¿Crees que es una casualidad? —preguntó Blitzen—. ¿Nueve mundos? ¿Nueve patos? ¡El simbolismo proclama que es un portal! Este sitio es el punto crucial de la creación, el centro del árbol, el lugar más fácil para saltar de un pato, digo, de un mundo a otro.

—Si tú lo dices... —Había pasado miles de veces por delante de esos patos. Nunca los había considerado un nexo. No había leído el libro para niños en el que estaban inspirados, pero deducía que trataba de una mamá pato y sus crías cruzando una calle de Boston, de modo que les dedicaron una escultura en el jardín público.

En verano, los niños se sentaban encima de la Señora Mallard y les hacían fotos. En Navidad, a los patos les ponían gorritos de Papá

Noel. En ese momento estaban desnudos y solos, enterrados hasta el cuello por una nevada reciente.

Hearthstone pasó las manos por encima de las estatuas como si estuviera comprobando si una estufa daba calor.

Miró a Blitz y negó con la cabeza.

—Lo que me temía —dijo Blitz—. Hearth y yo hemos estado viajando demasiado. No podremos activar los patos. Magnus, te vamos a necesitar.

Yo esperaba que me diera una explicación, pero Blitz se limitó a examinar las esculturas. Esa mañana estaba probando un nuevo sombrero: un salacot con una malla oscura que le llegaba hasta los hombros. Según Blitz, la tela de la malla estaba diseñada por él mismo. Impedía que pasara un noventa y ocho por ciento de la luz del sol y nos permitía ver su cara al mismo tiempo que no tapaba su elegante atuendo. Parecía un apicultor de luto.

—Vale —dije—. ¿Cómo activo los patos?

Sam echó un vistazo a los alrededores. No parecía que hubiera dormido mucho. Tenía los ojos hinchados. Sus manos estaban en carne viva y llenas de ampollas a causa de nuestra expedición de pesca. Se había puesto una trinchera negra de lana, pero por lo demás iba vestida igual que el día anterior: hiyab verde, hacha, escudo, vaqueros y botas de invierno; todos los accesorios de una ex valquiria elegante.

—Lo hagas como lo hagas —dijo—, hazlo rápido. No me gusta lo cerca que estamos de las puertas del Valhalla.

—Pero no sé cómo —protesté—. ¿No saltáis vosotros de mundo continuamente, chicos?

«Demasiado», contestó Hearth por señas.

—Cuanto más a menudo viajas entre mundos, más difícil resulta, chico —explicó Blitz—. Es como sobrecalentar un motor. En algún momento tienes que parar y dejar que se enfríe. Además, una cosa es saltar al azar de un mundo a otro. Pero viajar estando de misión es distinto. No podemos estar seguros de adónde tenemos que ir exactamente.

Me volví hacia Sam.

—¿Y tú?

—Cuando era valquiria, no habría habido ningún problema. Pero ahora... —Sacudió la cabeza—. Tú eres hijo de Frey. Tu padre es el dios del crecimiento y la fertilidad. Deberías poder conseguir que las ramas de Yggdrasil se acerquen lo bastante para que saltemos a ellas. Además, es tu misión. Eres el que más posibilidades tiene de orientarse. Utiliza la escultura como punto focal. Busca el camino más rápido.

Habría tenido más suerte explicándome cálculo.

Me sentía como un tonto, pero me arrodillé al lado de la escultura. Toqué el último patito de la fila. El frío me recorrió al instante el brazo. Percibí hielo, niebla y oscuridad: algún lugar riguroso y poco acogedor.

—Este —decidí— es el camino más rápido a Niflheim.

—Magnífico —dijo Blitz—. No iremos ahí.

Estaba alargando el brazo hacia el siguiente pato cuando alguien gritó:

—¡MAGNUS CHASE!

A doscientos metros de distancia, en el lado opuesto de Charles Street, se hallaba la capitana Gunilla, flanqueada por otras dos valquirias. Detrás de ellas había una fila de einherjar. No distinguía sus expresiones, pero la amenazante masa gris de X, el medio trol, era inconfundible. Gunilla había reclutado a mis compañeros de planta para luchar contra mí.

Mis dedos se crisparon de rabia. Me dieron ganas de coger un gancho de carnicero e ir de pesca con Gunilla de cebo. Alargué la mano hacia el colgante.

—No, Magnus —dijo Sam—. Concéntrate en los patos. Tenemos que cambiar de mundo ya.

A cada lado de Gunilla, las valquirias sacaron unas lanzas brillantes de sus espaldas. Gritaron a los einherjar que preparasen las armas. Gunilla cogió dos martillos y los lanzó hacia nosotros.

Sam desvió uno con su escudo. Apartó el otro de un hachazo y envió el martillo dando vueltas contra el sauce más cercano, donde se clavó hasta el mango. Al otro lado de la calle, las tres valquirias se elevaron por los aires.

—No puedo luchar contra todas ellas —advirtió Sam—. O nos vamos ahora o nos atrapan.

Mi ira se convirtió en pánico. Miré la fila de patos de bronce, pero mi concentración se había ido al traste.

—Necesito... necesito más tiempo.

—¡No tenemos tiempo! —Sam desvió otro martillo. La fuerza del golpe le agrietó el escudo por la mitad.

—Hearth —Blitzen dio un codazo al elfo en el brazo—, ahora estaría bien.

Una expresión ceñuda tiró de las comisuras de la boca de Hearthstone. Se metió la mano en el bolsillo y sacó una piedra rúnica. Ahuecó las manos a su alrededor y le murmuró silenciosamente, como si estuviera hablando con un pájaro capturado. Lanzó la piedra al aire.

La piedra estalló por encima de nosotros y creó una runa de una ardiente luz dorada:

$$R$$

La distancia entre la partida de caza de Gunilla y nosotros pareció aumentar. Las valquirias volaban hacia nosotros a toda velocidad; mis compañeros einherjar desenvainaron sus armas y atacaron; pero no hicieron ningún progreso.

La escena me recordó a aquellos dibujos animados cutres de los setenta en los que un personaje corría pero el paisaje de detrás no paraba de repetirse. Charles Street empezó a girar alrededor de nuestros perseguidores como una gigantesca rueda de hámster. Por primera vez, entendí lo que Sam me había dicho sobre la capacidad de las runas para alterar la realidad.

—*Raidho* —dijo Blitzen con admiración—. Significa «la rueda», «el viaje». Hearthstone te ha conseguido algo de tiempo.

«Solo segundos —aclaró Hearth por señas. Date prisa.»

Al instante se desplomó entre los brazos de Sam.

Pasé las manos por encima de los patos de bronce rápidamente. Me detuve en el cuarto. Noté calor, seguridad, una sensación de bienestar.

—Este —dije.

—¡Bien, ábrelo! —gritó Blitzen.

Me puse en pie. No estaba seguro de lo que estaba haciendo, pero quité el colgante de la cadena. La Espada del Verano apareció en mis manos. Su hoja ronroneaba como un gato desquiciado. Di unos golpecitos con ella contra el pato de bronce y lancé un tajo hacia arriba.

El aire se abrió como una cortina. En lugar de la acera, ante mí había una extensión de ramas de árbol. La más cercana, con la anchura de Beacon Street, avanzaba justo por debajo de nosotros, aproximadamente un metro más adelante, suspendida sobre un vacío gris. Por desgracia, el corte que había hecho en la tela de Midgard se estaba cerrando.

—¡Deprisa! —dije—. ¡Saltad!

Blitzen no vaciló. Saltó a través de la fisura.

En Charles Street, Gunilla gritó indignada. Ella y sus valquirias seguían volando a toda velocidad en su rueda de hámster de dibujos animados, mientras los einherjar avanzaban dando traspiés detrás de ellas.

—¡Estás condenado, Magnus Chase! —gritó Gunilla—. Te perseguiremos hasta los confines de...

El hechizo de Hearth se rompió con un sonoro POP. Los einherjar cayeron de bruces a la calle. Las tres valquirias pasaron como un rayo por encima de nuestras cabezas. A juzgar por el sonido de cristales rotos, debían de haberse estrellado contra un edificio en Arlington Street.

No esperé a que mis antiguos compañeros de planta volvieran en sí.

Agarré el brazo izquierdo de Hearth mientras Sam cogía el derecho y saltamos juntos al Árbol de los Mundos.

37

Una ardilla me pone verde

Siempre me ha gustado trepar por los árboles.

Mi madre había sido bastante comprensiva en ese sentido. Solo se ponía nerviosa cuando subía más de seis metros. Entonces su voz adquiría un tono de ligera tensión.

—Bichito, puede que esa rama no aguante tu peso. ¿Por qué no bajas un poco?

En el Árbol de los Mundos, todas las ramas podían soportar mi peso. Las más grandes eran más anchas que la Interestatal 93. Las más pequeñas eran del tamaño de la típica secoya. En cuanto al tronco de Yggdrasil, era tan inmenso que escapaba a toda lógica. Cada hendidura de su superficie parecía llevar a un mundo distinto, como si alguien hubiera envuelto en corteza de árbol una columna de pantallas de televisión que proyectasen millones de películas distintas.

El viento rugía y azotaba mi nueva cazadora vaquera. Más allá del manto de hojas, no veía más que una brumosa luz blanca. Debajo no había suelo; solo más ramas entrecruzadas por encima del vacío. El árbol tenía que haber echado raíces en alguna parte, pero me sentía mareado y sin equilibrio, como si Yggdrasil y todo lo que contenía, incluido mi mundo, estuvieran flotando libremente en la niebla primordial: el Ginnungagap.

Si me caía allí, en el mejor de los casos chocaría contra una rama y me partiría el cuello. En el peor, seguiría cayendo eternamente en la Gran Nada Blanca.

Debía de haberme inclinado hacia delante, porque Blitzen me cogió del brazo.

—Ten cuidado. La primera vez que uno pisa el árbol se marea.

—Sí, me he dado cuenta.

Hearthstone seguía debilitado entre Sam y yo. Trataba de mantener el equilibrio, pero se le torcían los tobillos continuamente.

Sam tropezó. El escudo roto se le resbaló de la mano y cayó dando volteretas al abismo.

Ella se agachó, con una mirada de pánico apenas controlado.

—Me gustaba mucho más Yggdrasil cuando podía volar.

—¿Y Gunilla y los otros? —pregunté—. ¿Podrán seguirnos?

—No les resultará fácil —respondió Sam—. Pueden abrir otro portal, pero no les llevará necesariamente a la misma rama del árbol. Aun así, no deberíamos pararnos. Estar en Yggdrasil no es bueno para la cordura.

Hearthstone consiguió tenerse en pie sin ayuda.

«Estoy bien —dijo por señas—. Vamos.» Aunque le temblaban tanto las manos que más bien pareció que dijese: «Eres una madriguera de conejo».

Seguimos avanzando por la rama.

La Espada del Verano zumbaba en mi mano, tirando de mí como si supiera adónde íbamos. Esperaba que al menos ella lo supiera.

Unos vientos adversos nos zarandeaban de un lado al otro. Las ramas se bamboleaban y proyectaban profundos charcos de sombra y radiantes parcelas de luz a través de nuestro camino. Una hoja del tamaño de una canoa pasó balanceándose.

—No pierdas la concentración —me indicó Blitzen—. ¿Te acuerdas de la sensación que has notado al abrir el portal? Búscala otra vez. Encuentra una salida.

Después de caminar aproximadamente un cuarto de hora, dimos con una rama más pequeña que cruzaba justo por debajo de la nuestra. Mi espada zumbó más fuerte y tiró hacia la derecha.

Miré a mis amigos.

—Creo que tenemos que tomar esta salida.

Cambiar de rama puede parecer fácil, pero implicaba deslizarse tres metros de una superficie curva a otra, con el viento aullando y las ramas bamboleándose. Milagrosamente, lo logramos sin que nadie acabara aplastado ni cayera al vacío.

Avanzar por aquella rama más estrecha era todavía peor. Se mecía de forma más violenta bajo nuestros pies. En un momento determinado, una hoja me tumbó, como si, de la nada, me hubiera caído una lona verde encima. En otro momento, miré abajo y me di cuenta de que estaba sobre una grieta del tronco. Casi un kilómetro por debajo, dentro de la rama, pude ver una cadena montañosa cubierta de nieve, como si estuviera en un avión con el suelo de cristal.

Avanzamos con cuidado a través de un laberinto de líquenes que parecían montañas de malvavisco quemado. Cometí el error de tocar uno. Mi mano se hundió hasta la muñeca y por poco no pude sacarla.

Finalmente, los líquenes se dispersaron en grupos más pequeños como sofás de malvavisco quemado. Seguimos la rama hasta que se dividió en media docena de ramitas por las que era imposible trepar. La Espada del Verano pareció dormirse en mi mano.

—¿Y bien? —preguntó Sam.

Me asomé a un lado. Unos nueve metros por debajo de nosotros se cimbreaba una rama más grande. En medio de la misma, un agujero del tamaño de un jacuzzi brillaba con una luz tenue y cálida.

—Esa es —dije—. Esa es nuestra salida.

Blitzen frunció el ceño.

—¿Estás seguro? Nidavellir no es cálido ni brillante.

—Solo te lo digo: parece que la espada piensa que es nuestro destino.

Sam silbó silenciosamente.

—Menudo salto. Si no caemos en el agujero...

Hearthstone deletreó: «C-H-O-F».

Nos alcanzó una ráfaga de viento, y Hearth tropezó. Antes de que pudiera cogerlo, cayó hacia atrás contra un grupo de líquenes.

Sus piernas fueron engullidas rápidamente por la sustancia de malvavisco.

—¡Hearth! —Blitzen corrió a su lado atropelladamente. Tiró de los brazos de Hearth, pero el liquen cenagoso se agarraba a sus piernas como un niño pegajoso.

—Podemos sacarlo cortando —dijo Sam—. Con tu espada y mi hacha. Llevará tiempo. Tendremos que tener cuidado con sus piernas. Pero podría ser peor.

Naturalmente, la situación empeoró. En algún lugar por encima de nosotros, sonó un explosivo «¡YARK!».

Blitzen se agachó debajo de su salacot.

—¡Ratatosk! Esa maldita ardilla siempre aparece en el peor momento. ¡Daos prisa con esas cuchillas!

Sam cortó el liquen con su hacha, pero la hoja se quedó pegada.

—¡Es como cortar neumáticos derretidos! No va a ser rápido.

«¡MARCHAOS! —ordenó Hearth con signos—. Dejadme.»

—No es una opción —dije.

«¡YAAAAAARRRK!» Esa vez el sonido fue mucho más fuerte. Una docena de ramas por encima de nosotros, una gran sombra pasó a través de las hojas.

Levanté la espada.

—Lucharemos contra la ardilla. Podemos hacerlo, ¿no?

Sam me miró como si estuviera loco.

—Ratatosk es invulnerable. No hay forma de luchar contra ella. Nuestras opciones son huir, escondernos o morir.

—No podemos huir —dije—. Y ya me he muerto dos veces esta semana.

—Entonces escondámonos. —Sam desenvolvió su hiyab—. Al menos, Hearth y yo. Puedo tapar a dos personas, no más. Blitz y Tú huid... Buscad a los enanos. Nos reuniremos con vosotros más tarde.

—¿Qué? —Me pregunté si Utgard-Loki estaba jugando con su mente—. ¡Sam, no podéis esconderos debajo de un trozo de seda verde! La ardilla no puede ser tan tonta...

Ella sacudió la tela. Adquirió el tamaño de una sábana de cama individual, y los colores ondearon hasta que el hiyab se tiñó de los mismos tonos marrones, amarillos y blancos del liquen.

«Ella tiene razón —dijo Hearth con gestos—. MARCHAOS.»

Sam se agachó a su lado, los cubrió a los dos con el hiyab, y desaparecieron mezclándose perfectamente con los líquenes.

—Magnus —Blitz me tiró del brazo—, es ahora o nunca. —Señaló la rama de debajo. El agujero se estaba cerrando.

En ese momento, Ratatosk se abrió paso entre el follaje de encima. Imaginaos un tanque Sherman cubierto de pelo rojo bajando a toda velocidad por el lateral de un árbol... Pues la ardilla daba aún más miedo. Sus incisivos eran dos terroríficas cuñas blancas esmaltadas. Sus garras eran cimitarras. Sus ojos eran amarillos como el azufre y ardían de furia.

«¡YARK!» El grito de guerra de la ardilla me perforó los tímpanos. Mil insultos se hallaban contenidos en ese sonido único, todos invadiendo mi cerebro, ahogando cualquier pensamiento racional.

«Has fracasado.»

«No le caes bien a nadie.»

«Estás muerto.»

«El salacot de tu enano es ridículo.»

«No pudiste salvar a tu madre.»

Caí de rodillas. Un sollozo se formó en mi pecho. Probablemente me habría muerto en ese momento si Blitz no me hubiera levantado con todas sus fuerzas de enano y me hubiera dado un guantazo.

Yo no le oía, pero le leí los labios: «Ahora, chico».

Me agarró la mano con sus dedos ásperos y callosos, saltó de la rama y me arrastró contra el viento.

38

Me derrumbo en un Volkswagen

Estaba en un prado soleado y no recordaba cómo había llegado allí.

A lo lejos, había unas onduladas colinas verdes salpicadas de flores silvestres. La brisa olía a lavanda. La luz era cálida e intensa, como si el aire se hubiera convertido en mantequilla.

Me costaba pensar. La luz... la luz del sol era mala para los enanos. Estaba seguro de que había estado viajando con un enano..., alguien que me había dado una bofetada y me había salvado la vida.

—¿Blitz?

Él estaba a mi izquierda, sosteniendo su salacot a un lado.

—¡Tu sombrero, Blitz!

Temí que se hubiera convertido en piedra.

Entonces se volvió. Tenía una mirada turbulenta y distante.

—Tranquilo, chico. No es la luz del sol normal. Ya no estamos en Midgard.

Parecía que estuviera hablando a través de papel de cera. El gruñido de la ardilla me había dejado un ruido de fondo en los oídos y unos pensamientos corrosivos agitándose en el cerebro.

—Ratatosk... —No pude terminar la frase. Con solo pronunciar su nombre me dieron ganas de acurrucarme en posición fetal.

—Sí. —Blitz asintió—. Su gruñido es peor que su mordisco en sentido literal. Es... —Blitz bajó la vista, parpadeando rápido—. Es la criatura más destructiva del Árbol de los Mundos. Se pasa el tiempo recorriendo el tronco de arriba abajo, llevando insultos del águila que vive en la copa a Nidhogg, el dragón que vive en las raíces.

Miré hacia las colinas. Unos tenues sonidos musicales parecían venir de esa dirección, o tal vez fuera el ruido de mis oídos.

—¿Por qué hace eso una ardilla?

—Para perjudicar al árbol —contestó Blitz—. Ratatosk mantiene exaltados los ánimos del águila y el dragón. Les cuenta mentiras, rumores, cotilleos desagradables sobre uno y el otro. Sus palabras pueden... Bueno, ya sabes lo que pueden hacer sus palabras. El dragón Nidhogg siempre está mordiendo las raíces del Árbol de los Mundos, tratando de acabar con él. El águila aletea y provoca huracanes que arrancan las ramas y causan destrozos por los nueve mundos. Ratatosk se asegura de que los dos monstruos siempre estén enfadados y compitiendo entre ellos para ver cuál puede destruir su parte de Yggdrasil más rápido.

—Pero eso es... una locura. La ardilla vive en el árbol.

Blitz hizo una mueca.

—Todos vivimos en el árbol, chico. La gente tiene impulsos destructivos. Algunos quieren ver el mundo en ruinas solo por diversión..., aunque también suponga su propia ruina.

La cháchara de Ratatosk resonaba en mi mente: «Has fracasado. No pudiste salvar a tu madre.» La ardilla me había sumido en la desesperación, pero advertí que su gruñido podía provocar otras emociones: odio, amargura, autodesprecio.

—¿Cómo has conseguido no perder la cabeza? —pregunté a Blitz—. Cuando la ardilla gruñó, ¿qué oíste?

Blitz pasó los dedos por el ala de su salacot y recogió el borde del velo negro.

—Nada que yo no me diga todo el tiempo, chico. Deberíamos ponernos en marcha.

Nos encaminamos fatigosamente hacia las colinas. A pesar de las zancadas cortas del enano, tuve que apretar el paso para no quedarme atrás.

Cruzamos un arroyo donde había una pintoresca ranita posada

sobre un nenúfar. Palomas y halcones daban vueltas por el aire como si estuvieran jugando a pillar. Casi esperaba que un coro de animales peludos saliera de repente de las flores silvestres y se pusiera a interpretar un número musical de Disney.

—Supongo que esto no es Nidavellir —dije mientras subíamos la colina.

Blitzen resopló.

—No. Mucho peor.

—¿Alfheim?

—Peor. —Blitzen se detuvo cerca de la cima y respiró hondo—. Vamos. Acabemos de una vez.

En la cumbre de la colina, me quedé paralizado.

—Vaya.

Al otro lado, los campos verdes se extendían hasta el horizonte. Los prados estaban llenos de mantas de picnic. Había una multitud de gente pasando el rato: comiendo, riendo, charlando, tocando música, haciendo volar cometas, lanzando pelotas de playa. Era el concierto al aire libre más grande y plácido del mundo, sin el concierto. Algunas personas iban vestidas con partes de armadura. La mayoría tenían armas, pero no parecían interesadas en usarlas.

A la sombra de un roble, había un par de chicas luchando con espadas, pero después de que las hojas se cruzaran varias veces, se aburrieron, soltaron las armas y se pusieron a charlar. Otro chico estaba apoltronado en una tumbona, coqueteando con la chica de su izquierda mientras paraba despreocupadamente las estocadas del chico situado a su derecha.

Blitz señaló la cumbre de la siguiente colina, a un kilómetro de distancia aproximadamente, donde resplandecía un palacio. Parecía un Arca de Noé al revés hecha de oro y plata.

—Sessrúmnir —anunció Blitzen—. El Lugar de los Muchos Asientos. Con suerte, puede que ella no esté en casa.

—¿Quién?

En lugar de responder, Blitzen se internó en la multitud.

No habíamos recorrido un metro cuando un chico sentado en una manta de picnic gritó:

—¡Eh, Blitzen! ¿Qué pasa, colega?

Blitzen apretó tan fuerte los dientes que oí como entrechocaban.

—Hola, Miles.

—¡Sí, estoy bien! —Miles levantó distraídamente su espada mientras otro chico con bañador y camiseta de tirantes arremetía contra él con un hacha de guerra.

—¡MUERE! —gritó el agresor—. Ja, ja, ja, es broma. —A continuación se marchó comiéndose una chocolatina.

—Bueno, Blitz, ¿qué te trae por la Casa del Alucine? —dijo Miles.

—Me alegro de verte, Miles. —Blitzen me agarró del brazo y me llevó hacia delante.

—¡Guay! —gritó Miles detrás de nosotros—. ¡Estaremos en contacto!

—¿Quién era ese? —pregunté.

—Nadie.

—¿De qué lo conoces?

—No lo conozco.

A medida que avanzábamos hacia la mansión con forma de arca al revés, más personas se pararon a saludar a Blitzen. Unas cuantas me dieron la bienvenida y me felicitaron por mi espada, o mi pelo o mis zapatillas. Una chica dijo: «¡Bonitas orejas!», cosa que no tenía ningún sentido.

—Todo el mundo parece muy...

—¿Tonto? —propuso Blitzen.

—Iba a decir «relajado».

Él gruñó.

—Esto es Fólkvangr, el Campo del Ejército... o también se puede traducir como el Campo de Batalla del Pueblo.

—Así que esto es Volkswagen. —Escudriñé a la multitud, preguntándome si veía a mi madre, aunque no me la imaginaba en un lugar como ese. Había demasiado ocio y poca acción. Mi madre habría hecho levantarse a esos guerreros, se los habría llevado a hacer una caminata de quince kilómetros y luego habría insistido en que acampasen si querían cenar—. No parece que valgan mucho como ejército.

—Sí, bueno, estos caídos son tan poderosos como los einherjar —explicó Blitz—, pero tienen una actitud distinta. Este reino es una pequeña subdivisión de Vanaheim: una especie de versión del Valhalla para los dioses Vanir.

Traté de imaginarme pasando allí la eternidad. El Valhalla tenía sus cosas buenas, pero, por lo que yo había visto, no había picnics ni pelotas de playa, y desde luego yo no describiría el ambiente como relajado. Aun así, no estaba seguro de que me gustase más Fólkvangr.

—Así que la mitad de los muertos honorables vienen aquí —recordé—, y la otra mitad van al Valhalla. ¿Cómo eligen a los que van a cada sitio? ¿Tiran una moneda al aire?

—En realidad, eso sería más lógico.

—Pero yo quería que fuéramos a Nidavellir. ¿Por qué hemos venido aquí?

Blitzen se quedó mirando la mansión en la cima de la colina.

—Estabas buscando el camino que necesitábamos para nuestra misión. Ese camino nos ha traído a través de Fólkvangr. Desgraciadamente, creo que sé el motivo. Vayamos a presentar nuestros respetos antes de que me eche atrás.

A medida que nos acercábamos a las puertas, me di cuenta de que Sessrúmnir no solo estaba construido de forma que pareciera un barco al revés. En realidad, era un barco al revés. Las hileras de ventanas eran las ranuras de los remos. Las paredes inclinadas del casco estaban hechas con planchas de oro trincadas y remachadas con clavos de plata. La entrada principal tenía un largo toldo que habría servido de pasarela.

—¿Por qué es un barco?

—¿Qué? —Blitzen estaba toqueteándose el clavel con nerviosismo—. No es tan raro. Tus antepasados nórdicos construyeron muchos edificios colocando sus barcos al revés. En el caso de Sessrúmnir, cuando llegue el día del Juicio Final, solo tendrán que darle la vuelta al palacio y *voilà*: es un barco lo bastante grande para que todos los guerreros de Fólkvangr zarpen noblemente al encuentro de la muerte. Más o menos, como lo que estamos haciendo nosotros ahora.

Me hizo pasar al palacio.

Había esperado encontrarme un interior sombrío como la bodega de un barco, pero el Lugar de los Muchos Asientos se parecía más a una catedral. El techo se alzaba hasta la quilla. El aire estaba surcado de haces de luz cruzados que entraban por las ranuras para los remos. Todo el espacio estaba abierto, sin estancias separadas ni tabiques: solo había grupos de sofás, cómodos sillones, cojines pequeños y hamacas independientes, la mayoría ocupados por guerreros que roncaban. Esperaba que al medio millón de habitantes de Fólkvangr les gustase hacerse compañía, porque la intimidad era nula. Como no podía ser de otra manera, mi principal incógnita era adónde iban todos al servicio.

Un pasillo con alfombras persas recorría el centro del palacio, flanqueado por braseros con brillantes esferas de luz dorada. Al fondo había un trono sobre un estrado elevado.

Blitz se encaminó resueltamente en esa dirección, haciendo caso omiso de los guerreros que lo saludaban diciéndole «¡Coleguita!», «¿Qué tal, enano?» y «¡Bienvenido a casa!».

¿«Bienvenido a casa»?

Enfrente del estrado, un acogedor fuego crepitaba en la chimenea. Montones de joyas y piedras preciosas brillaban aquí y allá, como si alguien las acabara de recoger del suelo con una escoba. A cada lado de los escalones había tumbado un gato tricolor del tamaño de un tigre dientes de sable.

El trono estaba tallado en una madera tan suave y cálida como la luz: madera de tilo, quizá. El respaldo estaba cubierto de un manto de hojas mullidas, como la parte inferior de un halcón. En el trono se hallaba sentada la mujer más hermosa que había visto en mi vida.

Aparentaba unos veinte años y se encontraba rodeada de una aureola de resplandor dorado que me hizo comprender a qué se refería Blitzen cuando había dicho que allí la luz del día no era normal. Todo el reino de Fólkvangr era cálido y radiante, pero no por el sol, sino porque gozaba del poder de esa mujer.

El cabello rubio le caía sobre el hombro en una larga trenza. Su top sin espalda ni mangas hacía resaltar sus hombros bronceados y su vientre liso. Llevaba una falda hasta la rodilla ceñida con un galón de oro que sujetaba un cuchillo envainado y un llavero. Alrededor de su cuello había una joya deslumbrante: un collar de encaje con oro y piedras preciosas, como la red de Ran en miniatura, solo que con rubíes y diamantes en lugar de almas de marineros y tapacubos.

La mujer me clavó sus ojos azul celeste. Cuando sonrió, una oleada de calor me recorrió el cuerpo de las puntas de las orejas a los dedos de los pies. Habría hecho cualquier cosa por que me siguiera sonriendo. Si me hubiera dicho que saltara al vacío del Árbol de los Mundos, lo habría hecho en un segundo.

Me acordé de la ilustración de ella que aparecía en mi viejo libro de mitología para niños y me di cuenta de lo ridículamente que subestimaba su belleza.

«¡La diosa del amor era muy guapa! ¡Tenía gatos!»

Me arrodillé ante mi tía, la hermana gemela de mi padre.

—Freya.

—¡Mi querido Magnus —dijo ella—, qué alegría conocerte en persona! —Se volvió hacia Blitzen, que estaba mirándose las botas con furia.

—¿Qué tal estás tú, Blitzen? —preguntó la diosa.

Blitzen suspiró.

—Estoy bien, mamá.

39

¡Freya es guapa! ¡Tiene gatos!

—¿«Mamá»? —Me quedé tan sorprendido que no estaba seguro de si lo había dicho en voz alta—. Un momento... Tú, Blitzen. ¿«Mamá»?

Blitzen me dio una patada en la espinilla.

Freya siguió sonriendo.

—Supongo que mi hijo no te lo ha dicho. Es muy modesto. Blitzen, querido, estás muy guapo, pero ¿puedes alisarte el cuello?

Blitzen lo hizo, murmurando entre dientes:

—He estado un poco ocupado evitando que me maten.

—Y, querido —añadió Freya—, ¿estás seguro del chaleco?

—Sí, mamá —masculló Blitz—, estoy seguro. Los chalecos han vuelto.

—Bueno, supongo que tú estás más enterado. —Freya me guiñó el ojo—. Blitzen es un genio con las telas y la moda. Los otros enanos no valoran sus conocimientos, pero a mí me parecen maravillosos. Quiere abrir su propia...

—En fin —dijo Blitzen, un pelín demasiado alto—, estamos en una misión...

Freya dio una palmada.

—¡Lo sé! Qué emocionante. Queréis llegar a Nidavellir para averiguar más información sobre la cuerda Gleipnir. Y, naturalmente, el Árbol de los Mundos os ha mandado primero conmigo.

Uno de sus gatos arañó la alfombra persa y convirtió un tejido de varios miles de dólares en pelusa. Traté de no imaginarme lo que ese gato podría hacerme a mí.

—Bueno, lady Freya —tercié—, ¿puede ayudarnos?

—¡Por supuesto! —respondió la diosa—. Y, lo que es más importante, vosotros me podéis ayudar a mí.

—Ya estamos —soltó Blitzen.

—Sé educado, hijo. Antes de nada, ¿qué tal te va con tu espada?

Me dio un vuelco el corazón.

Supongo que todavía no consideraba mía la Espada del Verano. Me quité el colgante, y la hoja cobró forma en mi mano. En presencia de Freya, la espada se quedó silenciosa e inmóvil, como si se estuviera haciendo la muerta. Tal vez le dieran miedo los gatos.

—No he tenido mucho tiempo de usarla —dije—. Hace poco que Ran me la ha devuelto.

—Sí, lo sé. —La nariz de Freya se arrugó con un ligerísimo asomo de desagrado—. Y has entregado la manzana a Utgard-Loki a cambio. Tal vez no haya sido la decisión más acertada, pero no criticaré tus elecciones.

—Pues acabas de hacerlo —dijo Blitzen.

La diosa no hizo caso a su comentario.

—Por lo menos no le has prometido mi mano a Utgard-Loki. Normalmente, cuando los gigantes piden algo, quieren manzanas y mi mano en matrimonio. —Se echó la trenza por encima del hombro—. Es muy pesado.

Me costaba dirigir la vista a Freya sin mirarla fijamente. En realidad, no había ninguna parte segura en la que centrarse: sus ojos, sus labios, su ombligo. Me regañé en silencio: «¡Es la madre de Blitzen! ¡Es mi tía!».

Decidí centrarme en su ceja izquierda. No había nada cautivador en una ceja izquierda.

—Bueno, el caso es que todavía no he matado a nadie con la ceja..., digo, la espada —dije.

Freya se echó hacia delante.

—¿Que no has matado a nadie? Oh, querido, ese es el menos importante de sus poderes. Tu primer cometido es hacerte amigo de la espada. ¿Lo has hecho ya?

Me imaginé a la espada y a mí sentados uno al lado del otro en el cine, con un cubo de palomitas entre los dos. Me imaginé arrastrando la espada de una correa, llevándola a pasear por el parque.

—¿Cómo me hago amigo de una espada?

—Ah... Bueno, si necesitas preguntarlo...

—Oiga, tía Freya —dije—, ¿no podría darle la espada a usted para que me la guarde? Es un arma Vanir. Usted es la hermana de Frey. Tiene a varios cientos de miles de guerreros bien armados y relajados que pueden protegerla de Surt...

—Oh, no —repuso ella con tristeza—. La espada ya está en tus manos, Magnus. La has sacado del río. La has reclamado. Lo máximo a lo que podemos aspirar es a que *Sumarbrander*, la Espada del Verano, te permita usarla. Protegerla de Surt es ahora tu misión, mientras consigas mantenerte con vida.

—Odio mi misión.

Blitz me dio un codazo.

—No digas eso, chico. Ofenderás a la espada.

Miré las runas brillantes de la hoja.

—Lo siento, largo y afilado trozo de metal. ¿He herido tus sentimientos? Además, si dejas que la gente te empuñe, ¿por qué ibas a dejar que un gigante de fuego malvado lo haga? ¿Por qué no querrías volver con Frey o, como mínimo, con su preciosa hermana?

La espada no contestó.

—Magnus, esto no es para tomárselo a broma —dijo la diosa—. La espada está destinada a pertenecer a Surt tarde o temprano. Lo sabes. La espada no puede escapar a su destino más de lo que tú puedes escapar al tuyo.

Visualicé a Loki riéndose entre dientes recostado en el trono de Odín. «Nuestras decisiones pueden alterar los detalles. Así es como nos rebelamos contra el destino.»

—Además —dijo Freya—, la espada nunca me permitiría utilizarla. *Sumarbrander* me responsabiliza en parte de su pérdida... Me guarda casi tanto rencor como a Frey.

Tal vez fuesen imaginaciones mías, pero la espada pareció volverse más fría y pesada.

—Pero es la espada de Frey —protesté.

Blitzen gruñó.

—Lo era. Te lo dije, chico, la entregó por amor.

El gato tricolor situado a la derecha de Freya se dio la vuelta y se estiró. Tenía una barriga moteada muy bonita, obviando el hecho de que no paraba de imaginarme a cuántos guerreros podía digerir tranquilamente.

—Cuando Frey se sentó en el trono de Odín —continuó la diosa—, lo hizo por mí. Para mí fue una época lúgubre. Estuve vagando por los nueve mundos, afligida y desolada. Frey esperaba que sentándose en el trono me encontraría. En cambio, el trono le mostró el deseo de su corazón: una giganta de hielo, Gerd. Se enamoró locamente de ella.

Me quedé mirando la ceja de Freya. Su historia no estaba mejorando la opinión que tenía de mi padre.

—Se enamoró a primera vista... de una giganta de hielo.

—Oh, ella era preciosa —dijo Freya—. Plata para el oro de Frey, frío para su calor, invierno para su verano. ¿Has oído que los opuestos se atraen? Ella era su pareja perfecta. Pero era una giganta. Nunca aceptaría casarse con un Vanir. Su familia no lo permitiría. Frey lo sabía y cayó en la desesperación. Las cosechas dejaron de crecer. El verano perdió su calor. Finalmente, el criado y mejor amigo de Frey le preguntó un día qué le pasaba.

—Skirnir —dije—. El que consiguió la espada.

Freya frunció el ceño.

—Sí. Él.

Blitzen dio un paso atrás, como si temiera que su madre explotase. Por primera vez, me di cuenta de lo terrible que podía resultar la diosa: hermosa, sí, pero también aterradora y poderosa. Me la imaginé armada con un escudo y una lanza, cabalgando con las valquirias. Si yo la viera en el campo de batalla, correría en la otra dirección.

—Skirnir aseguró que podía entregarle a Gerd en nueve días —prosiguió la diosa—. Solo exigía un pequeño pago por sus servicios: la Espada del Verano. Frey estaba tan ciegamente enamorado que no hizo preguntas. La espada... solo puedo imaginarme cómo se sintió cuando fue traicionada por su amo. Dejó que Skirnir la empuñase, aunque no por gusto.

Freya suspiró.

—Por eso la espada nunca permitirá que Frey vuelva a usarla. Y por eso, cuando llegue el Ragnarok, Frey está destinado a morir, porque no tiene su arma.

Yo no sabía qué decir. «Qué mal rollo» no me parecía adecuado. Me acordé de la advertencia de Loki sobre la posibilidad de sentarme en el trono de Odín y de buscar el deseo de mi corazón. ¿Qué buscaría? El paradero de mi madre. ¿Renunciaría a una espada para encontrar a mi madre? Por supuesto. ¿Me arriesgaría a que me matasen o incluso a precipitar el día del Juicio Final? Sí. De modo que tal vez no pudiera juzgar a mi padre.

Blitz me agarró del brazo.

—No pongas esa cara tan triste, chico. Yo tengo fe en ti.

La expresión de Freya se suavizó.

—Sí, Magnus. Aprenderás a usar la espada... y no me refiero solo a blandirla como un bruto. Cuando descubras todas sus capacidades, serás formidable.

—Supongo que no trae un manual de instrucciones.

Freya se rió dulcemente.

—Siento no haberte hecho venir a Fólkvangr, Magnus. Habrías sido un buen seguidor mío. Pero el Valhalla te llamó primero. Estaba escrito.

Me dieron ganas de protestar diciendo que las nornas, los einherjar y la capitana de las valquirias no opinaban lo mismo.

Al pensar en Gunilla me acordé de nuestra huida al Árbol de los Mundos, y de Sam y Hearthstone ocultos de una ardilla asesina bajo un velo.

—Nuestros amigos... Nos separamos de ellos en Yggdrasil. Freya, ¿sabe si han llegado aquí sanos y salvos?

Freya miró a lo lejos entornando los ojos.

—No están en Fólkvangr. Los veo... Sí. Espera. He vuelto a perderlos. ¡Ah! —Hizo una mueca—. Han escapado por los pelos, pero de momento están bien. Son una pareja con recursos. Intuyo que no vendrán aquí. Debéis seguir adelante y reuniros con ellos en Nidavellir. Y eso nos lleva a vuestra misión.

—Y a cómo podemos ayudarte —añadió Blitz.

—Exacto, querido. La necesidad os ha traído aquí. La necesidad es muy importante cuando uno viaja por el Árbol de los Mundos. Después de todo, así es como mi pobre hijo acabó siendo un esclavo de Mimir.

—No vamos a volver a tener esa discusión —protestó Blitz.

Freya dio la vuelta a sus bonitas manos.

—Está bien. Pasemos a otra cosa. Como bien sabéis, los enanos crearon la cuerda Gleipnir, que ata al lobo Fenrir...

—Sí, mamá —contestó Blitz poniendo los ojos en blanco—. Todo el mundo aprende esa canción en la guardería.

Lo miré entornando los ojos.

—¿Canción?

—«Gleipnir, Gleipnir, con fuerza y ahínco, ató al Lobo por el hocico.» ¿Los humanos no la aprendéis?

—Ejem... Creo que no.

—En cualquier caso —dijo la diosa—, los enanos podrán informarte sobre cómo se hizo la cuerda y cómo se podría sustituir.

—¿Sustituir? —Convertí otra vez la espada en colgante. Aun así, pendiendo de mi cuello, parecía que pesara cincuenta kilos—. Creía que la idea era impedir que la cuerda se cortase.

—Ah... —Freya se dio unos golpecitos en los labios—. Magnus, no quiero desanimarte, pero yo diría que hay muchas posibilidades, tal vez un setenta y cinco por ciento, de que, aunque impidas que la espada caiga en manos de Surt, el gigante de fuego encuentre una forma de liberar al lobo Fenrir. En ese caso, debes estar preparado con una cuerda de repuesto.

La lengua empezó a pesarme casi tanto como el colgante de la espada.

—Sí, no me desanima en absoluto. La última vez que el Lobo estuvo libre, ¿no hizo falta que colaborasen todos los dioses para atarlo?

Freya asintió con la cabeza.

—Hicieron falta tres intentos y muchas argucias. El pobre Tyr perdió la mano. Pero no te preocupes. El Lobo no volverá a tragarse el cuento de la mano en la boca. Si hace falta, tendrás que buscar otra forma de atarlo.

Apuesto a que Miles, del Campo de Batalla del Pueblo, no tenía esa clase de problemas. Me preguntaba si le interesaría cambiarse por mí durante un tiempo e ir a buscar al lobo Fenrir mientras yo jugaba al voleibol.

—¿Al menos puede decirnos dónde está el Lobo, Freya?

—En Lyngvi, la isla del Brezo. —La diosa se dio unos golpecitos en el mentón—. Veamos, hoy es día de Thor dieciséis.

—¿Se refiere al jueves? ¿*Thursday*, en inglés?

—Eso he dicho. La isla surgirá durante la luna llena dentro de seis días, el 22, que es el día de Woden.

—¿El miércoles? ¿Cómo en *Wednesday*? —pregunté.

—Eso he dicho. Así que tenéis tiempo de sobra para conseguir mis pendientes antes de buscar al Lobo. Lamentablemente, la ubicación de la isla cambia cada año, ya que las ramas de Yggdrasil se balancean con los vientos del vacío. Los enanos deberían poder ayudaros a localizarla. Si el padre de Blitzen conocía el camino, también podrían saberlo otros.

Al oír mencionar a su padre, el rostro de Blitz se ensombreció. Se quitó con mucho cuidado el clavel del chaleco y lo lanzó al fuego de la chimenea.

—¿Y tú qué quieres, madre? ¿Qué pintas tú en esto?

—Oh, mis necesidades son sencillas. —Agitó los dedos sobre su collar de encaje dorado—. Quiero encargaros unos pendientes a juego con mi collar Brisingamen. Algo bonito. Que no sean demasiado llamativos, pero que se distingan. Blitzen, tú tienes un gusto excelente. Me fío de ti.

Blitzen miró furiosamente el montón de riquezas más próximo, que contenía decenas, tal vez cientos, de pendientes.

—Sabes con quién tengo que hablar en Nidavellir. Solo un enano tiene la capacidad de sustituir la cuerda Gleipnir.

—Sí —asintió Freya—. Afortunadamente, también es un excelente joyero, así que podrá satisfacer las dos peticiones.

—Por desgracia, ese enano en concreto me quiere muerto —apuntó Blitzen.

Freya descartó su objeción con un gesto de la mano.

—Oh, de ninguna manera, después de todo el tiempo que ha pasado...

—Los enanos tienen mucha memoria, madre.

—Bueno, su actitud se suavizará si le pagamos una suma generosa. Yo puedo ayudaros con eso. —Gritó a través de la sala—: ¿Dmitri? ¡Te necesito!

Tres tipos se levantaron apresuradamente de uno de los grupos de sofás, cogieron sus instrumentos musicales y se acercaron corriendo. Iban vestidos con camisas hawaianas a juego, bermudas y sandalias. Llevaban el pelo engominado y peinado con tupés. El primero tenía una guitarra. El segundo, unos bongós. El tercero, un triángulo.

El de la guitarra hizo una reverencia a Freya.

—¡A su servicio, milady!

Freya me dedicó una sonrisa cómplice, como si tuviera un secreto maravilloso que compartir.

—Magnus, te presento a Dmitri y los Do-Runs, el mejor grupo que has oído en tu vida. Murieron en mil novecientos sesenta y tres, cuando estaban a punto de dar el gran salto. ¡Una lástima! Tuvieron el valor de dar un volantazo a su coche y salirse de la Ruta Uno para salvar a un autobús lleno de colegiales de un terrible choque. En honor a sus desinteresadas muertes, los traje a Fólkvangr.

—Y le estamos muy agradecidos, milady —dijo Dmitri—. ¡Tocar como grupo residente para usted ha sido maravilloso!

—Necesito llorar, Dmitri —añadió ella—. ¿Podríais tocar el tema de mi marido desaparecido, por favor? Me encanta esa canción.

—Odio esa canción —masculló Blitzen entre dientes.

El trío se puso a tararear. Dmitri rasgueó un acorde.

—¿Por qué necesita llorar tu madre? —susurré a Blitzen.

Él se volvió hacia mí y simuló que se cortaba la garganta con el dedo.

—Mira. Ya lo verás.

Dmitri empezó a cantar:

¡Oh, Odur! Od, Od, Odur,
¿dónde está Odur? ¿Dónde está mi amor?

Los otros dos músicos hicieron armonías en los coros:

Od se aleja, mi Odur ya no está.
¡Qué extraño, no besar
a mi Odur! ¡Mi dulce Od Odur!

Triángulo.

Solo de bongós.

—Su marido divino era un Aesir que se llamaba Odur, abreviado Od.

No sabía qué nombre era peor.

—¿Desapareció? —aventuré.

—Hace dos mil años —dijo Blitzen—. Freya fue a buscarlo y también ella desapareció durante casi un siglo mientras lo buscaba. No lo encontró, y por ese motivo se sentó Frey en el trono de Odín: para buscar a su hermana.

La diosa se inclinó hacia delante y se llevó las manos a la cara. Respiró de forma trémula. Cuando volvió a alzar la vista, estaba llorando..., pero sus lágrimas eran bolitas de oro rojo. Lloró hasta que sus manos estuvieron llenas de relucientes gotitas.

—¡Oh, Odur! —exclamó sollozando—. ¿Por qué me abandonaste? ¡Todavía te echo de menos!

Se sorbió la nariz e hizo un gesto con la cabeza a los músicos.

—Gracias, Dmitri. Con eso basta.

Dmitri y sus amigos hicieron una reverencia. A continuación, el mejor grupo del que desearía no haber oído hablar jamás se largó.

Freya levantó las manos, ahuecadas. Un saquito de piel apareció de la nada flotando sobre su regazo. Freya echó las lágrimas en la bolsa.

—Toma, hijo mío. —Freya le dio el saquito a Blitzen—. Esto debería bastar para pagar a Eitri Junior si es razonable.

Blitzen se quedó mirando con aire taciturno el saquito de lágrimas.

—El único problema es que no lo es.

—¡Tendréis éxito! —repuso Freya—. ¡El destino de mis pendientes está en vuestras manos!

Me rasqué el cogote.

—Ejem, lady Freya..., gracias por las lágrimas y todo eso, pero ¿no podría ir usted misma a Nidavellir y elegir los pendientes? ¿No está en la compra la mitad de la diversión?

Blitzen me lanzó una mirada de advertencia.

Los ojos azules de Freya se volvieron varios grados más fríos. Se toqueteó el collar con las puntas de los dedos.

—No, Magnus, no puedo ir de compras a Nidavellir. Ya sabes lo que pasó cuando compré a Brisingamen a los enanos. ¿Quieres que vuelva a pasar algo así?

En realidad, no tenía ni idea de lo que estaba diciendo, pero ella tampoco esperó a que contestase.

—Cada vez que voy a Nidavellir me meto en líos —añadió—. ¡No es culpa mía! Los enanos conocen mi debilidad por las joyas bonitas. Créeme, es mucho mejor que os mande a vosotros. Y ahora, si me disculpáis, es la hora de nuestra fiesta hawaiana con combate opcional. Adiós, Magnus. ¡Adiós, mi querido Blitzen!

El suelo se abrió a nuestros pies y caímos en la oscuridad.

40

Mi amigo evolucionó de un...
No. No puedo decirlo

No recuerdo cómo aterricé.

Me encontré en una calle oscura una noche fría y nublada. La acera estaba bordeada de casas de madera de tres plantas. Al final de la manzana, los mugrientos rótulos de neón de una taberna brillaban en sus ventanas.

—Esto es el sur de Boston —dije—. Alrededor de D Street.

Blitzen negó con la cabeza.

—Es Nidavellir, chico. Parece el sur de Boston... o, mejor dicho, el sur de Boston se parece a Nidavellir. Ya te lo dije: Boston es el nexo. Los nueve mundos se mezclan allí e influyen los unos en los otros. El sur de Boston tiene un inequívoco aire enanil.

—Pensaba que Nidavellir estaba bajo tierra. Y que tenía túneles subterráneos y...

—Lo que hay encima de tu cabeza es el techo de una cueva, chico. Es muy alta y está oculta por la contaminación del aire. Aquí no tenemos día. Siempre está así de oscuro.

Contemplé los nubarrones. Después de estar en el reino de Freya, el mundo de los enanos me resultaba opresivo, pero también más familiar, más... genuino. Supongo que ningún bostoniano auténtico se fiaría de un lugar que fuera soleado y agradable todo el tiempo.

Pero ¿un barrio inhóspito, frío y lúgubre a todas horas? Con que tenga un par de locales de Dunkin' Donuts, me siento como en casa.

Blitz envolvió el salacot con la red oscura. El accesorio se convirtió en un pequeño pañuelo negro, que se guardó en el bolsillo de la chaqueta.

—Deberíamos ponernos en marcha.

—¿No vamos a hablar de lo que ha pasado en Volkswagen?

—No hay nada que decir.

—En primer lugar, somos primos.

Blitz se encogió de hombros.

—Me alegro de ser tu primo, chico, pero los hijos de los dioses no le dan mucha importancia a ese tipo de relación. Las genealogías divinas son tan complicadas que si piensas en ello te vuelves loco. Todo el mundo está emparentado con todo el mundo.

—Pero tú eres un semidiós —dije—. Eso es bueno, ¿no?

—Odio la palabra «semidiós». Prefiero «nacido con una diana en la espalda».

—Venga ya, Blitz. Freya es tu madre. Es un dato importante que te olvidaste de mencionar.

—Freya es mi madre —convino él—. Muchos svartalf descienden de Freya. Aquí abajo no tiene ninguna importancia. ¿Ha dicho cómo consiguió a Brisingamen? Hace milenios iba paseando por Nidavellir (vete a saber por qué) y se encontró con cuatro enanos que estaban haciendo el collar. Se obsesionó. Tenía que ser suyo. Los enanos le dijeron que claro, siempre que pagase lo que costaba. Freya tenía que casarse con cada uno de ellos, uno detrás del otro, durante un día.

—Ella... —Tenía ganas de decir: «Qué asco. ¿Se casó con cuatro enanos?». Entonces me acordé de quién estaba relatando la historia—. Ah.

—Sí. —Blitz parecía abatido—. Tuvo cuatro hijos enanos, uno de cada matrimonio.

Fruncí el ceño.

—Un momento. Si estuvo casada un día con cada enano y el embarazo dura... No me salen las cuentas.

—A mí no me preguntes. Las diosas viven de acuerdo con sus

propias reglas. En fin, consiguió el collar. Estaba avergonzada por haberse casado con unos enanos y trató de mantenerlo en secreto. Pero el caso es que le encantaban las joyas de los enanos. Volvía continuamente a Nidavellir para elegir nuevas piezas, y cada vez...

—Vaya.

Blitzen dejó caer los hombros.

—Esa es la principal diferencia entre los elfos de la oscuridad y los enanos normales y corrientes. Los svartalf somos más altos y en general más guapos porque tenemos sangre Vanir. Descendemos de Freya. Tú dices que soy un semidiós. Yo digo que soy un recibo. Mi padre le hizo un par de pendientes a Freya. Ella estuvo casada con él un día. No pudo resistirse a su destreza como artesano. Él no pudo resistirse a su belleza. Y ahora me manda a comprarle un par de pendientes nuevos porque está cansada de los viejos y Asgard no quiera que tenga que cargar con otro pequeño Blitzen.

La amargura de su voz podría haber derretido una plancha de hierro. Quería decirle que entendía cómo se sentía, pero no estaba seguro de que fuese verdad. Aunque yo no había conocido a mi padre, había tenido a mi madre. Con eso siempre me había bastado. En cambio, a Blitzen..., no tanto. No estaba seguro de lo que había sido de su padre, pero recordé lo que me había dicho en la laguna de la explanada: «No eres el único que ha perdido familiares a manos de los lobos, chico».

—Vamos —me dijo—. Si seguimos en la calle, nos robarán el saco de lágrimas. Los enanos huelen el oro rojo a un kilómetro de distancia. —Señaló el bar de la esquina—. Te invito a una copa en la Taberna de Nabbi.

La Taberna de Nabbi me devolvió la fe en los enanos, porque era en realidad un túnel claustrofóbico. El techo era tan bajo que suponía un auténtico peligro. Las paredes estaban llenas de viejos carteles de peleas como DONNER EL DESTROYER CONTRA MINIMATÓN. ¡ÚNICO COMBATE!, en los que aparecían fotos de enanos musculosos y gruñones con máscaras de lucha.

Había mesas y sillas desparejadas ocupadas por una docena de enanos desparejados: algunos svartalf como Blitzen, que podrían haber pasado perfectamente por humanos, y otros tipos mucho más bajos que podrían haber pasado perfectamente por enanos de jardín. Unos cuantos clientes nos miraron, pero nadie pareció sorprenderse de que yo fuera un humano..., si es que se dieron cuenta. La idea de que pudiera pasar por enano era bastante perturbadora.

Lo más irreal del bar era escuchar «Blank Space», de Taylor Swift, sonando a todo volumen por los altavoces.

—¿A los enanos les gusta la música humana? —pregunté a Blitzen.

—Querrás decir que a los humanos les gusta nuestra música.

—Pero... —De repente visualicé a la madre de Taylor Swift y a Freya saliendo de fiesta una noche por Nidavellir—. Da igual.

A medida que nos acercábamos a la barra, me percaté de que los muebles no estaban desparejados. Cada mesa y cada silla eran únicas: aparentemente hechas a mano con varios metales, empleando distintos diseños y tapizados. Había una mesa con la forma de una rueda de carro de bronce y la superficie de cristal. Otra tenía un tablero de ajedrez de hojalata y latón clavado a la superficie. Algunas sillas tenían ruedas. Otras, asientos elevados ajustables. Algunas tenían botones de masaje o hélices en el respaldo.

En la pared de la izquierda, tres enanos jugaban a los dardos. Los anillos de la diana giraban y expulsaban vapor. Un enano lanzó su dardo, que fue zumbando hacia el blanco como un dron diminuto. Cuando todavía estaba en el aire, otro enano disparó su proyectil. Su dardo salió volando hacia el dardo dron, explotó y lo derribó.

El primer enano se limitó a gruñir.

—Buen tiro.

Finalmente llegamos a la barra de roble pulida, donde esperaba el propio Nabbi. Supe quién era gracias a mi disciplinadísima mente deductiva, y también porque en su delantal amarillo manchado ponía ¡HOLA, SOY NABBI!

Me pareció el enano más alto que había visto en lo que iba de misión, hasta que caí en la cuenta de que estaba encima de una pasarela detrás de la barra. Nabbi en realidad solo medía sesenta centímetros, incluido el mechón de pelo moreno que le sobresalía del cuero cabelludo tieso como un erizo de mar. Su cara, totalmente afeitada, me hizo entender por qué llevaban barba los enanos. Sin ella, Nabbi era terriblemente feo. No tenía mentón, que digamos. Su boca se arrugaba en una mueca agria.

Nos miró frunciendo el entrecejo, como si hubiéramos ido dejando huellas de barro.

—Saludos, Blitzen, hijo de Freya —dijo—. Espero que esta vez no haya explosiones en mi bar.

Blitzen se inclinó.

—Saludos, Nabbi, hijo de Loretta. A decir verdad, yo no fui el que trajo las granadas. Por cierto, este es mi amigo Magnus, hijo de...

—Ejem. Hijo de Natalie.

Nabbi me saludó con la cabeza. Sus cejas pobladas eran fascinantes. Se movían como orugas vivas.

Alargué la mano para coger un taburete, pero Blitzen me detuvo.

—Nabbi, ¿puede usar este taburete mi amigo? —preguntó con formalidad—. ¿Cómo se llama y cuál es su historia?

—Ese taburete es Reposaposaderas —dijo Nabbi—. Hecho por Gonda. Una vez aguantó el trasero del maestro herrero Alviss. Puedes acomodarte en él, Magnus, hijo de Natalie. Y tú, Blitzen, puedes sentarte en Nido de Nalgas, famoso entre los taburetes, hecho por un servidor. ¡Sobrevivió a la gran pelea del bar de 4109 d.g.!

—Gracias. —Blitzen se subió al taburete, que era de roble pulido con el asiento tapizado en terciopelo—. ¡Es un espléndido Nido de Nalgas!

Nabbi me miró con expectación. Probé mi taburete, que era de metal duro sin cojín. Apenas se podía llamar Reposaposaderas. Era más bien un Machacamagnus, pero forcé una sonrisa.

—¡Sí, no hay duda de que es un buen taburete!

Blitzen dio un golpecito en la barra con los nudillos.

—Hidromiel para mí, Nabbi. Y para mi amigo...

—¿Un refresco o algo por el estilo? —No estaba seguro de querer andar por la versión enanil del sur de Boston con una cogorza de hidromiel.

Nabbi llenó dos jarras y las dejó delante de nosotros. La copa de Blitzen era de oro por dentro y de plata por fuera, y estaba decorada con imágenes de enanas bailando.

—Esa copa es Cuenco Dorado —explicó Nabbi—. Hecha por mi padre, Darbi. Y esta —dio un empujoncito a mi jarra de peltre— es Bum Papi, hecha por un servidor. Pídeme que te la vuelva a llenar antes de llegar al fondo. Si no —extendió los dedos—, ¡bum, papi!

Esperaba que estuviera de broma, pero decidí bebérmela a pequeños sorbos por si acaso.

Blitz se bebió su hidromiel.

—Mmm. ¡Una copa magnífica para refrescar el gaznate! Y ahora que ya hemos cumplido con las formalidades, Nabbi..., tenemos que hablar con Junior.

Una vena palpitó en la sien izquierda de Nabbi.

—¿Tienes ganas de morir?

Blitz metió la mano en su saquito. Deslizó una lágrima de oro por encima de la barra.

—Esto es para ti —dijo en voz baja—. Por llamarlo. Dile a Junior que tengo más. Solo queremos negociar.

Después de mi experiencia con Ran, la palabra «negociar» me hizo sentirme todavía más incómodo que Reposaposaderas. Nabbi desplazó la vista de Blitzen a la lágrima; su expresión oscilaba entre la aprensión y la codicia. Finalmente, se impuso la codicia. El camarero cogió la gota de oro.

—Lo llamaré. Disfrutad de vuestras bebidas. —Se bajó de la pasarela y desapareció en la cocina.

Me volví hacia Blitz.

—Tengo unas cuantas preguntas.

Él se rió entre dientes.

—¿Solo unas cuantas?

—¿Qué significa 4109 d.g.? ¿Es la hora o...?

—Los enanos contamos los años desde la creación de nuestra especie —explicó Blitz—. «D.g.» significa «después de los gusanos». Llegué a la conclusión de que todavía debía de tener los oídos dañados a causa de los ladridos de Ratatosk.

—¿Qué?

—La creación del mundo... Vamos, ya conoces la historia. Los dioses mataron al más grande de los gigantes, Ymir, y utilizaron su carne para crear Midgard. Nidavellir se desarrolló debajo de Midgard, donde los gusanos se comieron la carne muerta del gigante e hicieron túneles. Algunos de esos gusanos evolucionaron, con un poco de ayuda de los dioses, y se convirtieron en enanos.

Blitzen parecía orgulloso de su lección de historia. Decidí hacer todo lo posible por borrarla de mi memoria a largo plazo.

—Otra pregunta —dije—. ¿Por qué mi copa tiene nombre?

—Los enanos somos artesanos —contestó Blitzen—. Nos tomamos en serio las cosas que hacemos. Los humanos hacéis mil sillas de mala calidad que son todas iguales y se rompen al cabo de un año. Cuando nosotros hacemos una silla, hacemos una silla para que dure toda la vida, una silla como ninguna otra en el mundo. Copas, muebles, armas..., cada artículo hecho a mano tiene un alma y un nombre. No se puede apreciar algo a menos que sea lo bastante bueno para tener nombre.

Observé mi jarra, que tenía laboriosos grabados de runas y dibujos de ondas. Ojalá hubiera tenido otro nombre —como «No Explotaré de Ninguna Manera»—, pero tenía que reconocer que era bonita.

—¿Y lo de llamar a Nabbi «hijo de Loretta»? —pregunté—. ¿O a mí «hijo de Natalie»?

—Los enanos somos matriarcales. Seguimos nuestro linaje a través de nuestras madres. Es mucho más lógico que vuestra forma patriarcal. Después de todo, uno solo puede nacer de una única madre biológica. A menos que seas el dios Heimdal. Él tuvo nueve madres biológicas. Pero eso es otra historia.

Las sinapsis se derretían en mi cerebro.

—Pasemos a otra cosa. Las lágrimas de Freya..., ¿son de oro rojo? Sam me dijo que era la moneda de Asgard.

—Sí. Pero las lágrimas de Freya son cien por cien puras. El mejor oro rojo de la creación. La mayoría de los enanos darían su ojo derecho por el saquito de lágrimas que llevamos.

—Entonces ¿ese tal Junior negociará con nosotros?

—O eso —dijo Blitz— o nos cortará en pedacitos. ¿Te apetecen unos nachos mientras esperamos?

41

Blitz hace un mal trato

Tenía que reconocerlo: Nabbi servía unos nachos que estaban para morirse.

Iba por la mitad del plato de aquella delicia acompañada de guacamole cuando apareció Junior. A primera vista, me pregunté si sería más rápido vaciar a Bum Papi y hacer que explotara, porque no me gustaron nuestras posibilidades de negociar con el viejo enano.

Junior aparentaba doscientos años. Tenía mechones de pelo canoso pegados a la cabeza, con manchas. La palabra «desaliñada» se quedaba corta para describir su barba. Sus maliciosos ojos marrones se movieron rápidamente por el bar como si estuviera pensando: «No soporto eso. Ni eso. Y eso tampoco». No resultaba físicamente intimidante, arrastraba los pies con su andador bañado en oro, pero iba flanqueado por un par de guardaspaldas enanos tan corpulentos que podrían haber hecho las veces de muñecos de entrenamiento de fútbol americano.

Los otros clientes se levantaron y se marcharon silenciosamente, como en una escena de una vieja película del Oeste. Blitzen y yo nos pusimos en pie.

—Junior —Blitz se inclinó—, gracias por recibirnos.

—Tienes mucha cara —gruñó Junior.

—¿Quieres mi taburete? —ofreció Blitzen—. Es Nido de Nalgas, hecho por...

—No, gracias —dijo Junior—. Me quedaré de pie, gracias a mi andador, Arrastraabuelos, famoso entre los productos geriátricos, hecho por la enfermera Bambi, mi asistenta privada.

Me mordí el carrillo. No creía que reírme fuera diplomático.

—Este es Magnus, hijo de Natalie —dijo Blitzen.

El viejo enano me lanzó una mirada fulminante.

—Sé quién es. Has encontrado la Espada del Verano. ¿No podías esperar a que me muriese? Soy demasiado viejo para esa tontería del Ragnarok.

—Culpa mía —intervine—. Debería haberle consultado antes de que Surt me atacara y me mandase al Valhalla.

Blitzen tosió. Los guardaespaldas me evaluaron como si acabara de hacer más interesante su día.

Junior se rió a carcajadas.

—Me gustas. Eres grosero. Veamos esa espada.

Le enseñé el truco del colgante mágico. A la tenue luz de los neones del bar, las runas de la hoja emitían un fulgor naranja y verde.

El viejo enano chasqueó la lengua.

—Es la espada de Frey, eso seguro. Malas noticias.

—Entonces ¿estás dispuesto a ayudarnos? —preguntó Blitzen.

—¿Ayudaros? —repuso Junior casi sin voz—. ¡Tu padre fue mi enemigo! Tú mancillaste mi reputación. ¿Y ahora quieres mi ayuda? Tienes muchas agallas, Blitzen, lo reconozco.

Parecía que los tendones del cuello de Blitz fueran a romper su cuello bien almidonado.

—No se trata de nuestra disputa familiar, Junior. Se trata de la cuerda. Se trata de atar bien al lobo Fenrir.

—Oh, claro. —Junior miró con desdén a sus guardaespaldas—. El hecho de que mi padre, Eitri Senior, fuera el único enano con talento para hacer a Gleipnir, y que tu padre, Bili, se pasara la vida cuestionando la calidad de la cuerda, no tiene nada que ver.

Blitzen apretó su saquito con lágrimas de oro rojo. Temí que le arrease a Junior en la cabeza con él.

—La Espada del Verano está aquí. Dentro de seis noches midgardianas exactas, Surt piensa liberar al Lobo. Vamos a hacer todo lo que podamos para detenerlo, pero sabes que la cuerda Gleipnir ya ha caducado. Necesitamos información sobre las ataduras del Lobo. Y, lo más importante, necesitamos una cuerda de repuesto por si acaso. Solo tú tienes el talento para hacer una.

Junior ahuecó la mano contra su oreja.

—Repite la última parte.

—Tienes talento, viejo malhumorado... —Blitzen se interrumpió—. Solo tú tienes los conocimientos para hacer una cuerda nueva.

—Cierto. —Junior sonrió con suficiencia—. Y da la casualidad de que ya tengo una cuerda de repuesto hecha. No porque Gleipnir tenga ningún problema, ojo, ni por ninguna de las escandalosas acusaciones de tu familia sobre su calidad, sino porque me gusta estar preparado. A diferencia de tu padre, podría añadir, que se fue solo a ver al lobo Fenrir como un idiota y acabó muerto.

Tuve que ponerme delante de Blitzen para impedir que atacara al viejo enano.

—¡Está bien! —dije—. Chicos, no es el momento. Junior, si tiene una cuerda nueva, estupendo. Hablemos del precio. Y..., ejem, también necesitamos unos pendientes bonitos.

—Je. —Junior se secó la boca—. Claro. Para la madre de Blitzen, sin duda. ¿Qué me ofrecéis a cambio?

—Enséñaselo, Blitzen —dije.

A Blitzen todavía le brillaban los ojos de la ira, pero abrió el saquito y derramó unas lágrimas de oro rojo en la palma de su mano.

—Hum —dijo Junior—. Un precio aceptable... o lo sería si no viniera de Blitzen. Os venderé lo que queráis por ese saquito de lágrimas, pero primero debe quedar satisfecho el honor de mi familia. Ya va siendo hora de que resolvamos esta disputa. ¿Qué dices, hijo de Freya? Una competición: tú y yo. Las reglas tradicionales, la apuesta tradicional.

Blitzen retrocedió y se dio con la barra. Se retorcía tanto que no me costó creer que hubiera evolucionado de los gusanos. (BORRAR. Malo, memoria a largo plazo. ¡BORRAR!)

—Junior —dijo—, sabes que yo no... no podría...

—¿Mañana al brillar el musgo, por ejemplo? —preguntó Junior—. El jurado puede estar presidido por alguien neutral: por ejemplo, Nabbi, que seguro que ahora mismo no está escuchando detrás de la barra.

Algo golpeó contra la pasarela. Por debajo de la barra, se oyó la voz amortiguada de Nabbi.

—Sería un honor para mí.

—¡Ya está, pues! —Junior sonrió—. ¿Y bien, Blitzen? Te he desafiado de acuerdo con nuestras antiguas costumbres. ¿Defenderás el honor de tu familia?

—Yo... —Blitzen agachó la cabeza—. ¿Dónde nos encontramos?

—En las forjas de Kenning Square —dijo Junior—. Será divertido. Vamos, chicos. ¡Tengo que contárselo a la enfermera Bambi!

El viejo enano salió arrastrando los pies seguido de sus guardaespaldas. En cuanto se hubieron marchado, Blitzen se desplomó sobre Nido de Nalgas y apuró a Cuenco Dorado.

Nabbi salió de detrás de la barra. Sus cejas como orugas se retorcieron de preocupación mientras volvía a llenar la copa de Blitz.

—Invita la casa, Blitzen. Encantado de haberte conocido.

Volvió a la cocina, dejándonos a Blitz y a mí solos con Taylor Swift y su «I Know Places». La letra adquiría un nuevo significado en un mundo subterráneo de enanos.

—¿Me vas a explicar lo que acaba de pasar? —pregunté a Blitz—. ¿Qué es esa competición al brillar el musgo? ¿Y qué es el brillo del musgo?

—El brillo del musgo... —Blitzen se quedó mirando su copa—. Es nuestra versión del amanecer, cuando el musgo empieza a brillar. En cuanto a la competición... —Contuvo un sollozo—. No es nada. Seguro que podrás continuar la misión sin mí.

Justo entonces las puertas del bar se abrieron de golpe. Sam y Hearthstone entraron dando traspiés, como si los hubieran lanzado de un coche en marcha.

—¡Están vivos! —Me levanté de un salto—. ¡Mira, Blitz!

Hearthstone estaba tan entusiasmado que no podía ni hablar por señas. Se acercó corriendo y estuvo a punto de derribar a Blitzen del taburete.

—Hola, colega. —Blitzen le dio unas palmaditas en la espalda distraídamente—. Sí, yo también me alegro de verte.

Sam no me abrazó, pero forzó una sonrisa. Estaba llena de arañazos y cubierta de hojas y ramitas, aunque no parecía malherida.

—Me alegro de que todavía no te hayas muerto, Magnus. Quiero estar presente cuando llegue el momento.

—Gracias, Al-Abbas. ¿Qué os ha pasado, chicos?

Ella se encogió de hombros.

—Nos quedamos escondidos debajo del hiyab todo lo que pudimos.

Con todas las cosas que habían pasado, me había olvidado del pañuelo.

—Sí, ¿qué es? ¿Un hiyab de invisibilidad?

—No me vuelve invisible. Solo es un camuflaje. A todas las valquirias nos dan un pañuelo de cisne para escondernos cuando lo necesitamos. Yo simplemente convertí el mío en un hiyab.

—Pero no eras un cisne. Eras musgo.

—Puede hacer distintas cosas. El caso es que esperamos a que se fuera la ardilla. Los ladridos me dejaron tocada, pero afortunadamente a Hearth no le afectaron. Trepamos un rato por Yggdrasil...

«Intentó comérsenos un alce», dijo Hearth por señas.

—¿Perdón? —pregunté—. ¿Un alce?

Hearth gruñó indignado y deletreó:

«C-I-E-R-V-O. Es el mismo signo para los dos animales.»

—Ah, mucho mejor —dije—. Intentó comérseos un ciervo.

—Sí —convino Sam—. Dvalin o puede que Duneyrr: uno de los ciervos que rondan el Árbol de los Mundos. Escapamos, tomamos el camino equivocado y fuimos a Alfheim...

Hearthstone se estremeció y acto seguido se limitó a decir: «Odio».

—Y aquí estamos. —Sam observó a Blitzen, que todavía lucía una expresión vaga de sorpresa—. Bueno... ¿qué pasa?

Les relaté nuestra visita a Freya y nuestra conversación con Junior. Hearthstone se apoyó en la barra. Deletreó con una mano: «C-r-e-a-c-i-ó-n?». Acto seguido sacudió la cabeza enérgicamente.

—¿Cómo que «creación»? —pregunté.

—Un duelo de creación —murmuró Blitz a su copa— es una competición entre enanos. Pone a prueba nuestras habilidades manuales.

Sam dio unos golpecitos en el hacha con los dedos.

—A juzgar por tu expresión, deduzco que no confías en tus habilidades manuales.

—Soy un negado para las manualidades —dijo Blitzen.

«Eso no es verdad», protestó Hearth.

—Hearthstone, aunque se me dieran de maravilla —repuso Blitzen—, Junior es el enano vivo más hábil con las manualidades. Me machacará.

—Venga ya —dije—. Lo harás bien. Y si pierdes, ya encontraremos otra forma de conseguir la cuerda.

Blitzen me miró con tristeza.

—No es tan sencillo, chico. Si pierdo, tendré que pagar el precio habitual: mi cabeza.

42

Celebramos una fiesta con rollitos de primavera antes de la decapitación

Dormir en el piso de Blitzen fue el punto álgido de nuestro viaje. Tampoco es que fuera decir mucho.

Blitz tenía alquilado el tercer piso de una casa adosada situada al otro lado de la calle, enfrente de un Svartalf Markt (sí, existía de verdad). Considerando que iba a ser decapitado al día siguiente, se comportó como un buen anfitrión. Se disculpó por no haber limpiado (aunque el lugar me pareció inmaculado), calentó unos rollitos de primavera en el microondas y sacó un litro de refresco Sergeant Pepper Light y un paquete de seis botellas de hidromiel espumoso Fijalar's; cada botella estaba hecha a mano de forma exclusiva y tenía el cristal de un color distinto.

El mobiliario era escaso pero elegante: un sofá con forma de L y dos sillones de diseño espacial. Probablemente tenían nombres y eran famosos entre los muebles de salón, pero Blitzen no nos los presentó. Colocadas con cuidado sobre una mesita para el café, había un surtido de revistas de moda masculina para enanos y de decoración de interiores.

Mientras Sam y Hearth se quedaban sentados con Blitz tratando de consolarlo, yo me paseé por la habitación. Me sentía furioso y culpable por haber puesto a Blitzen en semejante aprieto. Él ya había arriesgado suficiente por mí. Se había pasado dos años en las calles cuidando de mí cuando podría haber estado allí, relajándose a base de rollitos de primavera e hidromiel espumoso. Había intentado protegerme atacando al señor de los gigantes de fuego con un letrero de juguete. E iba a perder la cabeza en una competición de artesanía contra un jubilado perverso.

Además, la filosofía de los enanos sobre la artesanía me inquietaba. En Midgard, la mayoría de las cosas eran basura frágil y sustituible. Yo había vivido de esa basura durante los dos últimos años: hurgando entre lo que la gente desechaba, buscando objetos que pudiera utilizar o vender o con los que al menos pudiera hacer lumbre.

Me preguntaba cómo sería vivir en Nidavellir, donde cada artículo estaba hecho para ser una obra de arte que durase toda la vida: hasta una copa o una silla. Puede que fuera una lata tener que recitar las maravillas de tus zapatos antes de ponértelos cada mañana, pero al menos sabías que eran unos zapatos increíbles.

Reflexioné sobre la Espada del Verano. Freya me había dicho que me hiciera amigo de ella. Había insinuado que el arma pensaba y sentía.

«Cada artículo hecho a mano tiene un alma», me había dicho Blitz.

Quizá no me había presentado como era debido. Quizá tenía que tratar a la espada como a otro compañero...

—Tienes que tener alguna especialidad, Blitz —estaba diciendo Samirah—. ¿Qué estudiaste en la escuela de oficios?

—Moda. —Blitzen se sorbió la nariz—. Diseñé mi propio programa. Pero la confección no es una artesanía reconocida. ¡Ellos esperan que martillee lingotes fundidos o que juguetee con piezas de maquinaria! ¡Y a mí no se me da bien eso!

«Sí que se te da bien», dijo Hearth por señas.

—No bajo presión —insistió Blitz.

—No lo entiendo —intervine—. ¿Por qué el que pierde tiene que morir? ¿Cómo se decide quién gana?

Blitzen se quedó mirando la portada de *La revista del enano*: «Nuevos looks para la primavera», «Cien usos de la piel de warg».

—Cada contrincante hace tres artículos. Pueden ser cualquier cosa. Al final del día, los jueces valoran cada artículo de acuerdo con su utilidad, belleza, calidad, etcétera. Pueden conceder puntos como quieran. El contrincante que tenga más puntos en total gana. El otro muere.

—No debéis de tener muchas competiciones si el perdedor siempre acaba decapitado —dije.

—Es la apuesta tradicional —explicó Blitz—. La mayoría de la gente ya no insiste en esas cosas. Junior está chapado a la antigua. Y además me odia.

—¿Por algo relacionado con el lobo Fenrir y tu padre?

Hearth negó con la cabeza para hacerme callar, pero Blitzen le dio una palmadita en la rodilla.

—No pasa nada, colega. Merecen saberlo.

Blitz se recostó en el sofá. De repente pareció tomarse su inminente muerte con más tranquilidad, cosa que me resultó inquietante. Yo prefería que diera puñetazos a las paredes.

—¿Os he dicho que los artículos de los enanos están hechos para durar toda la vida? —dijo—. Bueno..., un enano puede vivir cientos de años.

Observé la barba de Blitz, preguntándome si se teñía las patillas.

—¿Cuántos años tienes?

—Veinte —contestó Blitz—. Pero Junior... va a cumplir quinientos. Su padre, Eitri, fue uno de los artesanos más famosos de la historia de los enanos. Vivió más de mil años e hizo algunos de los objetos más importantes de los dioses.

Samirah mordisqueó un rollito de primavera.

—Incluso yo he oído hablar de él. Aparece en los mitos antiguos. Hizo el martillo de Thor.

Blitz asintió con la cabeza.

—La cuerda Gleipnir... se podría decir que fue su obra más importante, más aún que el martillo de Thor. La cuerda impide que el lobo Fenrir escape y provoque el día del Juicio Final.

—De momento te sigo —dije.

—El caso es que la cuerda fue un trabajo urgente. Los dioses estaban pidiendo ayuda a voces. Ya habían intentado atar a Fenrir con dos enormes cadenas. Sabían que se estaban quedando sin opciones. El Lobo se estaba volviendo más fuerte y más salvaje cada día. Muy pronto sería incontrolable. Así que Eitri..., bueno, hizo todo lo que pudo. Evidentemente, la cuerda ha aguantado hasta ahora. Pero mil años es mucho tiempo, incluso para una cuerda hecha por un enano, sobre todo cuando el lobo más fuerte del universo está esforzándose para soltarse día y noche. Mi padre, Bilì, era un gran cordelero. Se pasó años intentando convencer a Junior de que había que sustituir a Gleipnir. Junior no quería oír hablar del asunto. Decía que iba a la isla del Lobo de vez en cuando para inspeccionar la cuerda, y aseguraba que Gleipnir estaba bien. Pensaba que mi padre estaba perjudicando la reputación de su familia. Al final, mi padre...

A Blitz se le quebró la voz.

«No tienes por qué contarlo», dijo Hearthstone por señas.

—Estoy bien. —Blitzen se aclaró la garganta—. Junior utilizó todas sus influencias para poner a la gente en contra de mi padre. Las ventas de nuestra familia bajaron. Nadie compraba las creaciones de Bilì. Finalmente, mi padre fue a la isla de Lyngvi él mismo. Quería comprobar el estado de la cuerda, demostrar que había que cambiarla. Pero nunca volvió. Unos meses más tarde, una patrulla de enanos encontró... —Bajó la vista y sacudió la cabeza.

«Ropa. Rasgada —dijo Hearthstone con gestos—. Arrastrada hasta la orilla.»

O Samirah estaba pillándole el tranquillo a la lengua de signos o captó la idea general. Se llevó las yemas de los dedos a la boca.

—Lo siento mucho, Blitz.

—Bueno —se encogió de hombros lánguidamente—, ya lo sabéis. Junior sigue guardándome rencor. La muerte de mi padre no le bastó. Quiere deshonrarme y matarme a mí también.

Dejé mi bebida en la mesita de café.

—Blitz, creo que hablo en nombre de todos al decir que Junior puede meterse su Arrastraabuelos...

—Magnus... —me advirtió Sam.

—¿Qué? Ese enano viejo tiene que ser decapitado de la peor manera. ¿Qué podemos hacer para ayudar a Blitz a ganar la competición?

—Te lo agradezco, chico. —Blitz se levantó con dificultad—. Pero no hay nada que podáis hacer. Yo... Disculpadme.

Se dirigió a su cuarto tambaleándose y cerró la puerta tras de sí.

Samirah frunció los labios. Todavía tenía una ramita de Yggdrasil que le sobresalía del bolsillo del abrigo.

—¿Existe alguna posibilidad de que Junior no sea tan bueno? Es muy viejo, ¿no?

Hearthstone se desenrolló la bufanda y la lanzó al sofá. No llevaba bien la oscuridad de Nidavellir. Las venas verdes del cuello le sobresalían más de lo habitual. El pelo le flotaba debido a la electricidad estática, como los zarcillos de una planta buscando la luz del sol.

«Junior es muy bueno. —Hizo un gesto como si rompiera un trozo de papel por la mitad y tirase los pedazos—: Imposible.»

Me dieron ganas de tirar las botellas de hidromiel espumoso Fjalar's por la ventana.

—Pero Blitz sabe trabajar con las manos, ¿no? ¿O solo estabas dándole ánimos?

Hearth se levantó. Se acercó a un aparador que había en la pared de la sala de estar. No me había fijado mucho en el mueble, pero Hearth presionó algo en su superficie —un interruptor oculto, deduje—, y el tablero de la mesa se abrió como una concha de almeja. La parte inferior de la superficie era un gran panel luminoso. Se encendió parpadeando y emitió un fulgor cálido y dorado.

—Una cama solar. —Tan pronto como lo dije, comprendí la verdad—. La primera vez que viniste a Nidavellir, Blitzen te salvó la vida. Así es como lo hizo. Fabricó un medio de que recibieras la luz del sol.

Hearth asintió con la cabeza.

«La primera vez usé las runas para hacer magia. Un error. Caí a Nidavellir. Por poco me muero. Blitzen sabe trabajar con las manos. Es amable e inteligente, pero no se le da bien trabajar bajo presión. Las competiciones... no son lo suyo.»

Sam se abrazó las rodillas.

—Entonces ¿qué hacemos? ¿Tienes alguna magia que sirva?

Hearth vaciló.

«Algunas. Las usaré antes de la competición. Pero no son suficientes.»

Traduje sus gestos a Sam y acto seguido pregunté:

—¿Qué puedo hacer yo?

«Protegerlo —dijo Hearth por signos—. Junior intentará hacer s-a-b-o-t-a-j-e.»

—¿Sabotaje? —Fruncí el ceño—. ¿No es hacer trampas?

—He oído hablar del tema —dijo Sam—. En las competiciones de enanos, puedes estorbar a tu rival mientras no te pillen. La intromisión tiene que parecer un accidente, o como mínimo algo con lo que los jueces no puedan relacionarte. Pero parece que Junior no necesita hacer trampa para ganar.

«Hará trampa. —Hearth hizo una seña como un gancho que encajara en un cerrojo—. Rencor.»

—Vale —dije—. Protegeré a Blitz.

«Sigue sin ser suficiente. —Hearth miró a Sam con los ojos entornados—. La única forma de ganar: estorbar a Junior.»

Cuando le expliqué a Sam lo que había dicho, se puso tan gris como un enano a la luz del sol.

—No. —Apuntó a Hearth agitando el dedo—. No, ni hablar. Te lo dije.

«Blitz morirá —dijo Hearth con gestos—. Ya lo has hecho antes.»

—¿De qué está hablando? —pregunté—. ¿Qué has hecho antes?

Ella se levantó. De repente, la tensión en la habitación subió a DEFCON 5.

—Dijiste que no lo mencionarías, Hearthstone. —Se volvió hacia mí; su expresión no admitía más preguntas—. Perdona. Necesito tomar el aire.

Salió de la casa como un huracán.

Miré fijamente a Hearthstone.

—¿A qué ha venido eso?

Él dejó caer los hombros. Su rostro estaba vacío, desprovisto de esperanza.

«Un error», dijo por señas.

A continuación se metió en la cama solar y se volvió hacia la luz, mientras su cuerpo proyectaba una sombra con forma de lobo sobre el suelo.

43

Que empiece la fabricación de aves acuáticas decorativas

Kenning Square parecía una cancha de baloncesto sin canastas. Una valla de tela metálica bordeaba la parcela de asfalto agrietado. A un lado había una hilera de columnas de piedra talladas como tótems con cabezas de dragón, ciempiés y caras de trol. Al otro, las gradas se hallaban llenas de espectadores enanos. En la cancha, donde habrían estado las líneas de tiro libre, dos herrerías al aire libre aguardaban listas para la acción. Cada una tenía una forja con fuelles para avivar el fuego, una colección de yunques, varias mesas toscas e hileras de herramientas que parecían instrumentos de tortura.

La multitud parecía preparada para un largo día. Habían llevado neveras portátiles, mantas y cestas de pícnic. Unos cuantos enanos emprendedores habían aparcado sus camionetas de comida en las inmediaciones. El rótulo de DULCES CASEROS DE IRI lucía un cucurucho con una heladería de tres pisos encima. En los BURRITOS DE BUMBURR había una cola de veinte enanos, cosa que me hizo arrepentirme de haber comido donuts rancios en casa de Blitz.

A medida que nos acercábamos a la cancha, la multitud dedicó a Blitzen algunos aplausos. No se veía a Sam por ninguna parte. No había vuelto a casa de Blitz la noche anterior. No sabía si preocuparme o enfadarme.

Junior estaba esperando apoyado en su andador bañado en oro. Sus dos guardaespaldas se encontraban detrás de él, ataviados como su jefe, con un mono y guantes de cuero.

—Vaya, vaya, Blitzen. —El viejo enano se rió burlonamente—. El musgo empezó a brillar hace diez minutos. ¿Has tenido un sueño reparador?

Parecía que Blitzen no hubiera pegado ojo en toda la noche. Tenía los ojos hundidos e inyectados en sangre. Se había pasado la última hora preocupado por la ropa que iba a ponerse y finalmente se había decidido por unos pantalones grises, una camisa de vestir blanca y unos tirantes negros, unos zapatos negros de punta y un sombrero de copa baja. Puede que no ganara la competición, pero sin duda recibiría el premio al herrero mejor vestido.

Miró a su alrededor con aire distraído.

—¿Empezamos?

La multitud prorrumpió en vítores. Hearthstone acompañó a Blitzen a la forja. Después de una noche en la cama solar de Blitzen, la cara del elfo tenía un lustre rosado, como si estuviera impregnado de pimentón. Antes de salir de casa, había echado una runa a Blitz para ayudarle a mantenerse descansado y centrado, cosa que había dejado a Hearth agotado y descentrado. Sin embargo, atizó la forja mientras Blitzen daba vueltas por su lugar de trabajo, mirando confundido las hileras de herramientas y los cestos con minerales metálicos.

Mientras tanto, Junior corría de un lado a otro con su andador, gritando a uno de sus ayudantes que le fuera a buscar un trozo de hierro y un saco de astillas de hueso. El otro guardaespaldas vigilaba, buscando cualquier cosa que pudiera perturbar el trabajo de su jefe.

Yo trataba de hacer lo mismo por Blitz, pero dudaba que tuviera el mismo aspecto intimidante que un enano musculoso con mono. (Y, sí, era deprimente.)

Al cabo de una hora más o menos, se me pasó el subidón de adrenalina inicial. Empecé a darme cuenta de por qué los espectadores se habían llevado comida. La artesanía no era un deporte rápido. De vez en cuando la gente aplaudía o murmuraba con aprobación cuando Junior daba un buen golpe con el martillo o sumergía un trozo de metal en la pila de enfriamiento con un gratificante siseo. Nabbi y los otros dos jueces se paseaban de una zona de trabajo a la otra, tomando notas en sus carpetas sujetapapeles. Pero la mayor parte de la mañana para mí consistió en estar con la Espada del Verano en la mano, tratando de no parecer un idiota.

Un par de veces tuve que hacer mi trabajo. En una ocasión un dardo salió disparado de la nada directo hacia Blitzen. La Espada del Verano entró en acción de un salto. Antes de que me diera cuenta de lo que estaba pasando, la hoja derribó el dardo. La multitud aplaudió, una respuesta que me hubiera complacido si realmente hubiera hecho algo.

Un poco más tarde, un enano desconocido arremetió contra mí desde un lateral, blandiendo un hacha y gritando: «¡SANGRE!». Lo golpeé en la cabeza con la empuñadura de la espada. El enano se desplomó. Más aplausos educados. Un par de espectadores se llevaron al enano a rastras por los tobillos.

Junior estaba ocupado alisando a martillazos un cilindro de hierro candente del tamaño del cañón de una escopeta. Ya había hecho una docena de mecanismos más pequeños que supuse que encajarían con el cilindro, pero no sabía cuál sería el producto final. El andador no retrasaba en absoluto al viejo enano. Tenía ciertos problemas para moverse, pero aguantaba de pie perfectamente. A pesar de su edad, tenía los músculos de los brazos definidos gracias a una vida entera dando martillazos contra yunques.

Mientras tanto, Blitzen se hallaba encorvado sobre su mesa de trabajo con un par de alicates de punta fina, formando una especie de figurita con unas finas planchas de metal curvado. Hearthstone estaba cerca de él, empapado en sudor de manejar los fuelles.

Yo procuraba no preocuparme por el aspecto agotado de Hearth, ni por el paradero de Sam, ni por las veces que a Blitzen se le caían las herramientas y se ponía a llorar por su trabajo.

Finalmente, Nabbi gritó:

—¡Faltan diez minutos para la pausa de media mañana!

Blitzen sollozó. Fijó otra plancha de metal en su proyecto, que estaba empezando a parecerse a un pato.

La mayoría de los presentes estaban concentrados en la otra zona de trabajo, donde Junior se hallaba conectando varios mecanismos al cilindro. Se dirigió a la forja cojeando y recalentó todo el artilugio hasta que estuvo al rojo vivo.

Apoyó con cuidado el cilindro contra el yunque, manteniéndolo firme con las pinzas. Levantó el martillo.

Justo cuando dio el golpe, pasó algo. Junior gritó. El martillo se torció, aplanó el cilindro y lanzó los accesorios volando por todas partes. Junior retrocedió tambaleándose, tapándose la cara con las manos.

Sus guardaespaldas corrieron a ayudarlo gritando:

—¿Qué? ¿Qué pasa?

No pude oír toda la conversación, pero al parecer un insecto había picado a Junior entre los ojos.

—¿Lo ha cogido? —preguntó uno de los guardias.

—¡No! ¡Esa pequeña alimaña se ha ido volando! Rápido, antes de que se enfríe el cilindro...

—¡Tiempo! —gritó Nabbi.

Junior se puso a patalear y a soltar juramentos. Miró furiosamente su proyecto frustrado y gritó a sus guardaespaldas.

Fui a ver a Blitzen, quien se hallaba desplomado sobre su yunque. Tenía el sombrero echado hacia atrás. El tirante izquierdo se le había soltado.

—¿Cómo lo llevas, campeón? —pregunté.

—Fatal. —Señaló su trabajo—. He hecho un pato.

—Sí... —Busqué un cumplido—. Es un pato muy bonito. Ese es el pico, ¿verdad? ¿Esas son las alas?

Hearthstone estaba sentado en el asfalto junto a nosotros. «Patos —se quejó por signos—. Siempre patos.»

—Lo siento —dijo Blitz gimiendo—. Cuando estoy estresado, recurro a las aves acuáticas. No sé por qué.

—No te preocupes —contesté—. Junior ha tenido un contratiempo. Su primer proyecto prácticamente se ha destrozado.

Blitz trató de quitarse las cenizas de su camisa blanca.

—No importa. La primera obra de Junior siempre es su ejercicio de calentamiento. Tiene dos oportunidades más para acabar conmigo.

—Eh, nada de eso. —Rebusqué en nuestra mochila con provisiones y saqué dos cantimploras de agua y unas galletas con mantequilla de cacahuete.

Hearthstone comió como un elfo hambriento. Luego se recostó y se enfocó la cara con una linterna, tratando de absorber los rayos. Blitzen apenas bebió un sorbo de agua.

—Yo nunca he querido participar en esto —murmuró Blitz—. Competiciones de artesanía, objetos mágicos... Lo único que quería era diseñar ropa de calidad y venderla a precios razonables en mi tienda.

Me quedé mirando su cuello manchado de sudor y pensé en lo que Freya había dicho: «Blitzen es un genio con las telas y la moda. Los otros enanos no valoran sus conocimientos, pero a mí me parecen maravillosos».

—Ese es tu sueño —comprendí—. ¿Por eso bebiste de la fuente de Mimir: para saber cómo abrir una tienda de ropa?

Blitzen frunció el entrecejo.

—Era más que eso. Yo quería cumplir mi sueño. Quería que los demás enanos dejaran de reírse de mí. ¡Quería vengar la muerte de mi padre y restablecer el honor de la familia! Pero esas cosas no fueron de la mano. Le pedí consejo a Mimir.

—Y... ¿qué dijo?

Blitzen se encogió de hombros con gesto de impotencia.

—Cuatro años de servicio: ese fue el precio por beber de su fuente. Dijo que el coste de los conocimientos era también la respuesta. Si le servía, conseguiría lo que quería. Pero no ha sido así. Ahora voy a morir.

«No —repuso Hearth con gestos—. Algún día harás realidad tu sueño.»

—¿Cómo, exactamente? —preguntó Blitzen—. Es un poco difícil cortar y coser estando decapitado.

—Eso no va a pasar —dije.

En mi pecho, varias ideas empezaron a fundirse hasta formar un lingote derretido útil; a menos que esa sensación solo se debiera a las galletas con mantequilla de cacahuete. Recordé que mi espada podía convertirse en un colgante y que el hiyab de Sam era una forma de camuflaje mágico de tecnología punta.

—Blitz, tus dos próximas creaciones van a ser alucinantes.

—¿Cómo lo sabes? ¡A lo mejor me entra el pánico y hago más patos!

—Quieres hacer ropa, ¿no? Pues haz ropa.

—Esto es una forja, no una mercería, chico. Además, la moda no es una artesanía reconocida.

—¿Y las armaduras?

Blitz vaciló.

—Bueno, sí, pero...

—¿Y una ropa de moda que también se use de armadura?

Blitz se quedó con la boca abierta.

—Por las alhajas de Balder... ¡Chico, puede que hayas dado con una idea brillante! —Se levantó de golpe y empezó a correr por su lugar de trabajo, recogiendo herramientas.

Hearth me dedicó una sonrisa radiante; en sentido literal, porque todavía tenía la linterna enfocándole la cara. Se dio un golpecito en la frente con la mano libre: el signo de «genio».

Cuando Nabbi anunció el final del descanso, me encargué de los fuelles para dejar que Hearth descansara. Él hizo guardia. Avivar el fuego era tan divertido como montar una bicicleta estática dentro de un horno.

Al rato, Blitzen me sacó de los fuelles y me mandó que lo ayudara con el trabajo. Yo era un desastre, pero el hecho de verse obligado a darme instrucciones pareció aumentar su seguridad.

—No, pon eso aquí. ¡No, las tenazas grandes! ¡Mantenlo estable, chico! ¡Eso no es estable!

Perdí la noción del tiempo. No me fijaba mucho en lo que estaba haciendo Blitz: algo pequeño tejido con malla. En lugar de ello, no paraba de pensar en la Espada del Verano, que volvía a pender de mi cuello en forma de colgante.

Recordé el trayecto que había hecho a pie de los muelles a Copley Square, medio delirando de hambre y agotamiento, y la conversación imaginaria que había mantenido con la espada. Pensé en que la espada zumbaba o permanecía en silencio, guiaba mi mano o colgaba inerte. Si tenía alma y emociones, no había creído lo suficiente en ella.

Había estado tratándola como un objeto peligroso. Debía tratarla como a una persona.

—Gracias —dije entre dientes, intentando no sentirme ridículo—. Cuando has desviado el dardo en el aire, has salvado a mi amigo. Debería habértelo agradecido antes.

El colgante pareció emitir un brillo más cálido, aunque estando al lado de la forja, era difícil estar seguro.

—Sumarbrander —dije—. ¿Es así como te gusta que te llamen? Siento no haberte hecho caso.

«Hummm», murmuró el colgante con escepticismo.

—Eres mucho más que una espada —continué—. No solo sirves para dar estocadas. Tú...

Nabbi gritó desde el otro lado del patio:

—¡Faltan diez minutos para la pausa de la comida!

—Oh, dioses —murmuró Blitzen—. No puedo... ¡Rápido, chico! Dame ese martillo texturizador.

Sus manos se movían a toda velocidad, cogiendo distintas herramientas, haciendo ajustes menores en su creación. No parecía gran cosa —solo un trozo plano y fino de cota de malla—, pero Blitz trabajaba como si su vida dependiera de ello, cosa que era cierta.

Dobló y onduló la cota de malla hasta darle su forma definitiva, y luego soldó la unión.

—¡Es una corbata! —advertí—. ¡Blitzen, reconozco lo que has hecho!

—Gracias. Cállate. —Levantó la pistola soldadora y anunció—: ¡Terminado!— justo cuando un estruendo resonaba en el espacio de trabajo de Junior.

—¡AAAH! —gritó el viejo enano.

Todos los espectadores se levantaron de repente.

Junior estaba sentado en el suelo, acariciándose la cara con las manos. Sobre su mesa de trabajo había un trozo aplanado y deforme de hierro enfriándose.

Sus guardaespaldas corrieron a ayudarlo.

—¡Maldito insecto! —gritó Junior, enfurecido. Le sangraba el puente de la nariz. Se miró las palmas de las manos, pero al parecer no encontró ningún bicho aplastado—. ¡Esta vez le he dado, estoy seguro! ¿Dónde está?

Nabbi y los otros jueces fruncieron el ceño en dirección a nosotros, como si de alguna forma pudiéramos haber orquestado el ataque de un insecto kamikaze. Supongo que nuestra cara de despistados los convenció de lo contrario.

—Hora de comer —anunció Nabbi—. ¡Por la tarde tendrán que hacer un artículo más!

Comimos rápido, porque Blitz estaba deseoso de volver al trabajo.

—Ya le he pillado el tranquillo —dijo—. Ya lo tengo. Te debo una buena, chico.

Eché un vistazo a la zona de trabajo de Junior. Sus guardaespaldas estaban lanzándome miradas asesinas, haciendo crujir sus nudillos.

—Terminemos la competición —dije—. Ojalá Sam estuviera aquí. Puede que tengamos que salir a golpes.

Hearth me lanzó una mirada de curiosidad cuando mencioné a Sam.

—¿Qué? —pregunté.

Él negó con la cabeza y siguió comiéndose su sándwich de berros.

La sesión vespertina pasó rápido. Estaba tan ocupado vigilando que apenas tuve tiempo para pensar. Junior debía de haber contratado a más saboteadores, porque cada media hora más o menos tenía que lidiar con una nueva amenaza: una lanza arrojada desde el público, una manzana podrida dirigida a la cabeza de Blitzen, un dron con misiles impulsado por vapor, y un par de enanos con monos de licra verdes armados con bates de béisbol. (Cuanto menos se hable del tema, mejor.) En cada una de esas ocasiones, la Espada del Verano guió mi mano y neutralizó la amenaza. En cada ocasión, me acordé de darle las gracias debidamente.

Casi podía distinguir su voz: «Sí, vale. Ajá. Supongo». Como si poco a poco me estuviese tomando aprecio y olvidando el rencor por no haberle hecho caso.

Hearthstone corría por el espacio de trabajo, llevándole a Blitz nuevos materiales y herramientas. Blitz estaba tejiendo un trozo de tela metálica más complicada. Fuera lo que fuese, parecía satisfecho.

297

Finalmente, dejó el rodillo biselador y gritó:

—¡Lo he logrado!

En ese preciso instante, Junior sufrió su fracaso más espectacular. Sus guardaespaldas se habían quedado cerca, listos para otro ataque del insecto kamikaze, pero no sirvió de nada. Cuando Junior bajó el martillo para dar un golpe maestro, una manchita oscura bajó zumbando del cielo. El tábano picó tan fuerte a Junior en la cara que este se giró hacia un lado llevado por el impulso del martillo. Mientras se quejaba y se tambaleaba, dejó inconscientes a los dos guardaespaldas, destruyó el contenido de las dos mesas de trabajo y lanzó su tercer invento a la forja antes de desplomarse en el asfalto.

Ver a un viejo enano siendo humillado de esa forma no debería haber resultado gracioso, pero tenía cierta gracia. Probablemente porque ese viejo enano era un bicho despreciable.

En medio del alboroto, Nabbi tocó una campanilla.

—¡La competición ha terminado! —anunció—. Es hora de juzgar los artículos... ¡y de matar al perdedor!

44

Junior gana un saco de lágrimas

Sam eligió ese momento para hacer acto de presencia.

Se abrió paso a empujones entre la multitud, cubriéndose la cara con el pañuelo. Tenía la chaqueta cubierta de ceniza, como si hubiera pasado la noche en una chimenea.

Me dieron ganas de gritarle por haber estado ausente tanto tiempo, pero mi ira se esfumó cuando me fijé en su ojo morado y el labio hinchado.

—¿Qué ha pasado? —pregunté—. ¿Te encuentras bien?

—Una pequeña refriega —contestó—. No te preocupes. Vamos a ver las valoraciones.

Los espectadores se reunieron alrededor de dos mesas en la línea de banda, donde se hallaban expuestas las creaciones de Junior y Blitzen. Blitzen se encontraba con las manos juntas a la espalda, con aspecto de seguridad a pesar de los tirantes sueltos, la camisa manchada de grasa y el sombrero empapado en sudor.

Junior tenía la cara destrozada y manchada de sangre. Apenas podía tenerse en pie con el andador. El brillo homicida de sus ojos hacía que pareciera un asesino en serie cansado después de un duro día de trabajo.

Nabbi y los otros jueces daban vueltas alrededor de las mesas inspeccionando los artículos confeccionados y tomando notas en sus carpetas.

Finalmente Nabbi se situó de cara al público. Arqueó sus sinuosas cejas y forzó una sonrisa.

—¡Bueno! Gracias por asistir a la competición, patrocinada por la taberna de Nabbi, famosa entre todas las tabernas y construida por Nabbi, donde encontraréis la cerveza negra de Nabbi, el único hidromiel que querréis beber. Ahora nuestros participantes presentarán sus primeros artículos. ¡Blitzen, hijo de Freya!

Blitz señaló su escultura de metal.

—Es un pato.

Nabbi parpadeó.

—Y... ¿qué hace?

—Cuando le aprieto el lomo... —Blitz lo hizo. El pato se hinchó hasta triplicar su tamaño, como un pez globo asustado—. Se convierte en un pato más grande.

El segundo juez se rascó la barba.

—¿Ya está?

—Pues sí —dijo Blitz—. Yo lo llamo el Expandopato. Es perfecto para cuando necesitas un pato de metal pequeño. O uno más grande.

El tercer juez se volvió hacia sus compañeros.

—¿Un adorno de jardín, quizá? ¿Una curiosidad para estimular la conversación? ¿Un señuelo?

Nabbi tosió.

—Sí, gracias, Blitzen. Y ahora usted, Eitri Junior, hijo de Edna. ¿Cuál es su primera creación?

Junior se limpió la sangre de los ojos. Mostró su cilindro de hierro aplanado, del que colgaban varios muelles y cerrojos.

—¡Es un misil buscatrols autoguiado! Si no hubiera sufrido desperfectos, podría destruir a cualquier trol a un kilómetro de distancia. ¡Y es reutilizable!

La multitud murmuró con admiración.

—Pero ¿funciona? —preguntó el segundo juez.

—¡No! —respondió Junior—. Se ha estropeado con el último martillazo. Pero si funcionase...

—Pero no funciona —observó el tercer juez—. Así pues ¿qué es en este momento?

—¡Es un cilindro de metal inútil! —gruñó Junior—. ¡Pero no es culpa mía! —Los jueces deliberaron y garabatearon notas.

—Bueno, en la primera ronda —resumió Nabbi— tenemos un pato expandible contra un cilindro metálico inútil. Nuestros participantes están muy igualados. Blitzen, ¿cuál es su segundo artículo?

Blitzen mostró orgullosamente su accesorio de cota de malla para el cuello.

—¡La corbata antibalas!

Los jueces bajaron sus carpetas perfectamente sincronizados.

—¿Qué? —preguntó Nabbi.

—¡Oh, venga ya! —Blitz se volvió hacia el público—. ¿Cuántos de vosotros os habéis visto en la embarazosa situación de llevar un chaleco antibalas sin una corbata antibalas a juego?

Al fondo del grupo, un enano levantó la mano.

—¡Exacto! —dijo Blitzen—. Este accesorio no solo es elegante, sino que detiene cualquier proyectil hasta el calibre treinta-cero-seis. También se puede llevar como pañuelo para el cuello.

Los jueces fruncieron el ceño y tomaron notas, pero unos cuantos miembros del público se mostraron impresionados. Examinaron sus camisas, pensando quizá lo desnudos que se sentían sin una corbata de cota de malla.

—¿Junior? —preguntó Nabbi—. ¿Cuál es su segunda obra de artesanía?

—¡La Copa del Infinito! —Junior señaló un trozo de hierro deformado—. Puede contener una cantidad ilimitada de cualquier líquido: ideal para viajes por desiertos sin agua.

—Esto... —Nabbi señaló con su bolígrafo—. Parece un poco aplastada.

—¡Ha sido ese maldito tábano otra vez! —protestó Junior—. ¡Me ha picado de lleno entre los ojos! Yo no tengo la culpa de que un ridículo insecto haya convertido mi genial invento en un montón de chatarra.

—Montón de chatarra —repitió Nabbi, anotando en su carpeta—. ¿Y su última creación, Blitzen?

Blitzen levantó un reluciente trozo de tejido metálico.

—¡El chaleco de cota de malla! Para llevarlo con un traje de tres piezas de cota de malla. O, si prefieres vestir más informalmente, se puede combinar con unos vaqueros y una bonita camisa.

«Y un escudo», apuntó Hearthstone.

—Sí, y un escudo —dijo Blitzen.

El tercer juez se inclinó hacia delante, entornando los ojos.

—Supongo que ofrecería protección para casos menores. Si te apuñalan en la discoteca, por ejemplo.

El segundo juez anotó algo.

—¿Tiene capacidades mágicas?

—Pues no —respondió Blitz—. Pero es reversible: de plata por fuera y oro por dentro. Dependiendo de las joyas que lleves o del color de la armadura...

—Entiendo. —Nabbi anotó algo en su carpeta sujetapapeles y se volvió hacia Junior—. ¿Y su último artículo, señor?

A Junior le temblaban los puños de rabia.

—¡Es injusto! Nunca he perdido una competición. Todos conocen mi destreza. Este entrometido, este farsante, ha conseguido arruinar mi...

—Eitri Junior, hijo de Edna —lo interrumpió Nabbi—, ¿cuál es su tercer artículo?

El viejo enano señaló impacientemente el horno con la mano.

—¡Mi tercer artículo está allí dentro! ¡No importa lo que fuese, porque ahora es un amasijo chamuscado!

Los jueces formaron un corro y deliberaron. La gente se movía incómoda.

Nabbi se volvió hacia el público.

—Ha sido un juicio difícil. Hemos sopesado los méritos del amasijo chamuscado de Junior, el montón de chatarra y el cilindro de metal inútil frente al chaleco de cota de malla, la corbata antibalas y el Expandopato. Ha sido una competición muy reñida. No obstante, declaramos ganador de la competición a Blitzen, hijo de Freya.

Los espectadores aplaudieron. Algunos dejaron escapar gritos ahogados de incredulidad. Una enana con uniforme de enfermera, posiblemente Bambi, famosa entre las enfermeras enanas, se desmayó.

Hearthstone se puso a dar saltos y logró que los extremos de su bufanda hicieran la ola. Busqué a Sam, pero se había quedado atrás, lejos del gentío.

Junior se miraba furiosamente los puños, como si estuviera decidiendo si darse un puñetazo.

—Está bien —gruñó—. ¡Córtame la cabeza! ¡No quiero vivir en un mundo en el que Blitzen gana competiciones de artesanía!

—Junior, yo no quiero matarte —replicó Blitzen. A pesar de haber ganado, no parecía orgulloso ni satisfecho. Tenía aspecto cansado, incluso triste.

Junior parpadeó.

—¿No... no quieres matarme?

—No. Solo dame los pendientes y la cuerda, como prometiste. Ah, y reconoce públicamente que mi padre tenía razón sobre Gleipnir desde el principio. Deberías haberla cambiado hace siglos.

—¡Jamás! —gritó Junior—. ¡Pones en duda la reputación de mi padre! No puedo...

—De acuerdo, iré a por mi hacha —dijo Blitzen con tono de resignación—. Me temo que la hoja está un poco roma...

Junior tragó saliva. Miró con anhelo la corbata antibalas.

—Muy bien. Tal vez... tal vez Bilì tenía razón. La cuerda necesitaba recambio.

—Y estuvo mal por tu parte manchar su reputación.

Los músculos faciales del viejo enano se contrajeron, pero consiguió pronunciar las palabras.

—Y estuvo... mal. Sí.

Blitzen alzó la vista a la penumbra, murmurando algo. No se me da bien leer los labios, pero estoy seguro de que dijo: «Te quiero, papá. Adiós».

Volvió a centrarse en Junior.

—En cuanto a los artículos que prometiste...

Junior chasqueó los dedos. Uno de sus guardaespaldas se acercó cojeando, con la cabeza recién vendada tras su reciente encontronazo con el martillo. Le dio a Blitzen una pequeña caja de terciopelo.

—Los pendientes para tu madre —dijo Junior.

Blitz abrió la caja. Dentro había dos gatos diminutos hechos con filigrana de oro como Brisingamen. Mientras yo miraba, los gatos se estiraron, parpadeando con sus ojos de esmeraldas y agitando sus colas de diamantes.

Blitz cerró la caja de golpe.

—Aceptables. ¿Y la cuerda?

El guardaespaldas le lanzó un ovillo de hilo de seda.

—Está de coña —solté—. ¿Se supone que eso va a atar al lobo Fenrir?

Junior me lanzó una mirada asesina.

—Tu ignorancia es pasmosa, muchacho. Gleipnir era igual de fina y ligera, pero sus componentes paradójicos le daban una gran fuerza. ¡Esta cuerda es igual, solo que mejor!

—¿«Componentes paradójicos»?

Blitz levantó la punta de la cuerda y silbó con admiración.

—Se refiere a cosas que se supone que no deberían existir. Los componentes paradójicos son muy difíciles de trabajar, muy peligrosos. Gleipnir contenía el sonido de las pisadas de un gato, la saliva de un pájaro, el soplo de un pez, la barba de una mujer...

—No sé si eso último es una paradoja —repuse—. Alice la Loca, de Chinatown, tiene una buena barba.

Junior resopló.

—¡El caso es que esta cuerda es todavía mejor! Yo la llamo Andskoti, la Adversaria. Está tejida con las más poderosas paradojas de los nueve mundos: ¡Wi-Fi sin problemas de velocidad, la sinceridad de un político, una impresora que imprime, fritos saludables y una clase de gramática interesante!

—Vale —reconocí—. Esas cosas no existen.

Blitz guardó la cuerda en su mochila. Sacó el saquito de lágrimas y se lo dio al viejo enano.

—Gracias, Junior. Doy nuestro trato por terminado, pero me gustaría preguntarte una cosa más. ¿Dónde está la isla del lobo Fenrir?

Junior levantó su pago.

—Si pudiera decírtelo, lo haría, Blitzen. ¡Me encantaría verte hecho trizas por el Lobo, como tu padre! Pero por desgracia no lo sé.

—Pero...

—Sí. Dije que de vez en cuando iba a ver cómo estaba la cuerda. ¡Mentí! Lo cierto es que muy pocos dioses o enanos saben dónde aparece la isla de Fenrir. Y la mayoría han jurado no revelar el secreto. No sé cómo encontró tu padre el sitio, pero si quieres dar con ella, a quien tienes que preguntarle es Thor. Él lo sabe, y además es un bocazas.

—Thor —dije—. ¿Dónde podemos encontrar a Thor?

—No tengo ni idea —reconoció Junior.

«Sam podría saberlo —dijo Hearthstone por señas—. Ella sabe muchas cosas sobre los dioses.»

—Sí. —Me volví—. ¡Sam, ven aquí! ¿Por qué te escondes?

La multitud se apartó en torno a ella.

En cuanto Junior la vio, emitió un graznido estrangulado.

—¡Tú! ¡Has sido tú!

Sam trató de taparse el labio partido.

—¿Perdón? ¿Nos conocemos?

—Oh, no te hagas la inocente conmigo. —Junior avanzó rápidamente con su andador, y su cuero cabelludo enrojecido le tiñó el cabello gris de color rosado—. He visto a transformistas otras veces. Esa bufanda es del mismo color que las alas del tábano. ¡Y ese ojo morado es del trompazo que te he dado! ¡Estás confabulada con Blitzen! ¡Amigos, colegas, enanos honrados, matad a estos tramposos!

Me enorgullecí de que los cuatro reaccionáramos como un equipo. Al unísono, como una máquina de combate bien engrasada, nos volvimos y corrimos como alma que lleva el diablo.

45

Conozco a Jack

Se me da bastante bien hacer varias tareas a la vez, así que supuse que podría huir aterrorizado y discutir al mismo tiempo.

—¿Un tábano? —le grité a Sam—. ¿Puedes convertirte en un tábano?

Ella se agachó y esquivó un dardo a vapor que pasó zumbando muy cerca de su cabeza.

—¡Ahora no es el momento!

—Oh, perdona. Debería esperar al momento indicado para hablar de cómo convertirse en tábano.

Hearthstone y Blitzen iban los primeros. Detrás de nosotros, un grupo de treinta enanos se acercaba rápido. No me gustaban sus expresiones asesinas ni su magnífica colección de armas hechas a mano.

—¡Por aquí! —Blitzen se metió en un callejón.

Lamentablemente, Hearthstone no lo vio. El elfo siguió corriendo todo recto.

—¡Madre! —maldijo Blitz; por lo menos a mí me pareció una maldición hasta que Sam y yo llegamos a la esquina y vacilamos.

A escasos pasos en el callejón, Blitz se hallaba atrapado en una red de luz. Se retorcía y soltaba juramentos mientras la red brillante lo elevaba en el aire.

—¡Es mi madre! —gritó—. Quiere sus puñeteros pendientes. ¡Marchaos! ¡Alcanzad a Hearthstone! Me reuniré con vosotros...

¡PUM! El enano desapareció en un abrir y cerrar de ojos.

Miré a Sam.

—¿Qué ha pasado?

—Tenemos otros problemas. —La valquiria sacó su hacha.

El grupo de enanos nos había alcanzado. Se desplegaron formando un furioso semicírculo de barbas, ceños fruncidos, bates de béisbol y anchas espadas. No estaba seguro de lo que estaban esperando. Entonces oí la voz de Junior detrás de ellos.

—¡Esperad! —dijo resollando—. Yo... —Resuello—. Mato... —Resuello—. ¡Primero!

El grupo se separó. Flanqueado por sus guardaespaldas, el viejo enano empujó su andador hacia nosotros.

Me miró detenidamente y luego se volvió hacia Sam.

—¿Dónde están Blitzen y el elfo? —murmuró Junior—. Bueno, da igual. Los encontraremos. Tú, muchacho, no me interesas tanto. Si huyes ahora, puede que te deje vivir. Es evidente que la chica es hija de Loki. ¡Me ha picado y ha arruinado mis creaciones! Ella morirá.

Me quité el colgante. La Espada del Verano se estiró cuan larga era. La multitud de enanos retrocedió poco a poco. Supongo que sabían reconocer una espada peligrosa cuando la veían.

—No pienso irme a ninguna parte —dije—. Tendréis que enfrentaros a los dos.

La espada me llamó la atención zumbando.

—Rectifico —dije—. Tendréis que enfrentaros a los tres. Esta es Sumarbrander, la Espada del Verano, hecha por... en realidad no estoy seguro, pero desde luego es famosa entre las espadas, y está a punto de machacaros.

—Gracias —contestó la espada.

Sam soltó un chillido. Las expresiones de sorpresa de los enanos me confirmaron que la voz de la espada que había oído no habían sido imaginaciones mías.

Levanté la hoja.

—¿Puedes hablar? O sea... claro que puedes hablar. Tienes muchas habilidades... increíbles.

—Eso es lo que yo he estado diciendo. —Definitivamente la voz de la espada era de hombre. Brotaba de las runas grabadas a lo largo de la hoja, que vibraba y brillaba con cada palabra como las luces del ecualizador de un equipo de música.

Lancé a los enanos una mirada arrogante, en plan: «Sí, eso es. Tengo una espada discotequera parlante, y vosotros, no».

—Sumarbrander —dije—, ¿te apetece enfrentarte a esta gente?

—Claro —respondió la espada—. ¿Los quieres muertos o...?

Los enanos retrocedieron poco a poco, alarmados.

—No —decidí—. Tan solo haz que se larguen.

—Eres un aguafiestas —dijo la espada—. Está bien, entonces suelta.

Vacilé. No deseaba especialmente empuñar una espada que brillaba, hablaba y zumbaba, pero soltar mi arma no me parecía el primer paso natural para conseguir la victoria.

Junior debió de percibir mi reticencia.

—¡Podemos con él! —gritó—. ¡Es un muchacho con una espada que no sabe utilizar!

Sam gruñó.

—¡Y una ex valquiria con un hacha que sabe utilizar a la perfección!

—¡Bah! —espetó Junior—. ¡A por ellos, chicos! ¡Arrastraabuelos, actívate!

De la parte delantera del andador salieron unas hileras de hojas de dagas. En la parte trasera se encendieron dos motores cohete en miniatura e impulsaron a Junior hacia nosotros a la increíble velocidad de un kilómetro y medio por hora. Sus compañeros rugieron y atacaron.

Solté la espada. El arma quedó suspendida en el aire una décima de segundo. A continuación entró en acción flotando. Antes de lo que se tarda en decir «hijo de Edna», todos los enanos estaban desarmados. Sus armas fueron cortadas en dos, partidas por la mitad, tiradas al suelo o troceadas en cubitos del tamaño de aperitivos. Las dagas y los cohetes fueron cercenados del andador de Junior. Las puntas cortadas de treinta barbas cayeron balanceándose a la calzada, dejando a treinta enanos asombrados con un cincuenta por ciento menos de vello facial.

La Espada del Verano flotaba entre la multitud y yo.

—¿Alguien quiere más? —preguntó la espada.

Los enanos se volvieron y huyeron.

Junior gritó por encima del hombro mientras se marchaba cojeando detrás de sus guardaespaldas, que ya se encontraban una manzana por delante de él.

—¡Esto no ha terminado, muchacho! ¡Volveré con refuerzos!

Sam bajó el hacha.

—Ha sido... Uau.

—Sí —convine—. Gracias, Sumarbrander.

—De nada —dijo la espada—. Aunque Sumarbrander es un nombre muy largo, y nunca me ha gustado mucho.

—Está bien. —No sabía adónde mirar cuando me dirigía a la espada: ¿a las runas brillantes? ¿A la punta de la hoja?—. ¿Cómo te gustaría que te llamásemos?

La espada zumbó pensativamente.

—¿Cómo te llamas tú?

—Magnus.

—Ese es un buen nombre. Llámame Magnus.

—No puedes llamarte Magnus. Yo me llamo Magnus.

—Entonces ¿cómo se llama ella?

—Sam. Y tampoco te puedes llamar Sam. Sería demasiado lioso.

La espada empezó a agitarse de un lado a otro.

—Pues ¿cuál sería un buen nombre? Algo que encaje con mi personalidad y mis múltiples habilidades.

—Pero no te conozco tan bien como me gustaría. —Miré a Sam, quien negó con la cabeza, como diciendo: «Eh, es tu espada discotequera».

—A ver —dije—. George, Philip, Jack...

—¡Jack! —gritó la espada—. ¡Perfecto!

El problema de las espadas parlantes es que es difícil saber cuándo están de guasa. No tienen expresiones faciales. Ni caras.

—Entonces... quieres que te llame Jack.

—Es un nombre noble —dijo la espada—. ¡Ideal para reyes e instrumentos afilados!

—Vale. Bueno, Jack, pues gracias por salvarnos. ¿Te importa si...? —Alargué la mano hacia la empuñadura, pero Jack se apartó flotando.

—Yo no haría eso aún —me advirtió—. El precio de mis increíbles habilidades es que en cuanto me envaines, o me conviertas en colgante, o lo que sea, te sentirás tan cansado como si hubieras realizado tú todos mis actos.

Se me tensaron los músculos de los hombros. Consideré lo cansado que me sentiría si acabara de destrozar todas aquellas armas y cortado todas aquellas barbas.

—Ah. No me había dado cuenta.

—Porque todavía no me habías usado para hacer algo increíble.

—Claro.

A lo lejos sonó una sirena de ataque aéreo. Dudaba que en un mundo subterráneo sufrieran muchos ataques aéreos, de modo que supuse que la alarma tenía que ver con nosotros.

—Tenemos que marcharnos —me apremió Sam—. Debemos encontrar a Hearthstone. No creo que Junior bromeara con lo de los refuerzos.

Encontrar a Hearthstone fue la parte más fácil. Nos tropezamos con él a dos manzanas de allí, cuando volvía corriendo a nuestro encuentro.

«Pero ¿qué H-e-l-h-e-i-m...? —dijo con gestos—. ¿Dónde está Blitzen?»

Le expliqué lo que había pasado con la red de oro de Freya.

—Lo encontraremos. Ahora mismo Junior está llamando a la Guardia Nacional Enana.

«Tu espada está flotando», observó Hearth.

—Tu elfo está sordo —apuntó Jack.

Me volví hacia la espada.

—Ya lo sé. Lo siento, no os había presentado. Jack, Hearth. Hearth, Jack.

«¿Está hablando? —preguntó Hearth por signos—. No sé leer los labios de las espadas.»

—¿Qué está diciendo? —inquirió Jack—. No sé leer las manos de los elfos.

—Chicos. —Sam señaló con el dedo detrás de nosotros.

A varias manzanas de distancia, un vehículo blindado con bandas de rodadura de oruga y una torreta montada estaba entrando poco a poco en nuestra calle.

—Es un tanque —dije—. ¿Junior tiene un tanque?

—Deberíamos marcharnos —advirtió Jack—. Soy la caña, pero si intento destruir un tanque, el esfuerzo podría matarte.

—Sí —convine—. ¿Cómo salimos de Nidavellir?

Hearthstone dio una palmada para llamarme la atención. «Por aquí.»

Corrimos detrás de él serpenteando por callejones y derribando cubos de basura hechos a mano que probablemente tenían nombres y almas.

En algún lugar detrás de nosotros, un profundo «¡BUM!» hizo que las ventanas vibrasen y que cayeran guijarros de lo alto.

—¿El tanque está sacudiendo el cielo? —grité—. Eso no puede ser bueno.

Hearthstone nos llevó por otra calle de casas adosadas de madera. Unos enanos sentados en taburetes aplaudieron y lanzaron vítores cuando pasamos corriendo. Unos cuantos nos grabaron con sus smartphones de fabricación exclusiva. Supuse que nuestro intento de huida se volvería viral en el internet de los enanos, famoso entre los internets.

Finalmente llegamos a lo que habría sido el margen sur del sur de Boston. En el lado opuesto de la avenida, en lugar de la playa de M Street, el suelo descendía en una sima.

—Oh, esto es de gran ayuda —soltó Sam.

Detrás de nosotros, en la penumbra, la voz de Junior gritó:

—¡Bazucas, ocupad el flanco derecho!

Hearthstone nos llevó al borde del cañón. Mucho más abajo, rugía un río.

«Vamos a tirarnos», dijo por signos.

—¿Lo dices en serio? —pregunté.

«Blitzen y yo ya lo hemos hecho antes. El río sale de Nidavellir.»

—¿Y adónde va?

«Depende», contestó Hearthstone por señas.

—No es muy tranquilizador —dijo Sam.

Hearthstone señaló hacia atrás, a la avenida. La multitud de enanos se estaba reuniendo, con tanques y jeeps y granadas propulsadas por cohetes y un montón de vejestorios enanos muy cabreados con andadores blindados.

—Tirémonos —decidí.

Jack se acercó a mí flotando.

—Será mejor que me agarres, jefe. Si no, puede que vuelva a perderme.

—Pero has dicho que el cansancio...

—Podría hacer que te desmayases —convino la espada—. Mirándolo por el lado positivo, parece que vas a morir de todas formas.

Fue muy aguda. (Perdón. Qué malo.) Cogí la espada y la transformé otra vez en colgante. Tuve el tiempo justo para sujetarlo a la cadena antes de que se me doblasen las piernas.

Sam me atrapó.

—¡Hearthstone! ¡Cógele el otro brazo!

Mientras se me oscurecía la vista, Sam y Hearth me ayudaron a saltar del acantilado. Porque ¿para qué están los amigos?

46

A bordo del barco *Uña del Pie*

Supe que estaba en apuros cuando me desperté en un sueño.

Me encontraba de pie junto a Loki en la cubierta de un enorme barco.

—¡Aquí estás! —exclamó Loki—. Estaba empezando a preocuparme.

—¿Cómo...? —Me fijé en su atuendo—. ¿Qué lleva puesto?

—¿Te gusta? —Sus labios llenos de cicatrices se torcieron y esbozaron una mueca. Llevaba una chaqueta blanca de almirante reluciente de medallas, pero no precisamente al estilo reglamentario. La prenda estaba abierta por encima de una camiseta negra con la cara de Jack Nicholson en *El resplandor*. En el pie de la foto ponía ¡AQUÍ ESTÁ LOKIII!

—¿Dónde estamos? —pregunté.

Loki pulió las medallas con la manga de la chaqueta.

—Bueno, en realidad ninguno de nosotros está aquí. Yo sigo atado a una roca con veneno goteándome en la cara. Tú estás muriéndote a orillas de un río en Jotunheim.

—¿Que estoy qué?

—Tanto si sobrevives como si no, puede que esta sea nuestra última oportunidad de hablar. Quería que vieras esto: ¡el barco *Naglfar*! Ya casi está terminado.

La embarcación se volvió más nítida: un barco vikingo más grande que un portaaviones. En la cubierta principal se podría haber celebrado el maratón de Boston. Las barandillas estaban bordeadas de escudos gigantescos. En proa y popa se alzaban mascarones de diez metros de altura con forma de lobos gruñendo. Por supuesto, tenían que ser lobos.

Me asomé por la borda entre dos escudos. Treinta metros más abajo, unos cables de hierro trenzado amarraban el barco a un muelle. El mar gris se revolvía cubierto de hielo.

Pasé la mano por la barandilla. La superficie era desigual y espinosa; esmaltada con protuberancias blancas y grises como escamas de pez o virutas de perla. A primera vista, había pensado que la cubierta estaba hecha de acero, pero entonces me di cuenta de que todo el barco estaba construido con ese extraño material translúcido: ni metal ni madera, sino algo extrañamente familiar.

—¿Qué es esto? —pregunté a Loki—. No veo maderas ni clavos.

Loki se rió entre dientes.

—No ves clavos de carpintería, Magnus. *Naglfar* está hecho de las uñas de los dedos de las manos y los pies de los muertos.

Pareció que la cubierta cabeceara debajo de mí. No estaba seguro de si era posible vomitar en un sueño, pero tuve la tentación. No era solo la evidente repugnancia de estar en un barco hecho de trozos de uña lo que me provocaba náuseas, sino el volumen del material. ¿Cuántos cuerpos habían tenido que prestar sus uñas para hacer un barco de ese tamaño?

Cuando conseguí respirar de forma regular, me volví hacia Loki.

—¿Por qué?

Incluso con los labios destrozados y la cara marcada de cicatrices, la mueca de Loki era tan contagiosa que casi le devolví la sonrisa..., casi.

—Es increíblemente desagradable, ¿verdad? —dijo—. Antiguamente, tus antepasados sabían que los trozos de uña contenían parte de tu espíritu, de tu esencia, de tu ADN, como lo llamaríais ahora. A lo largo de sus vidas, los mortales tenían cuidado de quemar todos los trozos que se cortaban. Cuando se morían, les cortaban las uñas

314

y los trozos eran destruidos para que el material no contribuyera a la creación de este gran barco. Pero a veces —Loki se encogió de hombros—, como puedes ver, no se tomaron las medidas adecuadas.

—Se ha construido un acorazado con uñas de los dedos de los pies.

—Bueno, el barco se construye a sí mismo. Y, técnicamente, *Naglfar* pertenece a Surt y a los gigantes de fuego, pero, cuando llegue el Ragnarok, guiaré este barco fuera del puerto. Tendremos un ejército de gigantes dirigido por el capitán Hrym, además de cientos de miles de muertos deshonrosos: todos los que tuvieron el descuido o la mala suerte de morir sin una espada en la mano, un entierro como es debido y una manicura y pedicura en condiciones. Zarparemos a Asgard y acabaremos con los dioses. Será impresionante.

Miré a popa, esperando ver un ejército reuniéndose en la orilla, pero la bruma era tan densa que no podía ver el extremo del muelle. A pesar de mi habitual resistencia al frío, el aire húmedo me calaba hasta los huesos y hacía que me castañetearan los dientes.

—¿Por qué me enseña esto? —pregunté.

—Porque me caes bien, Magnus. Tienes sentido del humor. Tienes chispa. ¡Es algo muy poco frecuente en un semidiós! Y todavía menos entre los einherjar. Me alegro de que mi hija te encontrara.

—Samirah... Por eso puede convertirse en un tábano. Es una transformista, como usted.

—Oh, ha salido a su padre, ya lo creo. No le gusta reconocerlo, pero ha heredado muchas cosas de mí: mis habilidades, mi atractivo despampanante, mi agudo intelecto. Ella también sabe detectar el talento. Después de todo, te eligió a ti, amigo mío.

Me llevé las manos a la barriga.

—No me encuentro muy bien.

—¡No me digas! Estás al borde de la muerte. Personalmente, espero que te despiertes, porque si estiras la pata ahora, tu muerte no tendrá sentido y lo que has hecho no habrá servido de nada.

—Gracias por levantarme la moral.

—Mira, te he traído aquí para darte una nueva perspectiva. Cuando llegue el Ragnarok, todas las ataduras se romperán, no solo las cuerdas que atan a Fenrir. Las amarras de este barco, zas. Las ataduras que me tienen cautivo, zas. Tanto si evitas que la espada caiga en manos de Surt como si no, solo es cuestión de tiempo. Se romperá una cadena, y todas empezarán a partirse y a deshacerse como un gran tapiz.

—¿Está intentando desanimarme? Creía que quería retrasar el Ragnarok.

—¡Claro que quiero! —Levantó las manos. Tenía las muñecas en carne viva y sangrando, como si lo hubieran esposado demasiado fuerte—. ¡Estoy totalmente de tu parte, Magnus! Fíjate en los mascarones. Los hocicos de los lobos todavía no están terminados. ¿Hay algo más embarazoso que zarpar a la batalla con unos mascarones a medio terminar?

—Entonces ¿qué quiere?

—Lo que he querido siempre —respondió Loki—. Ayudarte a luchar contra tu destino. ¿Qué dios aparte de mí se ha molestado en hablarte como un amigo y un igual?

Sus ojos eran como los de Sam —brillantes e intensos, del color de las llamas—, pero había algo más duro y calculador en la mirada de Loki: algo que no cuadraba con su sonrisa cordial. Me acordé de cómo lo había descrito Sam: «un mentiroso, un ladrón, un asesino».

—¿Ahora somos amigos? —pregunté—. ¿Iguales?

—Podríamos serlo —contestó él—. De hecho, tengo una idea. Olvídate de ir a la isla de Fenrir. Olvídate de enfrentarte a Surt. Conozco un lugar donde la espada estará a salvo.

—¿Con usted?

Loki se rió.

—No me tientes, chico. No, no. Estaba pensando en tu tío Randolph. Él entiende el valor de la espada. Se ha pasado toda la vida buscándola, preparándose para estudiarla. Puede que no lo sepas, pero su casa está muy bien fortificada con magia. Si le llevaras la espada, el viejo no podría usarla, pero la guardaría. Estaría fuera del alcance de Surt. Y eso es lo que importa, ¿no? Nos daría a todos algo de tiempo.

Me entraron ganas de reírme en la cara de Loki y decirle que no. Me imaginaba que estaba intentando engañarme. Y, sin embargo, no entendía lo que tramaba.

—Crees que es una trampa —dijo Loki—. Lo entiendo. Pero debes de haberte preguntado por qué Mimir te dijo que llevaras la espada a la isla del Lobo: precisamente el sitio donde quiere utilizarla Surt. ¿Qué sentido tiene? ¿Y si Mimir te está manipulando? Venga ya. ¡Esa vieja cabeza cortada dirige un tinglado de pachinko! Si no llevas la espada a la isla, Surt no podrá echarle el guante. ¿Por qué correr el riesgo?

Me esforcé por aclarar mis pensamientos.

—Tiene usted... mucha labia. Sería un buen vendedor de coches de segunda mano.

Loki me guiñó el ojo.

—Creo que la palabra es «seminuevos». Tienes que tomar una decisión pronto, Magnus. Puede que no volvamos a hablar. No obstante, si quieres un gesto de buena fe, puedo hacer más atractivo el trato. Mi hija Hel y yo... hemos estado hablando.

Me dio un vuelco el corazón.

—¿Hablando de...?

—Dejaré que te lo cuente ella. Pero ahora... —Ladeó la cabeza, atento—. Sí, no tenemos mucho tiempo. Podrías estar despertándote.

—¿Por qué lo encadenaron? —Se me escapó la pregunta antes de darme cuenta de que la estaba pensando—. Recuerdo que mató a alguien...

Su sonrisa se endureció. Las arrugas de enfado que se formaron alrededor de sus ojos le hicieron parecer diez años mayor.

—Sabes cómo arruinar una conversación —dijo Loki—. Maté a Balder, el dios de la luz: el hijo de Odín y Frigg, guapo, perfecto e increíblemente cargante. —Dio un paso hacia mí y me hincó el dedo en el pecho para subrayar cada palabra—: Y... volvería... a... hacerlo.

En el fondo de mi cerebro, mi sentido común me gritaba: «¡DÉJALO!». Pero, como probablemente ya os habréis dado cuenta, no hago mucho caso a mi sentido común.

—¿Por qué lo mató?

Loki se rió a carcajadas. El aliento le olía a almendras amargas, como el cianuro.

—¿He dicho que era cargante? Frigg estaba muy preocupada por él. El pobrecito había tenido pesadillas sobre su propia muerte. ¡Bienvenido al mundo real, Balder! Todos tenemos pesadillas. Pero Frigg no soportaba la idea de que su querido angelito se hiciese pupa en los piececitos. Hizo prometer a todo elemento de la creación que nada haría daño a su precioso hijo: personas, dioses, árboles, piedras... ¿Te imaginas arrancar una promesa a una piedra? Pues Frigg lo consiguió. Después, los dioses celebraron una fiesta. Empezaron a tirar cosas a Balder por diversión. Le lanzaron flechas, espadas, cantos rodados, se lanzaron unos a otros... Nada le hacía daño. Era como si el muy idiota estuviera rodeado de un campo de fuerza. Pues... lo siento. La idea de que Don Perfecto fuera también Don Invulnerable me ponía enfermo.

Parpadeé, tratando de suavizar el picor que notaba en los ojos. La voz de Loki estaba tan llena de odio que parecía que hiciera que el aire quemase.

—Encontró una forma de matarlo.

—¡El muérdago! —La sonrisa de Loki se iluminó—. ¿Te lo imaginas? Frigg se olvidó de una pequeña planta. Fabriqué un dardo con ella y se lo di al hermano ciego de Balder, un dios llamado Hod. No quería que se perdiera la diversión de tirar objetos letales a Balder, así que guié la mano de Hod y... los peores temores de Frigg se hicieron realidad. Balder se lo merecía.

—Por ser demasiado guapo y popular.

—¡Sí!

—Por ser querido.

—¡Exacto! —Loki se inclinó hacia delante hasta que estuvimos casi nariz contra nariz—. No me digas que tú no has hecho cosas parecidas. Los coches que forzaste, las personas a las que robaste... Elegías a personas que no te caían bien, ¿verdad? Elegías a los esnobs ricos, guapos y pijos que te fastidiaban.

Los dientes me castañetearon más fuerte.

—Yo no he matado a nadie.

—Venga ya. —Loki dio un paso atrás y me lanzó una mirada de decepción—. Solo es una cuestión de grado. Sí, he matado a un dios.

¿Y qué? Fue a Helheim y se convirtió en invitado de honor en el palacio de mi hija. ¿Y mi castigo? ¿Quieres saber cuál fue mi castigo?

—Lo ataron a una roca —dije—. Con una serpiente derramando veneno en su cara. Ya lo sé.

—Ah, ¿sí? —Loki se echó las esposas hacia atrás y me mostró las cicatrices en carne viva de sus muñecas—. Los dioses no quedaron contentos con castigarme a una tortura eterna y descargaron su ira en mis dos hijos favoritos: Vali y Narfi. Convirtieron a Vali en lobo y contemplaron divertidos cómo destripaba a su hermano Narfi. Luego dispararon al lobo y le sacaron las tripas. Los dioses cogieron las entrañas de mis hijos inocentes... —A Loki se le quebró la voz de dolor—. Bueno, Magnus Chase, digamos que no me ataron con cuerdas.

Algo se encogió y murió dentro de mi pecho: posiblemente la esperanza de que hubiera justicia en el universo.

—Dioses.

Loki asintió con la cabeza.

—Sí, Magnus. Los dioses. Piensa en ello cuando conozcas a Thor.

—¿Voy a conocer a Thor?

—Me temo que sí. Los dioses ni siquiera fingen interesarse por el bien y el mal, Magnus. No es la costumbre Aesir. La fuerza hace la ley. Así que dime... ¿de veras quieres luchar en su nombre?

El barco tembló bajo mis pies. La niebla se deslizó a través de la cubierta.

—Es hora de que te marches —dijo Loki—. Recuerda lo que te he dicho. Ah, y que te diviertas cuando una cabra te haga el boca a boca.

—Un momento... ¿Qué?

Loki movió los dedos, con los ojos llenos de un regocijo malicioso. A continuación el barco se deshizo en la nada gris.

47

Psicoanalizo a una cabra

Como Loki había prometido, me desperté con una cabra delante de las narices.

Hora de las confesiones: mi única experiencia previa en materia de besos había sido con Jackie Molotov en séptimo, detrás de las gradas en un baile escolar. Sí, ya sé que es patético, considerando que ya tenía dieciséis años, pero durante los dos últimos había estado un poco ocupado viviendo en la calle y todo eso. En cualquier caso, y pido disculpas a Jackie, cuando la cabra me hizo el boca a boca me recordó a ella.

Me di la vuelta y vomité en el río, convenientemente situado a mi lado. Tenía los huesos como si se me hubieran roto y me los hubieran arreglado con cinta adhesiva. La boca me sabía a hierba y monedas viejas.

—Oh, estás vivo —dijo la cabra. Parecía un tanto decepcionada.

Me incorporé y gemí. Los cuernos de la cabra se curvaban hacia fuera como la mitad superior de un reloj de arena. Su greñudo pelaje marrón estaba enmarañado por culpa de los abrojos.

Múltiples preguntas se agolpaban en mi mente: «¿Dónde estoy?», «¿Por qué estoy hablando con una cabra parlante?», «¿Por qué me huele tan mal el aliento?», «¿Me he comido el dinero suelto?».

La primera pregunta que me salió fue:

—¿Dónde están mis amigos?

—¿El elfo y la chica? —respondió la cabra—. Oh, están muertos.

El corazón amenazó con salírseme por la garganta.

—¿Qué? ¡No!

La cabra señaló con sus cuernos. A pocos metros a mi derecha, Hearthstone y Sam yacían desplomados sobre una playa rocosa.

Me acerqué a toda prisa. Les puse las manos en la garganta y estuve a punto de volver a desmayarme, esa vez de alivio.

—No están muertos —le dije a la cabra—. Los dos tienen pulso.

—Ah. —La cabra suspiró—. Bueno, dales un par de horas más y seguramente estarán muertos.

—¿A ti qué te pasa?

—De todo —contestó la cabra—. Mi vida entera es una pedazo de...

—Da igual —repuse—. Cállate.

La cabra baló.

—Claro, lo entiendo. No quieres oír mis problemas. Nadie quiere oírlos. Estaré por aquí llorando o lo que sea. No me hagas caso.

Manteniendo las manos contra las carótidas de Sam y Hearthstone, transmití calor a sus sistemas circulatorios a través de las puntas de mis dedos.

No me costó curar a Sam. Tenía el corazón fuerte. Reaccionó casi de inmediato, parpadeando y respirando trabajosamente con los pulmones. Se acurrucó de lado y se puso a vomitar, un gesto que interpreté como una buena señal.

Sin embargo, Hearthstone tenía algún problema aparte del agua en los pulmones y el frío en las extremidades. En lo más profundo de su ser, un tupido nudo de una emoción siniestra minaba sus ganas de vivir. El dolor era tan intenso que me retrotrajo a la noche de la muerte de mi madre. Me acordé de mis manos resbalando de la escalera de incendios y de las ventanas de nuestro piso explotando por encima de mí.

La pena de Hearthstone era todavía peor. No sabía exactamente lo que le había pasado, pero su desesperación estuvo a punto de desbordarme. Busqué un recuerdo feliz: mi madre y yo cogiendo arándanos silvestres en Hancock Hill, con un aire tan puro que se podía ver la bahía de Quincy reluciendo en el horizonte. Envié una oleada de calor al pecho de Hearthstone.

Sus ojos se abrieron de golpe.

Me miró fijamente, sin comprender. A continuación señaló mi cara e hizo un gesto débil: el signo de «luz».

—¿Qué quieres decir? —pregunté.

Sam gimió. Se apoyó en un brazo y me miró con los ojos entornados.

—Magnus..., ¿por qué estás brillando?

Me miré las manos. Efectivamente, parecía que me hubiera bañado en luz de Fólkvangr. El cálido halo estaba empezando a desaparecer, pero notaba el hormigueo del poder residual en el vello de los brazos.

—Por lo visto, si curo demasiado al mismo tiempo, brillo —dije.

Sam hizo una mueca.

—Pues gracias por curarnos. Pero procura no sufrir una combustión espontánea. ¿Cómo está Hearth?

Lo ayudé a incorporarse.

—¿Cómo te encuentras, colega?

Él formó un círculo con el dedo pulgar y el corazón, y acto seguido lo movió hacia arriba, el signo de «fatal».

No me extrañaba. Considerando la fuerza del dolor que había sentido dentro de él, me sorprendía que no estuviera gritando sin parar.

—Hearth —empecé a decir—, cuando te he curado he...

Él posó las manos encima de las mías: la versión en lenguaje de signos de «Cállate».

Tal vez tuviéramos una conexión residual debido a la magia curativa, pero, cuando miré a Hearthstone a los ojos, supe lo que estaba pensando. Su mensaje fue como una voz casi audible en mi cabeza, como cuando Jack, la espada, había empezado a hablar.

«Más adelante —me dijo Hearth—. Gracias, hermano.»

Me quedé tan sorprendido que no le contesté.

La cabra se acercó con paso pesado.

—Más vale que cuides mejor de tu elfo. Necesitan mucho sol, no la luz débil de Jotunheim. Y no puedes pasarte con el agua ahogándolos en ríos.

Hearthstone frunció el entrecejo. «¿Está hablando la cabra?», preguntó por señas.

Traté de despejar mi cabeza.

—Ejem, sí, está hablando.

—Yo también sé interpretar el lenguaje de signos —dijo la cabra—. Me llamo Tanngnjóstr, que significa «aprietadientes», porque..., bueno, porque es un tic nervioso que tengo. Pero nadie me llama Tanngnjóstr. Es un nombre horrible. Llamadme Otis.

Sam se puso en pie con dificultad. Se le había soltado el hiyab y le colgaba alrededor del cuello como el pañuelo de un pistolero.

—Bueno, Otis, ¿qué te trae por este sitio, dondequiera que estemos?

Otis suspiró.

—Me he perdido. Es muy típico de mí. Estaba buscando el camino de vuelta al campamento cuando os he encontrado. Supongo que ahora me mataréis y me comeréis de cena.

Miré a Sam con el ceño fruncido.

—¿Tú pensabas comerte a la cabra?

—No. ¿Y tú?

Miré a Otis.

—No pensamos matarte.

—No pasa nada si queréis matarme —contestó Otis—. Estoy acostumbrado. Mi amo me mata continuamente.

—Ah..., ¿sí? —dije.

—Claro. Básicamente soy una comida parlante con cuatro pezuñas. Mi psicólogo me dice que por eso estoy siempre tan deprimido, pero no sé. Creo que se remonta a cuando era una cría...

—Perdona. Un momento. ¿Quién es tu amo?

Hearthstone deletreó: «T-H-O-R. C-L-A-R-O».

—Exacto —dijo la cabra—. Aunque no se apellida Claro. No lo habréis visto, ¿verdad?

—No... —Pensé en mi sueño. Todavía podía oler las almendras

amargas del aliento de Loki. «Los dioses ni siquiera fingen interesarse por el bien y el mal, Magnus. Piensa en ello cuando conozcas a Thor.»

Junior nos había dicho que buscáramos a Thor. De algún modo el río nos había llevado a donde teníamos que estar. Solo que yo ya no estaba seguro de querer estar allí.

Sam se volvió a ajustar el pañuelo.

—No soy una gran admiradora de Thor, pero si puede decirnos cómo llegar a Lyngvi, tenemos que hablar con él.

—Pero la cabra se ha perdido —dije—. ¿Cómo encontramos a Thor?

Hearthstone señaló mi colgante con el dedo.

«Pregúntale a Jack.»

Me quité el colgante. La espada se estiró todo lo larga que era y empezó a zumbar.

—¡Eh —soltó Jack, al tiempo que brillaban las runas de su hoja—, me alegro de que hayas sobrevivido! Ah, ¿este es Otis? ¡Guay! Thor debe de andar cerca.

Otis baló.

—¿Tienes una espada que habla? Nunca me han matado con una espada que habla. Es estupendo. Si pudieras hacerme un corte limpio en el pescuezo...

—¡Otis! —exclamó Jack—. ¿No me reconoces? Soy la espada de Frey, Sumarbrander. Nos conocimos en aquella fiesta en Bilskirnir en la que estuviste jugando a tirar de la cuerda con Loki.

—Ah... —Otis sacudió sus cuernos—. Sí. Fue bochornoso.

—Jack, estamos buscando a Thor —intervine—. ¿Existe alguna posibilidad de que puedas señalarnos la dirección correcta?

—Eso está chupado. —La espada me tiró del brazo—. ¡Detecto una gran concentración de aire caliente y truenos en esa dirección!

Sam y yo ayudamos a Hearthstone a levantarse. No tenía muy buen aspecto. Sus labios estaban de color verde claro. Cojeaba como si acabara de bajarse de una atracción mareante.

—Otis, ¿puede montarte nuestro amigo? —preguntó Sam—. Iríamos más rápido.

—Claro —contestó la cabra—. Móntame, mátame, lo que te venga en gana. Pero te advierto que estamos en Jotunheim. Si nos equivocamos de camino, nos tropezaremos con gigantes. Y entonces todos acabaremos hechos picadillo y metidos en una cazuela.

—No nos equivocaremos de camino —prometí—. ¿Verdad que no, Jack?

—¿Hum? —dijo la espada—. Ah, no. Probablemente no. Tenemos un sesenta por ciento de posibilidades de sobrevivir.

—Jack...

—Es broma —dijo—. Jo, qué tenso estás.

Apuntó río arriba y nos guió a través de la brumosa mañana, con ráfagas de nieve intermitentes y un cuarenta por ciento de posibilidades de morir.

48

Hearthstone se desmaya todavía más que Jason Grace (aunque no tengo ni idea de quién es ese)

Jotunheim se parecía mucho a Vermont, solo que con menos anuncios de productos de jarabe de arce. Nevaba sobre las montañas oscuras. Los valles estaban cubiertos de montones de nieve que llegaban a la cintura. Los pinos se hallaban erizados de carámbanos. Jack flotaba delante, guiándonos a lo largo del río a medida que serpenteaba por cañones envueltos en sombras con temperaturas bajo cero. Subimos por senderos junto a cascadas medio heladas en los que el sudor se me enfriaba al instante contra la piel.

En otras palabras, era para morirse de diversión.

Sam y yo permanecíamos cerca de Hearthstone. Esperaba que mi halo residual de luz le hiciera bien, pero todavía parecía bastante débil. Lo máximo que podíamos hacer era evitar que se deslizase de la cabra.

—Aguanta —le dije.

Él dijo algo por señas —tal vez «Lo siento»—, pero el gesto fue tan lánguido que no estaba seguro.

—Descansa —añadí.

El elfo gruñó, frustrado. Rebuscó en su saquito de runas, sacó una y la colocó en mis manos. Señaló la piedra y acto seguido a sí mismo, como diciendo: «Este soy yo».

Yo no conocía esa runa:

ᛈ

Sam frunció el entrecejo cuando la vio.

—Es Perthro.

—¿Qué significa eso? —pregunté.

Ella miró con cautela a Hearth.

—¿Estás intentando explicar lo que te ha pasado? ¿Quieres que Magnus lo sepa?

Hearthstone respiró hondo, como si se estuviera preparando para correr un esprint.

«Magnus... nota... dolor», dijo con gestos.

Cerré los dedos en torno a la piedra.

—Sí... Cuando te he curado había algo oscuro...

Hearth señaló la piedra. Acto seguido miró a Sam.

—¿Quieres que se lo cuente? —preguntó ella—. ¿Estás seguro?

Él asintió con la cabeza y a continuación la apoyó contra el lomo de la cabra y cerró los ojos.

Anduvimos unos veinte metros antes de que Sam pronunciara palabra.

—Cuando Hearth y yo estuvimos en Alfheim —empezó a decir—, me contó una parte de su historia. No conozco todos los detalles, pero... sus padres... —Se esforzó por buscar las palabras.

Otis, la cabra, baló.

—Adelante. Me encantan las historias deprimentes.

—Cállate —le ordenó Sam.

—Vale, ya me callo —convino la cabra.

Observé la cara de Hearthstone. Parecía dormido plácidamente.

—Blitzen me contó un poco —expliqué—. Los padres de Hearth nunca lo aceptaron porque estaba sordo.

—Fue todavía peor —dijo Sam—. Ellos... no eran buena gente.

Parte del tono ácido de Loki asomó a la voz de la chica, como si se estuviera imaginando a los padres de Hearth como blanco de unos dardos de muérdago.

—Hearth tuvo un hermano, Andiron, que murió muy joven. No

fue culpa de Hearthstone, pero sus padres descargaron su amargura en él. Siempre le decían que se había muerto el hermano equivocado. Hearth los decepcionó; para ellos era un elfo minusválido, un castigo de los dioses. No hacía nada bien.

Apreté la piedra rúnica.

—Todavía lleva ese dolor dentro. Dioses...

Sam posó la mano en el tobillo de Hearth.

—No pudo contarme en detalle cómo se crió, pero... tengo la impresión de que fue peor de lo que te imaginas.

Miré la runa.

—No me extraña que fantaseara con hacer magia. Pero este símbolo...

—Perthro simboliza una copa vacía tumbada de lado —explicó Sam—. Podría ser una copa derramada, una copa esperando ser llenada o un cubilete para tirar los dados, como el destino.

—No lo entiendo.

Sam quitó unos pelos de cabra de la vuelta de los pantalones de Hearhstone.

—Creo... creo que Perthro es la runa con la que Hearhstone se identifica personalmente. Cuando fue a ver a Mimir y bebió de su fuente, tuvo que elegir entre dos futuros. Si tomaba el primer camino, Mimir le concedería el habla y el oído, y lo enviaría de vuelta a Alfheim para que llevara una vida normal, pero tendría que renunciar a su sueño de hacer magia. Si elegía el segundo camino...

—Aprendería a hacer magia —aventuré—, pero tendría que seguir como está: sordo y mudo, repudiado por sus padres. ¿Qué basura de elección es esa? Debería haberle pisado la cara a Mimir cuando tuve la oportunidad.

Sam sacudió la cabeza.

—Mimir solo le presentó las opciones. La magia y la vida normal se excluyen mutuamente. Solo quienes han sufrido mucho dolor pueden aprender magia. Deben ser como copas vacías. Incluso Odín dio un ojo para poder beber de la fuente de Mimir, pero eso fue solo el principio. Para aprender a usar las runas, Odín hizo un lazo y se colgó de una rama del Árbol de los Mundos durante nueve días.

Mi estómago miró a ver si le quedaba algo por vomitar.

—Eso no está bien.

—Pero era necesario —aseguró Sam—. Odín se clavó su propia lanza en el costado y se quedó allí colgado sufriendo, sin comida ni agua, hasta que le fueron reveladas las runas. El dolor lo vació... Lo convirtió en un recipiente para la magia.

Miré a Hearsthstone. No sabía si abrazarlo o despertarlo y echarle la bronca. ¿Cómo podía alguien elegir voluntariamente aferrarse a tanto dolor? ¿Qué clase de magia podía valer un precio tan alto?

—Yo he hecho magia —dije—. Curar, caminar entre llamas, desarmar a gente. Pero no he sufrido como Hearth.

Samirah frunció los labios.

—Es distinto, Magnus. Tú naciste con tu magia: la heredaste de tu padre. No puedes elegir tus habilidades ni cambiarlas. El *alf seidr* es innato. También es una magia menor comparada con lo que pueden hacer las runas.

—¿Menor? —No quería discutir sobre qué magia era más impresionante, pero la mayoría de las cosas que había visto hacer a Hearthstone eran bastante... sutiles.

—Te lo dije en el Valhalla —me recordó Sam—: las runas son el lenguaje secreto del universo. Si aprendes a manejarlas, puedes reprogramar la realidad. Los únicos límites de la magia son tu fuerza y tu imaginación.

—Entonces ¿por qué no aprende más gente a usar las runas?

—Eso es lo que he intentado decirte. Requiere un sacrificio increíble. La mayoría de la gente se moriría antes de llegar a donde ha llegado Hearthstone.

Envolví bien el cuello a Hearthstone con la bufanda. Entendí por qué se había arriesgado a aprender la magia de las runas. Para un chico con su turbulento pasado, reprogramar la realidad debía de pintar muy bien. También pensé en lo que me había susurrado mentalmente. Me había llamado «hermano». Después de todo lo que había pasado con la muerte de su hermano, no podía haberle resultado fácil.

—Así que Hearthstone se convirtió en una copa vacía —dije—. Como Perthro.

—Intentando llenarse del poder de la magia —convino Sam—. No sé todo lo que Perthro significa, Magnus, pero sí que sé una cosa: Hearthstone la ha lanzado justo cuando nos estábamos despeñando al río.

Hice memoria, pero me había quedado exhausto nada más coger la espada.

—¿Qué ha hecho la runa?

—Nos ha traído aquí —contestó Sam—. Y ha dejado a Hearthstone así. —Señaló con la cabeza su figura mientras roncaba—. No estoy segura, pero creo que Perthro es para él como... un pase largo y desesperado de un jugador de fútbol americano. Ha lanzado esa runa como quien tira los dados con un cubilete, entregando nuestro destino a los dioses.

Tenía la palma de la mano dolorida de apretar la piedra. Todavía no estaba seguro de por qué me la había dado Hearthstone, pero sentía el fuerte instinto de guardársela, aunque solo fuera temporalmente. Nadie debería cargar solo con un destino así. Me guardé la runa en el bolsillo.

Caminamos en silencio por el páramo durante un rato. En un momento dado, Jack nos condujo a través de un río por el tronco de un árbol caído. No pude evitar mirar a los dos lados en busca de ardillas gigantes antes de cruzar.

En algunos lugares la nieve era tan profunda que teníamos que saltar de roca en roca mientras Otis, la cabra, especulaba sobre cuál de nosotros resbalaría, se caería y moriría primero.

—Ojalá te callases —murmuré—. También me gustaría que tuviéramos raquetas de nieve.

—Para eso necesitarías a Uller —dijo la cabra.

—¿Quién?

—El dios de las raquetas de nieve —explicó Otis—. Las inventó él. También el tiro con arco y... no sé, otras cosas.

En mi vida había oído hablar de un dios de las raquetas de nieve, pero habría pagado un dineral si el dios de las motonieves hubiera salido en ese momento del bosque para darnos un paseo.

Seguimos caminando penosamente.

Una vez vimos una casa de piedra en la cima de una colina. La luz grisácea y las montañas engañaban a mi percepción. No sabía si la casa era pequeña y estaba cerca, o si era grande y estaba lejos.

Me acordé de lo que mis amigos habían dicho sobre los gigantes: que vivían para las ilusiones.

—¿Veis esa casa? —dijo Jack—. No vamos a ir allí.

No le llevé la contraria.

Calcular el tiempo era difícil, pero a media tarde el río se había convertido en una corriente enfurecida. A lo largo de la orilla opuesta se alzaban acantilados. A lo lejos, entre los árboles, oí el rugido de una cascada.

—Eso es —dijo Otis—. Ya me acuerdo.

—¿De qué te acuerdas? —pregunté.

—De por qué me fui. Tenía que buscar ayuda para mi amo.

Sam se quitó un puñado de nieve del hombro.

—¿Por qué iba a necesitar ayuda Thor?

—Los rápidos —respondió Otis—. Será mejor que nos demos prisa. Se suponía que tenía que ir rápido, pero me quedé mirándoos casi un día.

Me estremecí.

—Un momento... ¿Hemos estado inconscientes un día entero?

—Por lo menos —dijo Otis.

—Tiene razón —convino Jack—. Según mi reloj interno, hoy es domingo diecinueve. Te advertí de que cuando me empuñases... Luchamos contra los enanos el viernes. Estuviste dormido hasta el sábado.

Sam hizo una mueca.

—Hemos perdido un tiempo precioso. La isla del Lobo aparecerá dentro de tres días, y ni siquiera sabemos dónde está Blitzen.

—Probablemente sea culpa mía —reconoció Otis—. Debería haberos salvado antes, pero hacer el boca a boca a un humano... Tuve que armarme de valor. Mi psicólogo me enseñó unos ejercicios de respiración...

—Chicos —lo interrumpió Jack—, ya estamos cerca. Esta vez de verdad. —Se fue flotando por el bosque.

Seguimos a la espada flotante hasta que se separaron los árboles. Ante nosotros se extendía una playa con rocas negras irregulares y pedazos de hielo. En la orilla opuesta, unos escarpados acantilados se elevaban hasta el cielo. El río se había convertido en unos rápidos de clase 5 en toda regla: una turbulenta zona de aguas rápidas con cantos rodados medio sumergidos. Más arriba, el río se hallaba comprimido entre dos columnas de piedra del tamaño de rascacielos; no sabía si artificiales o naturales. La parte superior de las columnas desaparecía entre las nubes. Por la fisura situada entre ellas, el río salía a chorro en una cortina vertical; no se asemejaba tanto a una cascada como a una presa partiéndose por la mitad.

De repente Jotunheim dejó de parecerse a Vermont. Se parecía más al Himalaya: un lugar no destinado a los mortales.

Resultaba difícil centrarse en algo que no fueran las enfurecidas cataratas, pero con el tiempo reparé en un pequeño campamento en la playa: una tienda, una fogata y una segunda cabra con el pelaje oscuro que se paseaba nerviosamente por la orilla. Cuando la cabra nos vio, se acercó galopando.

Otis se volvió hacia nosotros y gritó por encima del rugido del río:

—¡Ese es Marvin! ¡Es mi hermano! Su verdadero nombre es Tanngrisnr, «Gruñón», pero...

—¡Otis! —gritó Marvin—. ¿Dónde has estado?

—Me olvidé de lo que estaba haciendo —respondió Otis.

Marvin baló indignado. Tenía el gesto torcido en un gruñido permanente, cosa que —no sé— podía haber dado origen a su nombre.

—¿Esta es la ayuda que has encontrado? —Marvin me clavó sus ojos amarillos—. ¿Dos humanos canijos y un elfo muerto?

—¡No está muerto! —grité—. ¿Dónde está Thor?

—¡En el río! —Marvin señaló con los cuernos—. El dios del trueno está a punto de ahogarse, y si no encontráis una forma de ayudarlo, os mataré. Por cierto, encantado de conoceros.

49

Es tu problema. Tienes una espada metida en la nariz

No podía evitarlo.

Cuando oía el nombre de Thor, pensaba en el tío de las películas y los cómics: un gran superhéroe del espacio exterior, con brillantes mallas de licra, capa roja, pelo de rubiales y a lo mejor un casco con unas suaves alitas de paloma.

En la vida real, Thor era más siniestro. Y más rojo. Y estaba más mugriento.

Además, soltaba tacos como un marinero borracho creativo.

—¡Gusarapo malnacido! —gritó. (O algo parecido. Puede que mi cerebro filtrase el lenguaje real, como si pudiera hacerme sangrar los oídos.)—. ¿Dónde están mis refuerzos?

Se hallaba sumergido hasta el pecho en el río, cerca de la orilla opuesta, agarrado a un matorral que crecía en el acantilado. La roca estaba tan lisa y resbaladiza que no había más asideros. El matorral parecía a punto de arrancarse de raíz. En cualquier momento, Thor iba a ser arrastrado río abajo, donde hileras de rocas dentadas trituraban la corriente en una serie de cataratas, ideales para preparar granizado de Thor.

Desde lejos, a través de las salpicaduras de agua y la niebla, no podía ver mucho del dios: cabello pelirrojo hasta los hombros, barba pelirroja rizada y brazos de culturista sobresaliendo de un jubón de cuero sin mangas. Llevaba unos guanteletes de hierro oscuros que me recordaban las manos de un robot y un chaleco de cota de malla que a Blitzen le habría parecido muy chic.

—¡Barbudo hijo de madre astrosa! —rugió el dios—. ¿Eres tú, Otis? ¿Dónde está mi artillería? ¿Y el apoyo aéreo? ¿Dónde Helheim está mi caballería?

—¡Aquí estoy, jefe! —gritó Otis—. He traído... ¡a dos chicos y un elfo muerto!

—No está muerto —repetí.

—Un elfo medio muerto —se corrigió Otis.

—¿Y eso de qué me sirve? —bramó Thor—. ¡Necesito a esa giganta muerta, y lo necesito YA!

—¿Giganta? —pregunté.

Marvin me dio un cabezazo.

—Esa, tonto.

Señaló la cascada con la cabeza. Por un momento, la bruma se despejó de las cumbres de los acantilados, y vi cuál era el problema.

A mi lado, Sam emitió un sonido como si se estuviera quedando agarrotada.

—Santo Heimdal.

Las columnas de roca del tamaño de rascacielos eran en realidad unas piernas: unas piernas inmensas tan grises y ásperas que se confundían con los acantilados de alrededor. El resto de la mujer era tan alta que hacía que Godzilla pareciera un caniche de juguete, y la torre Sears, un cono de tráfico. Llevaba un vestido hasta los muslos cosido con tantas pieles de animal que probablemente había supuesto la extinción de varias docenas de especies. Su cara, en algún lugar en la estratosfera, era tan pétrea y adusta como la de uno de los presidentes esculpidos en el monte Rushmore, y se hallaba rodeada de un huracán de largo cabello moreno. Estaba agarrada a las cumbres de los acantilados a cada lado del río como si incluso a ella le resultase difícil cruzar el torrente.

Miró abajo, sonriendo cruelmente a la manchita que representaba el dios del trueno atrapado en la corriente, y acto seguido apretó las piernas. La cascada salió a chorro entre sus espinillas como una cortina de fuerza líquida a alta presión.

Thor trató de gritar, pero tragó agua. Se le hundió la cabeza. El matorral al que estaba agarrado se inclinó a un lado, y sus raíces se partieron una tras otra.

—¡Va a hundirlo! —dijo Marvin—. ¡Haced algo, humanos!

«¿Como qué?», pensé.

—Es un dios —dije—. ¿No puede volar? ¿No puede fulminarla con un rayo o...? ¿Y su martillo? ¿No tiene un martillo?

Marvin gruñó. Se le daba muy bien gruñir.

—Vaya, ¿por qué no se nos habrá ocurrido eso? Si Thor pudiera hacer cualquiera de esas cosas sin soltarse y morir al instante, ¿no crees que ya lo habría hecho?

Me dieron ganas de preguntarle cómo iba a morirse un dios, si se suponía que eran inmortales. Entonces pensé en Mimir existiendo para siempre como una cabeza cortada y en Balder, liquidado con un dardo de muérdago y pasando la eternidad en el mundo de Hel.

Miré a Sam.

Ella se encogió de hombros con gesto de impotencia.

—No puedo hacer nada contra una giganta tan grande.

Hearthstone farfulló en sueños. Sus párpados estaban empezando a moverse, pero no iba a hacer magia a corto plazo.

Eso me dejaba solo un amigo al que acudir.

—Jack.

La espada flotó delante de mí.

—¿Sí?

—¿Ves a esa giganta enorme que bloquea el río?

—Hablando en sentido estricto, no puedo ver nada porque no tengo ojos —dijo Jack—. Pero sí, veo a la giganta.

—¿Podrías volar ahí arriba y, no sé, matarla?

Jack zumbó, indignado.

—¿Quieres que mate a una giganta de seiscientos metros?

—Sí.

—Bueno, lo que pasa es que tendrías que cogerme y lanzarme

como no has lanzado nada en tu vida. Tendrías que creer realmente que matar a esa giganta es un acto que merece la pena. Y tendrías que estar preparado para lo que pase cuando vuelvas a cogerme. ¿Cuánta energía te consumiría trepar por esa giganta de seiscientos metros y matarla?

«El esfuerzo probablemente me mataría», pensé. Pero no veía muchas opciones.

Necesitábamos información de Thor. Sam, Hearthstone y dos cabras parlantes antisociales dependían de mí.

—Adelante. —Agarré la espada.

Traté de concentrarme. No me importaba tanto salvar a Thor. Ni siquiera lo conocía. Tampoco me importaba especialmente por qué una giganta que medía medio kilómetro consideraba gracioso plantarse en medio de un río y derramar una cascada entre las espinillas.

Pero sí que me importaban Sam, Blitzen y Hearthstone. Ellos habían arriesgado sus vidas para que yo llegara hasta allí. Al margen de lo que había prometido Loki, tenía que encontrar una forma de detener a Surt y mantener encadenado al lobo Fenrir. El Lobo había provocado la muerte de mi madre. Mimir había dicho que Fenrir había enviado a sus dos hijos... Se suponía que tenían que matarme. Mi madre había dado la vida para salvarme. Tenía que hacer que su sacrificio significara algo.

La enorme giganta gris representaba todo lo que se interponía en mi camino. Tenía que desaparecer.

Lancé la espada con todas mis fuerzas.

Jack se deslizó hacia el cielo como un bumerán propulsado por cohetes.

Lo que pasó entonces... no estoy seguro de haberlo visto bien. Había mucha distancia. Pero pareció que Jack se clavase en el agujero izquierdo de la nariz de la giganta.

La giganta arqueó la espalda. Hizo una mueca como si fuera a estornudar. Sus manos se resbalaron de las cumbres de los acantilados. Jack salió volando por el agujero derecho de su nariz mientras las piernas de la giganta flaqueaban y caía hacia nosotros.

—¡Tronco va! —gritó Jack, que volvía hacia mí describiendo una espiral.

—¡CORRED! —chillé.

Demasiado tarde. La giganta cayó de bruces al río con un tremendo «¡FUM!».

No recuerdo el muro de agua que me arrastró contra un árbol, acompañado de Sam, un Hearthstone medio dormido y las dos cabras sorprendidas. Sin embargo, eso es lo que debió de pasar. No murió ninguno de nosotros de pura chiripa.

El cuerpo de la giganta había cambiado por completo la topografía del lugar. Donde había habido un río, había un amplio pantano helado, con agua que burbujeaba y salpicaba alrededor de la isla de la Señora Muerta como si buscara nuevas formas de avanzar río abajo. La playa estaba quince centímetros por debajo del agua. El campamento de Thor había desaparecido. No se veía al dios por ninguna parte.

—¡Has matado a Thor! —Otis baló—. ¡Le has tirado una giganta encima!

El brazo derecho de la giganta se movió de repente. Estuve a punto de caerme del árbol. Temí que Jack solo la hubiera atontado, pero entonces Thor salió retorciéndose de debajo de la axila de la giganta sin parar de gruñir y maldecir.

Sam y yo ayudamos a Hearthstone a bajar del árbol mientras el dios del trueno atravesaba penosamente la espalda de la giganta, saltaba al pantano y caminaba por el agua hacia nosotros. Tenía los ojos azules bordeados de un rojo furioso. Su expresión era tan feroz que habría hecho huir a unos jabalíes junto a sus madres.

Jack, la espada, apareció a mi lado, reluciendo con varios tipos de sustancias viscosas que solían encontrarse en los agujeros de la nariz de un gigante.

—Bueno, ¿qué opina, señor? —Sus runas brillaron—. ¿Estás orgulloso de mí?

—Te contestaré si sobrevivo a los dos próximos minutos.

El dios cabreado se detuvo delante de mí. Le goteaba agua de la barba pelirroja sobre el pecho cubierto de cota de malla. Sus puños, del tamaño de paletas de carne asada, estaban cerrados en los guanteletes de hierro.

—Eso… —dijo sonriendo— ¡ha sido increíble!

Me dio una palmada tan fuerte en el hombro que me dislocó varias articulaciones.

—¡Cena conmigo! ¡Podemos matar a Otis y a Marvin!

50

Nada de *spoilers*. Thor va muy retrasado con sus series

Sí. Matamos a las cabras.

Thor prometió que resucitarían como nuevas al día siguiente mientras no les rompiéramos ningún hueso. Otis me aseguró que morir con regularidad era bueno para su terapia de exposición. Marvin me gruñó que no fuera un blandengue y acabara de una vez.

Fue mucho más fácil matar a Marvin.

Después de vivir como un sin techo durante dos años, pensaba que sabía lo difícil que podía ser alimentarme, pero dejadme que os diga una cosa: matar a un animal para cenar fue una experiencia nueva. ¿Os parece repugnante sacar un sándwich a medio comer de un cubo de la basura? Probad a despellejar una cabra, cortarla en pedazos, hacer fuego y luego cocinar la carne en un asador mientras intentáis no prestar atención a las cabezas de cabra que os miran fijamente desde el montón de los despojos.

Podríais pensar que semejante experiencia me convertiría en vegetariano. Pero no. En cuanto olí la carne cocinándose, mi hambre tomó las riendas. Me olvidé de los horrores de la matanza de la cabra. Los kebabs de Otis eran lo mejor que había probado en mi vida.

Mientras comíamos, Thor conversó sobre los gigantes y sobre Jotunheim, y expresó sus opiniones sobre programas de televisión de Midgard, que, por algún motivo, seguía religiosamente. (¿Puedo decir que un dios hacía algo religiosamente?)

—¡Gigantes! —Movió la cabeza con gesto de indignación—. Después de todos estos siglos, cualquiera pensaría que dejarían de invadir Midgard. ¡Pero no! Son como los... ¿Cómo se llama? ¡La Liga de Asesinos de *Arrow*! ¡Siempre vuelven! ¡Como si yo fuera a permitir que les pasara algo a los humanos! ¡Sois mi especie favorita!

Me dio una cachetada. Afortunadamente, se había quitado los guantes de hierro, de lo contrario me habría roto la mandíbula. Desafortunadamente, no se había lavado las manos después de destripar a las cabras.

Hearthstone estaba sentado junto al fuego mordisqueando un trozo de anca de Marvin. Estaba recuperando parte de sus fuerzas, aunque cada vez que lo miraba tenía que hacer esfuerzos para no llorar. Quería abrazar al pobre chico, prepararle una hornada de galletas y decirle lo mucho que sentía que hubiera tenido una infancia tan desagradable, pero sabía que él no querría compasión. No querría que empezara a tratarlo de forma distinta.

Aun así, la runa de la copa vacía pesaba mucho en el bolsillo de mi abrigo.

Sam permanecía apartada de la lumbre, lo más lejos que podía de Thor. Hablaba lo mínimo posible y no hacía movimientos bruscos, lo que significaba que casi toda la atención de Thor estaba centrada en mí.

Todo lo que el dios del trueno hacía lo hacía con entusiasmo. Le encantaba cocinar sus cabras. Le encantaba comer y beber hidromiel. Le encantaba contar historias. Y le encantaba tirarse pedos. Lo volvía loco. Cuando se emocionaba, saltaban chispas de electricidad de sus manos, sus orejas y... Bueno, dejaré el resto a vuestra imaginación.

A diferencia de su versión cinematográfica, no había nada pulcro en Thor. Su cara tenía un atractivo castigado, como si se hubiera pasado años en el cuadrilátero. La cota de malla estaba mugrienta. El jubón de cuero y los pantalones habían adquirido el color de la nieve sucia. Sus brazos musculosos estaban llenos de tatuajes. En el bíceps izquierdo tenía grabado el nombre SIF dentro de un corazón. Alrededor de su antebrazo derecho, se enroscaba una estilizada Serpiente del Mundo. En los nudillos de cada mano, escritos en mayúsculas, figuraban los nombres MAGNI y MODI. Al principio, me puse nervioso al ver «Magni» tatuado, porque se parecía mucho a Magnus —lo que menos quería era mi nombre grabado en el puño del dios del trueno—, pero Sam me aseguró con discreción que era un nombre totalmente distinto.

Thor me entretuvo contándome sus teorías sobre un hipotético combate a muerte entre Daryl, de *The Walking Dead*, y Mike, de *Breaking Bad*. Cuando pasaba el rato en las aceras de Boston, habría estado encantado de hablar de televisión durante horas como distracción, pero entonces tenía una misión pendiente. Habíamos perdido un día entero inconscientes. Especular sobre el reparto de las nuevas temporadas no significaría gran cosa si el mundo quedaba arrasado en llamas al cabo de tres días.

Aun así, Thor se lo estaba pasando tan bien que resultaba difícil cambiar de tema.

—Bueno, ¿qué opinas? —preguntó—. ¿El mejor malo de una serie en antena?

—Esto... Vaya, esa es difícil. —Señalé sus nudillos—. ¿Quiénes son Magni y Modi?

—¡Mis hijos! —Thor sonrió. Con la grasa de cabra en la barba y las chispas eléctricas que saltaban caprichosamente de sus dedos, temía que fuera a prenderse fuego—. Tengo muchos hijos, pero ellos son mis favoritos.

—Ah, ¿sí? —dije—. ¿Cuántos años tienen?

Él frunció el ceño.

—Vaya, me da vergüenza reconocerlo, pero no estoy seguro. Puede que ni siquiera hayan nacido.

—¿Cómo...?

—Magnus —me interrumpió Sam—, los dos hijos de lord Thor Magni y Modi están destinados a sobrevivir al Ragnarok. Sus nombres aparecen en las profecías de las nornas.

—¡Eso es! —Thor se inclinó hacia Sam—. ¿Quién eres tú, por cierto?

—Ejem... Sam, milord.

—Tienes un halo familiar, muchacha. —El dios arrugó sus cejas pelirrojas—. ¿Por qué?

—¿Porque fui valquiria...? —Sam retrocedió muy lentamente.

—Ah. Tal vez sea eso. —Thor se encogió de hombros—. Discúlpame. He participado en tres mil quinientos seis despliegues consecutivos en el frente oriental, manteniendo a los gigantes a raya. A veces me pongo un poco nervioso.

«Y flatulento», dijo Hearthstone por señas.

Thor eructó.

—¿Qué ha dicho el elfo? Yo no hablo con gestos.

—Esto... Se preguntaba cómo se mantiene al corriente de la programación de televisión —dije—, ya que pasa tanto tiempo en el campo de batalla.

Thor se rió.

—¡Tengo que hacer algo para no perder la cordura!

«Pues no le ha dado muy buen resultado», dijo Hearthstone por señas.

—¡El elfo está de acuerdo! —aventuró Thor—. Puedo ver mis series en cualquier parte, o al menos podía. ¡Entre sus muchos poderes, mi martillo Mjolnir tenía conexión ultrarrápida y resolución en alta definición en cualquiera de los nueve mundos!

—¿«Tenía», en pasado? —preguntó Sam.

Thor carraspeó sonoramente.

—¡Pero dejemos de hablar de televisión! ¿Qué tal la carne de cabra? No habéis roto ningún hueso, ¿verdad?

Sam y yo cruzamos una mirada. Cuando nos habíamos presentado al dios, me había parecido extraño que Thor no tuviera su martillo. Era algo así como su arma distintiva. Había supuesto que estaría camuflado, como mi espada, pero estaba empezando a hacerme preguntas. Sin embargo, su penetrante mirada inyectada en sangre me hizo pensar que podía ser peligroso preguntar.

—No, señor —dije—. No hemos roto ningún hueso. Teóricamente, ¿qué pasaría si lo hiciéramos?

—Que las cabras resucitarían con ese daño —contestó él—. Cosa

342

que tardaría mucho en curarse y sería muy molesta. Y luego tendría que matarte o convertirte en mi esclavo para siempre.

«Este dios es un bicho raro», comentó Hearthstone con gestos.

—Tiene razón, señor Elfo —dijo Thor—. ¡Es un castigo justo e imparcial! Así es como conseguí a mi criado habitual, Thjalfi. —Thor sacudió la cabeza—. Pobre chico. Los despliegues estaban empezando a afectarle. Tuve que concederle un permiso. En realidad me vendría bien otro esclavo... —Me observó en actitud apreciativa.

—Bueno... —Dejé mi carne de cabra a un lado—. ¿Cómo ha acabado en el río y por qué quería ahogarle esa giganta?

—Ah, ella. —Thor lanzó una mirada furibunda al cadáver del tamaño de un barrio que yacía en medio del pantano helado—. Es hija de Geirrod, uno de mis viejos enemigos. Odio a ese tío. Siempre está mandando a sus hijas para que me maten. —Señaló los acantilados—. Me dirigía a su fortaleza para ver si... Da igual. Gracias por la ayuda. Era la espada de Frey, ¿verdad?

—Sí. Jack está aquí, en alguna parte. —Silbé.

Jack se acercó flotando.

—Hola, Thor —dijo la espada—. Cuánto tiempo sin verte.

—¡Ja! —El dios se puso a dar palmadas, encantado—. Me ha parecido que eras tú. Pero ¿no te llamabas Sumarbrander? ¿Por qué te llama Jorvik el humano?

—Jack —lo corrigió la espada.

—Yak.

—No —repuso la espada pacientemente—. Jack, con jota.

—Vale. Buen trabajo con la giganta.

—Ya sabes lo que dicen —Jack sonaba pagado de sí mismo—: cuanto más grandes son, más fácil es introducirse en sus cavidades nasales.

—Cierto —convino Thor—. Pero creía que te habías perdido. ¿Cómo es que estás con estos extraños?

«¿Él nos llama "extraños"?», dijo Hearthstone con gestos.

—Lord Thor —intervino Sam—, en realidad hemos venido a buscarle. Necesitamos su ayuda, como Magnus le explicará ahora. —Me miró fijamente, como diciendo: «Si sabe lo que le conviene».

Le expliqué a Thor la profecía de las nornas: en nueve días, el sol iría hacia el este, Surt se lo cargaría todo, el lobo Fenrir, con sus dientes feos, se comería el mundo, etcétera.

Thor se inquietó. Saltaron chispas de sus codos. Se levantó y se paseó alrededor de la lumbre, dando puñetazos de vez en cuando a los árboles cercanos.

—Queréis que os diga dónde está la isla —dedujo.

—Sería genial —dije.

—Pero no puedo —murmuró Thor para sí—. No puedo enviar a unos mortales cualesquiera a buscar lobos. Es demasiado peligroso. Aunque el Ragnarok... No estoy listo. No. A menos... —Se quedó inmóvil y acto seguido se volvió hacia nosotros con un brillo ávido en los ojos—. Tal vez por eso estáis aquí.

«Esto no me gusta», dijo Hearthstone por señas.

Thor asintió con la cabeza.

—¡El elfo está de acuerdo! ¡Habéis venido a ayudarme!

—¡Exacto! —exclamó Jack, zumbando de emoción—. ¡Hagámoslo, sea lo que sea!

Tuve el repentino deseo de esconderme detrás de los huesos de las cabras. No quería formar parte de nada en lo que el dios del trueno y la Espada del Verano estuvieran de acuerdo.

Sam colocó su hacha a un lado, como si previese que la necesitaría pronto.

—A ver si lo adivino, lord Thor: ha perdido su martillo otra vez.

—¡Venga ya, yo no he dicho eso! —Thor la apuntó agitando el dedo—. No has oído eso de mi boca. ¡Porque en el supuesto de que eso fuera cierto y corriera la voz, los gigantes invadirían Midgard enseguida! Los mortales no sois conscientes de la frecuencia con la que os protejo. Solo mi reputación disuade a la mayoría de los gigantes de atacar vuestro mundo.

—Rebobinemos —dije—. ¿Qué ha querido decir Sam con «otra vez»? ¿Ha perdido su martillo antes?

—Una vez —contestó Thor—. Vale, dos veces. Tres si cuentas esta, cosa que no deberías hacer, porque no estoy reconociendo que el martillo haya desaparecido.

—Claro... —dije—. ¿Y cómo lo ha perdido?

—¡No lo sé! —Thor empezó a pasearse de nuevo, mientras su larga melena pelirroja echaba chispas y estallaba—. Fue como... ¡Puf! Traté de volver sobre mis pasos. ¡Probé con la aplicación Encuentra mi Martillo, pero no funcionó!

—¿Su martillo no es el arma más poderosa del universo? —pregunté.

—¡Sí!

—Y pensó que pesaba tanto que solo usted podría cogerlo.

—Cierto. ¡Hasta yo necesito los guantes de fuerza de hierro para levantarlo! Pero los gigantes son astutos. Son grandes y fuertes, y tienen magia. Hacen posibles muchas cosas imposibles.

Pensé en el águila Chico Grande y en la facilidad con que me había engañado.

—Sí, ya lo pillo. ¿Por eso iba a casa de Gayrod?

—Geirrod —me corrigió Thor—. Y sí. Es un probable sospechoso. Aunque él no lo tenga, puede que sepa quién lo tiene. Además, sin mi martillo no puedo ver mis series. ¡Llevo una temporada de retraso con *Sherlock* y me está matando! Estaba dispuesto a ir en persona a la fortaleza de Geirrod, pero me alegro mucho de que os hayáis ofrecido a ir por mí.

«¿Nos hemos ofrecido?», preguntó Hearthstone.

—¡Ese es el espíritu, señor Elfo! ¡Me alegro de que esté dispuesto a morir por mi causa!

«La verdad es que no», dijo Hearth con gestos.

—Id a la fortaleza de Geirrod y buscad mi martillo. Por supuesto, es importante que no digáis que ha desaparecido. Si no lo tiene Geirrod, no nos interesa que sepa que yo tampoco lo tengo. Pero, si no lo tiene, preguntadle si sabe quién lo tiene, sin reconocer que ha desaparecido.

Samirah se presionó las sienes con los dedos.

—Me está dando dolor de cabeza. Lord Thor, ¿cómo se supone que vamos a encontrar su martillo si no podemos decir...?

—¡Ya se os ocurrirá! —repuso él—. Los humanos sois muy listos. Entonces, cuando hayáis descubierto la verdad, sabré que sois dignos de enfrentaros al lobo Fenrir. Os diré la ubicación de la isla y podréis impedir el Ragnarok. Si me ayudáis, yo os ayudaré.

Sonó más bien a «Si me ayudáis, luego me ayudaréis más», pero dudaba que hubiera una forma educada de declinar su oferta sin acabar con un guantelete de hierro en los piños.

Sam debía de estar pensando lo mismo. Su cara adquirió un tono verde parecido al de su hiyab.

—Lord Thor —dijo—, invadir la fortaleza de un gigante con solo tres personas sería...

«Suicida —propuso Hearthstone—. Estúpido.»

—Difícil —concluyó Sam.

Justo entonces se sacudió un árbol cercano. Blitzen cayó de las ramas y se hundió hasta la cintura en un montón de aguanieve.

Hearthstone se acercó a toda prisa y lo ayudó a levantarse.

—Gracias, colega —dijo Blitz—. Malditos viajes por el árbol. ¿Dónde...?

—¿Es amigo vuestro? —Thor levantó un puño enfundado en hierro—. ¿O le...?

—¡No! Quiero decir, sí, es amigo nuestro. Blitzen, Thor. Thor, Blitzen.

—¿El auténtico Thor? —Blitzen se inclinó tanto que pareció que intentara esquivar un ataque aéreo—. Es un honor. En serio. Hola. Vaya.

—¡Bueno, pues! —El dios del trueno sonrió—. ¡Ya sois cuatro para asaltar la ciudadela del gigante! Amigo enano, puedes hacer uso de mi carne de cabra y mi fuego. En cuanto a mí, después de estar atrapado en el río tanto tiempo, me voy a acostar pronto. Por la mañana todos partiréis en busca de mi martillo, que por supuesto no ha desaparecido oficialmente.

Thor se dirigió con pesadez a su lecho de pieles, se tumbó y empezó a roncar con el mismo entusiasmo con el que había estado tirándose pedos.

Blitzen me miró con el ceño fruncido.

—¿Dónde nos has metido?

—Es una larga historia —dije—. Toma, come un poco de Marvin.

51

Tenemos la charla sobre cómo convertirse en tábano

Hearthstone se durmió primero, más que nada porque era el único que podía pegar ojo con los ronquidos de Thor. Como el dios se había quedado frito al raso, Hearthstone se apropió de la tienda para dos personas. Se metió a gatas y se desplomó rápidamente.

El resto nos quedamos levantados hablando alrededor de la fogata. Al principio temía que despertásemos a Thor, pero no tardé en darme cuenta de que podríamos haber bailado claqué alrededor de su cabeza, tocado gongs, gritado su nombre y provocado grandes explosiones, y él habría seguido durmiendo.

Me preguntaba si había perdido el martillo de esa forma. Los gigantes podían haber esperado a que se durmiese, haber dado marcha atrás a un par de grúas industriales, y haber hecho el trabajo sin problemas.

Cuando anocheció, agradecí tener la lumbre. La oscuridad era más cerrada que en los lugares agrestes en los que mi madre y yo habíamos acampado. Unos lobos aullaban en el bosque, cosa que me provocaba intensos escalofríos. El viento gemía por los cañones como un coro de zombis.

Se lo comenté a Blitzen, pero él me hizo una aclaración.

—No, chico —dijo—. Los zombis nórdicos se llaman «draugr». Se mueven sin hacer ruido. No los oirías venir.

—Gracias —contesté—. Es un gran alivio.

Blitzen removió su cuenco de estofado de cabra, aunque no parecía con ganas de probarlo. Se había puesto un traje de lana azul con una gabardina color crema, tal vez para poder camuflarse con la nieve de Jotunheim de la forma más elegante posible. También nos había llevado a cada uno una mochila de provisiones llena de ropa de invierno nueva, con cuyas tallas había acertado calculando a ojo. A veces compensa tener a un amigo considerado y obsesionado con los trapos.

Blitz nos contó que había entregado los pendientes a su madre y luego lo habían retenido en Fólkvangr para que desempeñara varias funciones como representante de Freya: juzgar un pastel de ostras, arbitrar un partido de voleibol y ejercer de invitado de honor en el 678.° Festival Anual de Ukelele.

—Fue horrible —explicó—. A mi madre le gustaron los pendientes. No preguntó cómo los conseguí. No quiso saber nada de la competición con Junior. Simplemente dijo: «Ah, ¿no te gustaría poder hacer algo así, Blitzen?». —Sacó del bolsillo de su chaqueta la cuerda Andskoti. El ovillo de seda emitía un brillo plateado, como una luna en miniatura—. Espero que haya merecido la pena.

—Oye, lo que hiciste en la competición fue increíble —le dije—. En mi vida había visto a alguien trabajar tan duro. Pusiste toda tu alma en el Expandopato. ¿Y la corbata antibalas? ¿Y el chaleco de cota de malla? Ya verás. Conseguiremos que Thor te patrocine, y marcarás tendencia.

—Magnus tiene razón —añadió Sam—. Bueno, tal vez no en lo del patrocinio de Thor, pero tienes verdadero talento, Blitzen. Si Freya y los otros enanos no lo ven, es su problema. Sin ti no habríamos llegado hasta aquí.

—¿Quieres decir que tú no habrías sido expulsada de las valquirias, que Magnus no habría muerto, que la mitad de los dioses no estarían enfadados con nosotros, que los gigantes de fuego y los einherjar no querrían matarnos, y que no estaríamos sentados en un páramo de Jotunheim con un dios que ronca?

—Exacto —dijo Sam—. La vida es dulce.

Blitzen resopló, pero me alegré de ver una pequeña chispa de humor en sus ojos.

—Sí, está bien. Me voy a dormir. Lo necesitaré si vamos a asaltar el castillo de un gigante por la mañana.

Se metió a gatas en la tienda y le murmuró a Hearthstone:

—¡Hazme sitio, acaparador! —Acto seguido tapó al elfo con su abrigo, lo que me pareció un detalle.

Sam estaba sentada de piernas cruzadas con sus vaqueros y su nueva chaqueta para la nieve, con la capucha puesta sobre el pañuelo para la cabeza. Había empezado a nevar; copos grandes y mullidos se deshacían y siseaban en las llamas.

—Hablando de la competición de Enanilandia —dije—, no hemos tenido ocasión de hablar del tábano...

—Chisss. —Sam miró a Thor con aprensión—. A ciertas personas no les cae demasiado bien mi padre ni sus hijos.

—Ciertas personas roncan como una sierra mecánica.

—Aun así... —Observó su mano, como para asegurarse de que no había cambiado—. Me prometí que no me transformaría, y durante la última semana lo he hecho dos veces. La primera... el ciervo nos estaba persiguiendo por el Árbol de los Mundos. Me convertí en cierva para distraerlo de forma que Hearthstone pudiera escapar. Pensé que no tenía alternativa.

Asentí con la cabeza.

—Y la segunda, te convertiste en tábano para ayudar a Blitzen. Los dos son muy buenos motivos. Además, la capacidad de transformación es un poder alucinante. ¿Por qué motivo no ibas a querer usarlo?

La luz del fuego volvía sus iris casi tan rojos como los de Surt.

—Magnus, la auténtica transformación no es como el camuflaje de mi hiyab. La transformación no solo cambia tu aspecto. Te cambia a ti. Cada vez que lo hago, siento... siento que el carácter de mi padre intenta apoderarse de mí. Es cambiante, impredecible, no es de fiar; yo no quiero ser así.

Señalé a Thor.

—Podrías tenerlo a él por padre: un gigante pedorro con grasa de cabra en la barba y tatuajes en los nudillos. Entonces todos te querrían en el Valhalla.

Noté que Sam hacía esfuerzos por no sonreír.

—Eres muy malo. Thor es un dios importante.

—Sin duda. Y también Frey, supuestamente, pero no lo conozco. Por lo menos tu padre tiene cierto encanto y sentido del humor. Puede que sea un sociópata, pero...

—Un momento. —La voz de Sam se tensó—. Hablas de él como si lo hubieras conocido.

—Yo... me he tropezado con él. Lo cierto es que se me ha aparecido en unas cuantas de mis experiencias al borde de la muerte.

Le expliqué a Sam mis sueños: las advertencias de Loki, sus promesas, su recomendación de que llevara la espada a mi tío Randolph y me olvidara de la misión.

Sam escuchaba. No sabía si estaba enfadada o sorprendida o las dos cosas.

—¿No me has contado esto antes porque no te fiabas de mí? —dijo.

—Quizá al principio. Luego simplemente... no estaba seguro de qué hacer. Tu padre es un poco perturbador.

Lanzó una ramita a las llamas y observó cómo ardía.

—No puedes hacer lo que mi padre te recomiende; no importa lo que te prometa. Tenemos que enfrentarnos a Surt. Necesitaremos la espada.

Me acordé del sueño del trono ardiendo: la cara siniestra flotando entre el humo, la voz con el calor de un lanzallamas. «TÚ Y TUS AMIGOS SERÉIS MI LEÑA. VOSOTROS PROVOCARÉIS EL INCENDIO QUE QUEME LOS NUEVE MUNDOS.»

Busqué a Jack, pero no lo vi. La espada se había ofrecido a «patrullar» por el perímetro, según sus palabras. Me había aconsejado que esperase hasta el último momento para reclamarla, ya que cuando lo hiciera me desmayaría al instante del esfuerzo realizado al matar a una giganta por naricidio.

La nieve seguía cayendo y desprendía vapor contra las piedras alrededor de la fogata. Me acordé de nuestra tentativa de comida en la zona de los restaurantes del Transportation Building y de lo nerviosa que se había mostrado Sam delante de Amir. Parecía que hubieran pasado mil años.

—Cuando estábamos en la barca de Harald, dijiste que tu familia tenía una larga relación con los dioses nórdicos —recordé—. ¿En qué sentido? ¿Dijiste que tus abuelos vinieron de Irak...?

Ella lanzó otro palo a las llamas.

—Los vikingos eran comerciantes, Magnus. Viajaban por todas partes. Llegaron a América. No debería resultar extraño que también llegaran a Oriente Medio. Se han encontrado monedas árabes en Noruega. Las mejores espadas vikingas imitaban el acero de Damasco.

—Pero tu familia... ¿Tienes una conexión más personal?

Ella asintió con la cabeza.

—En la Edad Media, algunos vikingos se instalaron en Rusia. Se hacían llamar rus. De ahí viene la palabra «ruso». El caso es que el califa (el gran rey de Bagdad) envió a un embajador al norte para que investigara más sobre los vikingos, estableciera rutas comerciales con ellos, ese tipo de cosas. El embajador se llamaba Ahmed ibn-Fadlan ibn-al-Abbas.

—Fadlan como el Falafel de Fadlan. Al-Abbas, como...

—Exacto. Como yo. Al-Abbas significa «del león». Esa es mi rama del clan. En fin —extrajo un saco de dormir de su mochila—, ese tal Ibn Fadlan llevó un diario sobre su estancia con los vikingos. Es una de las únicas fuentes escritas sobre cómo eran los nórdicos en aquella época. Desde entonces, mi familia y los vikingos han estado ligados. A lo largo de los siglos, mis parientes han tenido muchos encuentros extraños con... seres sobrenaturales. Tal vez por eso mi madre no se sorprendió demasiado cuando se enteró de quién era en verdad mi padre. —Extendió el saco de dormir al lado de la lumbre—. Y por eso Samirah al-Abbas nunca ha estado destinada a tener una vida normal. Fin.

—«Una vida normal» —repetí—. Yo ya ni siquiera sé qué significa eso.

Parecía que Sam quisiera decir algo, pero cambió de opinión.

—Me voy a dormir.

Tuve una extraña visión de nuestros antepasados, los Chase y los al-Abbas medievales, sentados alrededor de una fogata en Rusia hacía mil doscientos años, intercambiando opiniones sobre cómo les habían complicado la vida los dioses nórdicos, tal vez mientras Thor roncaba cerca en un lecho de pieles. La familia de Sam podía estar ligada a los dioses, pero del mismo modo que mi valquiria estaba ligada a mi familia.

—Ya lo resolveremos —prometí—. Lo de ser normal no lo sé, pero haré todo lo que esté en mi mano para ayudarte a conseguir lo que quieres: un puesto entre las valquirias, el matrimonio con Amir, un permiso de piloto. Lo que haga falta.

Ella me miró fijamente, como si estuviera procesando las palabras de otro idioma.

—¿Qué? —pregunté—. ¿Tengo sangre de cabra en la cara?

—No. Bueno, sí, tienes sangre de cabra en la cara. Pero no es eso... Estaba intentando recordar la última vez que alguien me había dicho algo tan bonito.

—Si lo prefieres, mañana vuelvo a insultarte —dije—. De momento descansa. Felices sueños.

Sam se acurrucó junto al fuego. La nieve se posó suavemente en la manga de su abrigo.

—Gracias, Magnus. Pero nada de sueños, por favor. No quiero soñar en Jotunheim.

52

Tengo el caballo aquí mismo. Se llama Stanley

Thor seguía roncando como una trituradora de madera defectuosa cuando ya estábamos listos para partir a la mañana siguiente. Aunque eso es decir mucho, porque yo había dormido una eternidad. Jack, la espada, no había bromeado cuando había hablado del efecto de matar a la giganta. Había reclamado la espada después de que Sam se durmiese y me había desmayado en el acto.

Esa vez al menos no había perdido veinticuatro horas. Si el lobo Fenrir iba a hacer su aparición al cabo de solo dos días, no podía permitirme más siestas largas. Me preguntaba si quizá, y solo quizá, me estaba volviendo más resistente porque estaba estrechando lazos con la espada. Esperaba que fuera así, pero todavía me sentía como si me hubieran aplanado toda la noche con un rodillo.

Recogimos nuestras cosas y desayunamos barritas energéticas ¡BUENOS DÍAS, GUSANO! de las mochilas de provisiones de Blitz (ñam, ñam). Luego Hearthstone apoyó las cabezas cortadas de las cabras todavía muertas en los brazos de Thor como si fueran ositos de peluche. Que no se diga que los elfos no tienen sentido del humor.

Miré la baba que se estaba congelando en la barba de Thor.

—Y pensar que la protección de los nueve mundos depende de este dios...

—Vamos a ponernos en marcha —murmuró Blitzen—. No quiero estar delante cuando se despierte con Otis y Marvin.

La giganta muerta nos resultó útil. Pasamos por encima de ella para cruzar el pantano helado. Entonces descubrimos que podíamos escalar su pie izquierdo para llegar al primer saliente en la cara del acantilado.

Cuando llegamos allí, alcé la vista a los quinientos metros de roca helada que quedaban.

—Impresionante. Ahora empieza la auténtica diversión.

—Ojalá todavía pudiera volar —murmuró Sam.

Me imaginaba que sí podía volar si se transformaba un poco, pero, después de nuestra conversación de la noche anterior, decidí no decir nada.

Blitz le dio su mochila a Hearthstone y movió los dedos, pequeños y regordetes.

—No os preocupéis, chicos. Hoy escaláis con un enano.

Fruncí el entrecejo.

—¿Ahora resulta que, además de especialista en moda, eres montañero?

—Te lo dije, chico, los enanos nos formamos a partir de los gusanos que escarbaron en la carne de Ymir.

—Es extraño lo orgulloso que pareces de eso.

—Las rocas son para nosotros como... Bueno, no son rocas. —Dio un puñetazo a la cara del acantilado. En lugar de romperse el puño, dejó una hendidura del tamaño ideal para un asidero—. No digo que vaya a ser rápido ni fácil. Dar forma a la roca exige mucho esfuerzo. Pero podemos conseguirlo.

Miré a Sam.

—¿Sabías que los enanos podían atravesar la roca con solo los puños?

—No. Para mí también es una novedad.

«¿Utilizamos la cuerda mágica? —preguntó Hearthstone con gestos—. Prefiero no matarme de la caída.»

Me estremecí. No podía pensar en la cuerda Andskoti sin pensar en el Lobo, y no me gustaba pensar en él.

—Necesitamos la cuerda para a atar a Fenrir, ¿no? No quiero hacer nada que pueda quitarle fuerza.

—No te preocupes, chico. —Blitz sacó el cordón de seda—. Es imposible quitarle fuerza a esta cuerda. Y Hearthstone tiene razón. Será mejor que nos atemos con ella para mayor seguridad.

—Así, si nos caemos —añadió Sam—, nos caeremos juntos.

—Me habéis convencido —dije tratando de dominar mi ansiedad—. Me encanta morir acompañado de amigos.

Nos atamos y seguimos a nuestro intrépido guía entendido en moda y moldeador de roca por la ladera del monte ¿Estás de Coña?

Había oído a veteranos del ejército sin hogar describir la guerra como un noventa y cinco por ciento de aburrimiento y un cinco por ciento de terror. Escalar el acantilado era más bien un cinco por ciento de terror y un noventa y cinco por ciento de dolor insoportable. Me temblaban los brazos. Las piernas me flaqueaban. Cada vez que miraba abajo, me daban ganas de gritar o de potar.

A pesar de los asideros para las manos y los puntos de apoyo para los pies que Blitzen creaba, el viento estuvo a punto de abatirme varias veces. No podía hacer otra cosa que seguir avanzando.

Sabía a ciencia cierta que la fuerza que había adquirido en el Valhalla era lo único que me mantenía con vida. Magnus 1.0 habría muerto despeñado. No entendía cómo podía Hearthstone apañárselas al final de la cuerda, pero lo hacía. Y Sam, por muy semidiosa que fuese, no contaba con la ventaja de ser una einherji. Y, sin embargo, no se quejaba ni titubeaba ni resbalaba, cosa que estaba bien, ya que escalaba justo por encima de mí.

Finalmente, cuando el cielo empezaba a oscurecerse, llegamos a la cima. En el cañón del que habíamos salido, el cuerpo de la giganta se veía tan pequeño que parecía un cuerpo de tamaño normal. El río relucía en la penumbra. Si el campamento de Thor seguía allí, no vi ni rastro de él.

En la otra dirección, Jotunheim se extendía como un paisaje visto a través de un microscopio de electrones: picos increíblemente escarpados, acantilados cristalinos, desfiladeros llenos de nubes ovoides como bacterias flotantes.

Lo bueno era que se podía ver la fortaleza del gigante. Al otro lado de un abismo de un kilómetro y medio de ancho, unas ventanas emitían destellos rojizos en la ladera de una montaña. Unas torres se elevaban de la cima como si en lugar de construirlas les hubieran dado forma a partir de la roca como hacían los enanos.

Lo malo: ¿he mencionado el abismo de un kilómetro y medio de ancho? La cumbre del acantilado en la que estábamos no pasaba de una estrecha meseta. La caída por el otro lado era igual de escarpada que la que habíamos escalado.

Considerando que nos había llevado todo el día llegar allí, calculé que alcanzaríamos el castillo en seis meses fácilmente. Por desgracia, era lunes por la noche, y se suponía que la isla del Lobo aparecería el miércoles.

—Acampemos aquí esta noche —propuso Blitzen—. Con suerte por la mañana encontramos un camino mejor para cruzar.

A pesar del poco tiempo del que disponíamos, nadie protestó. Todos estábamos tan cansados que nos desplomamos.

Como suele ocurrir, por la mañana nuestra situación parecía mucho peor.

No había escaleras ni prácticas tirolinas ni vuelos directos a la fortaleza de Geirrod. Estaba a punto de arriesgarme a recibir un hachazo en la cara sugiriendo que Sam podía hacer uso de su capacidad de transformación —y convertirse, por ejemplo, en un petauro del azúcar para llevarnos al otro lado— cuando Hearthstone dijo por señas: «Tengo una idea».

Sacó una piedra rúnica:

ᛗ

—Eme —dije.

Él negó con la cabeza y acto seguido deletreó el nombre por señas: «E-H-W-A-Z».

—Claro —dije—. Llamarla «eme» sería demasiado fácil.

356

Sam le quitó a Hearth la piedra de la palma de la mano.

—Esa la conozco. Simboliza un caballo, ¿verdad? Tiene forma de silla de montar.

Miré la runa entornando los ojos. Soplaba un viento tan frío y tan fuerte que me costaba usar la imaginación, pero el símbolo me seguía pareciendo una eme.

—¿De qué nos sirve?

«Significa "caballo", "transporte" —dijo Hearthstone con gestos—. Tal vez una forma de ir...» Señaló el castillo.

Blitzen se tiró de la barba.

—Parece una magia poderosa. ¿La has probado antes?

Hearthstone negó con la cabeza. «No te preocupes. Puedo hacerlo».

—Sé que puedes —replicó Blitz—. Pero ya te ha pasado factura varias veces.

«No me pasará nada», insistió Hearth.

—No veo que tengamos muchas opciones —dije—, considerando que no tenemos a nadie a quien le puedan salir alas.

—Te voy a tirar por la montaña —me advirtió Sam.

—Está bien —decidió Blitzen—, vamos a intentarlo. Me refiero a la runa, no a tirar a Magnus por la montaña. A lo mejor Hearth puede invocar un helicóptero.

—Geirrod oiría llegar un helicóptero —dije—. Y probablemente nos lanzaría rocas. Y nos mataría.

—Bueno, pues un helicóptero silencioso —dijo Blitzen—. ¡Hearthstone, demuéstranos lo que vales!

Sam le devolvió la piedra. Hearth pasó la mano por encima, moviendo los labios como si estuviera imaginándose cómo sonarían las sílabas.

La piedra rúnica estalló en polvo. Hearthstone se quedó mirando el polvillo blanco que se escurría entre sus dedos.

—Supongo que la piedra no debía hacer eso —dije.

—Chicos. —La voz de Sam sonó tan baja que casi se perdió en el viento.

Señaló arriba, donde una figura gris estaba saliendo a toda velocidad de las nubes. Se movía tan rápido y se mezclaba tan bien con el cielo que no me di cuenta de qué criatura se trataba hasta que la tuvimos prácticamente encima: un corcel casi el doble de grande que un caballo normal, con un pelaje que se ondulaba como el acero líquido, una crin blanca que se agitaba al viento y relucientes ojos negros.

El corcel no tenía alas, pero galopaba por los aires con tanta facilidad como si estuviera bajando una suave pendiente. Hasta que aterrizó a nuestro lado no reparé en que tenía cuatro, cinco, seis..., ocho patas: un par donde un caballo normal habría tenido una sola, como las ruedas dobles de una camioneta.

Me volví hacia Hearthstone.

—Colega, cuando invocas a un caballo, no te andas con tonterías.

Hearthstone sonrió. Acto seguido puso los ojos en blanco y se cayó hacia delante. Conseguí atraparlo y dejarlo con cuidado en el suelo mientras Blitzen y Sam rodeaban con recelo al corcel.

—No-no pue-puede ser —dijo Blitzen tartamudeando.

—¿Uno de los hijos de Sleipnir? —preguntó Sam—. Dioses, qué animal más espléndido.

El caballo le acarició la mano con el hocico, claramente satisfecho con el cumplido.

Me acerqué a él, fascinado por sus ojos inteligentes y su postura regia. El corcel daba un nuevo significado a la expresión «caballo de potencia». Irradiaba fuerza.

—¿Alguien va a presentarme? —pregunté.

Sam salió de su ensimismamiento agitando la cabeza.

—No... no sé quién es. Se parece a Sleipnir, el corcel de Odín, pero no puede ser él. Solo Odín puede llamarlo. Supongo que es uno de los hijos de Sleipnir.

—Pues es increíble. —Alargué la mano. El caballo me rozó los dedos con los labios—. Es amistoso. Y desde luego es lo bastante grande para llevarnos a todos a través del abismo. ¿Te parecería bien, colega?

El caballo relinchó como diciendo: «Pues claro, para eso estoy aquí».

—Las ocho patas son... —Iba a decir «raras», pero cambié de opinión— alucinantes. ¿Cómo es que tiene tantas?

Blitzen miró a Sam.

—Sleipnir fue uno de los hijos de Loki. Acostumbraban a salir... interesantes.

Sonreí.

—Así que ¿este caballo es tu sobrino, Sam?

Ella me fulminó con la mirada.

—No entremos en eso.

—¿Cómo es que tu padre tuvo un hijo caballo?

Blitzen tosió.

—En realidad, Loki es la madre de Sleipnir.

—¿Qué...?

—Decididamente no entremos en eso —advirtió Sam.

Archivé ese dato para investigarlo más adelante.

—Está bien, señor Caballo, como no sabemos cómo te llamas, voy a llamarte Stanley, porque tienes cara de Stanley. ¿Te parece bien?

Dio la impresión de que el caballo se encogía de hombros, y con eso me bastó.

Tumbamos a Hearthstone sobre el lomo extralargo de Stanley como un saco de patatas élficas. El resto subimos al animal.

—Vamos a aquel castillo, Stanley —le indiqué al corcel—. La idea es entrar con discreción. ¿Estás de acuerdo?

El caballo relinchó. Estaba convencido de que me estaba avisando para que me agarrase.

Me pregunté a qué debía cogerme exactamente, ya que no había riendas ni silla de montar. Entonces el corcel piafó sobre las rocas con sus cuatro pezuñas delanteras, saltó por la cara del acantilado y cayó en picado todo recto.

Y todos nos morimos.

53

Cómo matar gigantes educadamente

Esta vez es de coña.

Solo pareció que fuésemos a morirnos.

El caballo debió de disfrutar de la sensación de caída libre. Yo, no. Me aferré a su pescuezo y grité aterrado (una reacción no muy sigilosa). Mientras tanto, Blitzen me agarraba la cintura, y detrás de él Sam se mantenía encima del animal al tiempo que impedía que Hearthstone se resbalase al abismo.

Me dio la impresión de que caímos durante horas, aunque probablemente solo duró un segundo o dos. En ese tiempo pensé varios nombres más originales para Stanley. Finalmente, el caballo agitó sus ocho patas como ruedas de locomotora. Nos nivelamos y descendimos.

Stanley atravesó una nube, serpenteó por la ladera de una montaña y aterrizó en el alféizar de una ventana cerca de la parte superior de la fortaleza. Desmonté, con las piernas temblando, y ayudé a los demás a apearse de Stanley.

El alféizar era tan ancho que los cuatro y el caballo podíamos estar en un rincón y no parecer más grandes que ratones. La ventana no tenía cristal (quizá porque no había tanto cristal en el mundo), pero Stanley nos había dejado detrás del paño de una cortina descorrida, de modo que nadie podía habernos visto desde dentro, aunque hubieran estado buscando ratones en la ventana.

—Gracias, colega —le dije a Stanley—. Ha sido horroroso. Digo, genial.

Stanley relinchó. Me dio un mordisco afectuoso y acto seguido desapareció entre una nube de polvo. En el alféizar de la ventana donde había estado él se hallaba la piedra rúnica de Ehwaz.

—Parece que le caigo bien —comenté.

Blitzen se resbaló junto a Hearthstone y dijo:

—Epa.

Sam era la única que no parecía alterada. De hecho, parecía eufórica. Le brillaban los ojos y no podía parar de sonreír. Supongo que de verdad le encantaba volar, aunque fuera en una caída libre casi mortal a lomos de un caballo de ocho patas.

—Claro que le caes bien a Stanley. —La chica recogió la runa—. El caballo es uno de los animales sagrados de Frey.

—Ah. —Pensé en mis experiencias con la policía montada de Boston que patrullaba el jardín público. Los caballos siempre parecían amistosos, aunque sus jinetes no lo fuesen. Una vez un agente montado había empezado a interrogarme, y su caballo había salido disparado repentinamente y se había ido galopando contra la rama baja del árbol más cercano.

—Siempre les he caído bien a los caballos —dije.

—Frey guardaba sus manadas en sus templos —me explicó Sam—. A ningún mortal se le permitía montarlos sin permiso del dios.

—Pues ojalá Stanley me hubiera pedido permiso antes de marcharse —solté—. No tenemos ninguna estrategia de retirada, y no parece que Hearthstone vaya a lanzar más hechizos en un futuro próximo.

El elfo había recobrado la conciencia..., más o menos. Estaba apoyado en Blitz, riéndose tontamente en silencio y haciendo signos al azar como: «Mariposa. Explotar. Yupi». Blitzen se agarraba la barriga y miraba al vacío como si estuviera pensando en formas interesantes de morir.

Sam y yo nos acercamos sigilosamente al borde de la cortina. Nos asomamos y descubrimos que estábamos a la altura del techo de una habitación con las dimensiones de un estadio. En la chimenea ardía un fuego del tamaño de un disturbio urbano. La única salida era una puerta de madera cerrada en la pared del fondo. En el centro de la estancia, sentadas a una mesa de piedra, había dos gigantas cenando, desgarrando una res muerta que me recordaba el animal asado en el comedor del Valhalla.

Las gigantas no parecían tan altas como la del río, aunque era difícil estar seguro. En Jotunheim las proporciones carecían de lógica. Parecía que mis ojos tuvieran que adaptarse continuamente a los distintos espejos de una casa de la risa.

Sam me dio un golpecito en el brazo.

—Mira.

Señaló una jaula de pájaro suspendida del techo que colgaba a la altura de nuestros ojos. Dentro de la jaula, andando sobre un lecho de paja y con aspecto deprimido, había un cisne blanco.

—Es una valquiria —anunció Sam.

—¿Cómo puedes estar segura?

—Simplemente lo estoy. No solo eso... Estoy segura de que es Gunilla.

Me estremecí.

—¿Qué estaría haciendo ella aquí?

—Buscándonos. Las valquirias son unas magníficas rastreadoras. Me imagino que ha llegado aquí antes que nosotros y... —Sam imitó con gestos una mano arrebatando algo del aire.

—Entonces... ¿la dejamos?

—¿Para que se la coman los gigantes? Por supuesto que no.

—Te tendió una trampa. Hizo que te echaran de las valquirias.

—Todavía es mi capitana —dijo Sam—. Ella... Bueno, tiene sus motivos para desconfiar de mí. Hace siglos hubo un hijo de Loki que llegó al Valhalla.

—Él y Gunilla se enamoraron —aventuré—. Me dio esa impresión cuando me llevó de visita por el hotel.

Sam asintió con la cabeza.

—El hijo de Loki la traicionó. Resultó que era un espía de mi padre. Le partió el corazón. Bueno, ya te haces una idea. De todas formas, no pienso dejarla para que muera.

Suspiré.

—De acuerdo.

Me quité el colgante.

Jack, la espada, cobró vida zumbando.

—Ya era hora —dijo—. ¿Qué me perdí ayer?

—Un montón de escalada —le contesté—. Ahora estamos mirando a otras dos gigantas. ¿Te apetece meterte en los agujeros de sus narices?

La espada tiró de mi mano, y la hoja se asomó por la esquina de la cortina.

—Estamos en el alféizar de su ventana, tío. Técnicamente hemos cruzado el umbral de la casa de los gigantes.

—¿Y qué?

—¡Que tenéis que seguir las normas! ¡Matarlas en su hogar sin provocarlas sería irrespetuoso!

—Vale —dije—. No nos gustaría matarlas irrespetuosamente.

—Oiga, señor, los derechos de los invitados y los anfitriones son protocolos mágicos importantes. Impiden que las situaciones se salgan de madre.

Blitzen gimió en el rincón.

—La espada lo ha clavado, chico. Y no, no ha sido un chiste. Deberíamos entrar, reivindicar nuestros derechos de invitados y negociar lo que necesitamos. Si los gigantes intentan matarnos, entonces podremos atacar.

Hearthstone hipó, sonrió y dijo por señas: «Lavadora».

Sam negó con la cabeza.

—Vosotros dos no estáis en condiciones de ir a ninguna parte. Blitz, quédate aquí a cuidar de Hearthstone. Magnus y yo entraremos, buscaremos el martillo de Thor y liberaremos a Gunilla. Si las cosas se tuercen, os tocará a vosotros encontrar una forma de rescatarnos.

—Pero... —Blitzen se tapó la boca con el puño y contuvo una arcada—. Sí..., vale. ¿Cómo vais a bajar, chicos?

Sam se asomó por encima del saliente.

—Utilizaremos tu cuerda mágica para llegar al suelo. Luego nos acercaremos a las gigantas y nos presentaremos.

—Odio el plan —repuse—. Adelante.

54

Por qué no hay que usar un cuchillo como trampolín

Bajar haciendo rapel por la pared fue la parte más fácil.

Cuando llegamos al suelo, empecé a tener serias dudas. Las gigantas eran definitivamente más pequeñas que su hermana muerta; debían de medir unos quince metros. Si me hubieran pedido que luchara contra uno de sus dedos gordos del pie, podría haber ganado sin problemas. Aparte de eso, no me gustaban mis posibilidades.

—Me siento como Jack trepando por las habichuelas mágicas —murmuré.

Sam se rió entre dientes.

—¿De dónde crees que viene ese cuento? Es un recuerdo cultural: una versión suavizada de lo que pasa cuando los humanos caen en Jotunheim.

—Chachi.

La espada zumbó en mi mano.

—Además, tú no puedes ser Jack. Yo soy Jack.

Su lógica no admitía discusión.

Atravesamos el suelo de piedra y recorrimos un yermo de pelusas, restos de comida y charcos de grasa.

La chimenea daba tanto calor que mi ropa desprendía vapor. El pelo me crepitaba. El olor corporal de las gigantas —una combinación de barro húmedo y carne rancia— era casi tan letal como una espada metiéndose por mi nariz.

Nos situamos a un tiro de piedra de la mesa, pero las dos gigantas todavía no se habían percatado de nuestra presencia. Las dos llevaban sandalias, vestidos de cuero de talla 120 y collares estilo Picapiedra hechos con rocas pulidas. Tenían el cabello moreno y greñudo recogido en unas coletas. Sus caras grises se hallaban horriblemente pintadas con colorete y lápiz de labios. No contaba con la compañía de mi asesor de moda, Blitzen, pero supuse que las hermanas gigantas se habían emperifollado para salir por la noche, aunque apenas era la hora de comer.

—¿Listo? —me preguntó Sam.

La respuesta era no, pero respiré hondo y grité:

—¡Hola!

Las gigantas siguieron charlando, dando golpes con sus copas y masticando carne.

Volví a intentarlo.

—¡EH!

Las mujeronas se quedaron inmóviles. Escudriñaron la habitación. Finalmente, la de la izquierda nos vio. Se echó a reír y expulsó restos de hidromiel y carne.

—¡Más humanos! ¡No me lo creo!

La otra giganta se inclinó.

—¿Eso es otra valquiria? Y... —Olfateó el aire—. El chico es un einherji. ¡Perfecto! Precisamente estaba preguntándome qué tendríamos de postre.

—¡Reclamamos nuestros derechos de invitados! —grité.

La giganta de la izquierda puso mala cara.

—A ver, ¿por qué tenías que hacer eso?

—Queremos negociar. —Señalé la jaula, situada tan por encima de nosotros que solo podía ver su base oxidada flotando como una luna—. Nos interesa la libertad de ese cisne. Y también... si tienen armas robadas tiradas por ahí, como, no sé, un martillo o algo por el estilo.

—Muy sutil —murmuró Sam.

Las gigantas se miraron como si estuvieran haciendo esfuerzos por no reírse. Saltaba a la vista que habían estado poniéndose tibias de hidromiel.

—Muy bien —dijo la giganta de la izquierda—. Yo soy Gjalp. Esta es mi hermana, Griep. Accedemos a recibiros mientras negociamos. ¿Cómo os llamáis?

—Yo soy Magnus, hijo de Natalie —contesté—. Y esta es...

—Samirah, hija de Ayesha —terminó Sam.

—Bienvenidos a la casa de nuestro padre, Geirrod —dijo Gjalp—. Pero apenas os oigo ahí abajo. ¿Os importa si os pongo en una silla?

—Hum, vale —dije.

La otra hermana, Griep, nos cogió como si fuéramos juguetes. Nos dejó en una silla vacía cuyo asiento era del tamaño de una sala de estar. El tablero de la mesa seguía por lo menos a un metro y medio por encima de mi cabeza.

—Vaya —dijo Griep—. Seguís estando demasiado bajos. ¿Puedo levantaros la silla?

—Magnus... —empezó a decir Sam.

—Claro —solté yo.

Griep cogió nuestra silla lanzando un chillido de regocijo y la levantó por encima de su cabeza. De no ser por el respaldo, Sam y yo habríamos terminado aplastados contra el techo. Así las cosas, acabamos tirados y salpicados de yeso.

Griep dejó la silla. Mis ojos tardaron un instante en dejar de dar vueltas. Entonces vi las caras ceñudas de las gigantas elevándose amenazantes por encima de nosotros.

—No ha dado resultado —dijo Griep, con evidente decepción.

—Pues claro que no —gruñó Gjalp—. Nunca haces bien ese truco. Te lo dije: tiene que ser algo sin respaldo, como un taburete. Y deberíamos haber instalado pinchos en el techo.

—¡Intentabais matarnos! —exclamé—. Seguro que eso no está en las reglas de los buenos anfitriones.

—¿Mataros? —Gjalp puso cara de ofendida—. Es una acusación

totalmente infundada. Mi hermana solo ha hecho lo que os ha solicitado. Os ha pedido permiso para levantar la silla.

—Acabas de decir que ha sido un truco.

—¿De verdad? —Gjalp parpadeó. De cerca, sus pestañas embadurnadas de rímel parecían la pista de obstáculos de una carrera por el barro—. Estoy segura de no haber dicho eso.

Miré la Espada del Verano, que seguía en mi mano.

—Jack, ¿han infringido ya las normas del buen anfitrión? Porque un intento de asesinato me parece bastante dudoso.

—No a menos que reconozcan su intención —contestó Jack—. Y dicen que ha sido un accidente.

Las dos gigantas se enderezaron.

—¿Una espada que habla? —dijo Gjalp—. Vaya, esto sí que es interesante...

—¿Seguro que no queréis que vuelva a levantaros la silla? —propuso Griep—. Puedo ir corriendo a la cocina a por un taburete. No es ninguna molestia.

—Anfitrionas de honor —dijo Sam, con voz temblorosa—, ponednos con cuidado encima de la mesa para que podamos negociar con vosotras.

Griep murmuró con tristeza, pero hizo lo que Sam le pedía. La giganta nos depositó al lado de su tenedor y su cuchillo, que eran de aproximadamente mi tamaño. Su copa habría servido de depósito de agua para un pueblo. Esperaba que no se llamase Bum Papi.

—Bueno... —Griep se dejó caer pesadamente en su silla—, ¿queréis liberar al cisne? Tendréis que esperar a que mi padre llegue a casa para negociar las condiciones. Es su prisionera, no nuestra.

—Claro que es una valquiria —añadió Gjalp—. Anoche entró volando por nuestra ventana. Se niega a mostrar su auténtica forma. Cree que puede engañarnos con ese ridículo disfraz de cisne, pero papá es demasiado listo para ella.

—Qué rollo —dije—. Bueno, lo hemos intentado.

—Magnus... —me reprendió Sam—. Gentiles anfitrionas, ¿accederéis al menos a no matar al cisne hasta que hayamos tenido la oportunidad de hablar con Geirrod?

Gjalp se encogió de hombros.

—Como he dicho, su destino está en manos de mi padre. Puede que él la suelte si os entregáis vosotros a cambio, pero no lo sé. Necesitamos algo picante para el estofado de esta noche.

—Ponedle un alfiler —solté.

—Solo es una expresión —añadió Sam a toda prisa—. Mi amigo no pretendía ni mucho menos daros permiso para ponerle un alfiler a nada, y menos a nosotros.

—Buenos reflejos —le dije.

Sam me lanzó una mirada como diciendo: «Qué idiota eres». Me estaba acostumbrando.

Gjalp se cruzó de brazos y formó una nueva meseta contra su pecho.

—¿Habéis dicho que también os interesaba un arma robada?

—Sí —respondí—. Algo de un dios del trueno, si lo tenéis..., aunque no es que a ningún dios del trueno en concreto le falte ningún arma en concreto.

Griep se rió a carcajadas.

—Oh, tenemos algo por el estilo..., algo que pertenece al mismísimo Thor.

Como Thor no estaba allí para soltar tacos creativos, Sam hizo los honores, murmurando unos cuantos comentarios que dudé que a sus abuelos les hicieran gracia.

—Solo son expresiones —intervine yo apresuradamente—. De ninguna manera mi amiga os está dando permiso para hacer... ninguna de esas cosas groseras y extravagantes. ¿Nos cambiaréis el ma... el arma que habéis dicho?

—¡Claro! —Gjalp sonrió—. De hecho, me gustaría acabar rápido con las negociaciones porque mi hermana y yo tenemos una cita...

—Con unos gigantes gemelos del hielo —aclaró Griep.

—... así que os proponemos un buen trato —continuó Gjalp—. Os daremos el arma de Thor a cambio de esa bonita espada parlante. Y liberaremos al cisne (estoy segura de que papá estará de acuerdo), siempre que os entreguéis a cambio. No vais a conseguir un trato mejor.

—No es lo que se dice un trato —gruñó Sam.

—Entonces podéis negaros y marchar en paz —dijo Griep—. A nosotras nos da igual.

Jack vibró de indignación, con sus runas brillando.

—Magnus, tú nunca me entregarías, ¿verdad? ¡Somos amigos! No serás como tu padre e irás a deshacerte de mí en cuanto veas algo que te guste más, ¿verdad?

Recordé que Loki me había aconsejado que le diera la espada al tío Randolph. Entonces me había sentido verdaderamente tentado. En ese momento la idea me parecía imposible, y solo en parte porque las gigantas querían meternos en una jaula y comernos de cena. Jack nos había salvado la vida al menos dos veces. Me caía bien, aunque de vez en cuando me llamase «señor».

Se me ocurrió una alternativa. Una mala idea, sí, pero mejor que la oferta de las gigantas.

—Jack —dije—, en el supuesto de que les contase a estas gigantas cómo matamos a su hermana, ¿infringiría las normas de etiqueta?

—¿Qué? —gritó Gjalp.

Las runas de Jack emitieron un brillo de un rojo más alegre.

—No hay ningún problema de etiqueta, amigo mío, porque eso pasó antes de que fuéramos sus invitados.

—De acuerdo. —Sonreí a las gigantas—. Hemos matado a vuestra hermana. ¿Una señora fea y grande que quería bloquear el río y ahogar a Thor? Sí. Está muerta.

—¡MENTIRA! —Gjalp se levantó de golpe—. ¡Humanos enclenques! ¡Es imposible que hayáis matado a nuestra hermana!

—En realidad, mi espada se le metió por la nariz y le revolvió el cerebro.

Griep gritó indignada.

—¡Debería haberos aplastado como bichos! ¡Maldita sea, mira que no tener un taburete y un techo con pinchos colocados estratégicamente!

Lo reconozco, tener a dos gigantas muchísimo más altas que yo rugiéndome amenazas de muerte era un poco inquietante.

Pero Sam no perdió los nervios.

Señaló a Griep acusadoramente con su hacha.

—¡Vosotras habéis intentado matarnos ahora mismo!

—¡Pues claro, imbécil!

—Eso infringe las normas del buen anfitrión.

—¿Y a quién le importa? —gritó Griep.

—A la espada de Magnus —dijo Sam—. ¿Has oído eso, Jack?

—Ya lo creo que sí. Pero me gustaría señalar que el esfuerzo exigido para matar a estas dos gigantas podría ser excesivo...

—¡Hazlo! —Arrojé la espada.

Jack ascendió en espiral, se metió directo en el agujero derecho de la nariz de Griep y salió por el izquierdo. La giganta se desplomó y sacudió la sala con un sismo de 6,8 en la escala de Richter.

Gjalp contuvo un grito. Se tapó la nariz y la boca, y se puso a dar traspiés de un lado a otro mientras Jack trataba en vano de abrirse paso a estocadas entre sus dedos.

—¡Oh, esta se está espabilando! —gritó Jack—. ¿Qué tal un poco de ayuda?

—¡Magnus! —Sam empujó el cuchillo de la carne de la giganta hasta el borde de la mesa hasta que la hoja se extendió como un trampolín.

Entendí lo que quería que hiciera. Era una locura, pero no me paré a pensar. Corrí a toda velocidad hacia el cuchillo y salté al extremo de la hoja.

—¡Espera! —gritó Sam.

Para entonces ya estaba en el aire. Caí sobre el cuchillo, que se catapultó hacia arriba mientras yo descendía. El plan dio resultado, más o menos. Aterricé en el asiento vacío de la silla, que no estaba tan bajo como para matarme, pero la caída bastó para que me rompiera la pierna. ¡Yupi! El dolor me perforó en la base de la columna como un clavo ardiendo.

Gjalp salió peor parada. El cuchillo giratorio le dio en el pecho. No la empaló, ni siquiera le atravesó el vestido, pero el impacto la hizo gritar. Bajó las manos, agarrándose instintivamente el pecho, cosa que ofreció a Jack acceso directo a su nariz.

Un segundo más tarde, Gjalp yacía muerta en el suelo al lado de su hermana.

—¡Magnus! —Sam bajó de la mesa y cayó junto a mí en la silla—. ¡Idiota! ¡Quería que me ayudaras a lanzar un salero con el cuchillo! ¡No esperaba que saltases encima!

—De nada. —Hice una mueca—. Ay.

—¿Está rota?

—Sí. No te preocupes, me curo rápido. Dame una hora...

—No creo que tengamos... —empezó a decir Sam.

Una voz grave resonó en la otra habitación.

—¡Ya estoy en casa, chicas!

55

La Primera División Aerotransportada de Enanos me lleva al combate

Nunca es un buen momento para que Papá Gigante regrese a casa.

Pero cuando estás sentado en su sala de estar con la pierna rota y los cadáveres de dos de sus hijas tirados cerca, es un momento especialmente malo. Sam y yo nos miramos a medida que las pisadas del gigante resonaban más y más fuerte en la habitación de al lado.

La expresión de Sam decía: «No se me ocurre nada».

A mí tampoco se me ocurría nada.

Esa es exactamente la clase de momento en la que agradecerías que un enano, un elfo y un cisne cayeran en paracaídas en tu silla. Blitzen y Hearth iban sujetos uno al lado del otro en el arnés, mientras que Gunilla, el ave acuática, se mecía en los brazos de Hearthstone. Blitzen tiró de los frenos y efectuó un aterrizaje perfecto. Detrás de él se amontonó el paracaídas: una franja de tela turquesa que combinaba perfectamente con el traje de Blitz. Ese fue el único detalle de su entrada que no me sorprendió.

—¿Cómo? —pregunté.

Blitzen se burló.

—¿A qué viene esa cara de sorpresa? Habéis distraído lo suficiente a esas gigantas. No sería un buen enano si no pudiera improvisar un garfio, disparar una cuerda desde la ventana a la jaula, deslizarme hasta ella, liberar al cisne y utilizar mi paracaídas de emergencia para bajar aquí.

Sam arrugó la nariz.

—¿Has tenido un paracaídas de emergencia todo este tiempo?

—No seas tonta —contestó Blitzen—. Los enanos siempre llevamos paracaídas de emergencia. ¿Vosotros no?

—Ya hablaremos de eso más tarde —dije—. Ahora mismo...

—¿Chicas? —gritó el gigante desde la habitación de al lado. Sus palabras sonaban un poco mal articuladas—. ¿Do-dónde estáis?

Chasqueé los dedos.

—Vamos, chicos, opciones. Sam, ¿podéis camuflarnos tú y Gunilla?

—Mi hiyab solo puede tapar a dos personas —dijo Sam—. Y Gunilla... Que siga siendo un cisne podría indicar que está demasiado débil para volver a su estado normal.

El cisne graznó.

—Me tomaré eso como un sí —concluyó Sam—. Podría tardar unas horas.

—Un tiempo que no tenemos. —Miré a Hearth—. ¿Las runas?

«No tengo fuerzas», dijo él por señas, aunque no hacía falta que me lo dijera. Estaba erguido y consciente, pero parecía que lo hubiera arrollado un caballo de ocho patas.

—¡Jack! —grité a la espada—. ¿Dónde está Jack?

—¿Qué, colega? —chilló la espada desde la mesa, por encima de nosotros—. Me estoy limpiando en esta copa. Déjame un poco de intimidad, ¿vale?

—Magnus —dijo Sam—, no puedes pedirle que mate a tres gigantes seguidos. Tanto esfuerzo te matará.

En la habitación de al lado, las pisadas aumentaron de volumen. Parecía que el gigante estuviera tropezando.

—¿Gjalp? ¿Griep? ¡Os juro, HIP, que como estéis enviando otra vez mensajitos a esos gigantes de hielo os retorceré el pescuezo!

—¡El suelo! —decidí—. ¡Bájame al suelo!

Blitzen me levantó en brazos, cosa que por poco me hizo desmayarme del dolor. Gritó: «¡Agárrate!», saltó de la silla y de algún modo logró descenderme sin ningún percance. Cuando recobré el conocimiento, Sam, Hearth y su nueva mascota, el cisne, estaban a nuestro lado; al parecer habían utilizado la silla como poste de bomberos.

Temblaba de las náuseas. Tenía la cabeza resbaladiza a causa del sudor y notaba la pierna como una enorme ampolla abierta, pero no teníamos tiempo para preocupaciones secundarias como mi insoportable dolor. A través del umbral de la puerta del comedor, las sombras de los pies del gigante se acercaban y se volvían más oscuras, aunque parecía que se moviesen de un lado a otro.

—¡Blitzen, llévame por debajo de esa puerta! —dije—. Tenemos que interceptar a Geirrod.

—¿Perdón? —preguntó el enano.

—¡Tú eres fuerte! Me tienes en brazos. ¡Deprisa!

Blitz trotó hacia la puerta gruñendo; cada bote me provocaba un pinchazo de dolor en la base del cráneo. El paracaídas se deslizaba detrás de nosotros. Sam y Hearth nos siguieron, mientras el cisne graznaba con tristeza en los brazos de Hearthstone.

El pomo de la puerta empezó a girar. Nos agachamos por debajo de la puerta y salimos a toda velocidad por el otro lado, justo entre los pies del gigante.

—¡HOLA! ¿QUÉ TAL? —grité.

Geirrod retrocedió con torpeza. Supongo que no había esperado ver a un enano paracaidista cargando con un humano, seguidos de otro humano y un elfo con un cisne en brazos.

Yo tampoco estaba preparado para lo que vi.

En primer lugar, la habitación en la que entramos era aproximadamente la mitad de grande que la que acabábamos de dejar atrás. La mayoría de la gente habría considerado la sala imponente. El suelo, de mármol negro, brillaba. Hileras de columnas de piedra se hallaban intercaladas con braseros de hierro llenos de ascuas encendidas como docenas de barbacoas. Pero los techos solo medían unos siete metros de alto. Incluso la puerta por la que habíamos entrado era más pequeña por ese lado, aunque no tenía sentido.

Sería imposible volver a pasar por debajo de la puerta. De hecho, no veía cómo podían entrar Gjalp o Griep, a menos que cambiaran de tamaño al pasar de una habitación a otra.

Tal vez eso es lo que hacían. Los gigantes eran transformistas. La magia y las ilusiones eran parte de su naturaleza. Si pasaba mucho más tiempo allí, tendría que proveerme de una buena reserva de medicamentos para el mareo y unas gafas de tres dimensiones.

—¿*Jienesoisfosotros*? —farfulló.

—¡Invitados! —grité—. ¡Hemos reclamado nuestros derechos de invitados!

Dudaba que esos derechos siguieran siendo válidos, considerando que habíamos matado a nuestras anfitrionas, pero como mi espada, que era la más preocupada por la etiqueta, seguía en la habitación de al lado limpiándose los mocos de la hoja, nadie me llevó la contraria.

Geirrod frunció el entrecejo. Parecía que acabara de salir de una fiesta salvaje en un club nocturno de Jotunheim, cosa extraña, ya que todavía era pronto. Por lo visto los gigantes estaban de fiesta las veinticuatro horas del día.

Llevaba una chaqueta malva arrugada, una camisa de etiqueta negra con los faldones por fuera, unos pantalones a rayas y unos zapatos de vestir de charol para cuya confección habían muerto muchos animales. Tenía el pelo moreno engominado hacia atrás pero con algunos mechones rebeldes levantados. Su cara lucía una barba de tres días. Apestaba a miel fermentada. La impresión general no era tanto de «juerguista elegante» como de «borracho bien vestido».

Lo más raro de él era su tamaño. No diré que era bajo. Seis metros siguen siendo una buena estatura si buscas a alguien para que juegue de base en la NBA o para que cambie bombillas difíciles de alcanzar. Pero aquel tío era minúsculo comparado con sus hijas, que estaban muertas.

Geirrod eructó. A juzgar por su expresión, estaba haciendo un grandísimo esfuerzo por formular pensamientos racionales.

—Si sois mis invitados..., ¿por qué tenéis mi cisne? ¿Y dónde están mis hijas?

Sam forzó una carcajada.

—Ah, ¿esas chicas tan locas? Hemos intercambiado el cisne con ellas.

—Sí —asentí—. Ahora mismo están en el suelo de la otra habitación. No tienen muy buena cara. —Hice como que bebía de una botella, cosa que probablemente confundió a Hearthstone, ya que pareció el signo de «Te quiero».

Geirrod pareció entender a lo que me refería. Sus hombros se relajaron, como si la idea de que sus hijas cayeran redondas de la borrachera no fuera motivo de preocupación.

—Bueno —dijo—, mientras no estuvieran otra vez, ¡HIP!, con esos gigantes de hielo...

—No, solo con nosotros —le aseguré.

Blitzen gruñó al tiempo que me movía en sus brazos.

—Pesas.

Hearthstone, tratando de no perder el hilo de la conversación, le dijo por señas «Te quiero» al gigante.

—¡Oh, gran Geirrod! —exclamó Sam—. En realidad hemos venido a intercambiar el arma de Thor. Sus hijas nos han dicho que la tiene usted.

Geirrod miró a su derecha. Contra la pared del fondo, casi escondida detrás de una columna, había una puerta de hierro de tamaño humano.

—Y el arma está detrás de esa puerta —deduje.

Los ojos de Geirrod se abrieron mucho.

—¿Qué brujería es esa? ¿Cómo lo sabes?

—Queremos intercambiar el arma —repetí.

Gunilla graznó malhumorada en los brazos de Hearthstone.

—Y también la libertad de este cisne —añadió Sam.

—¡Ja! —Geirrod derramó más hidromiel de su cuerno para beber—. No necesito, ¡HIP!, nada que podáis ofrecerme. Pero a lo mejor podríais, BURP, ganar el arma y la gallina de los huevos de oro.

—El cisne —le corregí.

—Lo que sea —dijo el gigante.

—Pesas. Pesas mucho —se quejó Blitzen gimiendo.

El dolor de la pierna hacía que me costara pensar. Cada vez que

Blitzen se movía me daban ganas de gritar, pero traté de mantener la cabeza despejada.

—¿En qué está pensando? —pregunté al gigante.

—¡Entretenedme! ¡Jugad conmigo!

—¿A... Palabras con amigos?

—¿Qué? ¡No! ¡A la pelota! —Señaló el salón despectivamente—. Solo tengo hijas. Ellas nunca quieren jugar a la pelota conmigo. ¡Me gusta jugar a la pelota! ¡Jugad a la pelota conmigo!

Miré a Sam.

—Creo que quiere jugar a la pelota.

—Mala idea —murmuró ella.

—¡Sobrevivid diez minutos! —dijo Geirrod—. ¡Es lo único que os pido! Entonces quedaré, ¡HIP!, contento.

—¿Sobrevivir? —pregunté—. ¿A la pelota?

—¡Bien, entonces aceptáis! —Se dirigió al brasero más cercano como pudo y cogió una brasa al rojo vivo del tamaño de un sillón—. ¡Estiraos y alejaos!

56

Nunca le pidas a un enano que se estire

—¡Corre! —le chillé a Blitzen—. ¡Corre, corre, corre!

Blitzen, que todavía arrastraba el paracaídas, solo consiguió dar traspiés, aturdido.

—Pesas, pesas mucho —dijo otra vez casi sin voz.

Nos alejamos unos veinte metros cuando Geirrod gritó:

—¡COGEDLA!

Los cuatro nos escondimos detrás de la columna más próxima cuando una bala de cañón de carbón se estrelló contra ella. El proyectil abrió un agujero a través de la piedra y salpicó ceniza y chispas por encima de nuestras cabezas. La columna crujió. Se formaron grietas que se extendieron hasta el techo.

—¡Corred más! —gritó Sam.

Atravesamos la sala arrastrando los pies mientras Geirrod cogía brasas y las lanzaba con una precisión terrible. Si no hubiera estado borracho, nos habríamos visto en un grave aprieto.

La siguiente salva prendió fuego al paracaídas de Blitzen. Sam consiguió cortarlo con su hacha, pero perdimos un tiempo precioso. Otra apocalíptica brasa en llamas abrió un cráter en el suelo a nuestro lado y chamuscó las alas de Gunilla y la bufanda de Hearthstone. A Blitzen le saltaron chispas a los ojos.

—¡Estoy ciego! —chilló.

—¡Yo te dirigiré! —grité—. ¡Izquierda! ¡Izquierda! ¡Tu otra izquierda!

Mientras tanto, al otro lado del salón, Geirrod se lo estaba pasando en grande cantando en jotunés, yendo de brasero en brasero tambaleándose y empapándose de vez en cuando de hidromiel.

—¡Venga ya, pequeños invitados! Así no se juega. ¡Se supone que tenéis que coger las brasas y devolvérmelas!

Busqué desesperadamente alguna salida. Solo había una puerta más en la pared situada justo enfrente del salón, pero era demasiado pequeña para arrastrarse por debajo y demasiado grande para forzarla, por no hablar del tronco de árbol que hacía las veces de tranca sobre unos soportes de hierro.

Por primera vez desde que me había convertido en einherji, me fastidió que mi capacidad de curación superrápida no fuera lo bastante superrápida. Si íbamos a morir, por lo menos quería valerme por mí mismo.

Miré al techo. Por encima de la última columna que había golpeado Geirrod, se extendieron unas grietas a través del techo. La columna se inclinó, lista para romperse. Me acordé de la primera vez que mi madre me había hecho montar solo nuestra tienda de campaña. Colocar los palos había sido una pesadilla. Conseguir que sostuvieran el techo requería la tensión justa. Pero hacer que se hundiera... era fácil.

—Tengo una idea —anuncié—. Blitzen, vas a tener que cargar conmigo un poco más, a menos que Sam...

—Ejem, no —dijo Sam.

—No hay problema —afirmó Blitzen gimiendo—. Estoy perfectamente. Ya casi vuelvo a ver.

—Muy bien, chicos —dije—. Vamos a tener que correr hacia el gigante.

No me hizo falta el idioma de signos para interpretar la expresión de Hearth: «¿Estás loco?». El cisne me lanzó la misma mirada.

—Haced lo mismo que yo —añadí—. Será divertido.

—Por favor —rogó Sam—, que esas palabras no acaben grabadas en mi lápida.

Grité al gigante:

—¡Eh, Geirrod, lanzas como alguien de Fólkvangr!

—¿Qué? ¡BAH! —Geirrod se volvió para coger otra brasa.

—Directos hacia él —les dije a mis amigos—. ¡Vamos!

Mientras el gigante se preparaba para lanzar, le indiqué a Blitzen:

—¡A la derecha, ve a la derecha!

Todos nos escondimos detrás de la columna más cercana. La ascua de Geirrod la perforó de punta a punta, arrojó cenizas y abrió más grietas que llegaron al techo.

—Ahora a la izquierda —indiqué a mis amigos—. Hacia él y a por otra fila.

—¿Qué estás...? —Los ojos de Sam se abrieron mucho cuando comprendió lo que me proponía—. Oh, dioses, estás loco de verdad.

—¿Se te ocurre algo mejor?

—Por desgracia, no.

Atravesamos corriendo el campo visual de Geirrod.

—¡Tus hijas no están borrachas! —grité—. ¡Están muertas!

—¿QUÉ? ¡NO!

Otra bala de cañón candente se precipitó hacia nosotros e impactó en la columna más cercana con tal fuerza que se desmoronó en un montón de colosales salvavidas de piedra.

El techo crujió. Las grietas se extendieron. Corrimos al pasillo central y solté:

—¡HAS VUELTO A FALLAR!

Geirrod se puso a dar alaridos, furioso. Echó a un lado su cuerno de beber para poder coger brasas con las dos manos. Por suerte para nosotros, la ira y el hecho de lanzar con las dos manos empeoraron seriamente su puntería. Trotamos alrededor de él, moviéndonos de columna en columna mientras él esparcía brasas por todas partes, derribaba braseros y rompía columnas.

Critiqué su traje, su corte de pelo y sus zapatos de charol. Finalmente, el gigante nos lanzó un brasero entero y destrozó la última columna de apoyo que había en su lado de la sala.

—¡Retirada! —le dije a Blitzen—. ¡Venga! ¡VAMOS!

El pobre Blitzen jadeaba y resollaba. Corrimos hacia la pared del fondo mientras Geirrod gritaba:

—¡Cobardes! ¡Os mataré!

El gigante podría haber corrido detrás de nosotros y habernos atrapado fácilmente, pero su mente embriagada seguía pensando en armas arrojadizas. Buscaba más brasas a su alrededor mientras el techo se desplomaba encima de él.

Se dio cuenta demasiado tarde de lo que estaba pasando. Alzó la vista y gritó cuando la mitad de la estancia se desmoronó sobre él y enterró a Geirrod bajo mil toneladas de piedra.

Cuando quise darme cuenta estaba en el suelo en medio de una masa confusa de polvo y escombros, esforzándome por toser.

Poco a poco, el aire se despejó. A escasa distancia, Sam estaba sentada de piernas cruzadas, tosiendo y respirando con dificultad como yo, con pinta de haberse rebozado en harina.

—¿Blitzen? —grité—. ¿Hearth?

Estaba tan preocupado por ellos que me olvidé de la pierna rota. Traté de levantarme y me sorprendió descubrir que podía ponerme en pie. La pierna seguía doliéndome un horror, pero soportaba mi peso.

Blitzen salió de una nube de polvo tambaleándose.

—¡Presente! —chilló. Tenía el traje destrozado. El cabello y la barba le habían encanecido prematuramente por culpa del yeso.

Me abalancé sobre él y lo abracé.

—Eres el enano más fuerte y más increíble de la historia —dije.

—Vale, chico, vale. —Me dio unas palmaditas en el brazo—. ¿Dónde está Hearthstone? ¡Hearth!

En momentos como ese, nos olvidábamos de que gritar el nombre de Hearthstone no servía de nada.

—¡Aquí está! —gritó Sam, quitando unos escombros de encima del elfo caído—. Creo que está bien.

—¡Gracias a Odín! —Blitz echó a andar, pero estuvo a punto de caerse.

—Quieto. —Lo apoyé contra una de las columnas que quedaban—. Descansa un momento. Enseguida vuelvo.

Me acerqué a Sam corriendo y la ayudé a sacar a Hearthstone de entre los restos de la sala.

Tenía el pelo humeante, pero por lo demás parecía encontrarse bien. Lo pusimos en pie. Enseguida empezó a regañarme en idioma de signos: «¿Tonto? ¿Quieres matarnos?».

Tardé un instante en percatarme de que no tenía en brazos al cisne.

—Un momento —dije—. ¿Dónde está Gunilla?

Detrás de mí, Blitzen gritó. Me volví y descubrí que alguien había tomado un rehén.

—Estoy aquí —gruñó Gunilla. Había recobrado su forma humana y estaba de pie detrás de Blitzen, con la punta de su lanza llameante pegada a la garganta del enano—. Y vosotros cuatro vais a volver al Valhalla como mis prisioneros.

57

Sam le da al botón de «Expulsar»

Gunilla presionó la yugular de Blitz con la punta de su lanza.

—No os acerquéis más —advirtió—. Todos sois unos renegados y unos mentirosos. Habéis puesto en peligro Midgard y Asgard, habéis provocado a los gigantes, habéis sembrado el caos por los reinos...

—También te hemos rescatado de una jaula de pájaro —añadí.

—¡Después de atraerme hasta aquí!

—Nadie te ha atraído —dije—. Nadie te ha pedido que nos persiguieras.

—Gunilla —Samirah dejó su hacha en el suelo—, suelta al enano, por favor.

—Urgh —convino Blitzen.

La capitana de las valquirias miró a Hearthstone.

—Tú, elfo, ni se te ocurra. Deja el saco de las runas en el suelo o te reduciré a cenizas.

No me había dado cuenta de que Hearthstone estaba a punto de actuar. Obedeció la orden de Gunilla, aunque le brillaban los ojos. Parecía que quisiera hacerle a Gunilla algo mucho peor que meterla en una rueda mágica para hámsters.

Sam levantó las palmas de las manos.

—No vamos a luchar contra ti. Por favor, libera al enano. Todos sabemos lo que puede hacer una lanza de valquiria.

En realidad, yo no lo sabía, pero traté de mostrarme lo más dócil e inofensivo posible. Considerando lo agotado que me encontraba, no me costó.

Gunilla me observó.

—¿Dónde está tu espada, Magnus?

Señalé la parte en ruinas de la sala.

—La última vez que miré estaba bañándose en una copa.

Gunilla consideró mis palabras. Era la clase de comentario que solo tenía sentido en el disparatado mundo de los vikingos.

—Muy bien. —Empujó a Blitzen hacia mí.

Blandió su lanza hacia delante, manteniéndonos a todos al alcance. La luz del arma era tan intensa que me sentía como si la lanza me estuviera achicharrando la piel.

—Volveremos a Asgard en cuanto haya recuperado todas mis fuerzas —dijo Gunilla—. Mientras tanto, explícame por qué les habéis preguntado a los gigantes por el arma de Thor.

—Ah... —Me acordé de que Thor había especificado con exactitud que no le dijéramos a nadie que había perdido el martillo—. Bueno...

—Una treta —me interrumpió Sam—. Para confundir a los gigantes.

Gunilla entrecerró los ojos.

—Una treta peligrosa. Si los gigantes creyeran que Thor ha perdido su martillo, las consecuencias serían impensables.

—Hablando de cosas impensables —dije—, Surt va a liberar al lobo Fenrir mañana por la noche.

—Esta noche —me corrigió Sam.

Se me hizo un nudo en el estómago.

—¿No es martes? Freya dijo que el miércoles había luna llena...

—Técnicamente empieza el martes al anochecer —dijo Sam—. Esta noche sale la luna llena.

—Maravilloso —dije—. ¿Por qué no lo has dicho antes?

—Pensaba que lo habías entendido.

—¡Silencio, los dos! —ordenó Gunilla—. Magnus Chase, te has dejado engañar por las mentiras de esta hija de Loki.

—¿Quieres decir que la luna llena no es esta noche?

—No, sí que es esta noche. Me refería... —Gunilla frunció el ceño—. ¡Deja de confundirme!

Blitzen gimió cuando ella lo ahogó con su lanza de luz. Hearthstone se movió lentamente a mi lado, apretando los puños.

Levanté las manos.

—Gunilla, lo único que digo es que si no nos dejas marchar para que podamos detener a Surt...

—Te lo advertí —dijo Gunilla—. Si haces caso a Samirah, solo conseguirás precipitar el Ragnarok. Considérate afortunado de que te haya encontrado yo en lugar de las otras valquirias que os están buscando, o de tus ex compañeros einherjar. Tienen muchas ganas de demostrar su lealtad al Valhalla matándote. Por lo menos, yo me aseguraré de que tengas un juicio justo antes de que los thanes lancen tu alma al Ginnungagap.

Samirah y yo intercambiamos una mirada. No teníamos tiempo para dejarnos capturar y volver a Asgard. Y desde luego yo no tenía tiempo para que mandasen mi alma a un sitio que ni siquiera sabía pronunciar.

Hearthstone nos salvó. Su rostro se quedó paralizado por el horror. Señaló detrás de Gunilla, como si Geirrod estuviera surgiendo de los escombros. Era la artimaña más vieja de los nueve mundos, y funcionó.

Gunilla echó un vistazo detrás de ella. Sam arremetió a velocidad de vértigo. En lugar de intentar placar a la capitana de las valquirias, simplemente tocó el brazal dorado de Gunilla.

El aire zumbó como si alguien hubiera encendido un aspirador industrial.

Gunilla chilló. Miró fijamente a Sam, consternada.

—¿Qué has...?

La valquiria implosionó. Se convirtió en un puntito de luz y desapareció.

—¿Sam? —No podía creer lo que había pasado—. ¿La... la has matado?

—¡Por supuesto que no! —Sam me dio un manotazo en el brazo. (Afortunadamente, yo no implosioné.)—. Solo la he llamado al Valhalla.

—¿El brazalete? —preguntó Blitzen

Sam sonrió con modestia.

—No sabía si daría resultado. Supongo que todavía no han eliminado mis huellas dactilares de la base de datos de las valquirias.

Hearthstone dio vueltas a su mano. «Explícate.»

—Los brazaletes de las valquirias tienen una prestación para evacuaciones de urgencia —dijo Sam—. Si una valquiria resulta herida en la batalla y necesita atención inmediata, otra valquiria puede hacerla volver a los Salones de Curación con solo tocar su brazalete. Al hacerlo es extraída de inmediato, pero se trata de una magia muy poderosa. Con un solo uso, el brazalete se derrite.

Parpadeé.

—Entonces Gunilla ha ido a parar al Valhalla.

—Sí. Pero no he ganado mucho tiempo. Volverá en cuanto recobre las fuerzas. Y me imagino que traerá refuerzos.

—El martillo de Thor —dije—. El trastero.

Corrimos hacia la pequeña puerta de hierro. Me gustaría decir que había planificado cuidadosamente la caída del techo para asegurarme de que la puerta no acababa enterrada entre los restos, pero en realidad tuve suerte.

El hacha de Sam atravesó la cerradura de un golpe. Hearthstone abrió la puerta de un tirón. Dentro había un armario que solo contenía un poste de hierro del tamaño del palo de una escoba apoyado contra la esquina.

—Vaya —dije—. Es un poco decepcionante.

Blitzen examinó el poste de hierro.

—No sé, chico. ¿Ves estas runas? No es Mjolnir, pero este bastón fue forjado con magia muy poderosa.

A Sam se le descompuso el rostro.

—Oh... es un arma de Thor. Pero no el arma que buscamos.

—Ajá. —Blitzen asintió sabiamente con la cabeza.

—Ajá —convine—. ¿Puede alguno de vosotros decirme de qué estáis hablando?

—Esta es el arma de repuesto de Thor, chico —explicó Blitz—. El bastón fue un regalo de una amiga suya: la giganta Grid.

—Tres preguntas —dije—. Primera: ¿Thor tiene una amiga giganta?

—Sí —respondió Blitz—. No todos los gigantes son malos.

—Segunda: ¿todos los nombres de giganta empiezan por ge?

—No.

—Última pregunta: ¿practica Thor las artes marciales? ¿Tiene también nunchakus de repuesto?

—Oye, chico, no le faltes el respeto al bastón. Puede que no esté hecho por enanos como el martillo, pero el hierro forjado por gigantes sigue siendo un material poderoso. Espero que podamos levantarlo y devolvérselo a Thor. Seguro que pesa mucho y está protegido con hechizos.

—¡No hace falta que os preocupéis por eso! —gritó una voz en lo alto.

El dios del trueno entró volando en la habitación por una de las altas ventanas montado en un carro tirado por Otis y Marvin. Jack, la espada, avanzaba flotando al lado.

Thor aterrizó delante de nosotros en todo su esplendor gruñón.

—¡Buen trabajo, mortales! —Sonrió—. Habéis encontrado el bastón. ¡Mejor eso que nada!

—Colega, me doy un baño rápido —dijo Jack—, me doy la vuelta y no solo habéis salido de la habitación, sino que habéis derrumbado la salida. ¿Qué se supone que debe pensar una espada?

Reprimí un comentario.

—Sí. Perdona, Jack.

Thor alargó la mano hacia el armario. La barra de hierro fue volando a su mano. Thor realizó unas cuantas estocadas, golpes y giros con el bastón.

—Sí, esto servirá hasta que encuentre... la otra arma que oficialmente no ha desaparecido. ¡Gracias!

Hice un esfuerzo por resistir las ganas de darle un guantazo.

—¿Tiene un carro volador?

—¡Claro! —El dios se rió—. ¡Thor sin su carro sería como un enano sin su paracaídas de emergencia!

—Gracias —dijo Blitz.

—Podría habernos traído volando —observé—. Podría habernos ahorrado un día y medio, y varios encontronazos con la muerte. Pero nos dejó trepar por aquel acantilado, cruzar el abismo...

—¡Jamás os privaría de la oportunidad de demostrar vuestro heroísmo! —exclamó el dios del trueno.

Blitzen gimió.

«No soporto a este dios», dijo Hearthstone con gestos.

—¡Exacto, señor Elfo! —dijo Thor—. Os di la oportunidad de demostrar lo que valéis. ¡No hay de qué!

Otis baló e hizo ruido con las pezuñas.

—Además, el jefe no podía presentarse aquí sin el martillo, sobre todo porque su hija estaba encerrada en esa jaula.

Sam se estremeció.

—¿Lo sabía?

Thor miró a su cabra con el ceño fruncido.

—Otis, tenemos que hablar otra vez sobre la conveniencia de que cierres el hocico.

—Lo siento. —Otis agachó los cuernos—. Adelante, máteme. No pasa nada.

Marvin le dio un mordisco.

—¿Quieres callarte? ¡Cada vez que te matan a ti, me matan a mí!

Thor puso los ojos en blanco mirando al techo.

—«¿Qué animales te gustaría que tirasen de tu carro, Thor?», me preguntó mi padre. «Cabras», dije. «Unas cabras voladoras reconsumibles serían ideales.» Podría haber elegido dragones o leones, pero nooo. —Miró a Sam—. Respondiendo a tu pregunta, sí, intuía que Gunilla estaba aquí. Normalmente percibo cuando uno de mis hijos está cerca. Pensé que si podíais salvarla sería un buen extra. Pero tampoco quería que ella se enterase de que ha desaparecido mi martillo. Es una información un poco sensible. Deberías sentirte honrada de que te lo haya revelado, hija de Loki.

Sam se apartó poco a poco.

—¿Lo sabía? Oiga, lord Thor...

—Deja de llamarme «lord», muchacha. ¡Soy un dios de la gente

388

corriente, no un lord! Y no te preocupes, no te mataré. No toda la prole de Loki es mala. Incluso el propio Loki... —Dejó escapar un suspiro—. Echo de menos a ese tío.

Sam lo miró de reojo.

—¿De verdad?

—Pues claro. —Thor se rascó su barba pelirroja—. La mayoría de las veces quería matarlo, como cuando le cortó todo el pelo a mi mujer o me convenció de que me pusiera un vestido de novia.

—¿Que hiciera qué? —pregunté.

—Pero Loki hacía que la vida fuera interesante —continuó Thor—. La gente creía que éramos hermanos, cosa que no era cierta. Él era hermano de sangre de Odín. Aun así, entiendo que surgiese el rumor. No me gusta reconocerlo, pero Loki y yo formábamos un buen equipo.

—Como Marvin y yo —propuso Otis—. Mi psicólogo dice...

—¡Cállate, idiota! —soltó Marvin.

Thor giró su bastón de hierro.

—En cualquier caso, gracias por esto. Me servirá hasta que encuentre el otro artículo. Y, por favor, NO le mencionéis mi pérdida a nadie. Ni siquiera a mis hijos. Sobre todo a ellos. De lo contrario, tendría que matarlos, y puede que me supiera mal.

—Pero ¿qué hará sin Mjolnir? —preguntó Sam—. ¿Cómo...?

—¿Veré la televisión? —Thor se encogió de hombros—. Lo sé... El tamaño y la resolución de la pantalla de la punta de este bastón son lamentables, pero tendré que conformarme. En cuanto a vosotros, la isla de Lyngvi surgirá de las olas esta noche. ¡Debéis daros prisa! Adiós, mortales, y...

—Espere —dije—. Necesitamos la ubicación de la isla.

Thor frunció el entrecejo.

—Bueno, está bien. Se suponía que debía dárosla. Lo único que tenéis que hacer es buscar a los hermanos enanos en el muelle de Long Wharf, en Boston. Ellos os llevarán a la isla. Normalmente su barco zarpa al atardecer.

—Ah, enanos. —Blitz hizo un gesto de aprobación con la cabeza—. ¿Podemos confiar en ellos, entonces?

—Ah, no —dijo Thor—. Intentarán mataros a la primera de cambio, pero conocen el camino a la isla.

—Lord Th... o sea, Thor —dijo Sam—, ¿no va a acompañarnos usted? Es una batalla importante: el señor del fuego Surt y el lobo Fenrir. Sin duda es digna de su atención.

A Thor le entró un tic en el ojo derecho.

—Es una buena oferta. De verdad. Me encantaría, pero tengo otra cita urgente...

—*Juego de tronos* —aclaró Marvin.

—¡Cállate! —Thor levantó el bastón por encima de nuestras cabezas—. Aprovechad el tiempo, héroes. ¡Preparaos para la batalla y estad en el muelle de Long Wharf al atardecer!

La habitación empezó a dar vueltas. Jack vino volando a mi mano, y me invadió el agotamiento.

Me apoyé en la columna más cercana.

—¿Adónde nos manda, Thor?

El dios del trueno se rió entre dientes.

—A donde tenéis que ir.

Jotunheim se desmoronó a mi alrededor como una tienda que me cayese encima de la cabeza.

58

Qué Helor

Estaba solo en Bunker Hill en medio de un temporal de nieve.

El agotamiento había desaparecido. Jack había recuperado la forma de colgante alrededor de mi cuello. Nada de eso tenía sentido, pero no parecía que estuviese soñando.

Me sentía como si realmente estuviera en Charlestown, justo al otro lado del río, enfrente de Boston, en el mismo sitio donde nos había dejado el autobús escolar de cuarto para ir de excursión. Unas vaporosas cortinas de nieve cubrían la piedra caliza, de color rojizo. El parque propiamente dicho era poco más que un campo blanco salpicado de árboles sin hojas. En el centro, un obelisco gris se alzaba hacia el cielo invernal. Después de mi paso por la fortaleza de Geirrod, el monumento me parecía pequeño y triste.

Thor había dicho que nos enviaría a donde teníamos que ir. ¿Por qué tenía que estar allí yo, y dónde estaban mis amigos?

Una voz junto a mi hombro dijo:

—Trágico, ¿verdad?

Apenas me inmuté. Supongo que me estaba acostumbrando a que extrañas entidades nórdicas aparecieran inesperadamente en mi espacio vital.

De pie a mi lado, contemplando el monumento, había una mujer con la piel pálida de un elfo y el cabello largo y moreno. De perfil, poseía una belleza arrebatadora y aparentaba unos veinticinco años. Su capa de armiño relucía como un montón de nieve ondulándose al viento.

Entonces se volvió hacia mí, y noté una opresión en los pulmones contra la caja torácica.

El lado derecho de la cara de la mujer parecía salido de una pesadilla: piel marchita, charcos de hielo azul que cubrían la carne descompuesta, labios finos como membranas sobre dientes podridos, un ojo blanco lechoso y mechones de pelo seco como telarañas negras.

Intenté decirme: «Vale, no es tan grave. Solo es como Dos Caras, el malo de Batman». Pero Dos Caras siempre me había parecido un tanto cómico, porque, venga ya, nadie con el rostro tan dañado podía estar vivo.

La mujer que tenía delante era muy real. Parecía alguien que se hubiera quedado encallado en medio de una puerta durante una ventisca tremenda. O peor aún, un demonio espantoso que hubiera querido convertirse en humano pero hubiese sido interrumpido en mitad del proceso.

—Usted es Hel. —Mi voz sonó como si volviera a tener cinco años.

Ella levantó su esquelética mano derecha y se recogió un mechón de pelo detrás de la oreja... o el colgajo de carne congelada que una vez podía haber sido una oreja.

—Soy Hel —convino ella—. A veces me llaman Hela, aunque la mayoría de los mortales no osan pronunciar mi nombre. ¿No haces ningún chiste, Magnus Chase? «¿Te has quedado Helada?» «¡Qué Helor hace aquí!» «Tu cara parece un Helado de dos sabores». Esperaba más atrevimiento.

Me había quedado sin atrevimiento. Lo máximo que conseguí fue no escapar gritando. El viento que soplaba a rachas levantó unas cuantas escamas de piel de su antebrazo de zombi y las hizo arremolinarse entre la nieve.

—¿Qué-qué quiere? —pregunté—. Ya estoy muerto. Soy un einherji.

—Ya lo sé, joven héroe. No quiero tu alma. Ya tengo muchas. Te he llamado para hablar.

—¿Usted me ha traído aquí? Pensaba que Thor...

—Thor. —La diosa se burló—. Si buscas a alguien que pueda hacer zapping por ciento setenta canales en alta definición, ve a ver a Thor. Pero, si buscas a alguien que pueda enviar con exactitud a la gente por los nueve mundos, él no es el indicado.

—Entonces...

—Entonces he pensado que ya era hora de que hablásemos. Mi padre te dijo que te buscaría, ¿no? Él te ofreció una estrategia de retirada, Magnus: te dijo que entregases la espada a tu tío. Que la pusieras fuera de circulación. Esta es tu última oportunidad. Tal vez puedas aprender una lección de este sitio.

—¿Bunker Hill?

Ella se volvió hacia el monumento de forma que solo se veía su lado mortal.

—Triste y absurda. Otra batalla inútil, como la que estás a punto de librar...

De acuerdo, tenía un poco olvidada la historia de Estados Unidos, pero estaba bastante seguro de que no se levantaban monumentos en los sitios donde se habían producido acontecimientos tristes y absurdos.

—¿La batalla de Bunker Hill no terminó en victoria? ¿Los estadounidenses no rechazaron a los británicos en la cima de la colina? «No disparéis hasta que veáis...»

Me clavó su mirada lechosa de zombi, y fui incapaz de decir: «el blanco de los ojos».

—Por cada héroe, mil cobardes —dijo Hel—. Por cada muerte valiente, mil sin sentido. Por cada einherji... mil almas que entran en mi reino.

Señaló con su mano marchita.

—Aquí mismo, un chico británico de tu edad murió detrás de una bala de heno llorando por su madre. Era el soldado más joven de su regimiento. Su propio comandante le disparó por cobarde. ¿Crees que él valora este bonito monumento? Y allí, en la cumbre de la colina, cuando se quedaron sin munición, tus antepasados lanzaron piedras a los británicos, luchando como cavernícolas. Algunos huyeron. Otros se quedaron y fueron masacrados con bayonetas. ¿Quiénes fueron más listos?

Ella sonrió. No estaba seguro de qué lado de su boca era más horrible: el de muerta viviente o el de mujer hermosa a la que la divertían las matanzas.

—Nadie dijo «el blanco de los ojos» —continuó—. Es un mito inventado años más tarde. Esto ni siquiera es Bunker Hill. Es Breed's Hill. Y aunque a los británicos les costó cara la batalla, fue una derrota para los estadounidenses, no una victoria. Así es la memoria humana, se olvida de la verdad y se cree lo que más le conviene.

La nieve se derretía contra mi nuca y me mojaba el cuello de la ropa.

—¿Qué quiere decir? ¿No debo luchar? ¿Debo dejar que Surt libere a su hermano, el Lobo Feroz?

—Simplemente señalo opciones —dijo Hel—. ¿Afectó realmente la batalla de Bunker Hill al resultado de la revolución? Si te enfrentas a Surt esta noche, ¿retrasarás el Ragnarok o lo precipitarás? Entrar en combate es lo que haría un héroe: la clase de persona que termina en el Valhalla. Pero ¿y los millones de almas que llevaron vidas más prudentes y murieron plácidamente en sus camas a una edad avanzada? Ellos terminaron en mi reino. ¿No fueron más sabios? ¿De verdad está tu sitio en el Valhalla, Magnus?

Las palabras de las nornas parecían dar vueltas a mi alrededor en medio del frío. «Injustamente elegido, injustamente asesinado; un héroe que el Valhalla no puede tener encerrado.»

Pensé en mi compañero de planta, T. J., quien seguía llevando su rifle y luciendo su chaqueta de la guerra de Secesión, remontando colinas un día tras otro en una serie de batallas interminables, a la espera de su muerte definitiva en el Ragnarok. Pensé en Medionacido Gunderson, quien trataba de no perder la cordura doctorándose en Literatura cuando no se ponía como un energúmeno y partía cráneos.

—Llévale la espada a tu tío —me instó Hel—. Deja que los acontecimientos se desarrollen sin ti. Es el camino más seguro. Si lo haces, mi padre, Loki, me ha pedido que te recompense.

Me ardía la piel de la cara. Sentí un temor irracional a descomponerme por congelación y volverme como Hel.

—¿Que me recompense?

—Helheim no es un sitio tan terrible —dijo la diosa—. En mi palacio hay muchas cámaras espléndidas para mis invitados favoritos. Se podría concertar una reunión.

—Una reunión... —Apenas podía pronunciar las palabras—. ¿Con mi madre? ¿La tiene usted?

La diosa pareció considerar la pregunta, ladeando la cabeza del lado vivo al muerto.

—Podría tenerla. El estado de su alma, de todo lo que ella fue, todavía está en constante cambio.

—¿Cómo...? No lo...

—Las oraciones y los deseos de los vivos a menudo afectan a los muertos, Magnus. Los mortales siempre lo han sabido. —Enseñó los dientes: podridos por un lado, de un blanco inmaculado por el otro—. No puedo devolverle la vida a Natalie Chase, pero puedo reuniros a los dos en Helheim si lo deseas. Puedo unir vuestras almas allí para que jamás os separéis. Podríais volver a ser una familia.

Traté de imaginármelo. La lengua se me quedó petrificada en la boca.

—No hace falta que hables —dijo Hel—. Solo dame una señal. Llora por tu madre. Deja que tus lágrimas caigan, y sabré que aceptas. Pero debes decidirte ya. Si rechazas mi oferta, si insistes en librar tu propia batalla de Bunker Hill esta noche, te prometo que no volverás a ver a tu madre en esta vida ni en otra.

Pensé en mi madre haciendo saltar piedras conmigo en el estanque de Houghton, sus ojos verdes brillantes de humor. Extendía los brazos al sol, tratando de explicarme cómo era mi padre. «Por eso te traigo aquí, Magnus. ¿No lo notas? Está en todo lo que nos rodea.»

Entonces me imaginé a mi madre en un palacio frío y oscuro, y su alma atada para toda la eternidad. Me acordé de mi cadáver en la funeraria: una reliquia embalsamada, vestida de gala para ser expuesta. Pensé en las caras de las almas ahogadas que se arremolinaban en la red de Ran.

—Estás llorando —señaló Hel con satisfacción—. ¿Trato hecho?

—No lo entiende. —Miré a la diosa—. Estoy llorando porque sé lo que mi madre querría. Querría que la recordase como era. Ese es el único monumento que necesita. No querría estar atrapada, conservada, obligada a vivir como un fantasma en un frío inframundo.

Hel frunció el entrecejo, y el lado derecho de su cara se arrugó y crujió.

—¿Cómo te atreves?

—¿Quiere atrevimiento? —Me quité el colgante de la cadena. Jack se extendió todo lo larga que era; su hoja echaba vapor a causa del frío—. Déjeme en paz. Dígale a Loki que no hay trato. Si la vuelvo a ver, la cortaré por la línea de puntos.

Levanté la espada.

La diosa se deshizo en nieve. Mi entorno se desvaneció. De repente me encontré haciendo equilibrios en el borde de una azotea, cinco pisos por encima de un tramo de asfalto.

59

El terror que es la escuela secundaria

Antes de que pudiera morir despeñado, alguien me agarró y tiró de mí hacia atrás.

—Quieto, vaquero —dijo Sam.

Iba vestida con un chaquetón nuevo: esta vez azul marino, acompañado de unos vaqueros y unas botas oscuras. El azul no era mi color favorito, pero le daba un aire digno y serio, como una oficial de las fuerzas aéreas. El pañuelo de su cabeza estaba salpicado de nieve. No tenía el hacha a un lado; supuse que estaba guardada en la mochila que llevaba al hombro.

No parecía sorprendida de verme, aunque, por otra parte, tenía una expresión de preocupación y la mirada fija a lo lejos.

Mis sentidos empezaron a adaptarse. Jack seguía en mi mano. Por algún motivo, no sentía el más mínimo agotamiento después de haber matado hacía poco a las hermanas gigantas.

Debajo de nosotros, la parcela de asfalto no era precisamente un patio de recreo; parecía más bien una zona común entre edificios escolares. Dentro de la valla de tela metálica, varias docenas de estudiantes agrupados en cuadrillas charlaban en las puertas o se empujaban unos a otros por el suelo helado. Parecían alumnos de séptimo, aunque era difícil estar seguro, porque todos llevaban abrigos de invierno oscuros.

Convertí la espada en colgante y la coloqué otra vez en su cadena. No me pareció que debiera andar por la azotea de un colegio con una espadaza.

—¿Dónde estamos? —le pregunté a Sam.

—En mi antiguo territorio. —Su voz tenía un tono amargo—. La Escuela de Secundaria Malcolm X.

Traté de imaginarme a Sam en ese patio, alternando con esos grupos de chicas, el pañuelo de su cabeza como única nota de color en la multitud.

—¿Por qué te ha hecho volver Thor al instituto? —pregunté—. Me parece especialmente cruel.

Ella esbozó una sonrisa.

—En realidad me ha transportado a mi casa. He aparecido en mi cuarto, justo antes de que Jid y Bibi entrasen y me preguntasen dónde había estado. Esa conversación ha sido peor que la escuela secundaria.

Se me cayó el alma a los pies. Había estado tan centrado en mis problemas que me había olvidado de que Sam estaba intentando compaginar su vida normal con todo lo demás.

—¿Qué les has dicho?

—Que había estado con unas amigas. Creerán que me refería a Marianne Shaw.

—En lugar de con tres desconocidos.

Ella se encogió de hombros.

—Le he dicho a Bibi que le había mandado un mensaje de texto, cosa que es verdad. Supondrá que ha sido culpa suya. Bibi es una negada con los teléfonos. En realidad, en Jotunheim no hay cobertura. Yo... procuro no mentirles, pero no soporto engañarlos. Después de todo lo que han hecho por mí, tienen miedo de que me meta en líos y termine como mi madre.

—¿Te refieres a una doctora de éxito a la que le gustaba ayudar a la gente? Vaya, debe de ser terrible.

Ella puso los ojos en blanco.

—Ya sabes a lo que me refiero: una rebelde, un estorbo. Me han encerrado en mi cuarto y me han dicho que estaba castigada hasta el día del Juicio Final. No he tenido el valor para decirles que podría ser esta noche.

Se levantó viento e hizo girar los viejos extractores metálicos de la azotea como ruedas catalinas.

—¿Cómo te has escapado? —pregunté.

—No me he escapado. Simplemente he aparecido aquí. —Miró al patio—. Tal vez necesitaba que me recordasen cómo empezó todo.

Tenía el cerebro tan oxidado como los extractores, pero una idea cobró fuerza y empezó a dar vueltas.

—Aquí es donde te convertiste en valquiria.

Sam asintió con la cabeza.

—Un gigante de hielo... había entrado en la escuela de algún modo. Tal vez me estaba buscando a mí, o tal vez perseguía a otro semidiós. Destrozó unas cuantas clases y sembró el pánico. No parecía que le importase si había bajas mortales. Cerraron la escuela. No sabían a qué se enfrentaban. Pensaban que un humano pirado estaba montando un numerito. Llamaron a la policía, pero no había tiempo...

Se metió las manos en los bolsillos del chaquetón.

—Yo provoqué al gigante: insulté a su madre, ese tipo de cosas. Lo atraje hasta aquí arriba y... —Miró debajo de nosotros—. El gigante no sabía volar. Cayó en el asfalto y estalló en un millón de trocitos de hielo.

Parecía extrañamente avergonzada.

—Te enfrentaste a un gigante sin ayuda —dije—. Salvaste tu escuela.

—Supongo —contestó ella—. Los profesores, la policía..., nunca supieron lo que pasó. Pensaron que el intruso debía de haber huido de la escena. En medio de la confusión, nadie se percató de lo que había hecho yo..., menos Odín. Cuando el gigante murió, el Padre de Todos apareció delante de mí, justo donde estás tú ahora. Me ofreció un puesto de valquiria, y acepté.

Después de mi conversación con Hel, no creía que fuera posible sentirme peor. La pérdida de mi madre seguía doliéndome tanto como la noche que había muerto. Pero la historia de Sam me hizo sentirme mal de otra forma. Sam me había llevado al Valhalla. Había perdido su lugar entre las valquirias porque creía que yo era un héroe: un héroe como ella. Y, a pesar de todo lo que había pasado desde entonces, no parecía que me echase la culpa.

—¿Te arrepientes? —pregunté—. ¿De haber elegido mi alma cuando me caí?

Ella se rió entre dientes.

—No lo entiendes, Magnus. Me dijeron que te llevara al Valhalla. Y no me lo dijo Loki. Me lo dijo el mismísimo Odín.

El colgante se calentó contra mi clavícula. Por un instante, percibí un olor a rosas y fresas cálidas, como si hubiera atravesado una parcela veraniega.

—Odín —dije—. Creía que se había perdido…, que no había aparecido desde que tú te hiciste valquiria.

—Me pidió que no dijera nada. —Sam se estremeció—. Supongo que tampoco he sido capaz de hacer eso. La noche antes de que luchases contra Surt, Odín se reunió conmigo delante de la casa de mis abuelos. Iba disfrazado de sin techo: una barba desaliñada, un viejo abrigo azul, un sombrero de ala ancha. Pero yo sabía quién era. El parche, la voz… Me dijo que te vigilase y que, si luchabas bien, te llevase al Valhalla.

En el patio sonó el timbre de clase. Los alumnos entraron, empujándose y riéndose. Para ellos, era un día de colegio normal: el tipo de día que yo apenas recordaba.

—Fui «injustamente elegido» —dije—. Las nornas me dijeron que no debía estar en el Valhalla.

—Y, sin embargo, estabas allí —repuso Sam—. Odín lo previó. No sé el motivo de esa contradicción, pero tenemos que terminar esta misión. Tenemos que llegar a esa isla esta noche.

Observé como la nieve borraba las pisadas en el patio vacío. Pronto no quedaría más rastro de los alumnos que del impacto del gigante de hielo ocurrido hacía dos años.

No sabía qué pensar de que Odín me hubiera elegido para el Valhalla. Supongo que debería haberme sentido honrado. El mismísimo Padre de Todos me consideraba importante. Él me había elegido, al margen de lo que dijeran las nornas. Pero, si eso era cierto, ¿por qué no se había molestado Odín en verme en persona? Loki estaba encadenado a una roca para toda la eternidad, pero había hallado una forma de hablar conmigo. Mimir era una cabeza cortada, pero había hecho el viaje. Sin embargo, el Padre de Todos, el gran hechicero que supuestamente podía alterar la realidad con solo pronunciar una runa, ¿no encontraba tiempo para una cita rápida?

La voz de Hel resonó en mi cabeza: «¿De verdad tu sitio está en el Valhalla, Magnus?».

—Yo vengo de Bunker Hill —le dije a Sam—. Hel me ha ofrecido reunirme con mi madre.

Logré contarle la historia.

Samirah alargó la mano como si fuera a tocarme el brazo, pero aparentemente cambió de opinión.

—Lo siento mucho, Magnus, pero Hel miente. No puedes fiarte de ella. Es como mi padre, solo que más fría. Has tomado la decisión correcta.

—Sí... Aun así... ¿Alguna vez has hecho lo correcto, y sabes que es lo correcto, pero te ha hecho sentir fatal?

—Acabas de describir la mayoría de los días de mi vida. —Sam se levantó la capucha—. Cuando me convertí en valquiria, todavía no estoy segura de por qué luché contra aquel gigante de hielo. Los chicos de la Escuela Malcolm X se portaban fatal conmigo. Las chorradas de siempre: me preguntaban si era una terrorista, me quitaban el hiyab, me metían notas y dibujos desagradables en la taquilla. Cuando aquel gigante atacó, podría haber fingido que era una mortal más y haberme puesto a salvo. Pero ni se me pasó por la cabeza escapar. ¿Por qué arriesgué la vida por aquellos chicos?

Sonreí.

—¿Qué? —preguntó ella.

—Una vez alguien me dijo que el valor de un héroe no se puede planificar: tiene que ser una reacción sincera a una crisis. Tiene que salir del corazón, sin pensar en ninguna recompensa.

Sam resopló.

—Ese alguien parece bastante engreído.

—A lo mejor tú no tenías que venir aquí —decidí—. A lo mejor yo sí. Para entender por qué formamos un buen equipo.

—Ah. —Ella arqueó una ceja—. ¿Ahora formamos un buen equipo?

—Estamos a punto de descubrirlo. —Miré hacia el norte, al temporal de nieve. En algún lugar en esa dirección se encontraban el centro de Boston y el muelle de Long Wharf—. Busquemos a Blitzen y a Hearthstone. Tenemos que acabar con un gigante de fuego.

60

Un precioso crucero mortal al atardecer

Blitz y Hearth estaban esperándonos delante del Acuario de New England.

Por supuesto, Blitz había conseguido un nuevo atuendo: un uniforme color aceituna, una corbata de nudo francés amarilla y un salacot amarillo a juego con una red de protección solar del mismo color.

—¡Mi ropa para cazar lobos! —nos dijo alegremente.

Nos explicó que la magia de Thor lo había transportado a donde tenía que estar: los mejores grandes almacenes de Nidavellir. Había cargado una serie de provisiones de expedición a su tarjeta Svartalf Express, incluidos varios conjuntos de repuesto y un arpón de acero de hueso retráctil.

—Y no solo eso —añadió—. ¿Os acordáis del escándalo de la competición con Junior? ¡Pues al viejo gusano le ha salido el tiro por la culata! Su fracaso se ha hecho público. ¡Ya nadie me culpa a mí, ni al tábano ni a ninguna otra cosa! La gente ha empezado a hablar de mis elegantes diseños de armaduras, y están pidiendo mis productos a voces. ¡Si sobrevivo a esta noche, puede que tenga la oportunidad de crear mi propia línea de ropa!

Sam y yo lo felicitamos, aunque sobrevivir a esa noche parecía una incógnita bastante grande. Sin embargo, a Blitz se lo veía tan contento que no quería desanimarlo. Empezó a dar botes sobre los talones canturreando «Enano de fina estampa».

En cuanto a Hearth, había ido a hacer otro tipo de compras. Llevaba un bastón de roble blanco pulido. En el puño, el bastón se dividía en una Y, como una honda. Me dio la impresión —no sé cómo—, de que faltaba un trozo entre las dos puntas.

Con el bastón en la mano, Hearth parecía un verdadero elfo de espada y brujería, salvo que todavía llevaba unos vaqueros negros, una cazadora de cuero sobre una camiseta de HOUSE OF BLUES y una bufanda a rayas rojas.

Hearth se apoyó el bastón en el pliegue del codo y explicó por señas cómo había terminado en la fuente de Mimir. El capo lo había nombrado maestro titular de *alf seidr* y lo había declarado apto para usar un bastón de hechicero.

—Es alucinante. —Blitzen le dio una palmadita en la espalda—. ¡Sabía que podía conseguirlo!

Hearthstone frunció los labios.

«No me siento como un maestro.»

—Tengo algo que podría ayudarte. —Metí la mano en el bolsillo y saqué la runa de Perthro—. Hace un par de horas he tenido una conversación con Hel. Me ha recordado todo lo que he perdido.

Les conté lo que la diosa medio zombi me había ofrecido.

—Ah, chico... —Blitzen sacudió la cabeza—. Yo enrollándome sobre mi línea de ropa, y tú has tenido que lidiar con eso.

—No pasa nada —le aseguré. Por extraño que pareciera, sentía que no pasaba nada de verdad—. El caso es que cuando he aparecido en Bunker Hill acababa de usar la espada para matar a dos gigantas. Debería haberme desmayado o haberme muerto de agotamiento, pero no ha sido así. Y creo que sé por qué.

Giré la piedra rúnica entre los dedos.

—Cuanto más tiempo paso con vosotros, más fácil me resulta usar la espada o curar o hacer cualquier cosa. No soy ningún experto en magia, pero creo... que de alguna forma estamos compartiendo el esfuerzo.

Tendí la runa a Hearthstone.

—Sé lo que se siente siendo una copa vacía, que te lo quiten todo. Pero no estás solo. Por mucha magia que tengas que usar, no te preocupes. Estamos contigo. Somos tu familia.

Los ojos de Hearth se llenaron de agua verdosa. Nos habló por señas, y creo que esa vez realmente dijo «Os quiero», y no «Las gigantas están borrachas».

Cogió la runa y la colocó entre las puntas de su nuevo bastón. La piedra encajó como mi colgante en su cadena. El símbolo Perthro brilló emitiendo una suave luz dorada.

«Mi signo —anunció—. El signo de mi familia.»

Blitzen se sonó la nariz.

—Me gusta. ¡Una familia de cuatro copas!

Sam se enjugó las lágrimas de los ojos.

—De repente tengo sed.

—Al-Abbas —dije—, te propongo para el papel de hermana insufrible.

—Cállate, Magnus. —Ella se alisó el chaquetón, se colocó los tirantes de la mochila y respiró hondo—. Está bien. Ahora que ya hemos terminado de estrechar lazos familiares, supongo que nadie sabrá dónde podemos encontrar a dos enanos con un barco.

—Yo, sí. —Blitzen se ahuecó la corbata—. Hearth y yo los buscamos antes de que llegarais. ¡Vamos!

Echó a andar delante de todos por el embarcadero. Creo que solo quería que apreciáramos lo bien que se contoneaba con su nuevo salacot amarillo.

Al final del muelle de Long Wharf, enfrente del puesto de información de las excursiones de avistamiento de ballenas, que en esa época estaba cerrado, habían construido otro puesto parecido apresuradamente con restos de madera contrachapada y cajas de cartón. Sobre la ventanilla de atención al público, un letrero pintado descuidadamente con el dedo rezaba CRUCERO DE AVISTAMIENTO DE LOBOS. ¡SOLO ESTA NOCHE! ¡UNA MONEDA DE ORO ROJO POR PERSONA! ¡NIÑOS MENORES DE CINCO AÑOS, GRATIS!

Sentado en el puesto se hallaba un enano que definitivamente tenía menos de svartalf y más de gusano. Con una estatura de unos sesenta centímetros, tenía tanto vello facial que resultaba imposible saber si tenía ojos o boca. Iba vestido con un chubasquero amarillo y una gorra de capitán, que sin duda lo protegía de la tenue luz del día y también le hacía parecer la mascota de una marisquería para gnomos.

—¡Hola! —saludó el enano—. Fjalar, a vuestro servicio. ¿Os apetece hacer un crucero? ¡Hace un tiempo precioso para ver lobos!

—¿Fjalar? —A Blitzen se le demudó el rostro—. ¿Por casualidad no tendrás un hermano que se llama Gjalar?

—Ahí está.

No estaba seguro de cómo se me había pasado por alto, pero, atracado a escasa distancia, había un barco vikingo equipado con un motor fueraborda. En la popa, masticando un trozo de cecina, estaba sentado otro enano idéntico a Fjalar salvo por el mono manchado de grasa y el sombrero de fieltro.

—Veo que habéis oído hablar de nuestros excepcionales servicios —continuó Fjalar—. Entonces ¿os pongo cuatro billetes? ¡Es una oportunidad que solo se tiene una vez al año!

—Discúlpanos un momento. —Blitzen nos llevó aparte—. Esos son Fjalar y Gjalar —susurró—. Tienen mala reputación.

—Thor nos advirtió —dijo Sam—. No tenemos muchas alternativas.

—Lo sé, pero... —Blitzen se retorció las manos— ¿Fjalar y Gjalar? ¡Han estado robando y asesinando a gente durante más de mil años! Intentarán matarnos si les damos la más mínima oportunidad.

—Así que son prácticamente como el resto de la gente con la que nos hemos tropezado —resumí.

—Nos apuñalarán por la espalda —dijo Blitz, inquieto— o nos abandonarán en una isla desierta o nos tirarán por la borda a la boca de un tiburón.

Hearth se señaló a sí mismo con el dedo y acto seguido se dio unos golpecitos en la palma de la mano con el dedo. «Me has convencido.»

Volvimos resueltamente al puesto de información.

Sonreí a la mascota de marisquería asesina.

—Queremos cuatro billetes, por favor.

61

El brezo es mi nueva flor más odiada

No creía que pudiera haber nada peor que nuestra expedición de pesca con Harald. Me equivocaba.

En cuanto zarpamos del puerto, se oscureció el cielo. El agua se volvió negra como tinta de calamar. A través de la neblina de la nieve, la línea de la costa de Boston se transformó en algo primitivo: como pudo haber sido cuando el descendiente de Skirnir navegó por primera vez con su barco vikingo por el río Charles.

El centro quedó reducido a unas cuantas colinas grises. Las pistas del Aeropuerto Logan se convirtieron en capas de hielo que flotaban en mar abierto. A nuestro alrededor se hundían y surgían islas como en un vídeo de los dos últimos milenios grabado a intervalos.

Se me ocurrió que podía estar mirando el futuro en lugar del pasado: el aspecto que Boston tendría después del Ragnarok. Decidí no compartir esa idea con nadie.

En el silencio de la bahía, el motor fueraborda de Gjalar hacía un ruido escandaloso: traqueteaba, rugía y expulsaba humo mientras nuestra embarcación surcaba el agua. Cualquier monstruo en un radio de ocho kilómetros sabría dónde encontrarnos.

Fjalar hacía guardia en la proa, lanzando gritos de advertencia a su hermano de vez en cuando.

—¡Rocas a babor! ¡Iceberg a estribor! ¡Kraken a las dos en punto!

Nada de eso me ayudaba a calmar los nervios. Surt había asegurado que nos veríamos esa noche. Se proponía quemarnos vivos a mí y a mis amigos, y destruir los nueve mundos. Pero en lo más recóndito de mi mente acechaba un miedo todavía más profundo. Por fin estaba a punto de enfrentarme al Lobo. Esa revelación desenterró todas las pesadillas con ojos azules brillantes, colmillos blancos y gruñidos salvajes que había tenido a lo largo de mi vida.

Sentada a mi lado, Sam mantenía el hacha sobre el regazo, donde los enanos pudieran verla. Blitzen se toqueteaba la corbata amarilla de nudo francés, como si pudiera intimidar a nuestros anfitriones con su vestuario. Hearthstone practicaba haciendo aparecer y desaparecer su nuevo bastón. Cuando lo hacía bien, el bastón aparecía rápidamente en su mano de la nada, como un ramo de flores accionadas por un resorte en la manga de un mago. Cuando lo hacía mal, le daba a Blitzen en el trasero o me arreaba un coscorrón a mí.

Al cabo de unas horas y una docena de golpetazos con el bastón, el barco se sacudió como si nos hubiéramos situado contracorriente.

—Ya falta poco —anunció Fjalar desde la proa—. Hemos entrado en Amsvartnir: la Bahía Negra como el Carbón.

—Caramba —miré las olas oscuras—, ¿por qué la llamarán así?

Las nubes se abrieron. La luna llena, clara y plateada, nos contemplaba desde un vacío sin estrellas. Delante de nosotros, la bruma y la luz de la luna se entrelazaron y formaron una costa. Nunca había detestado tanto la luna llena.

—Lyngvi —anunció Fjalar—. La Isla del Brezo, la cárcel del Lobo.

La isla parecía la caldera de un antiguo volcán: un cono aplastado a unos quince metros por encima del nivel del mar. Siempre había pensado que el brezo era morado, pero las laderas rocosas estaban cubiertas de espectrales flores blancas.

—Si eso es brezo —dije—, hay un montón.

Fjalar se rió a carcajadas.

—Es una flor mágica, amigo mío, empleada para protegerse contra el mal y mantener a raya a los fantasmas. ¿Qué mejor cárcel para el lobo Fenrir que una isla totalmente rodeada de esas flores?

Sam se levantó.

—Si Fenrir es tan grande como hemos oído, ¿no deberíamos poder verlo ya?

—Oh, no —dijo Fjalar—. Para eso tenéis que desembarcar. Fenrir está atado en el centro de la isla como una piedra rúnica en un cuenco.

Miré a Hearthstone. Dudaba que pudiera leer los labios de Fjalar detrás de aquella barba poblada, pero no me gustó la referencia a una piedra rúnica en un cuenco. Me acordé del otro significado de perthro: un cubilete para los dados. No quería meterme a ciegas en esa caldera y confiar en que ganásemos la partida.

Cuando estábamos a unos tres metros de la playa, la quilla del barco rechinó contra un banco de arena. El sonido me recordó con desagrado la noche que mi madre murió: la puerta de nuestro piso crujiendo justo antes de abrirse de golpe.

—¡Fuera! —dijo Fjalar alegremente—. Que disfrutéis de la visita a pie. Id al otro lado de aquella cresta. ¡Creo que el Lobo os compensará el viaje!

Tal vez fuesen imaginaciones mías, pero mis fosas nasales se llenaron de un olor a humo y piel de animal mojada. Mi nuevo corazón de einherji estaba probando la velocidad máxima a la que podía latir.

De no haber sido por mis amigos, no estoy seguro de que hubiera tenido el valor para desembarcar. Hearthstone fue el primero que saltó por la borda. Sam y Blitzen lo siguieron. Como no quería quedarme en el barco con el enano marisquero y su hermano comedor de cecina, pasé las piernas por encima de la borda. El agua me llegaba a la cintura y estaba tan fría que pensé que estaría cantando con voz de soprano el resto de la semana.

Llegué a la playa chapoteando, y el aullido de un lobo me rompió los tímpanos.

A ver..., esperaba encontrarme con un lobo. Desde que era niño, los lobos siempre me habían aterrado, así que me había esforzado por armarme de valor. Pero el aullido de Fenrir no se parecía a nada que hubiera oído antes: una nota de ira pura tan profunda que pareció que me hiciese pedazos y redujese mis moléculas a aminoácidos aleatorios y residuos helados del Ginnungagap.

A salvo en su embarcación, los dos enanos se carcajeaban de alegría.

—Debería haberos avisado de que el viaje de vuelta es un poco más caro —nos gritó Fjalar—. Todos vuestros objetos de valor, por favor. Metedlos en una de vuestras mochilas y lanzádmela. Si no lo hacéis, os dejaremos aquí.

Blitzen soltó un juramento.

—Nos dejarán aquí de todas formas. Es a lo que se dedican.

En ese momento, ir tierra adentro para enfrentarme al lobo Fenrir ocupaba una posición muy baja en mi lista de deseos. En el primer puesto estaba «Llorar y rogar por que los enanos traidores me lleven de vuelta a Boston».

Me tembló la voz, pero traté de actuar con más valor del que sentía en realidad.

—Idos a pasear —les dije a los enanos—. Ya no os necesitamos.

Fjalar y Gjalar intercambiaron una mirada. Su barco ya estaba alejándose a la deriva.

—¿No has oído al Lobo? —Fjalar habló más despacio, como si hubiera subestimado mi inteligencia—. Estáis atrapados en la isla. Con Fenrir. Eso no es bueno.

—Sí, lo sabemos —dije.

—¡El Lobo os comerá! —gritó Fjalar—. Con ataduras o sin ellas, os comerá. ¡Al amanecer, la isla desaparecerá y os llevará con ella!

—Gracias por el paseo —contesté—. Que tengáis buen viaje.

Fjalar levantó las manos.

—¡Idiotas! Como queráis. ¡Recogeremos vuestros objetos de valor de vuestros esqueletos el año que viene! Vamos, Gjalar, volvamos al puerto. A lo mejor nos da tiempo de recoger a otro grupo de turistas.

Gjalar aceleró el motor. El barco vikingo giró y desapareció en la oscuridad.

Me volví hacia mis amigos. Me dio la impresión de que no les habría importado que diese otro discurso conmovedor en plan: «¡Somos una familia de copas vacías y venceremos!».

—Bueno —dije—, después de huir de un ejército de enanos, enfrentarnos a una ardilla monstruosa, matar a tres hermanas gigantes y cargarnos a un par de cabras parlantes..., ¿cómo de malo puede ser el lobo Fenrir?

—Muy malo —dijeron Sam y Blitz al unísono.

Hearthstone hizo dos signos de okey, los cruzó por las muñecas y los deshizo: el gesto de «horrible».

—De acuerdo. —Cogí mi espada, que estaba en su forma de colgante. El brillo de la hoja hacía que el brezo pareciera todavía más claro y más fantasmal—. ¿Estás listo, Jack?

—Me forjaron listo, colega —dijo la espada—. Aun así, tengo la sensación de que vamos a caer en una trampa.

—Que levante la mano al que eso le sorprenda —les pedí a mis amigos.

Nadie alzó la mano.

—Guay —dijo Jack—. Mientras seáis conscientes de que probablemente todos vais a morir y a provocar el Ragnarok, contad conmigo. ¡Vamos allá!

62

El pequeño lobo feroz

Me acuerdo de la primera vez que vi el monumento de Plymouth Rock.

Mi reacción fue decir: «¿Ya está?».

Me pasó lo mismo con la Campana de la Libertad de Filadelfia y el Empire State Building de Nueva York: de cerca, parecían más pequeños de lo que había imaginado, como si no merecieran tanto bombo.

Así es como me sentí cuando vi al lobo Fenrir.

Había oído todas aquellas historias terribles sobre él: los dioses le tenían demasiado miedo para darle de comer; podía romper las cadenas más resistentes; se había comido la mano de Tyr; iba a tragarse el sol el día del Juicio Final; iba a devorar a Odín de un solo bocado. Esperaba a un lobo más grande que King Kong que echase llamas por la boca, rayos mortíferos por los ojos y láseres por los agujeros de la nariz.

Con lo que me encontré fue con un lobo del tamaño de un lobo.

Estábamos en lo alto del saliente, mirando al valle donde Fenrir reposaba tranquilamente sobre las ancas. Era más voluminoso que un labrador retriever, pero desde luego no era más grande que yo. Tenía las patas largas y musculosas, hechas para correr. Su desaliñado pelaje gris tenía mechones negros. Nadie habría dicho que era «adorable» —con aquellos brillantes colmillos blancos o los huesos esparcidos por el suelo alrededor de sus garras—, pero era un animal espléndido.

Yo había esperado encontrar al Lobo tumbado de lado, con las patas atadas y sujeto al suelo con clavos, grapas, cinta adhesiva y pegamento extrafuerte. En cambio, la cuerda dorada Gleipnir lo inmovilizaba más bien como los grilletes utilizados para transportar criminales. El reluciente cordón estaba atado alrededor de sus cuatro jarretes, lo que le ofrecía suficiente distensión para moverse arrastrando las patas. Al parecer, una parte de la cuerda había estado atada alrededor de su hocico a modo de bozal. Esa parte le caía entonces sobre el pecho en un lazo flojo. Ni siquiera parecía que la cuerda estuviera fijada al suelo. No estaba seguro de qué impedía a Fenrir salir de la isla, a menos que hubiera una de esas vallas invisibles para perros alrededor del perímetro.

En definitiva, si yo hubiera sido el dios Tyr y hubiera sacrificado mi mano para que a los demás dioses les diera tiempo a atar al Lobo, me habría cabreado bastante al ver un trabajo tan chapucero. ¿Es que los Aesir no tenían un dios de los nudos decente?

Miré a mis amigos.

—¿Dónde está el auténtico Fenrir? Ese tiene que ser un señuelo, ¿no?

—No. —Sam apretaba el mango del hacha con los nudillos blancos—. Es él. Puedo percibirlo.

El Lobo se volvió hacia el sonido de nuestras voces. Sus ojos brillaban con una luz azul familiar que me golpeó el fondo de la caja torácica como una baqueta de xilófono.

—Vaya. —Tenía una voz profunda y sonora. Sus labios negros se fruncieron en una mueca muy humana—. ¿Qué tenemos aquí? ¿Me han enviado los dioses un tentempié?

Cambié mi impresión del Lobo. Tal vez su tamaño fuera normal. Tal vez no lanzara rayos láser por la nariz. Pero sus ojos eran más fríos y más inteligentes que los de cualquier depredador con el que hubiera tropezado en mi vida: animal o humano. Su morro se agitó como si pudiera oler el miedo en mi aliento. Y su voz... su voz fluyó sobre mí como melaza, peligrosamente suave y dulce. Me acordé de mi primer banquete en el Valhalla, cuando los thanes no habían querido que Sam hablase en su propia defensa porque les daba miedo la elocuencia de los hijos de Loki. Entonces lo entendí.

Lo último que quería era acercarme al Lobo. Y, sin embargo, su tono decía: «Bajad. Aquí todos somos amigos».

La caldera entera debía de medir unos cien metros de ancho, y eso significaba que el Lobo estaba mucho más cerca de lo que me habría gustado. El suelo se inclinaba suavemente, pero el brezo resultaba escurridizo bajo mis pies. Me aterraba resbalar y deslizarme directamente hasta las garras del Lobo.

—Soy Magnus Chase. —Mi voz no sonaba tan suave como la melaza. Me obligué a sostener la mirada de Fenrir—. Tenemos una cita.

El Lobo enseñó los dientes.

—Desde luego, hijo de Frey. Los hijos de Vanir tienen un aroma muy interesante. Normalmente solo tengo ocasión de devorar a hijos de Thor o de Odín o mi viejo amigo Tyr.

—Lamento decepcionarte.

—Oh, en absoluto. —El lobo empezó a pasearse, mientras la cuerda brillaba entre sus patas, sin apenas aminorar su paso—. Estoy muy contento. Llevo mucho tiempo esperando este momento.

A mi izquierda, Hearthstone golpeó las rocas con su bastón de roble blanco. Las plantas de brezo emitieron un brillo más intenso, y una fina niebla plateada se elevó de ellas como un sistema de aspersión. Con la mano libre, Hearth me dijo por señas: «Las flores forman la cárcel. No te apartes de ellas».

El lobo Fenrir se rió entre dientes.

—El elfo es sabio. No lo bastante poderoso, ni mucho menos lo bastante poderoso para enfrentarse a mí, pero tiene razón sobre el brezo. No soporto esas flores. Pero es curioso que muchos mortales valientes decidan abandonar su seguridad y acercarse a mí. Quieren poner a prueba su destreza contra mí, o tal vez solo quieran asegurarse de que sigo atado. —El Lobo miró maliciosamente a Blitzen—. Tu padre fue uno de esos. Un enano noble con las mejores intenciones. Se acercó a mí. Murió. Sus huesos están por aquí, en alguna parte.

414

Blitzen soltó un grito gutural. Sam y yo tuvimos que sujetarlo para impedir que atacara al Lobo con su nuevo arpón.

—Muy triste, la verdad —meditó el Lobo—. ¿Se llamaba Bilì? Él estaba en lo cierto. Esta cuerda ha estado aflojándose durante una eternidad. Hubo una época en que no podía andar nada. Siglos más tarde, conseguí cojear. Todavía no puedo cruzar el brezo. Cuanto más me alejo del centro de la isla, más se tensa la cuerda y más dolor tengo que soportar. ¡Pero es un progreso! El verdadero adelanto llegó hace poco más de dos años, cuando conseguí sacudirme este maldito bozal del hocico.

Sam balbuceó.

—Hace dos años...

El Lobo ladeó la cabeza.

—Eso es, hermanita. Seguro que lo sabías. Empecé a susurrar a Odín en sueños que sería muy buena idea convertirte a ti, la hija de Loki, en valquiria. Qué forma tan buena de convertir a un enemigo potencial en un valioso amigo...

—No —repuso Sam—. Odín jamás te escucharía.

—Ah, ¿no? —El Lobo gruñó con regocijo—. Eso es lo maravilloso de vosotros, la llamada «buena» gente. Escucháis lo que queréis creer. Pensáis que vuestra conciencia os está susurrando cuando, quizá, es el Lobo quien lo hace. Oh, has hecho muy bien, hermanita, trayéndome a Magnus...

—¡Yo no te lo he traído! —gritó Sam—. ¡Y no soy tu hermanita!

—¿No? Huelo la sangre de suplantadora en tus venas. Podrías ser poderosa. Podrías enorgullecer a tu padre. ¿Por qué te resistes?

Los dientes del Lobo eran más puntiagudos que nunca, y su mirada maliciosa igual de cruel, pero su voz rebosaba compasión, decepción, melancolía. Su tono decía: «Podría ayudarte. Soy tu hermano».

Sam dio un paso adelante. Le agarré el brazo.

—Fenrir —dije—, tú enviaste a aquellos lobos... la noche que mi madre murió.

—Por supuesto.

—Querías matarme...

—Venga ya, ¿por qué iba a querer eso? —Sus ojos azules eran peores que espejos. Parecía que reflejaran todos mis defectos: mi cobardía, mi debilidad, mi egoísmo al huir cuando mi madre más me necesitaba—. Tú eras valioso para mí, Magnus. Pero necesitabas... curtirte. Las adversidades son maravillosas para desarrollar el poder. ¡Y fíjate! Has triunfado: el primer hijo de Frey con la fuerza necesaria para encontrar la Espada del Verano. Me has traído el medio para escapar por fin de estas ataduras.

El mundo daba vueltas debajo de mí. Me sentía como si estuviera otra vez a lomos del caballo Stanley: cayendo en picado sin riendas ni silla de montar ni control. Durante todo ese tiempo había dado por sentado que Fenrir me quería muerto. Por ese motivo sus lobos habían atacado nuestra casa. Pero su verdadero objetivo había sido mi madre. La había matado para influir en mí. Esa idea era todavía peor que creer que mi madre había muerto para protegerme. Había muerto para que ese monstruo pudiera convertirme en su heraldo: un semidiós capaz de conseguir la Espada del Verano.

Estaba tan lleno de ira que no podía concentrarme.

La espada empezó a zumbar en mi mano. Caí en la cuenta del tiempo que llevaba callado Jack. Tiró de mi brazo y me arrastró hacia delante.

—Jack —murmuré—. Jack, ¿qué estás...?

El Lobo se rió.

—¿Lo ves? La Espada del Verano está destinada a cortar estas ataduras. No puedes impedirlo. Los hijos de Frey nunca han sido guerreros, Magnus Chase. No puedes aspirar a controlar la espada, y mucho menos a luchar contra mí con ella. Tu utilidad ha terminado. Surt llegará pronto, y la espada irá volando a sus manos.

—Un error... —murmuró Jack, tirando para soltarse de mi mano—. Un error traerme aquí.

—Sí —susurró el Lobo—. Sí, ha sido un error, mi buena espada. Como comprenderás, Surt cree que todo esto ha sido idea suya. Es una herramienta imperfecta. Como la mayoría de los gigantes de fuego, tiene mucha fanfarronería, más jactancia que cerebro, pero cumplirá su propósito. Estará encantado de apoderarse de ti.

—Jack, ahora eres mi espada —dije, aunque apenas podía sujetarla con las dos manos.

—Corta la cuerda... —dijo Jack zumbando insistentemente—. Corta la cuerda.

—Hazlo, Magnus Chase —me apremió Fenrir—. ¿Por qué esperar a Surt? Rompe mis ataduras y te estaré agradecido. Tal vez incluso os perdone la vida a ti y a tus amigos.

Blitzen gruñó todavía más que el Lobo. Sacó la nueva cuerda, Andskoti, de su mochila.

—Iba a atar a este chucho, pero ahora a lo mejor lo estrangulo.

—Estoy de acuerdo —convino Samirah—. Que muera.

Yo deseaba unirme a ellos más que nada en el mundo. Deseaba atacar a la bestia y atravesarla. Se suponía que la Espada del Verano tenía la hoja más afilada de los nueve mundos. Seguro que podía cortar la piel de lobo.

Y creo que lo habríamos hecho, pero Hearhtstone blandió su bastón por delante de nosotros. El símbolo Perthro de la piedra rúnica brillaba con una luz dorada.

«Mira.» Fue más un temblor que un sonido. Me volví y miré asombrado a Hearthstone.

«Los huesos.» No usó el idioma de signos. No habló. Su pensamiento simplemente apareció allí, despejando mi mente como el viento a través de la niebla.

Volví a mirar los esqueletos esparcidos por el suelo. Todos habían sido héroes: hijos de Odín, Thor o Tyr. Enanos, humanos, elfos. Todos habían sido engañados, provocados, hechizados por Fenrir. Todos habían muerto.

Hearthstone era el único de nosotros que no podía oír la voz del Lobo. Era el único que pensaba con claridad.

De repente, la espada resultó más fácil de controlar. No dejó de resistirse a mí, pero noté que la balanza se inclinaba ligeramente a mi favor.

—No voy a liberarte —le dije al Lobo—. Y no necesito luchar contra ti. Esperaremos a Surt. Lo detendremos.

El Lobo olfateó el aire.

—Oh...Ya es demasiado tarde. ¿Que no necesitas luchar contra mí? Pobre mortal...Yo tampoco necesito luchar contra ti. Hay otros que pueden hacerlo por mí. Como he dicho, las buenas personas son tan fáciles de manipular, están tan dispuestas a hacer el trabajo por mí... ¡Aquí hay algunas!

Una voz gritó a través de la isla:

—¡ALTO!

En el otro lado de la cresta, se alzaba nuestra vieja amiga Gunilla con una valquiria a cada lado. A su izquierda y su derecha se desplegaban mis antiguos compañeros de planta: T. J., Medionacido, Mallory y X, el medio trol.

—Os hemos pillado ayudando al enemigo —dijo Gunilla—. ¡Habéis firmado vuestras sentencias de muerte!

63

Detesto firmar mi sentencia de muerte

—Vaya, vaya...—dijo el Lobo—. No tenía tanta compañía desde mi fiesta de encarcelamiento.

Gunilla sujetaba su lanza. No miraba al Lobo, como si pasando de él pudiera hacer que desapareciese.

—Thomas Jefferson, Jr., tú y tus compañeros tomad a los presos —ordenó—. Rodead el borde, por supuesto. Despacito y con cuidado.

T. J. no parecía muy entusiasmado, pero asintió con la cabeza. Llevaba la chaqueta militar bien abotonada. Su bayoneta brillaba a la luz de la luna. Mallory Keen me fulminó con la mirada, pero podría haber sido su versión de un saludo alegre. Los dos se dirigieron a la izquierda, abriéndose camino con cuidado a través del borde del cráter mientras las tres valquirias apuntaban con las lanzas a Fenrir.

X se dirigió pesadamente a la derecha, seguido de Medionacido, quien estaba dando vueltas a sus hachas de guerra y silbando entre dientes, como si aquello fuera un agradable paseo por un campo lleno de enemigos abatidos.

—Sam —murmuré—, si nos cogen...

—Lo sé.

—No quedará nadie para detener a Surt.

—Lo sé.

—Podemos con ellos —dijo Blitz—. No llevan armaduras, y mucho menos armaduras elegantes.

—No —contesté—. Son mis hermanos de escu... mis hermanos y hermanas de escudo. Dejadme intentar hablar con ellos.

«Loco. ¿Tú?», dijo Hearth por señas.

Lo mejor del idioma de signos es que podría haber querido decir «¿Estás loco?» o «Estoy loco. ¡Igual que tú!». Decidí interpretarlo como una muestra de apoyo.

El lobo Fenrir estaba sentado sobre sus ancas tratando de rascarse la oreja, cosa que le resultaba imposible con la cuerda que le ataba las piernas.

Olfateó el aire y me sonrió.

—Tienes una compañía interesante, Magnus Chase. Hay alguien escondido, pero puedo olerlo. ¿Quién es, eh? ¡Al final puede que hoy me dé un festín!

Miré a Sam. Ella parecía tan desconcertada como yo.

—Lo siento, bola de pelo —dije—. No tengo ni idea de qué estás hablando.

Fenrir se rió.

—Ya lo veremos. Me pregunto si se atreverá a mostrar su verdadero rostro.

—¡Chase! —Gunilla cogió un martillo de su bandolera—. Como vuelvas a hablar con el Lobo, te aplastaré el cráneo.

—Yo también me alegro de verte, Gunilla —dije—. Surt viene hacia aquí. No tenemos tiempo para esto.

—Ah. ¿Te has aliado con el señor del fuego que te mató? O tal vez formaba parte del plan desde el principio, para meterte en el Valhalla.

Sam suspiró.

—Para ser una hija de Thor, piensas demasiado.

—Y tú, hija de Loki, escuchas demasiado poco. ¡Date prisa, Jefferson!

Mis compañeros nos flanquearon.

Mallory chasqueó la lengua.

—Nos ha costado darte caza, Chase.

—Muy ingeniosa. *Chase* es «caza» en inglés —dije—. ¿Cuánto llevas esperando para decir esa frase?

Mallory sonrió con suficiencia.

A su lado, X se secó unas gotas de sudor de la frente.

—La cuerda del Lobo está floja. Eso no es bueno.

—¡No confraternicéis! —gritó Gunilla desde el otro lado del valle—. ¡Los quiero esposados!

T. J. dejó colgadas cuatro esposas de su dedo.

—Así están las cosas, Magnus: Gunilla ha dejado claro que si no demostramos nuestra lealtad al Valhalla deteniéndote, pasaremos los próximos cien años en la sala de máquinas echando carbón. Así que considérate arrestado, bla, bla, bla.

Medionacido sonrió.

—Pero las cosas también están así: somos vikingos. Se nos da bastante mal obedecer órdenes. Así que considérate otra vez libre.

T. J. dejó que las esposas resbalaran de su dedo.

—Huy.

Me animé de golpe.

—¿Quieres decir...?

—Quiere decir que hemos venido a ayudarte, idiota —dijo Mallory.

—Os quiero, chicos.

—¿Qué necesitas que hagamos? —preguntó T. J.

Sam señaló a Blitzen con la cabeza.

—Nuestro enano tiene una cuerda para volver a atar al Lobo. Si podemos...

—¡Basta! —gritó Gunilla. A cada lado de ella, sus tenientes valquirias prepararon las lanzas—. ¡Os llevaré a todos esposados si no me queda más remedio!

Fenrir aulló con regocijo.

—Sería un espectáculo delicioso. Lamentablemente, sois demasiado lentas. Mis otros amigos han llegado, y ellos no van a llevarse prisioneros.

X miró hacia el sur, y los músculos de su cuello se estiraron como cemento recién vertido.

—Allí.

Al mismo tiempo, Hearthstone apuntó con su bastón; el trozo de roble blanco empezó a arder de repente en toda su longitud con un fuego dorado.

En la cresta situada a la derecha, entre las valquirias y nosotros, una docena de gigantes de fuego aparecieron con paso resuelto. Cada uno medía unos tres metros de altura. Llevaban armaduras de escamas de cuero, portaban espadas del tamaño de rejas de arado y tenían varias hachas y cuchillos colgando de los cinturones. Su tez era una mezcla de colores volcánicos: ceniza, lava, piedra pómez, obsidiana. Los brezales habían resultado nocivos para el Lobo, pero no parecía que afectasen a los gigantes de fuego. Dondequiera que pisaban, las plantas ardían y echaban humo.

En medio de la línea se encontraba el mismísimo estilista de Satán, el señor del fuego Surt, vestido con un traje de tres piezas de cota de malla a medida, una corbata y una camisa de vestir que parecía tejida con llamas, con una cimitarra ardiente en la mano como elegante complemento. Estaba muy apuesto, a pesar de que seguía con la nariz cortada. Ese detalle, por lo menos, me hacía feliz.

Blitzen apretó los dientes.

—Ese diseño es mío. Me ha robado el diseño.

—¡Magnus Chase! —La voz de Surt resonó—. Veo que has traído mi nueva espada. ¡Magnífico!

Jack por poco me saltó de las manos. Yo debía de tener un aspecto ridículo tratando de controlarla, como un bombero luchando contra una manguera de alta presión.

—Mi amo... —dijo Jack—. Él será mi amo.

Surt se rió.

—Entrega la espada y te mataré rápido. —Miró con desprecio a Gunilla y a sus dos tenientes—. En cuanto a las mozas de Odín, no prometo nada.

El lobo Fenrir se levantó y se estiró.

—Lord Surt, me gustan mucho las poses y las amenazas, pero ¿podemos avanzar? Se está desperdiciando la luz de la luna.

—T. J. —dije.

422

—¿Sí?

—Me has preguntado cómo podíais ayudar. Mis amigos y yo tenemos que volver a atar al lobo Fenrir. ¿Podéis mantener ocupados a esos gigantes de fuego?

Él gritó a través del valle:

—Capitana Gunilla, ¿contamos contigo? Porque preferiría no combatir en otra guerra de Secesión.

Gunilla escudriñó el ejército de los gigantes de fuego. Su expresión se agrió, como si le resultaran todavía más repugnantes que yo. Levantó su lanza.

—¡Muerte a Surt! ¡Muerte a los enemigos de Asgard!

Ella y sus tenientes arremetieron contra los gigantes.

—Supongo que ya estamos listos —dijo T. J.—. ¡Fijad las bayonetas!

64

¿De quién fue la idea de hacer al Lobo indestructible?

La instrucción de combate diaria del Valhalla por fin cobró sentido para mí. Después del terror y el caos que reinaban en el patio del hotel, estaba más preparado para enfrentarme al lobo Fenrir y a los gigantes de fuego, aunque no tuvieran rifles AK-47 ni llevaran ¡ATÁCAME, COLEGA! pintado en el pecho.

Sin embargo, todavía tenía problemas para controlar la espada. Lo único que me resultaba de ayuda era que entonces Jack parecía debatirse entre las ganas de volar a la mano de Surt y las de volar hacia el Lobo. Afortunadamente para mí, necesitaba acercarme a Fenrir.

Sam derribó en el aire el hacha arrojadiza de un gigante.

—¿Alguna idea de cómo vamos a volver a atar a Fenrir?

—Sí —dije—. Tal vez. No, la verdad.

Un gigante de fuego cargó en dirección a nosotros. Blitzen estaba tan furioso —entre que el Lobo se había regodeado en la muerte de su padre y que Surt le había robado sus ideas sobre moda— que gritó como un poseso y atravesó la barriga del gigante con su arpón. El gigante de fuego se fue dando traspiés, expulsando llamas y llevándose el arpón consigo.

Hearthstone señaló con el dedo al Lobo. «Idea —dijo con gestos—. Sígueme.»

Hearth levantó el bastón. Una runa se extendió a sus pies a través del suelo como una sombra:

El brezo floreció alrededor de ella y echó nuevos zarcillos.

—*Algiz* —dijo Sam, asombrada—. La runa de la protección. Nunca la había visto usar.

Me sentí como si estuviera viendo a Hearthstone por primera vez. No tropezó. No se desmayó. Avanzó con pasos largos y seguros, mientras las flores se extendían ante él como una alfombra desenrollándose. Hearth no solo era inmune a la voz del Lobo, sino que su magia rúnica estaba volviendo a acotar los límites de la cárcel de Fenrir en sentido literal.

Entramos en el valle muy lentamente siguiendo a Hearthstone. En el lado derecho de la isla, mis amigos einherjar se enfrentaban a las fuerzas de Surt. Medionacido Gunderson clavó su hacha en el peto de un gigante. X eligió a otro escupefuego y lo lanzó por un lado de la cresta. Mallory y T. J. luchaban espalda contra espalda, dando estocadas y tajos, y esquivando llamaradas.

Gunilla y sus dos tenientes estaban luchando contra el mismísimo Surt. Entre las brillantes lanzas blancas y la espada llameante, su combate era tan deslumbrante que costaba mirarlo.

Mis amigos luchaban con valentía, pero el enemigo contaba con el doble de guerreros. Los gigantes de fuego no querían morir. Incluso aquel al que había arponeado Blitzen se tambaleaba de un lado a otro, tratando de chamuscar a los einherjar con su mal aliento.

—Tenemos que darnos prisa —dije.

—Estoy abierto a sugerencias, chico —contestó Blitzen.

Fenrir se paseaba impaciente. No parecía que le preocupase vernos avanzar hacia él sobre la alfombra de brezo, armados en conjunto con un hacha, un brillante bastón blanco, una espada poco dispuesta a colaborar y un ovillo de cuerda.

—Venid, por favor —dijo—. Acercadme esa espada.

Blitzen resopló.

—Yo lo ataré. Hearth puede protegerme. Magnus y Sam, vosotros dos evitad que me arranque la cabeza de un mordisco.

—Una idea terrible —dijo Sam.

—¿Tienes alguna mejor? —preguntó Blitz.

—¡Yo, sí! —Fenrir se abalanzó sobre mí. Podría haberme arrancado la tráquea, pero no era su plan. Sus patas delanteras pasaron a cada lado de mi espada. Jack colaboró alegremente cortando la cuerda por la mitad.

Sam bajó el hacha entre las orejas del Lobo, pero Fenrir se apartó de un salto. Todavía tenía inmovilizadas las patas traseras, pero las delanteras estaban libres. El pelaje del Lobo echaba humo al contacto con el brezo. Le salieron ampollas por todas las patas, pero parecía demasiado contento para importarle.

—Maravilloso —cacareó—. Ahora las patas traseras, por favor. ¡Entonces podremos poner el Ragnarok en marcha!

Toda la ira que había bullido dentro de mí durante dos años salió a la superficie.

—Blitz —dije—, haz lo que tengas que hacer. Yo voy a arrancarle los dientes a este chucho.

Corrí hacia el Lobo; posiblemente la peor idea que he tenido en mi vida. Sam arremetió contra él a mi lado.

Puede que Fenrir tuviera el tamaño de un lobo normal, pero incluso con las patas traseras inmovilizadas, su velocidad y su fuerza eran imposibles de igualar.

En cuanto salí del linde del brezo, el Lobo se convirtió en una figura de garras y dientes borrosos. Me tropecé y me caí, lo que me hizo una hilera de cortes profundos en el pecho. Fenrir me habría abierto en canal si el hacha de Sam no lo hubiera apartado de un golpe.

El Lobo gruñó.

—No podéis hacerme daño. Los dioses no han podido hacerlo. ¿No creéis que me habrían cortado el pescuezo si hubieran podido? Mi destino está escrito. ¡Hasta el Ragnarok, soy indestructible!

—Eso debe de estar bien. —Me levanté con torpeza—. Pero no me impedirá intentarlo.

Por desgracia, Jack no estaba siendo de ayuda. Cada vez que trataba de atacar, la espada se giraba y se desviaba, afanándose por cortar la cuerda que ataba las patas traseras del Lobo. Más que pelear con el Lobo, parecía que estuviera jugando a atrapar una pelota.

Blitzen se lanzó hacia delante, con la punta de Andskoti atada en un lazo. Intentó atrapar los cuartos traseros del Lobo, pero fue como si se moviera a cámara lenta. Fenrir se apartó y esquivó otro hachazo de Sam. El Lobo cortó a Blitzen en la garganta, y el enano cayó de bruces. La cuerda se fue rodando.

—¡NO! —grité.

Me dirigí a Blitzen, pero Hearthstone fue más rápido.

Golpeó el cráneo de Fenrir con su bastón, y resplandeció un fuego dorado. El Lobo se apartó con dificultad, gañendo de dolor. Tenía la marca de una runa en la frente, una sencilla flecha grabada en el pelaje gris:

—¡Tiwaz! —El Lobo gruñó—. ¿Osas atacarme con la runa de Tyr? —El lobo se abalanzó sobre Hearthstone, pero pareció chocar contra una barrera invisible. Tropezó y aulló.

Sam apareció a mi lado. Su hacha había desaparecido. Tenía el ojo izquierdo cerrado de la hinchazón y su hiyab estaba hecho jirones.

—Hearth ha usado la runa del sacrificio —dijo, con la voz temblorosa—. Para salvar a Blitz.

—¿Qué significa eso? —pregunté.

Hearth cayó de rodillas, apoyándose en su bastón. Aun así, consiguió interponerse entre el enano y el Lobo.

—¿Sacrificas tu fuerza para proteger a tu amigo? —El Lobo se rió—. Bien. Disfruta de tu hechicería. El enano ya está muerto. Tu magia rúnica te ha condenado. Puedes observar mientras me ocupo de mis otras sabrosas presas.

Nos enseñó los colmillos.

Al otro lado del campo, la batalla no progresaba bien.

Una de las valquirias de Gunilla yacía sin vida sobre las rocas. La otra se cayó, con la armadura ardiendo de un espadazo de Surt. Gunilla se enfrentó al señor del fuego sola, blandiendo su lanza como un látigo de luz, pero no pudo aguantar. Tenía la ropa quemada. Su escudo estaba carbonizado y agrietado.

Los einherjar se encontraban rodeados. Medionacido había perdido una de sus hachas. Tenía tantas quemaduras y cortes que yo no entendía cómo podía seguir con vida, pero continuaba luchando y atacando a los gigantes sin dejar de reírse. Mallory se hallaba apoyada en una rodilla, soltando juramentos mientras se defendía de los ataques de tres gigantes a la vez. T. J. blandía su rifle como un loco. Incluso X parecía diminuto comparado con los enemigos que se cernían sobre él.

Tenía la cabeza a punto de explotar. Notaba como mis poderes de einherji intervenían, tratando de cerrar los cortes de mi pecho, pero sabía que Fenrir podía matarme antes de que me curase.

El Lobo husmeó; sin duda olía mi debilidad.

—Vaya —dijo riéndose entre dientes—. Buen intento, Magnus, pero los hijos de Frey nunca han sido guerreros. Ahora lo único que me queda es devorar a mis enemigos. ¡Me encanta esta parte!

65

Odio esta parte

Las cosas más raras pueden salvarte la vida. Como los leones. O las corbatas antibalas.

Fenrir se abalanzó sobre mi cara. Escapé hábilmente cayéndome de culo. Una figura borrosa se arrojó sobre el Lobo y lo apartó.

Dos animales rodaron por el campo de huesos en un torbellino de colmillos y garras. Cuando se separaron, me di cuenta de que Fenrir se estaba enfrentando a una leona con el ojo hinchado.

—¿Sam? —grité.

—Ve a por la cuerda. —No apartó la mirada de su enemigo—. Tengo que hablar con mi hermano.

El hecho de que pudiera hablar siendo una leona me hizo flipar todavía más que su forma de leona. Sus labios se movían de forma muy humana. Sus ojos eran del mismo color. Su voz seguía siendo la de Sam.

A Fenrir se le erizó el vello de la nuca.

—Así que ¿aceptas tu derecho de nacimiento ahora que estás a punto de morir, hermanita?

—Acepto quién soy —dijo Sam—. Pero no como tú dices. Soy Samirah al-Abbas. Samirah del León. —Saltó sobre el Lobo. Arañó, mordió, pateó y aulló. Nunca me había fijado en lo horrible que podía ser una pelea entre animales. Las dos bestias trataban de hacerse trizas en sentido literal. Y una de esas bestias era amiga mía.

429

Mi primer impulso fue intervenir en el combate, pero no habría dado resultado.

Freya me había dicho que matar era el menos importante de los poderes de la espada.

«Los hijos de Frey nunca han sido guerreros», había dicho el Lobo. Entonces ¿qué era yo?

Blitzen se dio la vuelta gimiendo. Hearthstone inspeccionó el cuello del enano frenéticamente.

La corbata de nudo francés relucía. De algún modo, la seda amarilla se había convertido en metal entrelazado y había salvado la garganta de Blitzen. Era, palabra de honor, una prenda a prueba de balas.

No pude por menos de sonreír. Blitz estaba vivo. Había sacado provecho de sus mejores cualidades.

Él no era un guerrero. Yo, tampoco. Pero había otras formas de ganar una batalla.

Cogí el ovillo de cuerda. Parecía nieve tejida, increíblemente suave y fría. En mi otra mano, la espada se quedó quieta.

—¿Qué estás haciendo? —preguntó Jack.

—Analizando la situación.

—Ah, guay. —La hoja tembló como si se estuviera estirando después de una siesta—. ¿Cómo va todo?

—Mejor. —Clavé la punta de la hoja en el suelo. Jack no intentó irse volando—. Puede que Surt se haga contigo algún día —dije—, pero no entiende tu poder. Ahora yo lo entiendo. Somos un equipo.

Pasé el lazo de la cuerda alrededor de la empuñadura de la espada y tiré fuerte. La batalla pareció desaparecer a mi alrededor. Dejé de pensar en cómo luchar contra el Lobo. Era imposible de matar; al menos entonces y a manos mías.

En lugar de ello, me concentré en el calor que sentía cada vez que curaba a alguien: el poder del crecimiento y la vida; el poder de Frey. Hacía nueve días, las nornas me habían dicho: «El sol debe ir al este».

Ese sitio se caracterizaba por la noche, el invierno y la luz plateada de luna. Yo necesitaba ser el sol del verano.

El lobo Fenrir se percató del cambio en el ambiente. Asestó un golpe a Sam y la mandó rodando por el campo de huesos. El Lobo tenía el hocico lleno de arañazos. La runa de Tyr relucía, negra y desagradable, en su frente.

—¿Qué estás tramando, Magnus? ¡Vale ya! —Se lanzó sobre mí, pero, antes de que pudiera alcanzarme, cayó del aire retorciéndose y aullando de dolor.

Yo estaba rodeado de luz: el mismo halo dorado que me había envuelto cuando había curado a Sam y a Hearthstone en Jotunheim. No quemaba como los fuegos de Jotunheim. No era especialmente brillante, pero estaba claro que hacía daño al Lobo. El animal gruñó y se paseó de un lado a otro, mirándome con los ojos entornados como si me hubiera convertido en un foco de luz.

—¡Basta! —gritó—. ¿Te has propuesto matarme de fastidio?

Sam, la leona, se levantó con bastante dificultad. Lucía un corte feo en el costado. Tenía la cara como si acabara de chocar contra un tráiler.

—¿Qué estás haciendo, Magnus?

—Trayendo el verano.

Los cortes de mi pecho sanaron. Recuperé las fuerzas. Mi padre era el dios de la luz y el calor. Los lobos eran criaturas de la oscuridad. El poder de Frey podía contener a Fenrir del mismo modo que contenía los extremos del fuego y el hielo.

Jack zumbó de satisfacción sobresaliendo del suelo.

—El verano. Sí, me acuerdo del verano.

Desenrollé a Andskoti hasta que quedó colgando de Jack como la cuerda de una cometa.

Me volví hacia el Lobo.

—Un viejo enano me dijo una vez que los materiales de artesanía más poderosos son las paradojas. La cuerda está hecha de ellas. Pero tengo una más, la paradoja definitiva que te atará: la Espada del Verano, un arma que no fue diseñada como tal, una espada que se usa mejor soltándola.

Deseé que Jack volara, confiando en que él hiciera el resto.

La espada podría haber cortado la última atadura del Lobo. Podría haber atravesado el campo de batalla volando hasta las manos de Surt, pero no lo hizo. Pasó zumbando por debajo de la barriga del

Lobo, enrolló a Andskoti alrededor de sus patas antes de que Fenrir pudiera reaccionar, lo ató y lo derribó.

El aullido de Fenrir sacudió la isla.

—¡No! ¡No voy a...!

La espada le rodeó el hocico. Jack amarró la cuerda en una pirueta aérea y acto seguido volvió volando hasta mí, con la hoja brillando de orgullo.

—¿Qué tal lo he hecho, jefe?

—Jack —dije—, eres una espada alucinante.

—Ya lo sé —contestó—. Pero ¿qué te parece el atado, eh? Eso de ahí es un perfecto nudo de estibador, y ni siquiera tengo manos.

Sam se acercó a nosotros con dificultad.

—¡Lo has conseguido! Lo... Uf.

Su forma de leona dio paso a la Sam de siempre: gravemente herida, con la cara destrozada y el costado empapado de sangre. Antes de que pudiera caerse, la agarré y la aparté a rastras del Lobo. Incluso totalmente atado, el animal se revolvía y echaba espuma por la boca. No quería estar más cerca de él de lo necesario.

Hearthstone apareció detrás de mí tambaleándose y sosteniendo a Blitzen. Los cuatro caímos juntos sobre un lecho de brezo.

—Vivos —dije—. No lo esperaba.

Nuestro momento triunfal duró... un momento.

Entonces los sonidos de la batalla se volvieron más fuertes y más claros a nuestro alrededor, como si hubieran arrancado una cortina. La magia de Hearthstone nos había ofrecido una protección adicional contra el Lobo, pero también nos había aislado del combate contra los gigantes de fuego... y a mis amigos einherjar no les iban bien las cosas.

—¡A la valquiria! —gritó T. J.—. ¡Deprisa!

Atravesó la cresta dando traspiés y ensartó a un gigante de fuego con la bayoneta tratando de llegar hasta Gunilla. Durante todo ese tiempo, mientras nosotros habíamos estado enfrentándonos al Lobo, la capitana de las valquirias había estado rechazando el ataque de Surt. En ese momento se encontraba en el suelo, sosteniendo débilmente su lanza por encima mientras Surt levantaba su cimitarra.

Mallory iba tambaleándose sin armas, demasiado apartada y ensangrentada para ayudar. X estaba intentando salir de debajo de un montón de cadáveres de gigante. Medionacido Gunderson se hallaba sentado, manchado de sangre e inmóvil, con la espalda apoyada contra una roca.

Procesé toda esa información en una milésima de segundo. Con la misma rapidez, me di cuenta de que Hearth, Blitz, Sam y yo no llegaríamos a tiempo para cambiar las cosas.

Aun así, cogí la espada y me levanté. Me dirigí hacia Gunilla tambaleándome. Nuestras miradas coincidieron a través del campo; su última expresión fue de resignación y de ira: «Haz que merezca la pena».

El señor del fuego bajó su cimitarra.

66

Sacrificios

No sé por qué me afectó tanto.

Gunilla ni siquiera me caía bien.

Pero cuando vi a Surt alzándose por encima de su cuerpo sin vida, con una ardiente mirada triunfal en los ojos, me dieron ganas de dejarme caer en el montón de huesos y quedarme allí hasta el Ragnarok.

Gunilla estaba muerta. Sus tenientes estaban muertas. Ni siquiera sabía cómo se llamaban, pero habían sacrificado sus vidas para darme tiempo. Medionacido estaba muerto o agonizante. Los otros einherjar no se encontraban mucho mejor. Sam, Blitz y Hearth no estaban en condiciones de luchar.

Y Surt seguía en pie, más fuerte que nunca, con su espada llameante preparada. Tres de sus gigantes de fuego también seguían vivos y armados.

Después de todo lo que habíamos pasado, el señor del fuego podía matarme, quitarme la espada y desatar al lobo.

A juzgar por la sonrisa de su rostro, Surt esperaba hacer eso mismo.

—Estoy impresionado —reconoció—. El Lobo me dijo que tenías aptitudes. No creo que Fenrir esperase que lo hicieras tan bien.

El Lobo se revolvió entre sus nuevas ataduras mágicas.

A escasa distancia del señor del fuego, T. J. se hallaba en cuclillas con su bayoneta en ristre. Me miró, esperando una señal. Yo sabía que estaba listo para atacar por última vez y distraer a los gigantes si servía de algo, pero no podía permitir que muriese otra persona.

—Vete —le dije a Surt—.Vuelve a Muspelheim.

Él alargó la mano. Una columna de fuego salió disparada hacia mí. Me mantuve firme.

Me imaginé que estaba con mi madre en la reserva de Blue Hills el primer día de primavera, mientras el sol calentaba mi piel y expulsaba poco a poco de mi organismo tres meses de frío y oscuridad.

Mi madre se volvió hacia mí con una sonrisa luminosa: «Aquí es donde estoy, Magnus. En este momento. Contigo».

Una sensación de serenidad me afianzó. Recordé que mi madre me había dicho que las casas de Back Bay, como la casa solariega de nuestra familia, habían sido construidas sobre un vertedero. De vez en cuando, los ingenieros tenían que colocar nuevos soportes bajo los cimientos para impedir que los edificios se desplomasen. Me sentía como si hubieran reforzado mis soportes. Era sólido.

Las llamas de Surt se deslizaron sobre mí. Perdieron su intensidad. No eran más que parpadeos fantasmales de cálido color naranja, inofensivos como mariposas.

A mis pies empezó a brotar el brezo: flores blancas extendiéndose a través del paisaje, reclamando las zonas pisoteadas y quemadas por las que habían andado los guerreros de Surt, absorbiendo la sangre, cubriendo los cadáveres de los gigantes abatidos.

—La batalla ha terminado —anuncié—. Consagro esta tierra en nombre de Frey.

Mis palabras provocaron una onda expansiva en todas las direcciones. Espadas, dagas y hachas salieron volando de las manos de los gigantes de fuego. A T. J. se le escapó el rifle dando vueltas. Hasta las armas tiradas en el suelo fueron expulsadas de la isla, arrojadas a la oscuridad cual metralla.

El único que quedó empuñando un arma fui yo.

Sin su cimitarra llameante, Surt no parecía tan seguro.

—Trucos y magia infantil —gruñó—. No puedes vencerme, Magnus Chase. ¡Esa espada será mía!

—Hoy no.

Lancé la espada. El arma describió una espiral hacia Surt y pasó por encima de la cabeza del gigante. Surt intentó agarrarla, pero falló.

—¿Qué ha sido eso? —El gigante se rió—. ¿Un ataque?

—No —contesté—. Es tu salida.

Detrás de Surt, Jack hendió el aire y rasgó la tela que separaba los mundos. Un zigzag de fuego se encendió sobre la cresta. Se me taponaron los oídos. Como si alguien hubiera salido disparado por la ventanilla de la cabina presurizada de un avión, Surt y los demás gigantes de fuego fueron absorbidos gritando por la hendidura, que se cerró detrás de ellos.

—¡Adiós! —gritó Jack—. ¡Nos vemos!

La isla se quedó en un silencio únicamente interrumpido por los gruñidos de indignación del Lobo.

Atravesé el campo dando traspiés. Caí de rodillas delante de Gunilla. Enseguida supe que la capitana de las valquirias había muerto. Sus ojos azules miraban fijamente a la oscuridad. En su bandolera no quedaba ningún martillo. Su lanza blanca estaba rota sobre su pecho.

Me picaban los ojos.

—Lo siento.

Se había pasado quinientos años recogiendo las almas de los muertos en el Valhalla, preparándolos para la batalla final. Me acordé de la reprimenda que me había echado: «Ni siquiera contemplando Asgard tienes sentido del respeto».

Muerta, su cara parecía llena de maravilla y asombro. Esperaba que estuviera contemplando Asgard como ella quería que estuviese: lleno de Aesir, con todas las luces de la mansión de su padre encendidas.

—Magnus —me llamó T. J.—, tenemos que irnos.

Él y Mallory se esforzaban por cargar con Medionacido Gunderson. X había conseguido salir de debajo del montón de cadáveres de los gigantes de fuego y llevaba a las otras dos valquirias muertas. Blitz y Hearthstone avanzaban con dificultad uno al lado del otro, seguidos de cerca por Sam.

Recogí el cuerpo de la capitana de las valquirias. Pesaba, y mis fuerzas estaban empezando a menguar otra vez.

—Tenemos que darnos prisa. —T. J. habló con la mayor delicadeza posible, pero percibí la urgencia de su tono.

El suelo se movía bajo mis pies. Me di cuenta de que mi aura brillante había hecho mucho más que deslumbrar al Lobo. La luz del sol había alterado la textura de la isla. Se suponía que tenía que desaparecer al amanecer. Mi magia había acelerado el proceso y había hecho que el suelo se deshiciera en una niebla esponjosa.

—Solo tenemos unos segundos —dijo Sam con la voz entrecortada—. Vamos.

Lo último de lo que me sentía capaz era de acelerar, pero de algún modo, cargando con Gunilla en brazos, seguí a T. J. mientras él nos guiaba hasta la playa.

67

Una más, por un amigo

—¡Tenemos un barco de Frey! —gritó T. J.

No tenía ni idea de lo que era un barco de Frey. No veía ninguna embarcación en la playa, pero estaba demasiado aturdido y agotado para hacer preguntas. Me sentía como si el frío y el calor, los extremos que había soportado toda mi vida, se estuvieran vengando de mí entonces. Me ardía la frente de la fiebre. Tenía los ojos a punto de hervir. Notaba el pecho como un bloque de hielo.

Avanzaba pesadamente. El suelo se ablandaba bajo mis pies. La playa se hundía. Las olas se acercaban con ímpetu. Los músculos de los brazos me quemaban de cargar con el peso de la capitana de las valquirias.

Empecé a ladearme bruscamente. Sam me agarró el brazo.

—Solo un poco más, Magnus. No te separes de mí.

Llegamos a la playa. T. J. sacó un retal de tela parecido a un pañuelo y lo lanzó a las olas. La tela se extendió en el acto y se desdobló. Al contar hasta diez, un barco de guerra vikingo de tamaño natural cabeceaba en las olas con dos enormes remos, un tope de mástil tallado con forma de jabalí y una vela verde adornada con el emblema del Hotel Valhalla. A lo largo del costado de la proa, estampadas con letras blancas, se hallaban las palabras VEHÍCULO CORTESÍA DEL HOTEL VALHALLA.

—¡Adentro! —T. J. subió a bordo de un salto y estiró los brazos para coger a Gunilla.

La arena mojada me tiraba de los pies, pero conseguí saltar por encima de la barandilla. Sam se aseguró de que todos los demás embarcaban sin ningún percance. Luego subió a bordo.

Un profundo zumbido reverberaba a través de la isla, como el amplificador de un bajo subido al máximo. La Isla del Brezo se hundió bajo las olas negras. La vela del barco viró sola. Los remos empezaron a remar, y el barco giró hacia el oeste.

Blitzen y Hearthstone se desplomaron en la proa. Empezaron a discutir entre ellos sobre cuál había corrido los riesgos más absurdos, pero estaban tan cansados que el debate degeneró en una competición de empujones desganados, como un par de alumnos de segundo.

Sam se arrodilló al lado de Gunilla. Cruzó los brazos de la capitana de las valquirias sobre su pecho y le cerró los ojos azules con delicadeza.

—¿Y las demás? —pregunté.

X agachó la cabeza.

Había dejado a las dos valquirias en la popa, pero era evidente que habían muerto. Les cruzó los brazos como a Gunilla.

—Unas guerreras valientes. —Acarició sus frentes con ternura.

—No las conocía —dije.

—Margaret e Irene. —A Sam le temblaba la voz—. Yo... yo nunca les caí muy bien, pero... eran buenas valquirias.

—Magnus —me llamó T. J. desde la parte central del barco—, te necesitamos.

Mallory y él estaban arrodillados junto a Medionacido Gunderson, cuya fuerza de berserker finalmente lo había abandonado. Su pecho era un horripilante mosaico de cortes y quemaduras. El brazo izquierdo le colgaba de forma antinatural. Tenía la barba y el pelo salpicados de sangre y pedacitos de brezo.

—Buena... pelea —dijo resollando.

—¡No hables, pedazo de idiota! —le mandó Mallory entre sollozos—. ¿Cómo te atreves a hacerte tanto daño?

Él sonrió con aire soñoliento.

—Lo siento..., madre.

—Aguanta —dijo T. J.—. Podemos llevarte al Valhalla. Así si... si pasa algo, podrás renacer.

Posé la mano en el hombro de Medionacido. Percibí unos daños tan graves que casi la aparté. Era como obligarme a explorar un cuenco con cristales rotos.

—No hay tiempo —dije—. Lo estamos perdiendo.

Mallory se atragantó con las lágrimas.

—No es una opción. No. Medionacido Gunderson, cuánto te odio.

Él tosió. La sangre le salpicó los labios.

—Yo también te odio, Mallory Keen.

—Procurad que no se mueva —dije—. Haré lo que pueda.

—Piénsatelo, chico —intervino Blitz—. Ya estás débil.

—Tengo que hacerlo. —Desplegué mis sentidos y capté los huesos rotos de Medionacido, su hemorragia interna y sus órganos magullados. Me invadió el miedo. Era demasiado, y estaba demasiado cerca de la muerte. Necesitaba ayuda.

—¡Jack! —grité.

La espada apareció flotando a mi lado.

—¿Jefe?

—Medionacido se está muriendo. Necesitaré tu fuerza para curarlo. ¿Puedes hacerlo?

La espada zumbó con nerviosismo.

—Sí. Pero, jefe, en cuanto me agarres...

—Lo sé. Acabaré todavía más agotado.

—No solo he atado al Lobo —advirtió Jack—. También he ayudado con el aura de luz dorada, que ha molado bastante, todo sea dicho. Y luego está la paz de Frey.

—La paz... —Me di cuenta de que se refería a la onda expansiva que había desarmado a todo el mundo, pero no tenía tiempo para preocuparme por eso—. Está bien. Sí. Tenemos que actuar ya.

Agarré la espada. Se me nubló la vista. Si no hubiera estado sentado, me habría caído. Combatí las náuseas y el mareo, y coloqué la espada plana contra el pecho de Medionacido.

Me embargó una sensación de calor. La luz tiñó la barba de Medionacido de un dorado rojizo. Envié mis últimas fuerzas a través de sus venas para que repararan daños y cerraran roturas.

Lo siguiente que recuerdo es estar tumbado boca arriba en la cubierta, mirando la vela verde ondear al viento mientras mis amigos me sacudían y gritaban mi nombre.

Entonces aparecí en un prado iluminado por el sol a orillas de un lago con un cielo azul por encima de mi cabeza. Una brisa cálida me revolvió el pelo.

En algún lugar por detrás de mí, una voz de hombre dijo:

—Bienvenido.

68

No seas petardo, colega

Parecía un vikingo de Hollywood. Se parecía más al Thor de las películas que el propio Thor.

La melena rubia le llegaba a los hombros. Su cara bronceada, los ojos azules, la nariz aguileña y la barba de varios días habrían quedado igual de bien en una alfombra roja o en las playas de Malibú.

Se hallaba recostado en un trono de ramas de árbol vivas con el asiento tapizado con piel de ciervo. Sobre su regazo había una especie de cetro: un cuerno de ciervo equipado con una correa de cuero.

Cuando sonrió, vi mi propia sonrisilla tímida y el mismo mentón torcido. Incluso tenía el mismo mechón que yo siempre llevaba por encima de la oreja derecha.

Entendí por qué mi madre se había enamorado de él. No solo porque fuera atractivo, ni porque sus vaqueros desteñidos, su camisa a cuadros y sus botas de senderismo fuesen exactamente el estilo que a ella le gustaba. Irradiaba calidez y tranquilidad. Cada vez que yo había curado a alguien, cada vez que invocaba el poder de Frey, había capturado un fragmento del aura de ese tipo.

—Papá —dije.

—Magnus. —Frey se levantó. Los ojos le brillaban, pero no parecía estar seguro de qué hacer con los brazos—. Me alegro mucho de conocerte por fin. Te... te daría un abrazo, pero me imagino que no sería bienvenido. Entiendo que necesites más tiempo...

Corrí hacia él y le di un fuerte abrazo.

No era un gesto propio de mí. No me van los abrazos, sobre todo a extraños.

Pero él no era un extraño. Lo conocía tan bien como a mi madre. Por primera vez, entendí por qué mi madre había insistido tanto en llevarme de excursión y de acampada. Cada vez que estábamos en el bosque un día de verano, cada vez que el sol salía detrás de las nubes, Frey había estado allí.

Tal vez debería haber estado molesto con él, pero no era así. Después de perder a mi madre, no tenía paciencia para rencores. Los años que había pasado en la calle me habían enseñado lo absurdo que es quejarse y lamentarse de lo que podrías haber hecho: lo que te merecías, lo que era justo. Simplemente era feliz de disfrutar de ese momento.

Él ahuecó la mano suavemente en mi coronilla. Olía a humo de fogata, agujas de pino y malvavisco con chocolate y galletas. ¿Tenían esas cosas en Vanaheim?

Se me ocurrió por qué debía de estar allí. Yo estaba muerto. O al menos muriéndome otra vez.

Me aparté.

—Mis amigos...

—Están a salvo —me aseguró—. Te has puesto al borde de la muerte curando al berserker, pero sobrevivirá. Y tú también. Lo has hecho muy bien, Magnus.

Su elogio me hizo sentir incómodo.

—Han muerto tres valquirias. Casi pierdo a todos los amigos que tenía. Lo único que he hecho ha sido atar al lobo con una cuerda nueva y devolver a Surt a Muspelheim, y Jack ha hecho todo el trabajo. Eso no cambia nada.

Frey se rió.

—Magnus, lo has cambiado todo. Tú, el portador de la espada, estás determinando el destino de los nueve mundos. En cuanto a las muertes de las valquirias, fue un sacrificio que hicieron voluntariamente. No las deshonres sintiéndote culpable. No puedes impedir todas las muertes, como yo tampoco puedo impedir que cada verano se convierta en otoño... y como tampoco puedo impedir mi destino en el Ragnarok.

—Tu destino...—Cerré los dedos en torno a la piedra rúnica, que volvía a estar sujeta a la cadena—. Tengo tu espada. ¿No podrías...?

Frey negó con la cabeza.

—No, hijo. Como te dijo tu tía Freya, no podré volver a empuñar la Espada del Verano nunca. Pregúntale a la espada, si quieres asegurarte.

Me quité el colgante. Jack cobró vida escupiendo una sarta de insultos que no puedo repetir.

—¡Y una cosa más! —gritó—. ¿Entregarme para casarte con una giganta? ¿Qué fue eso, colega? Las espadas van antes que las nenas, ¿sabes?

Frey sonrió tristemente.

—Hola, viejo amigo.

—Ah, ¿volvemos a ser amigos? —preguntó la espada—. No. Ni hablar. Hemos terminado. —Jack hizo una pausa—. Pero tu hijo es legal. Me gusta. Siempre que no tenga pensado cambiarme por el matrimonio con una giganta.

—No está en mi lista de cosas pendientes —prometí.

—Entonces no hay problema. Pero, por lo que respecta a este patético padre tuyo, este petardo traidor...

Devolví la forma de colgante a la espada.

—¿Petardo?

Frey se encogió de hombros.

—Hace mucho tomé una decisión. Entregué la espada por amor.

—Pero morirás en el Ragnarok porque no la tienes.

Él levantó el cuerno de ciervo.

—Lucharé con esto.

—¿Un cuerno de animal?

—Una cosa es saber tu destino, y otra, aceptarlo. Cumpliré con mi deber. Con este cuerno mataré a muchos gigantes, incluso a Beli, uno de sus grandes generales. Pero tienes razón. No bastará para derribar a Surt. Al final, moriré.

—¿Cómo puedes estar tan tranquilo?

—Magnus, ni siquiera los dioses pueden durar eternamente. No malgasto mi energía tratando de luchar contra el cambio de estaciones. Me aseguro de que los días de los que dispongo y la estación que superviso sean lo más alegres, intensos y plenos posible. —Me tocó la cara—. Pero eso tú ya lo sabes. Ningún hijo de Thor ni de Odín ni del noble Tyr podría haber aguantado las promesas de Hel y las palabras engañosas de Loki. Pero tú lo hiciste. Solo un hijo de Frey, con la Espada del Verano, podría decidir relajarse como tú lo hiciste.

—Relajarme... Mi madre...

—Sí. —Frey cogió algo de su trono: una vasija de cerámica cerrada del tamaño aproximado de un corazón. La colocó en mis manos—. ¿Sabes lo que ella querría?

No podía hablar. Asentí con la cabeza, esperando que mi expresión transmitiese a Frey lo agradecido que estaba.

—Tú, hijo mío, traerás esperanza a los nueve mundos. ¿Has oído la expresión «veranillo de San Martín»? Tú serás esa última estación para nosotros: una oportunidad de disfrutar del calor, la luz y el crecimiento antes del largo invierno del Ragnarok.

—Pero... —Me aclaré la garganta—. Pero con calma.

Frey mostró brevemente sus radiantes dientes blancos.

—Exacto. Hay mucho que hacer. Los Aesir y los Vanir se encuentran dispersos. Loki se hace fuerte. Incluso estando atado, nos ha puesto a unos contra otros, nos ha distraído, nos ha desconcentrado. Yo también soy culpable de haberme distraído. He estado fuera del mundo de los hombres durante demasiado tiempo. Solo tu madre consiguió... —Se centró en la vasija que tenía en mis manos—. Vaya, después de mi gran discurso sobre no aferrarse al pasado... —Sonrió tristemente—. Ella era un alma llena de vida. Estaría orgullosa de ti.

—Papá... —No sabía qué más decir. Tal vez simplemente quería probar a decir la palabra otra vez. Nunca había tenido mucha experiencia en su uso—. No sé si estoy a la altura.

Él sacó un trozo de papel hecho trizas del bolsillo de su camisa a cuadros: la hoja de SE BUSCA que Annabeth y su padre habían estado repartiendo el día que morí. Frey me lo dio.

—No estarás solo. Por ahora, descansa, hijo mío. Te prometo que no pasarán otros dieciséis años hasta que volvamos a vernos. Mientras tanto, debes llamar a tu prima. Debéis hablar. Necesitarás su ayuda antes de nada.

Eso no parecía presagiar nada bueno, pero no tuve ocasión de preguntarle por el asunto. Cuando parpadeé, Frey ya no estaba. Me encontraba sentado otra vez en el barco vikingo, sosteniendo la hoja de papel y la vasija de cerámica. A mi lado se hallaba sentado Medionacido Gunderson, bebiendo sorbos de una copa de hidromiel.

—Vaya. —Me dedicó una sonrisa ensangrentada. La mayoría de sus heridas se habían desvaído y habían cicatrizado—. Te debo la vida. ¿Qué tal si te invito a cenar?

Parpadeé y miré a nuestro alrededor. Nuestro barco había atracado en el Valhalla, en uno de los ríos que corrían por el vestíbulo. No tenía ni idea de cómo habíamos llegado allí. Mis demás amigos estaban en el embarcadero, hablando con Helgi, el gerente del hotel; todos observaban con cara seria los cadáveres desembarcados de las tres valquirias muertas.

—¿Qué pasa? —pregunté.

Medionacido apuró su copa.

—Nos han convocado en el Salón de Banquetes para que nos defendamos ante los thanes y la multitud de einherjar. Espero que nos dejen comer antes de volver a matarnos. Me muero de hambre.

69

Ah...Así que ese era el que Fenrir olió en el capítulo 63

Debimos de perder un día entero volviendo al Valhalla, porque en el Salón de Banquetes de los Muertos la cena ya estaba en marcha. Las valquirias volaban de un lado a otro con jarras de hidromiel. Los einherjar se lanzaban pan y Saehrimnir asado unos a otros. Grupos de músicos improvisaban por toda la sala.

La fiesta se calmó poco a poco a medida que nuestra procesión se dirigía a la mesa de los thanes. Una guardia de honor compuesta por valquirias llevaba en camillas los cadáveres de Gunilla, Irene y Margaret cubiertos con sábanas blancas. Yo había esperado que las fallecidas volvieran a la vida al llegar al Valhalla. ¿No podían convertirse en einherjar las valquirias? Sin embargo, eso no pasó.

Mallory, X, T. J. y Medionacido iban detrás de las camillas. Sam, Blitzen, Hearth y yo cerrábamos la marcha.

Los guerreros nos lanzaban miradas asesinas conforme pasábamos. Las expresiones de las valquirias eran todavía peores. Me sorprendió que no nos matasen antes de llegar a la mesa de los thanes. Supongo que la multitud quería vernos humillados públicamente. No sabían lo que habíamos hecho. Solo sabían que nos habíamos fugado y nos habían llevado de vuelta para juzgarnos detrás de los cadáveres de las tres valquirias. No íbamos esposados, pero aun así yo avanzaba arrastrando los pies como si tuviera la cuerda Andskoti alrededor de los tobillos. Acunaba la vasija de cerámica en el pliegue del codo. Pasara lo que pasase, no podía perderla.

Nos detuvimos delante de la mesa de los thanes. Erik, Helgi, Leif y los demás Eriks tenían una expresión seria. Hasta mi viejo colega Hunding, el botones, me miró sorprendido y decepcionado, como si le hubiera quitado su chocolate.

Finalmente Helgi habló.

—Explicaos.

No vi motivo por el que ocultar nada. No hablé en voz alta, pero mis palabras resonaron por el salón. Cuando llegué al combate con Fenrir, me falló la voz. Sam retomó la narración.

Una vez que hubo terminado, los thanes se quedaron en silencio. No podía interpretar su actitud. Tal vez habían pasado a estar más inseguros que enfadados, pero daba igual. A pesar de la conversación que había mantenido con mi padre, no me sentía orgulloso de lo que habíamos conseguido. Si estaba vivo era solo porque las tres valquirias que tenía delante habían mantenido a raya a los gigantes de fuego mientras nosotros encadenábamos al lobo. Ningún castigo de los thanes me haría sentir peor.

Finalmente Helgi se levantó.

—Este es el asunto más importante que se plantea ante esta mesa en años. Si lo que decís es cierto, habéis realizado hazañas dignas de héroes. Habéis impedido que el lobo Fenrir escape. Habéis devuelto a Surt a Muspelheim. Pero habéis actuado como renegados, sin el permiso de los thanes y en... dudosa compañía. —Miró con desagrado a Hearth, Blitz y Sam—. La lealtad, Magnus Chase, la lealtad al Valhalla lo es todo. Los thanes debemos debatir este asunto en privado antes de emitir un fallo, a menos que Odín desee interceder.

Miró al trono de madera desocupado, que por supuesto siguió vacío. Desde el respaldo, los cuervos me clavaron sus brillantes ojos negros.

—Muy bien —dijo Helgi suspirando—. Vamos...

A mi derecha, intervino una voz resonante:

—Odín desea interceder.

Murmullos nerviosos recorrieron el salón de banquetes. X levantó su cara gris piedra hacia los thanes.

—X —susurró T. J.—, este no es momento para bromas.

—Odín desea interceder —dijo el medio trol obstinadamente.

Su apariencia cambió. Su imponente figura de trol desapareció como una tela de camuflaje. En el lugar de X, se encontraba un hombre con aspecto de sargento instructor retirado. Tenía un pecho fuerte y grueso, y unos brazos enormes embutidos en un polo de manga corta del Hotel Valhalla. Tenía el cabello canoso muy corto y la barba cortada recta para acentuar su cara endurecida y curtida. Un parche negro le tapaba el ojo izquierdo. El derecho era azul oscuro, el color de la sangre en las venas. A un lado le colgaba una espada tan grande que hizo que Jack, convertido en colgante, temblara en la cadena.

En su placa de identificación ponía ODÍN, PADRE DE TODOS, DUEÑO Y FUNDADOR.

—Odín. —Sam hincó la rodilla.

El dios le sonrió. A continuación me dedicó lo que me pareció un guiño cómplice, aunque era difícil saberlo, porque solo tenía un ojo.

Su nombre susurrado recorrió el salón de banquetes. Los einherjar se pusieron en pie. Los thanes se levantaron e hicieron una profunda reverencia.

Odín, el otrora medio trol conocido como X, rodeó la mesa con paso resuelto y ocupó su lugar en el trono. Los dos cuervos se posaron en sus hombros y le picotearon cariñosamente las orejas.

—¡Bueno! —La voz de Odín retumbó—. ¿Qué tiene que hacer un dios aquí para que le sirvan una copa de hidromiel?

Nos someten al PowerPoint del horror

Odín consiguió su bebida, propuso unos brindis y a continuación empezó a pasearse por delante de su trono, explicando dónde había estado y qué había estado haciendo durante las últimas décadas. Yo estaba demasiado estupefacto para asimilar gran parte del discurso. Creo que la mayoría de los einherjar se sentían igual.

La parálisis que atenazaba a la sala no desapareció hasta que Odín invocó las brillantes pantallas de Valquiria Visión. Los einherjar parpadearon y se movieron como si salieran de una hipnosis colectiva.

—¡Soy un buscador de conocimiento! —anunció Odín—. Eso siempre ha sido así. Estuve colgado del Árbol del Mundo nueve días y nueve noches, retorciéndome de dolor, para descubrir el secreto de las runas. Hice cola en medio de una tormenta de nieve durante seis días para descubrir la brujería de los smartphones.

—¿Qué? —murmuré.

Blitzen tosió.

—Tú síguele el rollo.

—Y más recientemente —anunció Odín—, aguanté siete semanas de formación motivacional en un hotel de Peoria para descubrir... ¡esto!

En su mano apareció de pronto un mando a distancia. En todas las pantallas mágicas se iluminó una diapositiva de PowerPoint con el título EL PLAN DE ODÍN: CÓMO TENER UNA VIDA PRÓSPERA DESPUÉS DE LA MUERTE.

—¿Qué está pasando? —susurré a Sam.

—Odín siempre está probando cosas distintas —contestó—. Buscando conocimiento en nuevos sitios. Es muy sabio, pero...

Heathstone comentó por señas lo más discretamente posible: «Por eso trabajo para Mimir».

—Así que, como veréis —continuó Odín, paseándose de un lado a otro, mientras sus cuervos aleteaban para mantenerse en equilibrio—, todo lo que estos héroes han hecho lo hicieron con mi conocimiento y mi permiso. He estado con ellos todo el tiempo: o en persona o en espíritu.

La pantalla cambió. Odín empezó a dar una conferencia a través de viñetas. Los ojos se me pusieron un poco vidriosos, pero aclaró por qué se había escondido en el Valhalla como X, el medio trol.

—Para ver cómo recibíais a un guerrero como él y cómo cumplíais con vuestros deberes cuando creíais que yo no estaba delante. Todos tenéis que trabajar en vuestro empoderamiento positivo y vuestra realización personal.

Explicó el motivo por el que había elegido a Samirah al-Abbas como valquiria.

—Si la hija de Loki puede mostrar tanta valentía, ¿por qué no podemos mostrarla todos? Samirah pone de manifiesto las siete cualidades heroicas que destacaré en mi próximo libro, *Las siete cualidades heroicas*, que estará disponible en la tienda de regalos del Valhalla.

Explicó por qué la profecía de las nornas no quería decir lo que nosotros creíamos.

—«Injustamente elegido, injustamente asesinado» —recitó—. Magnus Chase fue injustamente elegido por Loki, quien pensó que este chico podía ser muy influenciable. ¡En cambio, Magnus Chase ha demostrado ser un auténtico héroe!

A pesar del cumplido, Odín me gustaba más como medio trol taciturno que como conferenciante motivador. Los comensales tampoco parecían saber qué pensar de él, aunque algunos thanes tomaban notas obedientemente.

—Y eso nos lleva a la parte de esta presentación dedicada a las afirmaciones positivas. —Odín hizo avanzar las diapositivas. Apareció una fotografía de Blitzen. Era evidente que había sido tomada durante la competición de artesanía con Junior. El sudor corría por la cara del enano. Tenía una expresión de angustia, como si a alguien se le hubiera caído un martillo en su pie.

—¡Blitzen, hijo de Freya! —exclamó Odín—. Este noble enano ganó la cuerda Andskoti, que volvió a atar al lobo Fenrir. Obedeció a su corazón, dominó sus miedos y sirvió fielmente a mi viejo amigo Mimir. Por tu heroísmo, Blitzen, serás eximido del servicio a Mimir y se te concederá financiación para que abras la tienda que siempre has querido tener. Porque tengo que decir... —Odín agitó la mano por encima de su polo del hotel. De repente, llevaba un chaleco de cota de malla—. Recogí tu prototipo después de la competición, y es un diseño verdaderamente magnífico. ¡Cualquier guerrero haría bien en conseguir uno!

Los einherjar murmuraron en señal de aprobación. Algunos dejaron escapar exclamaciones de sorpresa.

Blitzen hizo una profunda reverencia.

—Gracias, lord Odín. Estoy... No encuentro palabras para... ¿Puedo utilizar esa promoción para mi línea de productos?

Odín sonrió con aire benevolente.

—Por supuesto. ¡Y luego tenemos a Hearthstone, el elfo!

En las pantallas apareció una foto de Hearth. Estaba desplomado en la ventana del palacio de Geirrod. Tenía una sonrisa estúpida en la cara. Sus manos estaban haciendo el signo de «lavadora».

—Esta noble criatura lo arriesgó todo para redescubrir la magia de las runas. Es el primer hechicero auténtico que aparece en los reinos de los mortales. Sin él, la misión para contener al Lobo habría fracasado muchas veces. —Odín dedicó una sonrisa radiante al elfo—. Amigo mío, tú también serás eximido del servicio a Mimir. Te llevaré personalmente a Asgard, donde te enseñaré las runas en una clase particular de noventa minutos gratuita, acompañada de un DVD y un ejemplar firmado de mi libro *Magia rúnica con el Padre de Todos*.

Respetuosos aplausos.

Hearthstone se quedó pasmado. Logró decir con gestos: «Gracias».

La pantalla cambió. En la foto, Sam aparecía nerviosa delante de la barra de El Falafel de Fadlan, con la cara apartada, profundamente ruborizada mientras Amir se inclinaba hacia ella, sonriendo.

—Uuuuuuh —exclamó la multitud de einherjar, y a continuación sonaron bastantes risitas.

—Matadme ya —murmuró Sam—. Por favor.

—¡Samirah al-Abbas! —dijo Odín—. Te elegí personalmente para que fueras valquiria por tu valor, tu resistencia, tu grandeza potencial. Muchos de los aquí presentes desconfiaron de ti, pero estuviste a la altura de las circunstancias. Obedeciste mis órdenes. Cumpliste con tu deber incluso cuando fuiste injuriada y exiliada. A ti, te concedo la posibilidad de elegir.

Odín observó a las valquirias fallecidas que yacían ante la mesa de los thanes. Dejó que se hiciera un silencio respetuoso en el salón.

—Gunilla, Margaret, Irene, todas conocían los riesgos de ser valquiria. Todas dieron sus vidas para hacer posible la victoria de hoy. Al final, descubrieron tu auténtico valor y lucharon a tu lado. Creo que estarían de acuerdo en que seas readmitida como valquiria.

A Sam por poco le flaquearon las piernas. Tuvo que apoyarse en Mallory Keen para no caerse.

—Te ofrezco dos trabajos —continuó Odín—. Necesito una capitana para mis valquirias. No se me ocurre nadie mejor que tú para el puesto. Eso te permitiría pasar más tiempo en el mundo de los mortales, y quizá descansar después de vuestra terrible misión. O bien —le brilló el ojo azul— podrías optar por un encargo mucho más peligroso, trabajar directamente para mí cuando la ocasión lo requiera en otras misiones, digamos, de alto riesgo pero también alto rendimiento.

Sam se inclinó.

—Me honra, Padre de Todos. Nunca podría sustituir a Gunilla. Lo único que pido es la oportunidad de demostrar mi valor tantas veces como sea necesario hasta que a ninguno de los que están aquí le quepa duda de mi lealtad al Valhalla. Aceptaré el encargo más peligroso. Cuente conmigo, y no le fallaré.

La multitud lo encajó bastante bien. Los einherjar aplaudieron. Algunos gritaron muestras de aprobación. Incluso las demás valquirias observaron a Sam con expresiones menos hostiles.

—Muy bien —dijo Odín—. Una vez más, Samirah, demuestras tu sabiduría. Luego hablaremos de tus funciones. Y ahora... Magnus Chase.

Las pantallas cambiaron. Allí estaba yo: congelado en pleno grito mientras caía del puente de Longfellow.

—Hijo de Frey, has recuperado la Espada del Verano. Has impedido que cayera en manos de Surt. Has demostrado ser..., bueno, puede que no un gran guerrero...

—Gracias —murmuré.

—... pero sin duda un gran einherji. Creo que todos los que nos encontramos en la mesa de los thanes estamos de acuerdo en que tú también te mereces una recompensa.

Odín miró a su izquierda y a su derecha. Los thanes se movieron y murmuraron apresuradamente.

—Sí. Ejem. Desde luego.

—No hago esta oferta a la ligera —dijo Odín—. Pero si sigues pensando que el Valhalla no es tu sitio, te enviaré a Fólkvangr, donde tu tía tiene casa y corte. Como hijo de los Vanir, tal vez eso sería más de tu gusto. O —pareció que su ojo azul me atravesase—, si lo deseas, incluso te permitiré volver al mundo de los mortales y quedar exento de tus deberes como einherji.

La sala se llenó de murmullos y tensión. Por las caras de la multitud, supe que se trataba de una oferta poco común. Odín se estaba arriesgando. Si sentaba un precedente dejando que un einherji volviera al mundo, ¿no querrían irse también los demás?

Miré a Sam, a Blitzen y a Hearthstone. Miré a mis compañeros de la planta diecinueve: T. J., Medionacido y Mallory. Por primera vez en años, no me sentía como si no tuviera hogar.

Me incliné ante Odín.

—Gracias, Padre de Todos, pero mi hogar está donde estén mis amigos. Soy un einherji. Soy uno de sus guerreros. Eso es suficiente recompensa.

El salón entero prorrumpió en vítores. Las copas dieron golpes en las mesas. Las espadas hicieron ruido contra los escudos. Mis amigos me rodearon, abrazándome y dándome palmaditas en los hombros. Mallory me besó en la mejilla y dijo:

—Eres un pedazo de idiota. —Luego me susurró al oído—: Gracias.

Medionacido me revolvió el pelo.

—Al final te convertiremos en un guerrero, hijo de Frey.

Cuando las ovaciones se fueron apagando, Odín levantó la mano. Su mando a distancia se alargó y se transformó en una brillante lanza blanca.

—Por Gungnir, el arma sagrada del Padre de Todos, declaro que estos siete héroes tengan plenos derechos de paso en los nueve mundos, incluido el Valhalla. A dondequiera que vayan, irán en mi nombre, sirviendo a la voluntad de Asgard. ¡Que nadie interfiera so pena de muerte! —Bajó la lanza—. Esta noche daremos un banquete en su honor. ¡Mañana, nuestras compañeras caídas serán entregadas al agua y las llamas!

71

Quemamos un barco decorado con un cisne, cosa que seguro que es ilegal

El funeral se celebró en el estanque del jardín público. De algún modo, los einherjar se habían apoderado de un barco decorado con un muñeco de un cisne: la clase de embarcación que normalmente no navegaba por las aguas en invierno. Habían modificado el barco y lo habían convertido en una pira funeraria flotante para las tres valquirias. Los cadáveres fueron envueltos de blanco y colocados sobre un lecho de madera, con montones de armas, armaduras y oro a su alrededor.

El lago estaba helado. No debería haber sido posible botar el barco, pero los einherjar se habían llevado a una amiguita: una giganta de cuatro metros y medio de estatura llamada Hyrokkin.

A pesar del tiempo, Hyrokkin iba vestida con unos pantalones cortados y una camiseta de manga corta de talla XXXXL del Club de Remo de Boston. Antes de la ceremonia, se dedicó a pegar pisotones descalza por todo el lago para romper el hielo y espantar a los patos. Luego volvió y esperó respetuosamente en la orilla, con las pantorrillas cubiertas de agua helada, mientras los einherjar se acercaban a despedirse de las fallecidas. Muchos dejaron armas, monedas u otros recuerdos en las piras. Otros dijeron que Gunilla, Margaret o Irene habían sido las responsables de llevarlos al Valhalla.

Finalmente Helgi encendió el fuego. Hyrokkin empujó el barco al estanque.

No había transeúntes en el jardín público. Tal vez la magia los mantenía a distancia. Si hubiera habido alguno en los alrededores, quizá el glamour les habría impedido ver a la multitud de guerreros no muertos que observaban como ardía un barco.

Mi mirada se desvió al lugar bajo el puente donde hacía dos semanas había estado vivo, sin hogar y desdichado. Solo entonces podía reconocer lo aterrado que me había sentido todo el tiempo.

El barco se convirtió en una columna de fuego rugiendo y ocultó los cuerpos de las valquirias. Luego las llamas desaparecieron como si alguien hubiera apagado el gas, sin dejar rastro del barco; solo un círculo humeante en el estanque.

Los asistentes se volvieron y vagaron por el parque, dirigiéndose al Hotel Valhalla por Beacon Street.

T. J. me cogió por el hombro.

—¿Vienes, Magnus?

—Dentro de un rato.

Mientras mis compañeros volvían a casa, me alegré de ver que Medionacido Gunderson rodeaba la cintura de Mallory Keen con el brazo y que ella no le cortaba la mano.

Blitzen, Hearth, Sam y yo nos quedamos atrás observando como el vapor subía en espirales del estanque.

Finalmente Hearth dijo por señas: «Me voy a Asgard. Gracias, Magnus».

Había visto las miradas de envidia que algunos einherjar le habían lanzado. Durante décadas, tal vez siglos, a ningún mortal se le había permitido visitar la ciudad de los dioses. Odín había accedido a dar clases a un elfo.

—Es genial, tío —dije—. Pero, oye, no te olvides de volver de visita, ¿eh? Ahora tienes familia.

Hearthstone sonrió. «Te oigo», respondió con gestos.

—Ya lo creo que nos visitará —terció Blitzen—. Ha prometido que me ayudará a instalarme en mi nueva tienda. ¡No pienso llevar todas esas cajas a cuestas sin un poco de ayuda mágica!

Me alegraba por Blitz, aunque se me hacía difícil pensar que otro de mis amigos se marchaba.

—Estoy seguro de que tendrás la mejor tienda de Nidavellir.

Blitzen resopló.

—¿Nidavellir? Bah. Los enanos no se merecen mi genialidad. Con el oro rojo de Odín me compraré una bonita tienda en Newbury Street. Lo Mejor de Blitzen abrirá en primavera, así que no tienes excusa para no venir a que te tome las medidas para uno de estos. —Abrió su abrigo y mostró un reluciente y elegante chaleco antibalas.

No pude evitarlo. Le di a Blitzen un abrazo.

—Tranquilo, chico, tranquilo. —Me dio unas palmaditas en la espalda—. No arruguemos la tela.

Sam sonrió.

—Tal vez puedas hacerme un nuevo hiyab. El viejo quedó hecho trizas.

—¡Te lo haré a precio de coste con más propiedades mágicas! —prometió Blitzen—. Tengo algunas ideas para los colores.

—Tú eres el experto —dijo Sam—. Yo tengo que volver a casa. Estoy castigada. Tengo un montón de deberes atrasados del instituto.

—Y tienes un novio con el que hablar —añadí.

Ella se ruborizó, cosa que resultó bastante entrañable.

—Él no es... Está bien, vale. Sí, probablemente debería solucionar eso, sea lo que sea. —Me empujó en el pecho con el dedo—. Gracias a ti puedo volver a volar. Eso es lo importante. Procura no palmarla demasiadas veces hasta que vuelva a verte.

—¿Cuándo será eso?

—Pronto —prometió Sam—. Odín no bromeaba con lo de las misiones de alto riesgo. Lo bueno es —se llevó el dedo a los labios— que puedo elegir a mi fuerza de ataque. Así que estáis todos avisados.

Me dieron ganas de abrazarla, de decirle lo mucho que le agradecía todo lo que había hecho, pero sabía que Sam se sentiría incómoda. Opté por una sonrisa.

—Cuando quieras, Al-Abbas. Ahora que Odín nos ha dado permiso para viajar por los mundos, a lo mejor puedo ir a visitarte a Dorchester.

—Esa idea me mortifica —repuso ella—. Mis abuelos me matarían. Amir me...

—Jo, vale —dije—. Solo recuerda que no estás sola.

—Tomo nota. —Me dio un codazo—. ¿Y tú, Magnus? ¿Vas a volver al Valhalla para el banquete? Tus compañeros han estado cantando tus alabanzas. He oído a unas valquirias hacer conjeturas sobre que podrías convertirte en thane un siglo de estos.

Sonreí, pero no estaba preparado para pensar en «un siglo de estos». Miré a través del jardín público. Un taxi estaba parando delante del bar Cheers, en la esquina de Beacon con Brimmer. La vasija de cerámica me pesaba mucho dentro del abrigo de invierno.

—Antes tengo una cita —dije—. Tengo que cumplir una promesa.

Me despedí de mis amigos. Luego fui a ver a mi prima.

72

Pierdo una apuesta

—Este funeral es mucho mejor que el último al que asistí —dijo Annabeth—. El tuyo.

Estábamos en una cresta de las Blue Hills, contemplando como las cenizas de mi madre se iban sin rumbo entre los árboles nevados. Mucho más abajo, el sol brillaba en el estanque de Houghton. Hacía un día frío, pero no me sentía incómodo. Me sentía a gusto y tranquilo, mejor de lo que me había sentido en años.

Me metí la vasija vacía debajo del brazo.

—Gracias por venir conmigo —dije.

Los ojos grises de Annabeth me observaron de la misma forma que parecía estudiarlo todo: evaluando no solo mi aspecto, sino mi composición, mis puntos de desgaste, mis posibilidades de restauración. Después de todo, esa chica había hecho maquetas del Partenón con piedras rúnicas cuando tenía seis años.

—Es un placer —dijo ella—. Tu madre, según recuerdo, era genial.

—A ella le habría gustado que estés aquí.

Annabeth miró a través de la línea de los árboles. Tenía la cara quemada por el sol a causa del viento.

—Te incineraron, ¿sabes? Me refiero al otro cuerpo..., fuera lo que fuese. Tus cenizas están en el mausoleo familiar. Yo ni siquiera sabía que teníamos un mausoleo familiar.

Me estremecí imaginándome esas cenizas en una vasija de cerámica dentro de un frío y húmedo cuchitril de piedra. Era mucho mejor estar allí, al aire fresco y la gélida luz del sol.

—Fingir que estaba muerto no ha debido de ser fácil para ti —dije. Ella se apartó un mechón de pelo de la cara.

—Creo que a Randolph se le ha hecho más difícil. Parecía bastante afectado, considerando, ya sabes...

—¿Que nunca se preocupó por mí?

—Ni por ninguno de nosotros. Pero mi padre... Magnus, eso sí que fue difícil. Él y yo hemos tenido una relación delicada, pero ahora intento ser sincera con él. No me gusta esconderle nada.

—Lo siento. —Extendí las manos—. Pensé que era mejor no meterte en mis líos. Durante los últimos días no estaba seguro de si sobreviviría. Han pasado cosas..., cosas peligrosas. Tienen que ver con el lado de la familia, ejem, de mi padre.

—Magnus, puede que sepa más de lo que tú crees.

Pensé en lo que ella acababa de decir. Annabeth parecía más en sintonía, más equilibrada que la mayoría de las personas con las que había hablado; incluso que la mayoría de las personas del Valhalla. Por otra parte, no quería ponerla en peligro ni amenazar la ligera amistad que estábamos intentando reconstruir.

—Ahora estoy bien —le aseguré—. Estoy con unos amigos. Es un buen sitio, pero no es la clase de plan que la mayoría de la gente entendería. El tío Randolph no puede saberlo. Te agradecería que no se lo contaras a nadie, ni siquiera a tu padre.

—Ajá —dijo ella—. Supongo que no puedes darme más detalles.

Pensé en lo que Frey me había dicho: «Debéis hablar. Necesitarás su ayuda antes de nada». Me acordé de lo que Sam había dicho sobre su familia: que habían llamado la atención de los dioses a lo largo de generaciones. Randolph había insinuado que nuestra familia era igual.

—No quiero ponerte en peligro —dije—. Esperaba que tú pudieras ser mi único vínculo con el mundo normal.

Annabeth me miró fijamente. Resopló y se echó a reír.

—Vaya. No te haces una idea de lo gracioso que es lo que acabas de decir. —Respiró hondo—. Magnus, si tuvieras la menor idea de lo rara que es mi vida...

—Vale, pero estar aquí contigo es lo más «normal» que he hecho en años —dije—. Después de todas las peleas absurdas que hubo entre nuestros padres, las estúpidas rencillas y los años sin hablarse, esperaba que pudiéramos evitar que nuestra generación de la familia acabase tan desquiciada.

La expresión de Annabeth se tornó seria.

—Me gusta ese tipo de normalidad. —Alargó la mano—. Por nosotros, los primos Chase. Por no estar tan desquiciados.

Cerramos el trato con un apretón de manos.

—Y ahora suéltalo —me ordenó—. Cuéntame lo que ha pasado. Te prometo que no se lo diré a nadie. Tal vez incluso pueda ayudarte. También te prometo que, sea lo que sea lo que te ha pasado, mi vida es más rara que la tuya. Comparada con la mía, la tuya parece idílica.

Consideré todo por lo que había pasado: morir y resucitar, pescar a la Serpiente del Mundo, luchar contra gigantes, huir de ardillas monstruosas, atar a un lobo en una isla que desaparecía.

—¿Cuánto te apuestas? —pregunté.

—Vamos, primo.

—¿La comida? —propuse—. Conozco un restaurante de falafel estupendo.

—Acepto la apuesta —dijo ella—. Vamos a oír lo que has estado haciendo.

—Ah, no —dije—. ¿No dices que tu historia es tan increíble? Tú, primero.

Epílogo

Randolph no había dormido desde el funeral de su sobrino.

Visitaba el mausoleo cada día esperando una señal, un milagro. Derramaba lágrimas de verdad, pero no por el joven Magnus. Lloraba por todo lo que había perdido, todo lo que quizá ya fuera imposible recuperar.

Entró por la puerta trasera de su casa; le temblaban tanto las manos que apenas pudo abrir la cerradura. Se quitó la nieve de las botas y el grueso abrigo, y a continuación subió despacio, repasando lo que le había dicho a Magnus en el puente por millonésima vez, preguntándose qué podría haber hecho de otra forma.

Se quedó paralizado en la puerta de su despacho. Había un hombre con sotana sentado en su mesa, balanceando los pies.

—¿Visitando otra vez el cementerio? —Loki sonrió—. Sinceramente, creía que la misa del funeral había ayudado a cerrar heridas.

—¿Tú eras el cura? —Randolph suspiró—. Claro que sí.

Loki soltó una risita.

—«Una vida joven se ha interrumpido, pero celebremos sus dones y la huella que ha dejado en nosotros...» Estaba improvisando, por supuesto, pero es lo que mejor se me da.

Randolph había visto al dios de las mentiras docenas de veces —cuando Loki había decidido enviar su esencia a Midgard—, pero siempre se llevaba un susto: aquellos ojos brillantes, el pelo como llamas, los labios castigados y las cicatrices de su nariz. Resultaba extrañamente atractivo y extrañamente aterrador a partes iguales.

—Espero que hayas venido a matarme. —Randolph trató de no perder la calma, pero los latidos de su corazón todavía le resonaban en los oídos—. ¿Por qué has esperado tanto?

Loki extendió las manos magnánimamente.

—No quería precipitarme. Necesitaba ver cómo se desarrollaban los acontecimientos. Es cierto que has fracasado. Podría matarte, pero todavía podrías resultarme útil. Después de todo, aún tengo algo que quieres.

El dios se levantó de la mesa y abrió la mano. Sobre su palma parpadearon unas llamas que se fusionaron en las figuras en miniatura de una mujer y dos chicas. Se retorcían en el fuego, tendiéndole las manos a Randolph, suplicando en silencio.

Si Randolph no se desplomó fue gracias a su bastón.

—Por favor. Lo he intentado. Yo no... no contaba con el enano y el elfo. Ni con esa maldita valquiria. Tú no me lo dijiste...

—Randolph, querido amigo... —Loki cerró la mano y apagó el fuego—. Espero que no estés poniendo excusas.

—No, pero...

—Yo soy el maestro de las excusas. Tendrías que esforzarte mucho para impresionarme. Dime, ¿todavía quieres que vuelva tu familia?

—Por... por supuesto.

—Bien. Estupendo. Porque aún no he acabado contigo. Ni tampoco con ese crío, Magnus.

—Pero él tiene la espada. Ha frustrado tu plan.

—Ha frustrado una parte de mi plan. Sí, ha sido muy educativo. —Loki dio un paso adelante. Ahuecó la mano contra la mejilla de Randolph: un gesto casi tierno—. Debo decir que tu sobrino es impresionante. No veo el parecido familiar por ninguna parte.

Randolph olió el veneno antes de notarlo. Un vapor acre penetró en sus fosas nasales. Un lado de su cara estalló en un dolor candente. Cayó de rodillas, y la garganta se le cerró de la impresión. Trató de apartarse, pero la mano de Loki no se movió de donde estaba.

—No te preocupes —dijo Loki con tono tranquilizador—. Es solo una pequeña muestra de cómo es mi vida: el veneno de serpiente que me salpica la cara cada día. Tal vez así entiendas por qué me vuelve un poco gruñón.

Randolph gritó hasta tener la garganta en carne viva.

—No te mataré, viejo amigo —continuó Loki—. Pero sí castigo el fracaso. ¡Desde luego!

Apartó la mano. Randolph se desplomó, llorando, con el olor a carne quemada en la nariz.

—¿Por qué...? —preguntó con voz ronca—. ¿Por qué...?

Loki arqueó las cejas fingiendo sorpresa.

—¿Por qué... te torturo? ¿Sigo utilizándote? ¿Lucho contra los dioses? ¡Es mi carácter, Randolph! Venga, no te pongas así. Estoy seguro de que se te ocurrirá una forma de explicar la horrible cicatriz con forma de mano que te ha quedado en la cara. Creo que te da cierta... *gravitas*. A los vikingos les impresionará mucho.

Loki se acercó sin prisa a las vitrinas de Randolph. Deslizó los dedos por su colección de cachivaches y talismanes.

—Hay muchas formas de desencadenar el Ragnarok, amigo mío. La Espada del Verano no es la única arma en juego.

Cogió un collar de la vitrina. Sus ojos brillaron mientras un pequeño colgante con forma de martillo de plata se balanceaba entre sus dedos.

—Oh, sí, Randolph. —Loki sonrió—. Tú y yo nos lo vamos a pasar en grande.

Glosario

AEGIR: señor de las olas.

AESIR: dioses de la guerra, próximos a los humanos.

ALF SEIDR: magia élfica.

ANDSKOTI: el Adversario, la nueva cuerda imbuida de magia que ata al lobo Fenrir.

BALDER: dios de la luz; segundo hijo de Odín y Frigg, y hermano gemelo de Hod. Frigg hizo que todas las cosas terrestres jurasen que jamás harían daño a su hijo, pero se olvidó del muérdago. Loki engañó a Hod para que matase a Balder con un dardo hecho de muérdago.

BIFROST: puente de arcoíris que une Asgard con Midgard.

DRAUGR: zombis nórdicos.

EIKTHRYMIR: ciervo del árbol Laeradr cuyos cuernos salpican agua sin parar que se vierte en todos los ríos de los nueve mundos.

EINHERJAR (EINHERJI, sing.): grandes héroes que han muerto valientemente en la Tierra; soldados del ejército eterno de Odín; se preparan en el Valhalla para el Ragnarok, cuando los más valientes se unirán a Odín contra Loki y los gigantes en la batalla librada al final del mundo.

LOBO FENRIR: lobo invulnerable producto de la aventura de Loki con una giganta; su poderosa fuerza provoca miedo incluso a los dioses, quienes lo mantienen atado a una roca en una isla. Está destinado a liberarse el día del Ragnarok.

FÓLKVANGR: el más allá Vanir de los héroes muertos, gobernado por la diosa Freya.

FREY: dios de la primavera y el verano, el sol, la lluvia y las cosechas, la abundancia y la fertilidad, el crecimiento y la vitalidad. Frey es el hermano gemelo de Freya y, al igual que su hermana, se asocia con una gran belleza. Es el señor de Alfheim.

FREYA: diosa del amor; hermana gemela de Frey; gobernanta de Fólkvangr.

FRIGG: diosa del matrimonio y la maternidad; esposa de Odín y reina de Asgard; madre de Balder y Hod.

GINNUNGAGAP: vacío primordial; niebla que oculta las apariencias.

GLEIPNIR: cuerda hecha por enanos para mantener en cautiverio al lobo Fenrir

HEIDRÚN: cabra del árbol Laeradr con cuya leche se prepara el hidromiel mágico del Valhalla.

HEIMDAL: dios de la vigilancia y guardián del Bifrost, la entrada de Asgard.

HEL: diosa de los muertos deshonrosos; fruto de la aventura de Loki con una giganta.

HELHEIM: inframundo, gobernado por Hel y habitado por aquellos que murieron de debilidad, vejez o enfermedad.

HLIDSKJALF: trono de Odín.

HOD: hermano ciego de Balder.

HONIR: dios Aesir que, junto con Mimir, se cambió por los dioses Vanir Frey y Njord al final de la guerra entre los Aesir y los Vanir.

IDÚN: diosa que reparte las manzanas de la inmortalidad que mantienen a los dioses jóvenes y llenos de vida.

JORMUNGANDR: Serpiente del Mundo, fruto de la aventura de Loki con una giganta; su cuerpo es tan largo que envuelve la tierra.

JOTUN: gigante.

LOKI: dios de las travesuras, la magia y el artificio; hijo de dos gigantes; experto en magia y transformismo. Se comporta de forma maliciosa o heroica con los dioses asgardianos y la humanidad.

Debido al papel que desempeñó en la muerte de Balder, Loki fue encadenado por Odín a tres rocas gigantescas con una serpiente venenosa enroscada sobre su cabeza. El veneno de la serpiente irrita de vez en cuando la cara de Loki, y sus retorcimientos provocan terremotos.

LYNGVI: la Isla del Brezo, donde está atado el lobo Fenrir; la ubicación de la isla cambia cada año a medida que las ramas de Yggdrasil se balancean movidas por los vientos del vacío. Solo sale a la superficie durante la primera luna llena de cada año.

MAGNI Y MODI: hijos favoritos de Thor, destinados a sobrevivir al Ragnarok

MIMIR: dios Aesir que, junto con Honir, se cambió por los dioses Vanir Frey y Njord al final de la guerra entre los Aesir y los Vanir. Cuando a los Vanir dejaron de gustarles sus consejos, le cortaron la cabeza y se la enviaron a Odín. Este colocó la cabeza en una fuente mágica cuya agua le devolvió la vida, y Mimir absorbió todos los conocimientos del Árbol de los Mundos.

MJOLNIR: martillo de Thor.

MUSPEL: fuego.

NAGLFAR: Barco de Uñas.

NARFI: uno de los hijos de Loki, destripado por su hermano Vali, que se convirtió en lobo cuando Loki mató a Balder.

NIDHOGG: dragón que vive al pie del Árbol de los Mundos y muerde sus raíces.

NJORD: dios de los barcos, los marineros y los pescadores; padre de Frey y Freya.

NORNAS: tres hermanas que controlan el destino de los dioses y los humanos.

NORUMBEGA: poblado nórdico perdido situado en el punto de exploración más alejado.

ODÍN: el «Padre de Todos» y rey de los dioses; dios de la guerra y la muerte, pero también de la poesía y la sabiduría. Al cambiar un ojo por un trago de la Fuente de la Sabiduría, Odín adquirió unos conocimientos sin igual. Posee la capacidad de observar los nueve mundos desde su trono en Asgard; además de su gran palacio, también reside en el Valhalla con los más valientes de los muertos en combate.

RAGNAROK: el día del Juicio Final, cuando los einherjar más valientes se unirán a Odín contra Loki y los gigantes en la batalla librada en el fin del mundo.

RAN: diosa del mar; esposa de Aegir.

RATATOSK: ardilla invulnerable que corre continuamente arriba y abajo por el Árbol de los Mundos comunicando insultos entre el águila que vive en la copa y Nidhogg, el dragón que habita en las raíces.

ORO ROJO: moneda de Asgard y el Valhalla.

SAEHRIMNIR: animal mágico del Valhalla; cada día es sacrificado y cocinado para cenar y cada mañana resucita; sabe a lo que desee el comensal.

SESSRÚMNIR: el Lugar de los Muchos Asientos, mansión de Freya en Fólkvangr.

SKIRNIR: dios; criado y mensajero de Frey.

SLEIPNIR: corcel de ocho patas de Odín; solo Odín puede invocarlo; uno de los hijos de Loki.

SUMARBRANDER: la Espada del Verano.

SURT: señor de Muspelheim.

SVARTALF: elfo de la oscuridad, subcategoría de enanos.

THANE: señor del Valhalla.

THOR: dios del trueno; hijo de Odín. Las tormentas son los efectos terrenales de los viajes del poderoso carro de Thor por el cielo, y los relámpagos están provocados por el lanzamiento de su gran martillo, Mjolnir.

LAERADR: árbol situado en el centro del Salón de Banquetes de los Muertos, en el Valhalla, que contiene animales inmortales que desempeñan tareas concretas.

TYR: dios del valor, la ley y el duelo judicial; perdió la mano de un mordisco de Fenrir cuando el Lobo fue dominado por los dioses.

ULLER: dios de las raquetas de nieve y el tiro con arco.

UTGARD-LOKI: el hechicero más poderoso de Jotunheim; rey de los gigantes de las montañas.

VALA: vidente.

VALHALLA: paraíso de los guerreros al servicio de Odín.

VALI: hijo de Loki que se convirtió en lobo cuando Loki mató a Balder; siendo lobo, destripó a su hermano Narfi antes de que le arrancaran las tripas a él también.

VALQUIRIA: sierva de Odín que escoge a héroes muertos para llevarlos al Valhalla.

VANIR: dioses de la naturaleza; próximos a los elfos.

YGGDRASIL: el Árbol de los Mundos.

YMIR: el más grande de los gigantes; padre de los gigantes y los dioses. Murió a manos de Odín y sus hermanos, quienes utilizaron su carne para crear Midgard. Ese hecho marcó el origen del odio cósmico entre los dioses y los gigantes.

Los nueve mundos

ASGARD: hogar de los Aesir.

VANAHEIM: hogar de los Vanir.

ALFHEIM: hogar de los elfos de la luz.

MIDGARD: hogar de los humanos.

JOTUNHEIM: hogar de los gigantes.

NIDAVELLIR: hogar de los enanos.

NIFLHEIM: mundo del hielo, la niebla y la bruma.

MUSPELHEIM: hogar de los gigantes de fuego y los demonios.

HELHEIM: hogar de Hel y los muertos deshonrosos.

Runas
(por orden de aparición)

DAGAZ: nuevos comienzos, transformaciones.

THURISAZ: runa de Thor.

FEHU: runa de Frey.

RAIDHO: la rueda, el viaje.

PERTHRO: la copa vacía.

EHWAZ: caballo, transporte.

ALGIZ: protección.

TIWAZ: runa de Tyr.

RICK RIORDAN

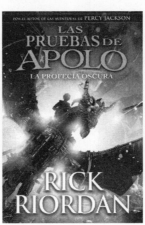
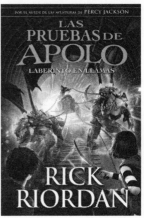

RICK RIORDAN

RICK RIORDAN

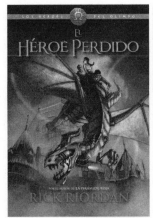